鶏走

こんどは

彼、囗唱でもするように一体ぐ一体ぐゆの

くりと口から出した。

攻める

て行つ

1=ド
1=ド
1=ド
1=ド
1=ド
1ド

蓮華寺の観音さま
石透寺の観音さま
菱岸寺の放喜と
光湍寺の観定
赤後寺の観と
知恩院の観と
それにつれて架山は

架山でく

気知つた

装丁版画　田主　誠

星と祭

僧院

「この秋、エベレストの麓で満月を見たいと思っています。山に登る時間のやりくりはできませんし、まあ、その程度のことで満足しようと思っています。いつかごいっしょに穂高で月を見たことがありましたね」

四人の客の一人が言った。客はいずれももう若いとは言えず、最年長者は四十歳には達している筈である。登山家としては一部には知られているが、一般的とは言えない。もともとアマチュアあがりの登山家で、山が好きなことは人後に落ちないが、日本の登山界のどこかに籍をおくような柄ではない。しかし、四人のうちの二人は一応山歴と言えるようなものを持っている。四、五年前のことだが、ジュガール・ヒマールのマディア・ピーク（中央峰）というのに最初の足跡を印している。

「エベレストの山麓って、どんなところかな」

主人の架山洪太郎は眼をちょっと光らせて訊いた。物事に関心を持った時の癖で、煙草を灰皿の中にしきりに押し潰している。

「タンボチェという集落で、僧院のあるところです。そこで十月四日の満月を見ようというわけです」

「なかなかよさそうだね」

「たいしたことはありません。ただそこで満月を見るだけのことですからね」

「穂高の月見よりいいだろう」

「そりゃあ、まあ、エベレストの麓で月を見るわけですから、多少は違った趣があるかも知れません。しかし、月は月です。同じまんまるいやつが出て来るだけのことです。たいしたことはありません」

「変な言い方をするんだね」

「でも、本当にそうなんですから。帰って来てから話をしてあげます。月は明るいとは思うんです。が、まあ、それだけのことです。しかし、僧院のある集落というのはいいでしょう」

「気を持たせるね。一体、どのくらいの日数が要る」

「何日も要りませんよ、僕たちが行くんですから。九月二十九日の十三時三十分に羽田を発ちます。香港、バンコック経由で、その日の二十三時四十五分にニューデリーに着きます。ニューデリーに一泊してネパールのカトマンズにはいります。それから十月一日にルクラというところまで飛行機で飛び、二日にルクラからナムチェバザールまで、三日にナムチェバザールから目的地のタンボチェまで、いずれもキャラバンを組んで歩きます。その翌日が十月四日で満月です。それを見たら五日にそこを発ち、カトマンズには七日にはいります。折角行ったものですから、三日ほどカトマンズで昼寝し、おそくも十三、四日には東京に戻ることができるでしょう」

「二週間だな」

「二週間足らずです」

「行ってみたいね」

「もしいらっしゃるなら、ルクラからナムチェバザールの間にキャンプ地を造ります。僕たちには一日行程ですが、あなたがいらっしゃるなら、そこに二日かけます」

客は言った。いずれにしても大分先の話である。いまはまだ五月にはいったばかりである。

「一体、僧院のある村というのは、標高はどのくらいかね」

「カトマンズが上高地ぐらいで、千四、五百です。そうですね、ナムチェバザールが三千四百少しでしょうか。タンボチェ、ここが僧院のあるところですが、ここは三八六七メートルです」

「僧院で月見をするの？」

「そりゃ、無理でしょう。やはり、近くの民家にはいるか、テントをはるか」

「民家はあるんだね」

「僧院があるくらいですから、もちろん民家はあると思います」

「じゃ、僕でも行けるな」

「誰だって行けますよ。コースはエベレスト街道です。エベレストの東海道です。それに歩くと言っても、キャラバンを組んで行きます。シェルパ五、六人、ポーターも五、六人、もちろん驢馬《ろば》も連れて行きます」

客は言った。

「行ってみたいね」

「あまり期待して頂くと困ります。いずれにしても、観月旅行なんですからね。宜しかったらごいっしょしますが、難しいんじゃないですか」

「そうでもない。行く気になれば行けないことはない」

架山は言った。実際に行く気になれば行けないことはなかった。しかし、いまは気持が傾いていても、あとになってその気持がどうなるか見当がつかなかった。客の方は客の方でまた架山のそういう気持の動き方を承知の上での応対であった。

「よし」

架山が言うと、

「よしというのはどういう意味ですか」

「考慮に値する問題だという意味だろうね」

「まだそんなところですか」

客は笑った。架山は親しい年下の登山家とのお喋りがけっこう楽しくなっていた。会社の仕事関係の訪問者と話していても、こういう楽しさはなかった。と言って、いっしょに長年山に登ったという間柄ではなかった。何年か前に大学の同級生で、やはり中級の会社の経営者になっている友人から、この登山家連中を紹介され、その時はなにがしかの金額をヒマラヤ遠征費用の寄付帳に書かされただけの話であったが、それ以来何となく親しくなってしまったのである。誘われて山というものにも初めて登った。山と言っても、穂高だけである。前穂、北穂といったところに二、三回ずつ登っている。

架山はこの連中のおかげで、僅か三、四年の間のことではあるが、山というものに夢中になった時期を持った。しかし、そうした時期がすんで、この三、四年は山にごぶさたしている。倦きたというわけではないが、会社の仕事も忙しくなり、年齢もそろそろ登山に向かなくなっている。考えただけで何となく億劫である。それが、エベレストで満月を見ると聞いた時、ふいに気持が動いたのである。

「僧院って、なんの僧院?」

主人は訊いた。僧院というものに多少気持がひっかかっている。日本流にいえば寺のある村で月を見るということになり何のへんてつもないが、エベレストの麓の僧院となると、妙にイメージの持つ色彩感覚が違ってくる。月は明るいだろうが、僧院の建物は暗い。その背景に白い雪の山が置かれている。

「ラマ教です。ラマ教の僧院」

客は答えた。

「なんだ、ラマ教か」

ふいに十字架のある尖塔が消え、僧服を纏《まと》った丈高い僧侶の姿が消えた。

「なんだとおっしゃるが、ああいうところのラマ教の建物はいいですよ。あなたがいらっしゃるとなると、ルクラからキャラバンを組んで出発して、二日目の宿泊地になりますが、ナムチェバザールというところがあります。そこはチベットとの交易の根拠地として昔から知られています。そのくらいですから、あの辺一帯にはラマ教の寺院が多いんです。大体、タンボチェというところは」

「そこで月を見るんだったね」

「そうです。問題の僧院のある部落です。紛れやすいですが、近くにパンボチェという部落もあります。そこにも僧院があり、そこは例の雪男の頭の皮が保存されてあることで有名、——有名と言っていいかどうか知りませんが、とにかく知られています」

「雪男の頭の皮か、変なものがあるんだね。そっちは要らんね、雪男の方は」

「これも、しかし、面白いです」

「面白いと言われても、どうもねえ、折角の僧院が台なしになる」

「ついでに話しただけのことです。いま言ったように、月見をするタンボチェ部落にあるわけじゃないんです。パンボチェの方」

「月はエベレストの上に出るの?」

「さあ、どのへんに出ますかね。周囲をぐるりと凄いのが囲んでいます。エベレスト、ローツェ、この二つは八千台、正確に言えばエベレストが八八四〇、ローツェが八五〇〇です。アマ・ダブラムが六八〇〇、カンテガが六六〇〇、タムセルクが同じく六六〇〇ですか。とにかくそういう山々が囲んでいます。そこに月が出る」

「なるほど、ね」

こんどは少しイメージが変った。僧院の建物がひどく小さいものになり、そこで月を仰いでいる人間たちは点になった。

「無理にはお勧めしません。ご希望ならばごいっしょします。ヒマラヤ観月旅行というわけです」

「なるべく連れて行って貰いたいが、今からでは予定が立たない」

「ネパールでの飛行機の予約だけの問題です。いらっしゃるんでしたら、なるべく七月の中頃までに決めて下さい」

客は言った。


親しい登山家たちがヒマラヤ観月旅行の話を持ち込んで来てから、四、五日の間、架山はなんとなく楽しいものが行手に置かれてあるような気がした。まだそれを自分のものとするかしないか決まっていなかったが、自分がその気になれば確実に自分のものとすることのできるものであった。

高山の月見は一回だけ経験があった。何年か前、山というものに熱をあげた時のことである。ヒマラヤの月見の話を持ち込んで来た同じ仲間に誘われて、穂高の涸沢で九月の満月の夜を過ごした。北穂、前穂、奥穂の穂高連峰が屛風のように取り囲んでいる盆地のヒュッテで、八時過ぎまで月の出を待った。何となく戸外で観月の宴を張るようなつもりで出掛けて行ったのであるが、そんなわけにはいかなかった。ヒュッテを一歩出ると凍りつくような夜気に震えあがった。

八時四十分頃、屛風岩の肩から月が顔を出した。多少赤味を帯びた月で、それが静かにのぼって行くにつれて、前穂の山影が大きく、奥穂の大斜面に投げかけられて行った。一木一草ことごとく白い月光に照し出されて行くといった下界で見る満月の夜とは大分趣を異にしていた。月も不機嫌であれば、夜の北アルプス連峰のたたずまいもまた不機嫌に見えた。

夜半にもう一度ヒュッテを出ると、こんどは奥穂と北穂の斜面が一面に雪でも置いたように月光で白々と見えていたが、前穂は依然として暗く押し黙っている。いかにも幾つかの山塊が身を寄せ合い、ある部分は月光のもとに白く輝き、ある部分は影になって、照したかったら勝手に照すがよかろう、俺たちの知ったことではないと、互いにむっつりと、息でもひそめているように見えた。いずれにしても昼間見る北アルプスの景観の大きさはなかった。月は相変らず赤味を帯びていて、上から不機嫌に幾つかの山塊を眺め渡している。光の照応というものはなく、月も、山も、それぞれに気難しく、他を黙殺して孤独であった。

その時、架山は月というものは一点の遮るもののない萬頃一碧《ばんけいいっぺき》の大海原とか大曠野で見るものだと思った。古来月の名所として知られているところは、例外なく平原を俯瞰できる丘陵か、あるいは視野を遮るもののない海岸であった。架山は姨捨の月も知っていたし、大洗の月も、銚子の月も、満州の荒涼たる原野の月も知っていた。そのいずれにも、穂高で見た月の暗さはなかった。

エベレストの麓で月見をするという話を耳にした時、架山は穂高の月見のことを思い出し、規模は穂高の場合より大きいに違いなかったが、やはり満月の夜のエベレスト山麓は暗いだろうと思った。

穂高の月が暗いように、エベレストの月も暗いに違いなかった。しかし、あとで考えてみて、その暗いエベレストの月に心を惹かれたのは、観月の場所であるタンボチェという集落に僧院があったためであろうと思う。もし若い登山家の口から僧院という言葉が出なかったとしたら、架山はエベレストの麓に於ける月見など、その場限りの話題として聞き流してしまったのではないかと思う。わざわざキャラバンまで組んで、暗い月など仰ぎに行く気にはならない。

しかし、そこに僧院の建物を配してみると、エベレストの満月の夜は多少異ったものに見えた。僧院の建物からは燈火の灯がこぼれている。一つか二つの僅かな窓からこぼれている灯かも知れないし、幾棟もある建物の窓という窓からこぼれている灯であるかも知れない。その灯が螢の光のように冷たく小さいものであるか、あるいはまたクリスマス・ツリーの豆電燈のようにある華やかさを持ったものであるか、それは知らない。が、いずれにしてもその灯はそこに人間が生きていることを示している。しかも、僧院と言うからには、生きるということを、少くとも世俗の人たちよりも真面目に考えている人々が住んでいると見ていいだろう。いかなる戒律を己れに課しているか知らないが、不自然であろうと、ゆがんでいようと、自分がよしとした生き方を選び、実行している人々が住んでいることだけは確かである。

そういう人間の集団を収めている建物を配すると、架山の眼には、もはやエベレストの月は単なる暗いものとしてだけは映らなかった。周囲の山々は、その裾に人間の生活を置くことによって急に生き生きと息づき始めて来る。悠久な時間が流れ出す。月は孤独な、意地悪い監視者ではなくなり、いま確かにお前たちはここに生きている、その証人になってやろうとでも言うように、真上から僧院の建物を照し始める。こうなるともう気難しく暗い月ではない。

戦時中のことであるが、架山は武昌で揚子江の流れを見たことがある。昼間見る黄濁した流れは、凡そ川と言えるようなものではなく、さながら暗鬱なエネルギーの移動そのものであった。夕暮時になると、どこからともなく女たちが岸に姿を現わした。甕を洗ったり、布をそそいだりしている女たちを岸に配すると、揚子江の流れは全く別のものになった。その裾に小さい人間の生活を置いた悠久な何かであった。そして揚子江の流れと、女たちの心の触れ合いのようなものが、夕明りの中に漂い始める。

架山は、若い自分が揚子江の岸で感じたものを、もし自分がその気になれば、ヒマラヤ観月旅行で再び自分のものにすることができるのではないかと思った。

架山はヒマラヤ観月旅行のことを、都心の大きなビルの六階で開かれた大学の同窓会の席で口に出した。

「この秋はエベレストの麓で満月を見ようかと思っているんだ」

すると、隣の席にいた人物は、

「大丈夫かい、心臓は。麓と言っても、エベレストとなれば相当な高さだろう。酸素欠乏でひっくり返りかねないよ」

身もふたもない言い方をした。

「君とは違う。俺の方は、まだ――」

架山が言いかけると

「そう、僕は肥っているし、君は痩せている。痩せていることで、君はまだまだ自分は大丈夫だと思っているだろう。その自信というやつが甚だ当てにならない。多少贅肉がついているかどうかの違いではないか。まあ、無理をしないことだね」

「無理はしない。しかし、ちょっといい計画ではあるだろう」

「いい年齢《とし》をして、変なことを考え出したもんだな。僕も学生の頃は、そんなことを考えたことがある。しかし、もう今は月見に金と時間をかける気はないね」

　すると、左隣に席をとっているのが言った。

「まあ、やりたいことはやることさ。時間も残り少なくなっている。金もいくら費《つか》っても、知れたものだ。年齢をとると、ふいにロマンティックになることがあると言うが、こういうことなんだろうね。エベレストの麓で月見をするということは、そりゃ、贅沢だよ。その贅沢なことをしたくなるんだな。もう女もできない。仕事にも夢はない。子供も思うようには育たなかった」

「失礼なことを言うなよ」

「いや、君のことを言っているんではない。自分のことを言っているんだ。——せめて、人のあまり見ない月でも見よう。こういうことになる」

　こんどは対《むか》い側に座っているのが、言葉をさし挾んで来た。

「月見とは古風なことを考えたものだね。大体、観月なんて言葉はなくなっているんじゃないか。月面に人間が降り立つ時代だからね。——そもそも月というものに特別な感懐を覚えるのは東洋人だけではないのか。ヨーロッパ人は、月を見ても美しくも何とも感じないらしい。もし感じるとすれば性的なものだと、俺の知っているヨーロッパ人は言った。月を見て性的昂奮を覚えるのも困りものだが、人生の無常を感じるのも、あまり感心したことではない。――しかし、ヒマラヤ観月か。悪くはないね」

架山は遠慮のない昔の友だちの話を聞いていて、それぞれになるほどと思った。架山に健康上の注意をしたのは、同窓生の中では一番の成功者である。財界人として名が出ているが、いろいろなところに引張り出されて、自分の時間というものは全く持っていない人物である。

――もう今は月見に金と時間をかける気はないね。

と言ったが、気持があろうとなかろうと、時間的にそんな余裕はない人物である。エベレストから石油でも出ない限り、エベレストという山を地図の上で探すことはないだろう。

人間、年齢をとると、女もできないし、仕事にも夢がなくなる。寿命も大部分費い果して先が見えて来る。こうなった時、人間はロマンティックになる。贅沢なことをしたくなる。こう言ったのは大学の教師である。専攻は経済学。この人物によって架山のヒマラヤ観月旅行は一つの性格を与えられたわけで、もはや何も夢がなくなった人間が最後に持つ夢であり、恋愛もできなくなった人間の最後の恋愛的行為であり、金の費いようもなくなった人間の最後の浪費であり、今や残り少くなってしまった時間の最後の無駄費いというわけである。

そう言われれば、そうかも知れないと、架山は思う。若い登山家から異国の月見の話を持ち出された時、ふとそれに心を惹かれたのは、それがひどく贅沢なものとして感じられたからであろう。そしてそれが贅沢なものとして感じられたということの中にはいろいろなものがはいっている。幾つかの要素に分析できるが、ひと口に言うと、老化現象ということになりそうである。年齢的にある地点に達した男の最後の放蕩みたいなものである。

確かに悠久な時間の流れている大自然の一劃に、小さい人間の生きている姿を嵌め込んで、さて、その上で月を観賞するということは、ちょっと較べるものがないほど贅沢なことである。芸術品を観賞するのとはわけが違う。絵を美しいと見たり、彫刻を美しいと見たりするより、大分複雑になって来る。自分を観賞者の立場に置きながら、自分自身をもまた対象の一部として観賞することになる。エベレストの僧院のある集落で月を見るということは、大自然の裾に生きている小さい人間の姿を、大自然と対比して観賞するわけであるが、しかし、それを観賞するためにはるばる出掛けて行く自分自身もまた、その小さい人間の生きている姿から例外ではないのである。月光に照し出されている僧院の中には自分もまた居るのである。

架山のヒマラヤ観月旅行が一座の話題に取りあげられて、いろいろなことが言われた時、架山はにやにやして遠慮のない連中の勝手な発言を聞いていたが、

「僕はエベレストの麓に月を見に行くが、君たちだって、僕の観月旅行に代るものを持たなければならぬだろう」

と言った。俺のことを取りあげて肴にしているが、それならば一体、君たち自身はどうなんだと、多少意地の悪い問いかけだった。

「さあね」

一人はちょっと遠い眼をしたが、

「孫かな」

と言って、笑った。

「孫があるのか」

誰かが訊くと、

「一人ある」

「情ないことを言うなよ」

「情ないとは思うが、まんざら冗談でもない。俺の孫娘は目下五歳で幼稚園に通っているが、何とかして娘夫婦の手から取りあげて、いっさい男などには見向きもしない美女に育ててあげてみたいと思っている。ヨーロッパの美術館でよく高慢ちきで、鼻持ちならぬお姫さんの肖像画を見ることがあるだろう。イタリーのメディチ家の何代目かの総領娘だとか、ゴヤ描くスペインの王家のお姫さんだとか、美貌で、誇り高く、つんとしたやりきれないのがいるだろう。あんな風な美女にね」

「悪趣味だな。自分はさんざん勝手なことをしておいて、いよいよもう女から相手にされなくなったら、変な開き直り方をしちゃったもんだな。それでは、まるで、人生というものへの復讐じゃないか」

「いや、違う。愛する孫娘を、汚れなく、ひときわ際立って美しく育てようということになると、さしずめこういうことになる。おそらく彼女は老いても、男に絶望することもなければ、子供に絶望することもないだろう。多少周囲から憎まれることはあるだろうが」

「いやな婆さんになるだろう」

「いやな婆さんになってもだ、まあ悲劇的女性になることだけはないだろう。これが、目下五歳の愛する孫娘に対する俺の愛情だね」

幾らか調子にのって喋っている人物の顔を、架山は黙って眺めていた。そしてこの人物がいかなる人生を歩いて来たか、現在ある証券会社の重役に収まっているということ以外は、何も知らなかった。学生の頃はいつも隅の方で黙っているおとなしい青年だったが、それから今日までの架山の知らぬ歳月の中に、彼は彼なりのいろいろな経験を持っているのであろう。たといその場限りの冗談にしても、どこかに体験からだけしか得られないようなむきなものが感じられぬでもない。

「それにしても、孫娘を端倪《たんげい》すべからざる美女に育てあげるには、少し君の方の年齢が足りないだろう」

さっきから黙っている痩せた人物が言うと、

「そうなんだ。いくら長生きしても、嫁にやったぐらいのところで、俺の方は終りになる」

証券会社の重役は笑った。いかにも楽しそうな明るい笑いだった。

「しかし、男などは見向きもしないと言えば、女も、ある年齢に達すると、大体そうなるんじゃないか。男に仕事の夢がなくなるように、女には男の夢がなくなる。子供の夢も、まあ、なくなる。多かれ少かれ、いかなる女もこういうところに立たざるを得ない。うちの内儀《かみ》さんなどは、目下そういうところだ。本人はヒマラヤの月でも見たいかも知れないが、そういうわけにも行かないしね」

「そうだな、僕たちがヒマラヤの月を見に行ったり、孫娘にとんでもない夢を持ったりするように、女もまた何かを持たなければならんのだろうね」

架山は言ったが、あとは言葉を続けなかった。自分の言葉に対して一座が応じて来るのを待たないでも、架山は自分の答えを持っていた。しかし、それを発表しなかったのは、まあ黙っていた方が無難ではないかという気がしたからである。自分のヒマラヤ観月旅行に匹敵するものは、女の場合宝石ではないかと、架山は言いたかったのである。だが、相手によっては鼻持ちならぬ気障《きざ》なものとして受取られかねなかった。

架山はある一人の女の言葉を思い出していた。あまり世間では評判のいい女ではない。身持ちの悪いという噂もあるし、金遣いも荒く、架山などはごめん蒙りたい型の女性であるが、いつか耳にしたその女の宝石観だけは、それを聞いた時から、妙に消えないで頭の中に居坐っている。

女も盛りをすぎて、男の言うことをあまり信用しなくなり、子供への期待や夢にも限界があると知った時、もし金があれば、女は宝石に惹かれて行くのではないか。信心深い女は別にして、普通の女は改めて宝石というものを見直すようになる。日本には宝石にうつつをぬかしたり、宝石漁りをするような金持はないが、屑ダイヤの一つぐらいは持てるなら持ちたくなる。たとい持てなくても、その魅力だけは判る。大体宝石というものはどこへでも持ち運びができる。自分からは逃げ出して行かない。小さくて、固くて、きらきら輝いている。正確に光を屈折させ、同じ正確さで女の心をある陶酔感で吸収して行く。それでいて、必要とあればいつでも金に替えることができる。男に期待して期待外れだったすべてのものを、宝石というものは具えているということになる。

大体こういった話であった。ヒマラヤ観月旅行の方は浪費だが、宝石の方は取引である。片方には夢があるが、片方は醒めている。

ヒマラヤ観月の話があってから十日ほど経った頃のことである。架山は会社の社長室で、娘の光子からの電話を受けとった。

「お父さんですか、わたし。——夕方お友だちとそちらに伺っていいですか」

光子の屈託ない明るい声が飛び込んで来た時、

「光子だね」

架山は思わずそんな言葉を口から出した。確かに相手が光子であることを確かめずにはいられぬような、その時の気持であった。それほど光子の声は亡くなった、やはり架山にとっては娘であるみはるの声に似ていた。

「きょう、ごちそうして下さるお約束だったでしょう。お友だちは三人、わたしを入れて四人。何時に、そちらに行きましょうか」

架山はなるほど約束してあったと思った。よくは憶えていないが、友だちの一人の婚約が決まったとか、就職が決まったとか、何かそんなことで、娘たちの会食の席を作ってやることを引受けていたのである。もちろん架山もその中にはいることになっていた。

しかし、最初に耳にはいって来た光子の声で、みはるのことを思い出してしまった以上、架山の気持はもうどこへ持って行くこともできなくなっていた。娘たちの中にはいって、食事をいっしょに摂《と》ってやることは難しかった。

「席は作ってあげるが、いっしょには付合えない。用事ができてね」

「なんだ、つまらない」

「なんだって言ったって仕方がないよ」

それから架山は娘にTホテルの屋上のレストランの名前を伝え、レストランの方にはこちらから連絡して席をとっておくから、そこへ出向くように言った。

「何時にする？　時間だけははっきりしておかないと」

「では、六時にします」

「勘定は払わないで宜しい」

「決まっているわ、そんなこと、ごちそうして頂くお約束ですもの」

それで電話は切れた。なんだ、つまらない、とは言ったが、別段架山がその宴席に加わらないことが不服そうでもなかった。架山が居なければ居ないで、却ってその方が望ましいのかも知れなかった。

娘からの電話が切れると、レストランへの連絡を秘書課に頼んでから、架山は窓際に立って、薄汚れている東京の空に眼を当てていた。光子も自分の子供であれば、みはるも自分の子供であるから、声が生き写しであっても、さして異とするには当らなかったが、こうしたことが初めての経験だったので、やはり多少のショックはあった。

みはるが亡くなったのは十七歳の時である。みはるより四つ年少の光子がいま二十歳であるから、みはるも健在であるなら二十四歳になっている筈である。みはるが十七歳という身も心も成熟しない稚《おさな》さで、ボート顚覆という突発事故によって琵琶湖で一命を失ってから、いつか七年という歳月は経っている。

みはるは、終戦後の混乱期に別れた先妻の時花貞代との間にできた子供である。架山と貞代が子供まであるのにどうして離婚するに到ったかということであるが、まあ性格の違いという以外仕方ないだろう。貞代は貧しくはあったが関西では一応名の通った商家時花家の出で、勝気で、人のうしろに立つのは我慢できない性格であった。頭もよかったし、気位も高かった。夫の架山の方も今日中級の貿易会社の社長に収まるくらいだから、それだけのものは持っている筈であったが、当時貞代の眼には無能としか見えなかったようである。もともと人を押しのけて進んで行こうという性格ではなかったし、それに終戦直後の一時期が架山の一番不遇な暗い時代でもあった。架山も仕事を半分投げているようなところがあり、幾らか生活も乱れていた。夫婦にとっては最も悪い時期であった。

離婚話は二人の間に突然起り、それが現実の形をとるまでには何日もかからなかった。両方で言い出すのを待っていたようなところがあった。貞代は一度しか与えられない一生を夫と心中しないですむことでほっとし、架山は架山でこれでどうにか厄払いすることができたといった気持であった。当然問題になるのは、二歳のみはるの措置であったが、これはすっかり愛の移っている架山の母親が手放さなかった。架山の母親は孫さえ自分の手許におけるなら、嫁の方はいつでも出て行って貰いたいといった気持であった。

貞代は自分が身を痛めた子供であるから、みはるに愛情のなかろう筈はなかったが、架山の母親が面倒を見るならさして心配するに当らなかった。仕事をするのに足手纏いになるみはるは祖母に任せておいて、それより自分は自分の生きる道を考えなければならぬというのが、貞代の考えでもあったし、また実際に貞代はそうしなければならぬ立場に立っていた。後年貞代は自分の手許にみはるを奪《と》り返したが、すでにその頃そういう目算を立てていたかも知れない。いずれにしても、貞代は身一つで架山家を出て、実家の時花家の籍に戻ったのであった。

架山は今でも貞代との離婚問題について考えることがあるが、幾らかは若気のなせる業というところはあるにしても、二人はどうにもできぬほどものの考え方も、感じ方も違っていたと思う。別れる以外仕方なかったのである。

架山は貞代と別れてから一年後に、現在の妻冬枝を迎えた。架山が二度目の家庭を持つことになった時から、架山の母はみはるを連れて郷里の家に別居することになった。これはこれで架山の新しい妻にとっては望ましいことであったに違いなかったし、架山の母にもまた望ましいことであった。架山の母は孫娘のみはるをただ一つの生きがいであるように愛していたし、生母と別れているということで、その愛情には不憫がかかっていた。みはるを新しくやって来る義母の手にゆだねるなどということは考えられぬことであったのである。

架山自身はみはるを祖母任せにすることに多少の不安はないでもなかったが、曾て貞代がそうであったように架山もまた、ほかの誰でもない祖母に任せるのであるからということで、幼い娘を手許から放すことができたのである。何と言っても、新しい妻との間で家庭の基礎を固めるためには、みはるの養育を祖母に受け持って貰う方が有難かった。

こういうわけで、みはるは幼少時代を伊豆の山村で過ごした。みはるが四歳の時、冬枝は光子を産んだ。一年に二回か三回、みはるは祖母に連れられて東京へ出て来た。そして短期間ではあるが、義母や義妹の居る家庭の空気にも触れた。架山の方もまたつとめて郷里の村に、自分の母親と自分の娘の生活を訪ねて行くようにした。自分が訪ねて行くばかりでなく、なるべく妻や光子をも伴うようにした。みはると義母の間も、みはると義妹との間も、まあ、うまく行っていると言うことができた。光子はみはるのことを〝姉ちゃん、姉ちゃん〟と慕っていたし、みはるの方も自分が光子の姉であるという自覚を持っていた。

「みはるちゃんは素直でいい性格だけど、何と言ってもわがままね。おばあちゃんの手で甘えほうだいに育てられているから、ああなるんでしょうが、自分の思うことが通らないと癇《かん》をたててしまうの。でも頭はいいわ」

時に、義母の冬枝は言った。確かにその通りであった。生母貞代の頭のよさも、癇の強さも、みはるはそっくり受け継いでいた。

みはるが八歳の頃、架山は郷里の親戚の者の口から、時折り貞代が祖母とみはるのところを訪ねているという話を聞いた。貞代が自分の産んだ娘を訪ねて行くということは、充分ありそうなことであった。そのことにふしぎはなかったが、架山は、これが現在の妻の冬枝の耳にはいることを怖れた。妻としては不愉快なことであるに違いなかった。そうした配慮から、架山は事を荒立てず、知らないことにしておいた。それとなく、架山は母親にそのことを質《ただ》すことがあったが、いつも母親は口を濁していた。

伊豆に帰省する度に、架山はみはるの着ているものが、冬枝が東京から送っているものとは違うことに気付いていた。貞代の手によって調達されたものに違いなかった。

「きれいなセーターだね。どうしたの、これ」

ある時、架山が訊くと、母親は老いた皺だらけの顔を悲しいものでゆがめて、

「貰ったんだよ、これ、どこから貰ったんだっけねえ」

そんな曖昧なことを言った。みはるもそこに居たが、みはるの方はすうっと立って行った。その座を外して行く幼い者の姿を見た時、架山は多少暗然たる思いに打たれた。父親である自分に秘密を持っている八歳の少女が、腹立たしくもあり、哀れでもあった。架山は老いた母親の顔を暫く見守っていた。この方も腹立たしくもあり、哀れであった。母親は貞代が嫌いな筈であった。貞代が家から出て行くのを一番悦んだのは母親に違いなかった。そのくらいであるから貞代の方もまた母親を嫌っていた。嫁姑の間柄以上に、二人は性格的に相容れないものを持っていた。その母親と貞代が、今や、みはるをまん中に挾んで何となく共同戦線を張って、自分に対抗しているように、架山には思えた。母親はあれほど嫌いであった貞代であるのに、今はみはるの生母であるということで貞代を許している

のであり、貞代の方は貞代の方で、みはるを育てていてくれるということで、母親を許しているに違いなかった。

架山は、郷里の古い家の中に於ける、ふしぎな団欒《だんらん》を眼に浮かべることがあった。母親、貞代、みはるの三人が一つの食卓を囲んで、賑やかに笑ったり、話したりしている。確かにそこに居るのは一組の母子であり、祖母であった。そしてこの団欒の中心をなしているものは、二人の女性のみはるに対する愛情にほかならなかった。

架山は自分と別れてからの貞代がフランス刺繡の仕事で、何人かの弟子をとって、一応困らないだけの生計を立てていることを、人伝てに聞き知っていた。貞代は自分が望んだように、家庭の妻としての座を棄てて、自分の仕事を持ち、それに情熱を燃やしているに違いなかった。そうした自分の立場を築き始めると、貞代はみはるが欲しくなったのである。こうした考え方には、貞代特有の自分勝手なところがあった。家庭は棄てる。自活できるようになるまでは、みはるをこちらに育てさせる。しかし、生活の目処《めど》がつくようになった今は、みはるに対する愛情が彼女を動かし始めたのである。愛と言えば、架山の母親が訪ねて来る貞代を黙って迎えているのもみはるに対する愛であり、架山がそれを知らん顔しているのもまた、みはるに対する愛であった。

みはるが十一歳の時、架山の母は亡くなった。突然の死であり、架山も冬枝も間に合わなかった。彼女はこの世で一番愛した孫娘に、ほんの短い間看取られて死んだ。

母親が亡くなると間もなく、貞代の兄が東京の架山の家を訪ねて来た。みはるを母親の籍に入れて貰えないであろうかという交渉であった。貞代の兄は社会的に地位もあり、誠実な人柄で知られていた。架山もこの人物は好きであった。

「ずいぶん勝手な申し出だとは思うが、貞代の方もどうにか仕事もうまく行っているらしく、生活の心配もなくなっている。みはるちゃんを引取っても、将来の責任はとれると思うんだ。僕も妹に、交渉の労はとるが成否のほどは受けあわないと言って来たんだがね」

曾《かつ》ての義兄は言った。それに対して、架山はみなで相談した上で返事をすると答えた。

架山は、おそらくみはるも貞代を慕っていることであろうし、何と言っても生母のもとで暮す方が、みはるにとっては仕合わせであるに違いないと思った。それに今まで祖母といっしょに生活していたのが、こんど初めて義母との生活が始まることになるわけで、うまく東京の家庭の雰囲気になじめるかどうかは見当つかなかった。

しかし、妻の冬枝がこの問題にいかなる考え方をするか、これが一番厄介でもあり、難しい問題でもあった。架山は貞代の兄からの話をありのまま、冬枝に伝えた。

「みはるちゃんは、これまで度々お母さんと会っていたでしょう。わたしが知っているくらいですから、あなたがご存じないとは思いません。あなたがそれをわたしにお話しにならなかったように、わたしも知って知らん顔をしていました。こんなこと、ずいぶん悲しいことですけど仕方ありませんわね。そりゃ、わたしに言わせれば、貞代さんっていう人は、ずいぶん勝手だと思います。でも、まあ、生みの親ですから、置いてきた子供にも会いに行きたかったでしょうし、継母の手に渡すくらいなら自分が引取った方がいいとも考えるでしょう。みはるちゃんは、何と言っても、私にはまま子です。これからみはるちゃんがこちらに来て、わたしがみはるちゃんを光子と同じように取り扱えるかどうか、これは判りません。わたしの方はそう務めても、みはるちゃんの方が素直に受けとるか、どうか。——生みのお母さんとこっそり会ったりしていないんなら、わたしも一生懸命母親になろうと務めるでしょうけど、生みのお母さんの味を知っているとなると、何となく張合いがありません。することと為すこと、生みのお母さんと較べられたら敵いませんものね。今になって言っても仕方ありませんけれど、わたしがこちらに来た時、みはるちゃんといっしょに住むべきだったんですね。そうすれば、こういう問題は起らなかったでしょう」

冬枝は言った。

貞代が郷里の母親のところを度々訪ねていることを、冬枝が知っていたことは、架山にとっては意外であった。しかし、意外であると思う方が、どうかしているのかも知れなかった。

「わたしは、そういう気持ですから、むきになってみはるちゃんを先方さんに渡さないとは言いません。わたしの子供ではないんですから。あなたに決めて頂いていいんです。ただ、貞代さんがみはるちゃんに会いに来たように、こんどはあなたがみはるちゃんに会いに行くようなことになったら、それだけは嫌です。そんなことをされたら、わたしの立場がなくなるでしょう。踏んだり、蹴ったり」

冬枝は言った。架山はみはるの問題について、更に郷里にちらばっている何軒かの親戚の人たちの意見を訊いてみた。生みの母親が引取りたいと言うんなら、そうするのが一番いいだろうというのが、大部分の意見であった。

「そりゃ、本人にしてみたら、継母といっしょに暮すより、本当の母親といっしょに暮す方がいいに決まっている。相手に渡して、あとが心配というのならともかく、あの貞代さんって人は、今はなかなかの羽振りらしい。この間、婦人雑誌にあの人のことが載っていた」

そんなことを言う者もあった。貞代がフランス刺繡の方で次第に名前を出し始めていることは、架山も知っていた。時折り、婦人雑誌などに写真入りで紹介されていることもあり、短い原稿を執筆していることもあった。

みはるは祖母が亡くなってから、親戚の一軒から小学校に通っていたが、架山は母の百カ日の法要で帰省した折りに、みはるを自分の前に呼んだ。

「一学期が終るまでは、ここに居るが、そのあとは東京の学校に転校しなければならない。判っているね。それとも、みはるはこの際、京都のお母さんの方に引取られて、京都の学校へ通うか。どっちがいいかな」

架山は刺戟《しげき》のない言い方で、幼い者の心の内部を打診してみた。すると、みはるは急に眼をきらきらさせて、

「みはるは、京都の方がいい」

と、即座に答えた。なんの躊躇もない答え方だった。

「東京は嫌か」

「嫌でもないけど、京都の方がいい」

「お父さんたち、さっぱりだな」

架山が苦笑して言うと、

「東京も好きよ。光子ちゃんが居るんだから」

そう言ってから、

「でも、京都の方がいい」

「なぜ」

それには答えないで、

「おばあちゃんも、おばあちゃんが亡くなったら、京都へ行きなさいって言っていた」

みはるは言った。祖母は祖母で、自分の亡きあとの孫娘のことを心配していて、いつかそんなことをみはるに言ったものと思われた。

みはるが京都の生母のもとに引取られたいという気持を持っていることを知って、架山の考えは決まった。一学期が終ると、みはるは東京に移り、夏期休暇の間、義母や義妹たちといっしょに暮した。

「もう何日経つと、みはるちゃんは京都へ行くのよ」

みはるはそんなことを光子に言うことがあった。

「光ちゃんも連れてって」

光子が言うと、
「だめよ。わたしだけでしか行けないの。でも、わたし、時々遊びに来るわ。そして光ちゃんも連れてってあげる」

みはるは言った。幼い者の会話を聞いていて、架山は心を悲しいものが走るのを感じた。この姉妹は今は仲よく遊んでいるが、こんどみはるが京都に移るのを機会に、二人はもう親しく話すことはなくなるのではないかと思った。それぞれ異った環境で育って行かねばならない。光子は両親のもとで育って行くが、みはるの方は父親を持たない子供として育って行く。その点光子の方が仕合わせであるに違いなかったが、と言って、みはるを不幸な運命の中に追いやるといった気持はなかった。人一倍確りした母親貞代がついているので、生活に困ることもないであろうし、父親がなければないで、それなりに依頼心を持たぬ娘として逞しく育って行くことであろうと思われた。

架山はみはるが家に居る間は、なるべく夜の会合を外して、早く家に帰るようにした。みはるとのいっしょの生活が限られたものであったので、その間だけでも、みはるに付合ってやりたかったのである。

冬枝も、みはるちゃん、みはるちゃんと言って、みはるを立てた。みはると光子が争うようなことがあると、冬枝は光子の方を叱った。間もなく生母のもとに返すことになっているみはるに対して、冬枝は継母として精いっぱい気を遣っていた。冬枝はみはるのために四季の衣類を調えたり、寝蒲団を新調したりした。

「まるで嫁にやるようだな」

架山が言うと、

「もうお嫁にやれなくなったから、その分、いましておきませんとね。そうでしょう？」

冬枝は言った。夫の架山になり代っての言い方であったが、冬枝は冬枝として、貞代からうしろ指をさされないだけのことをしておこうといった気持であったのである。

八月の終りに、貞代の兄がみはるを引取りにやって来た。

「どうだ、みはるちゃん、東京のお家の方がよくなったんではないか」

義兄が言うと、

「ううん、京都の方がいい」

みはるは言った。みはるの正直な言い方で、架山も、冬枝も、義兄も笑った。明るい笑いだった。

みはるが義兄に伴われて京都に向かう日、架山は光子を連れて、東京駅まで送った。八月の終りのむし暑い日の午後だった。

「京都駅にお母さんが出迎えてくれているだろう。これからは今までとは違って、都会の学校へ通うんだから、敗けないように勉強するんだね」

架山は月並みなことを言った。言いながら、これが、一組の父と子として二人が交す最後の言葉だという気持があった。そうした架山には答えないで、

「光ちゃん、お正月に遊びに来るわ。お土産持って来てあげる。ほんとよ。嘘言わないわ」

みはるは言った。姉らしい言い方だった。しかし、正月にこの幼い姉妹が東京で顔を合わすようになろうとは考えられなかった。何年も、何十年もあと、大人に生い育った時、二人は腹違いの姉妹として顔を合わせることがあるかも知れない。おそらくそうした時は来るであろうが、それまではお預けだ、そんな風に架山は思った。〃お預け〃という言葉が一番ぴったりしていた。二人にとっては何のためのお預けか判らないだろうが、とにかくお預けなのである。

発車時刻が来た時、みはるは顔を窓硝子にくっつけた。光子が小さい手を振ったので、架山も手を振ってやった。みはるの背後に立っている義兄が最後に、笑顔で会釈した。何も心配しないでいいよ、こちらがいっさい引受けたからね。義兄の顔はそう言っているように見えた。

ホームを出て八重洲口の自動車の乗り場に出ると、烈しい夕立だった。雷鳴まで聞えている。みはるを送り出した時はまだ雨滴が落ちていなかったので、ごく短い間に、夕立は襲って来たのである。

自動車は少し離れたところの溜り場に置いてあったが、そこまで出向いて行くわけにはいかなかった。ずぶ濡れになるのを覚悟して走れば走れないことはなかったが、光子をひとりで待たせておくのも心配だった。運転手もこちらを注意してくれているに違いなかったが、烈しい雨の幕に遮られて見通しは利かないものと思われた。架山は光子といっしょに雨が少し小降りになるのを待つことにした。

――親というものは、ひとりの子供と、このようにして別れていいものかね。

そんな声が聞えた。誰の声でもなかった。架山自身の心の内部から聞えて来る声であった。

――よくはないが仕方ないじゃないか。子供ができてしまってから、親たちは別れることになったんだ。子供はどちらかへ引取られねばならぬ。

架山は烈しい雨脚を見守っていた。みはるを乗せている列車もまた雨に叩かれているだろうと思った。

京都へ行ってから間もなく、みはるは冬枝宛てに葉書をよこした。

――長い間、いろいろお世話さまになりました。元気で京都の学校に通っています。お友だちも、もう何人かできました。京都の言葉が初めは変に聞えましたが、いまはなれました。楽しく毎日を送っています。ごあんしん下さい。みなさんによろしく。

葉書には鉛筆でそう認《したた》められてあった。宛名が冬枝になっていること、お父さんのおの字も認められてないこと、そうしたところに貞代の眼が感じられた。

この葉書以外はもう音信はなかった。架山は正月の賀状の束の中に、あるいはみはるからの葉書がはいっていないものでもないと思ったが、そうしたものはなかった。考えてみれば、期待する方が虫がよかった。

「お正月のお休みのうちに、姉ちゃん来るかしら」

光子が言うと、

「来ませんよ」

冬枝は答えた。

「どうして来ないの」

「ご用事があるんですって」

「じゃ、光ちゃん、遊びに行こうかしら、連れてって」

「お母さんもご用事があって、京都なんかへ行っている暇はありません」

二人が話すのを聞いていて、架山はこうした会話を耳にするのも今年だけで、来年の正月にはみはるの映像は光子の頭の中から消えてしまっているのではないかと思った。

架山は会社の仕事で京都へ出向くことがあったが、初めの間は、ホテルの部屋の窓から京都の街の灯を眺める時、この灯のどこかにみはるが生きているといった思いを持った。会いたいとか、心配になるとか、そんな思いではなかった。自分の子供が、父親の自分とは無関係に、この灯のどこかで生い育っているという思いであった。感傷的な気持ではなく、強いて言えば、こうしたことが許されていいのか、どこか間違っているのではないか、という自分自身への問いかけの気持であった。貞代に関しては何の感情も動かなかった。愛情もなければ、憎しみもなかった。もともと二人は別れることを望み、それぞれが望むように別れたのである。そして確かに別れた方がよかったと思う。貞代はひとりになって初めて自分の持っているものを生かすことができたのであり、架山は架山で、貞代に代って冬枝という平凡な人生の伴侶を得たことによって、初めて自分の道を切り開くことができたのである。冬枝と仕事とは無関係であるという見方もできたが、架山はそうは思っていなかった。何の取得もない、おとなしいだけの冬枝を妻とすることによって、それまでとは全く違った気持で、架山は仕事に打ち込むことができたのである。

みはるが京都の母親のもとに引取られてから二年ほど経った時、突然みはるは架山の会社に姿を現わした。秋の終りであった。

架山は自分の部屋でみはると会った。みはるは中学生になっており、学校の旅行で日光に行き、いまはその帰りだということであった。東京には二泊するらしかったが、スケジュウルはぎっしり詰まっていた。架山は久しぶりでみはると食事を摂りたかったが、

「そとでお友だちと、お友だちの親戚の小母さんが待っています。大人の人といっしょでないと外出は許されないので、その小母さんに連れて来て貰ったんです。これからその小母さんの家に行って、ごはんをごちそうになり、八時までに旅館に帰ることになっています」

みはるは言った。

「その小母さんの家って、どこ?」

「新宿です」

「それは忙しいね」

架山は腕時計に眼を当てて言った。お茶を飲ませてやる時間もなかった。

「お母さんは元気だね」

「元気すぎるくらいです。夏にフランスに行って来たんですが、またこの暮れに行くんですって。ハリキリママです」

みはるは言って、口もとに明るい笑いを浮かべた。暫く会わない間に、みはるはすっかり娘々して来ていた。架山には急に大人っぽくなったみはるの喋り方も眩しかったし、セーターを少し持ちあげている胸のふくらみも眩しかった。

「お母さんがここを訪ねるように言ったの？」

「いいえ」

みはるは首を横に振った。この時だけ表情を硬くした。そして、

「急に思い付いたんです」

「急にか」

「ええ」

みはるは首をすくめて見せた。

どこかに父をからかっているようなところがあった。

「お小遣いはあるか」

「あります。お友だちの中で、わたしが一番たくさん持っています。要らないと言うのに、ママがむりにくれるんですもの」

「困ったママだね」

それから、架山は時計を見て、

「さあ、時間だ。帰んなさい」

と言って、自分から腰をあげた。架山がビルの入口まで送って行こうとすると、みはるは、それには及ばないと言った。断わり方に多少強いところがあった。架山はみはるの友だちの親戚の人というのに礼を言っておいた方がいいのではないかと思ったが、その考えを引込めた。自動車も自分のを使って貰ってよかったが、それも言い出さなかった。少女には少女の自分というものの出し方もあれば、守り方もあるだろうと思った。

みはるが帰ってから、架山は暫く社長室の中を歩き回った。何回も、みはると交した会話を反芻した。どう考えても、暗い影はなかった。みはるは明るいものしか残して行かなかったと思った。辞去して行く時、普通の子供とは違って、自分の父親を友だちにも、友だちの親戚の家の人にも見せるのを避けるようなところがあったが、みはるのような立場の少女では、この程度のことは仕方ないだろうと思った。架山自身にしても、みはるの友だちや、その友だちの親戚の人に顔を合わせた場合、どこにも差し障りないような言葉を探すとなると難しかった。父親として礼を言うのも変であったし、と言って、父親であるということを伏せて、当り障りない礼の言い方をするのも変なことであった。みはるとしてはそうした父親を友だちに紹介するのも、友だちの親戚の人に紹介するのも嫌だったに違いない。あるいは自分が嫌なのでなくて、そうした立場に父親を立たせることを、みはるはみはるなりの考え方で避けようとしたのかも知れない。

もしかしたら、みはるは自分をかばっていたのではなく、父親としての架山をかばっていたのかも知れない。こういう考えに突き当った時、架山は心の底にしんとしたものの走るのを感じた。自分と貞代は、それぞれ自分勝手な考え方で離婚しただけのことであるが、そのことのために新たに設定された常凡ならざる境遇のもとに、一人の少女は生い育って行きつつある。父親も母親も知らない自分だけの人生を持とうとしている。架山みはるならぬ時花みはるは、彼女だけしか持たぬ触角を、あちこちに動かし、自分の進んで行く道を自分なりに確かめようとしている。

みはるに関するこういう感慨はあったにしても、架山にとってはみはるの思いがけぬ訪問は、やはり明るく嬉しいものであった。みはるを貞代に与え、貞代の籍に入れたことは、そうしないより、みはるにとってはいいことであったに違いないといった安堵の思いがあった。

みはるが会社に訪ねて来たことを、架山は妻の冬枝に話した。話すべきか、話さないでおくべきか迷ったが、やはり話しておく方がいいと思ったのである。

「そりゃ、みはるちゃんも訪ねて来たかったでしょう、お父さんですから」

冬枝は言ってから、放心したような視線を遠くに当てた。そして、

「却って仕合わせかも知れないわ、みはるちゃん」

「どうして」

「別れているということで、お父さんからも特別に大切にされて」

その言葉には多少の毒があった。

「変なことを言うなよ」

「でも、そんな顔をしていらっしゃる」

冬枝は言った。

次にみはるが架山を訪ねて来たのは、翌年の夏の初めであった。この時も、みはるはなんの前触れもなしに、友だちと二人で会社に姿を現わした。二日前に上京して来て、友だちの親戚の家に厄介になっており、あすからは、その家の人に連れられて、そこの軽井沢の別荘へ行くということだった。

「軽井沢には何日居るの？」

「一週間ぐらいです。もっと居たいんですが、この夏休みは勉強しなければならないんです――ねえ」

みはるは連れの相鎚を求めた。来年の高校受験に備えての勉強だということだった。

「帰りは東京へ出るね」

架山は言った。その日はあいにく外すことのできぬ集りがあって、二人の少女に付合ってやれなかったので、もし帰途東京に立ち寄るのであれば、その折り、食事でもいっしょにしてやろうと思ったのである。

「いいえ、お家の人が京都まで送って下さることになっています。ですから、東京へは戻らないで、軽井沢からまっすぐに京都に行きます」

みはるは言った。

「それは残念だね。それにしても、いろいろと厄介になるんだね」

架山は言った。本来なら父親の自分が受け持たなければならぬようなことを、その友だちの親戚の家に全部肩替りして貰っている恰好だった。親がなくても、子は育つと言うが、確かに子供は育って行くという感じだった。

架山は社長室で、二人の少女に洋菓子と、紅茶と、アイスクリームを食べさせ、帰りに二人が厄介になっている家に果物の包みを持たせてやることにした。秘書課員の手で果物の包みが運ばれて来た時、

「なんと言って持って行きましょう」

みはるは言った。

「そうだね」

架山はすぐには言葉を出さなかった。自分からだと言うと、なるほど差し障りがあるかも知れなかった。

「そのお家では、みはるがここへ来たことは知っているね」

一応そのことを確かめるつもりで、架山が言うと、

「いいえ」

みはるは首を横に振った。

「知らないの？」

架山はこんどは連れの少女の方に顔を向けた。すると、

「だって、秘密ですもの、――ねえ」

と、連れの少女は、みはるの方へ顔を向けた。少女の口から出た秘密という言葉が、架山には刺戟的だった。いま自分の前で無心げにアイスクリームのスプーンを嘗めている二人の少女を、架山は改

めて見直さなければならぬような思いを持った。

みはるの連れの口から秘密という言葉が出たことで、彼女が、みはるの架山訪問を、親戚の家に対して秘すべきものと判断していることは明らかであった。おそらくこの二人の少女たちは、ここへやって来るまでに、いろいろのことを稚い話し方で話し合ったことであろうと思う。

みはるはいまは姓を異にしている父親を訪ねて来るということに於て、一つのドラマの主人公であり、みはるの連れは、おそらくその同情者であり、理解者であり、そして現在の立場は父子対面のドラマの立会人であるに違いなかった。

「お家の人に、ここに来ることを言って来ないんだったら、――そうだね、だれかに貰ったことにして持って行ったら？」

つとめて無頓着な言い方で、架山は言った。やはり果物包みは持って行かせる方がいいと思った。それでは持って行くのはやめなさいという言い方もあったが、秘密だと言われて、それではと引込めたことになりそうで、それが少女たちの心にどう反応するかも考慮しなければならなかった。

「でも、よします。こんな大きなもの、持って行くのがたいへんだわ」

みはるは言った。子供としての甘えの感じられる言い方が、架山には快くもあったし、いまの場合は何よりも救いの言葉であった。

「なるほど、ね。――じゃ、やめなさい」

架山は言った。それから、

「遅くならないように帰らないと」

と注意すると、

「彰子ちゃんと、彰子ちゃんのお兄さんが、ここへ迎えに来てくれることになっています。もう来ているかも知れません。くるまでお家まで送って貰います」

彰子ちゃんなるものも、そのお兄さんなるものも、いかなる関係にあるか知らないが、少女たちは少女たちで、自分たちの社会を持っていて、世話をしたり、世話になったりしているように見えた。

みはるはこの二度目の訪問では、一言も母親の貞代のことについては口から出さなかった。友だちを連れて来ていたので、父親の前で母親のことを言うのを避けたのであろうと、架山には思われた。

三度目に架山がみはるに会ったのは、その翌々年の秋である。友だちと二人で会社に姿を見せた時から二年と二カ月ほど経過している。

その日、架山は会社で、みはるからの電話を受けとった。

「わたくしです。──みはる」

架山は、瞬間、自分の周辺にぱあっと明るい光線が射して来たような思いを持った。

「いま、どこ」

架山は訊いた。

「SYホテルです。ママの講習会があるので、それについて来たんです」

「学校は?」

「お休みです。連休が続いているでしょう。——でも、東京に来ないで、お友だちと九州へ旅行した方がよかった！」

「どうして」

「ママったら、朝八時にホテルを出ると、夜遅くまで帰って来ないんです。きのうも、おとついも、ひとりぼっちです。今夜も、そうにきまっています」

「京都には、いつ、帰るの？」

「あすです」

「じゃ、会社へ来ないか」

「でも、ママにひとりでホテルから出ることを禁じられています」

「そりゃ、気の毒だね」

「でも、行きましょうか、お父さんの会社に。タクシーに言ったら、行けると思うんです」

「まあ、お母さんから出てはいけないと言われているんなら、出ない方がいい。——よし、付合ってあげよう、一時間ほど。くるまでそちらに行ってあげるから、ロビイで待っていなさい」

架山は言った。電話を切って、時計を見ると、五時少し回っている。架山はすぐ秘書課にくるまの用意を命じた。六時から会合がひとつあったが、その方は休むことにした。架山は、自分の気持が、愛人から呼び出しの電話でもかかってきた男のように、無抵抗にその方に惹きつけられているのを感じていた。

ＳＹホテルでくるまを降り、回転ドアを押そうとすると、横からみはるが飛び出して来た。

「一時間か二時間ぐらいなら、ホテルをはなれても大丈夫です。ママは帰って来っこありません」

みはるは言った。

「じゃ、ホテルの屋上へでも行って食事をしよう」

架山が言うと、

「でも、ホテルでない方がいいんじゃありません？」

みはるはそんな言い方をした。ホテルでは、母親と顔を合わせることがないでもないから、なるべくなら他の場所の方が安全であろうという意味らしかった。架山はそんな娘に、多少たじたじになるものを感じていた。

「では、どこか近くでごはんを食べよう」

架山は言った。姿態は同年配の少女よりむしろ稚く見えたが、口から出る言葉も、話す時の表情も、この前の時に較べると、みはるはすっかり大人っぽくなっていた。

みはるは何か取って来る物でもあるのか、部屋に引返して行ったが、彼女が戻って来るまでの間、架山は煙草をくわえて、ホテル前の広場の雑踏に眼を当てていた。そしていま一体、自分はいかなることをしようとしているのであるか、といった複雑な思いに揺られていた。二人の女の眼からかくれて、みはるを連れ出そうとしている。自分から計画したことではないが、結果から見れば、明らかに貞代と冬枝という二人の女性の眼の届かないところで、自分はみはると、一組の父と娘としての短い時間を持とうとしているのである。そして、みはるの方はみはるの方で、これまたそのことに幼い頭を働かせている。これでは、まるで共同謀議じゃないか、架山はそんなにがさも甘さもある奇妙な思いにひたっていた。

みはるが戻って来た。架山は、くるまを呼び出して貰っている間、自分の傍に立っているみはるの横顔に眼を当てていた。そして、いまここに立っている自分とこの少女は、紛れもない一組の父と娘であるといったそんな思いに打たれていた。確かに父であり、娘であった。そして二人は共同の立場に立って、二人の女性の眼を逃れて、二人だけの短い会食の時間を持とうとしている。その二人の女性というのは、みはるにとっては一人は生母であり、一人は曾て母と呼んだ女性である。架山にとっては一人は先妻であり、一人は現在の妻であった。

「どうしたんでしょう。くるま、なかなか来ませんわね」

「いまに来るよ。どこか駐車場にはいっているので、少し時間がかかる」

「ホテルってところは、ずいぶんたくさんのくるまが、一日中出たり、はいったりしているんですね。一体、どのくらいの数なんでしょう」

「さあね」

「初めはホテルに泊っている人ばかりかと思っていたんですが、そうじゃないのね」

「そりゃ、そう。何組も結婚式が挙げられているし、いろいろな宴会も開かれている。泊り客はごく一部だと思うね」

「お父さんも、ここにいらっしゃることありますか」

「月に一回か二回はある。ほかのホテルにも行く。多勢集る会となると、結局はホテルを使うことになるからね」

そんな会話を交しながら、もう一度架山は、ああ、いま父と娘は、父と娘として話をしていると思った。そう思った瞬間、言い知れぬ悲哀感が、架山の心に立ち籠めて来た。

架山はなぜか、自分は、いまこうしてみはると自動車を待っている短い時間のことを、一生忘れることはないのではないかという思いに捉われていた。二人が眼を向けているホテルの前の広場に漂っている秋の暮方の白い光も、次から次に絶えることのない自動車の出入りも、そしてホテルの回転扉から休みなく吐き出されては、いずこともなく散って行く白人旅行者たちの群れも、それからそうしたものいっさいの背景をなして、漸くともり始めた無数の街の燈火の淡い光も、そしてまたいま自分とみはるが取り交しているとりとめない会話の一語一語も、自分は一生忘れることはできないのではないか。自分が忘れることができないように、みはるの方もまた忘れることはできないのではないか、と思った。

いつの日か、後年、二人はそれぞれにこの秋の暮方の、ホテルの玄関口の雑踏の中に立っていた時のことを、特別なものとして思い出すことがあるのではないか。架山は言い知れぬ悲哀感に包まれていたが、その悲哀感を生み出しているものの正体は、謂《い》ってみれば一人の父親のこのような思いであったようである。

くるまが二人の前に滑って来た時、

「さあ、乗りなさい」

架山は扉を開いてやった。

「大きなくるま！」

みはるはそんなことを言って乗った。

架山は近くの、よく知っているレストランの名を運転手に伝えた。くるまは父と娘を乗せて、漸く秋の気の流れ始めた東京の街を走った。

「大学はどこへ行く？」

「まだ決めてありません。本当は芸大へ行きたいんですが」

「ほう、絵を描くの？」

「いいえ、やるんなら彫刻です」

「彫刻、たいへんなものをやるんだね。だが、そういうものをやるには特殊な才能が要るんだろう」

「才能なんてありませんけれど、わたし、好きでしょう？　ですから――」

好きでしょうと言われても、好きか、好きでないか、架山は知らなかった。それに、彫刻をやりたいと言っても、それを真に受ける必要もないであろうと思われた。単なる十六歳の少女の夢であるに過ぎなかった。小学校の一年生に将来何になりたいかと訊いたら、看護婦さんと答えたのが一番多かったという話を何かで読んだことがあるが、いまのみはるの場合も、それと同じようなものであるに違いなかった。

架山はみはると二人で、小さいレストランの片隅で、フランス料理を食べた。卓上には小さい赤いランプが置かれてあり、席は全部ふさがっていたが、その割には静かであった。客も一応選ばれており、給仕人たちもきちんとしていた。店内の雰囲気もよかった。

「そとで食事することがある?」

「時々あります。でも、ママと二人のことはありません。ママって、お客さんが好きでしょう。ですから、いつも誰かほかの人といっしょです」

貞代が客好きで、客といっしょにレストランで食事をすることが多いと言われても、架山はそうした貞代を想像することはできなかった。派手な性格であるから、客をもてなすことも好きであるに違いなかったが、架山と生活している時は、そうしたことをする余裕はなかった。貞代はおそらく現在、架山の知らなかったいろいろな面を出して、自分の生活を組み立てていることであろう。それにいまは、服装雑誌や流行雑誌の記者たちに取り巻かれているに違いないし、そうした記者たちにちやほやされて、彼女が本来持って生れて来たものを、彼女らしくさぞ効果的に費っていることであろうと思われた。

架山には、そうした母親のもとで育って行くみはるが、どのように成人して行くか見当はつかなかったが、しかし、まあ貞代に任しておいて、間違いはないであろうと思われた。生活の苦しみも味わうこともないであろうし、暗い影を持つこともないであろう。貞代自身が一度結婚に失敗した女としての暗さを持たないように、そうした母親のもとで育って行くみはるもまた、特殊な環境から来る暗さを身に着けることはないであろうと思われる。

「本を読むのは好き?」

「好きです。でも、ママが取りあげてしまうんです。眼が悪くなるからと言って」

「そんなに読むの?」

「ママ遅く帰って来るでしょう。家へ帰って来ると、すぐわたしの部屋を覗いて、また本を読んでいるって叱るんです。そんな時、わたしも言ってやるんです。ママ、またお酒飲んでるって」

「ほう」

と言ったまま、架山はその会話をそこから先は続けなかった。しかし、みはるの方はおかまいなしだった。

「ママって、現実的でしょう、ロマンティックでなくて」

こんなことを言うところは本を読む影響であるかも知れなかった。

一時間ほどで食事が終ると、架山はホテルまでみはるを送った。

「もっといっしょに居てあげてもいいが」

「でも、もういいんです。大丈夫とは思いますけど、——いいわ、もう」

可憐な密会の片割れは言った。

みはると別れて、くるまで家に向かう架山の心をいろいろな思いが去来した。ホテルでくるまを降りると、ちょっと会釈してすぐ背を向けたみはるの姿が、いつまでも架山の眼から消えなかった。父と別れる普通の少女の別れ方ではなかった。その思いきりよい背の向け方には、やはりたまたま会った父と別れる瞬間の少女の心がはいっているに違いなかった。

それはそれとして、父にとっても、娘にとっても、今日の会食はいいことであったと、架山は思った。自分も楽しかったし、みはるも楽しかった筈である。僅か一時間ほどの短い逢瀬であるが、充分楽しかった逢瀬であったと思う。逢瀬という言葉はもうこの世から消えかかっているが、今夜の自分たちの場合にはぴったりした言葉だと思う。逢瀬というような言葉を必要とする男女の関係はもう現代には残っていない。ひと眼をしのぶ愛もないし、その仲をさかれるような愛もない。悲しい恋愛があった時代はもう遠く去ってしまった。愛は性の衝動か、性の取引か、そんなものと置き替えられようとしている。親と子の間の愛には性がなく、しかも本能的なものに支えられているから、前時代の悲劇の要因がなお生きられる余裕があるのかも知れない。

しかし、今宵の逢瀬がみはるには果して楽しかったろうか。それは自分に対しても言えることである。果してお前はみはると会って楽しかったか。

この新たにやってきた思いが、暫く架山を落着かせなかった。みはるも自分も、父と娘という関係がどのようなものであるか、それを確かめるために会ったようなものである。父と娘のたまさかの逢瀬がどのようなものであるか、父は父で、娘は娘で手さぐりし、何か確りした手ごたえのあるものを摑もうとして、結局は何も得なかったではないか。手に触れるものは、ひんやりした感触のものばか

りである。つめたく、悲しく、幾らか暗いところのある思いで、二人はお互いに相手を労《いたわ》り、そして
さりげなく別れてしまったのではないか。

架山は今頃みはるは悲しい気持になって、ホテルの部屋の椅子にぼんやりと腰かけているのではないかと思った。そう思うと、架山は自分の心を、なんの憚るところなく、おおっぴらに悲しい気持がわきあがって来るのを感じた。

娘に対して縁薄く生れついた男が、父親に対して縁薄く生れついた少女のことをいま考えている。久しぶりで会って、いっしょに食事をし、そして別れて、救えない悲哀の気持に襲われている。架山は明るい灯の街の中を、停まったり、走ったりして、運ばれて行った、光子というもう一人の娘の居る家庭に。

次にみはるが訪ねてきたのは、翌年の春であった。上野の桜が満開であるという記事が新聞にのった日で、ビルの窓から見る街も、何となくざわざわした行楽の気分に占められ、強い風にあおられた紙片が、鳥でも飛んでいるように点々と、空の高所に舞いあがっていた。

架山はK会館に貿易関係の会合があって、それに出席するために、階下に降りて行ったのであるが、その時、くるまの手配をしていた秘書課員がやって来て、

「いま、ご面会の方が見えておりますが」

と言った。架山は受付の方へ眼を投げて、すぐみはるだと思った。

架山がその方へ歩いて行くと、みはるも近寄って来た。

「これから用事でよそへ出かけなければならない。夕方からは暇になるから、もう一度出直して来て貰いたい」

架山は言った。ほっそりした体を包んでいる白のカーデガンが、架山の眼には清潔に見えた。すると、

「よかったわ、会えて、——危いところ」

みはるは言って、

「これからおくにに行きます。行ってもいいでしょう」

「おくにって、伊豆へ行くの？　そりゃ、構わないが、どこに泊る？」

「旅館です。もうお部屋もとってあります」

「どの親戚に泊ってもいいのに。長く行かないからみんな悦ぶだろう」

「でも、お友だちといっしょです。わたしひとり親戚に泊るのは悪いでしょう。ですから——」

何が悪いか判らなかったが、みはるはそんなことを言った。分別ありげな言い方ではあったが、やはり稚さがあった。

「じゃ、伊豆からの帰りに寄りなさい」

「ええ、はっきり判りませんが、できたら、そうします」

みはるは言った。

「これから、どこへ行く？」

「東京駅です」

「では、そこまでいっしょに行こう。送ってあげる」

「でも、お友だちとここで待ち合わせることにしてありますから」

「そりゃ、残念だね」

架山は本当に残念だと思った。K会館は東京駅の近くだったので、友だちと待ち合わせてさえいなければ、たとい短い時間でも、そこまでみはると話すことができる筈だった。

みはるはくるまのところまで架山を送って来た。

「では、なるべく、帰りに寄りなさい」

「はい」

みはるは素直にうなずいて、くるまの座席に腰を降ろした架山の方に手を振った。胸のところで手先きだけ動かす小さい手の振り方だった。

くるまが走り出してから、胸のところで小さく手を振っていたみはるの姿が眼にちらついていた。折角訪ねてきたのにろくに話もせず、逆に自分の方がみはるに送られて出て来たことが、心ない仕打ちのような気がして、架山はなんとなく気になった。

「すまないが、ちょっと戻ってくれないか」

架山は運転手の方に声をかけた。

「会社へでございますか」

「そう」

「承知いたしました」

運転手は言った。しかし、何程も経たないうちに、

「いや、よろしい。このまま行って貰おう」

と、架山は自分の言葉を訂正した。もう一度会社へ戻ってみたところで、せいぜい数分の時間を、みはるのためにさくだけのことであった。くるまはそのまま埃っぽい春の街を走って行った。

架山はそれから何日か、みはるが会社を訪ねて来ることを心待ちにしていた。しかし、みはるは姿を見せなかった。伊豆からそのまま京都へ向かったものと思われた。

架山は、時折り、伊豆の風物の中にみはるを置いてみた。眼に触れるすべてのものが、みはるにとっては、幼時の思い出と関係を持っているものであった。祖母の思い出もあれば、小学校時代の思い出もあるだろう。それから郷里にはたくさんの幼友だちが居る筈である。そうした友だちと、みはるはどのようにして会い、どのようにして語ったことであろうか。架山は、久しぶりで自分が生い育った伊豆を訪ねて行ったみはるのことを、あれこれ思い描いた。

架山は伊豆の親戚の一軒に電話をかけて、みはるが訪ねて行ったかどうかを訊いてみた。しかし、みはるはその親戚を訪ねてはいなかった。

「みはるちゃんが、どこかへ顔を出せば、すぐ判るが、どこからも、そんな話は聞かんからのう」

親戚の老人は言った。この老人の言葉で、架山は多少暗い気持になった。みはるは少女らしい気の

遣い方をして、郷里の人たちの視野の中に自分を置くことを避けたのであろうか。大人の考え方では何でもなく通ることが、少女の繊細な神経にかかると、それはいろいろの意味を持って、思いがけない反応の仕方を示すのであろう。みはるはそうした神経を持って、こっそりと己《おの》が生い育った郷里の風物を見に行ったのであろうか。そうしたみはるを思うと、架山にはたまらなく哀れに、いじらしく思われた。

みはるを架山の籍からぬき、貞代の手許に渡してから、架山がみはると会ったのは四回である。架山は時花みはるという他家の娘となったみはると四回会ったのである。二回は短い時間会社の社長室で、一回はそれでも一時間ほど小綺麗なフランス料理店で食事をしている。そして最後の一回は、会社のビルの玄関口で、郷里の伊豆を訪ねるというみはると、ほんの五分ほど立ち話をして、慌しく別れてしまったのである。

架山とみはるが、たとい短い時間でも、父と娘として相対したことのあるのを知っているのは、会社の秘書課員の何人かだけである。それもどこまで知っているかは、架山にも判らなかった。架山家に何か複雑な事情があるらしいぐらいのことは気付いているだろうが、詳しいことは何も知ってはいない筈であった。

ただ四回の父と娘の対面のうち、最初の一回だけは、そのことを架山が話したので、冬枝は知っていた。しかし、そのあとの三回については、架山は冬枝に知らせてなかった。知らせるより、知らせない方がいいと思ったからである。もし知らせれば、冬枝は無心ではいられず、最初の時がそうであったように、遠回しの当てこすりのひとつぐらいは言うであろうし、それを聞けば聞いたで、架山の方も腹を立てることになる。そういうことになるなら、初めから知らせないでおくに越したことはないという架山の考え方であったのである。

それでも、一、二度、冬枝はみはるのことを口に出したことがある。

「どうしているでしょうね、みはるちゃんは」

「さあ、ねえ」

「その後、来ません？」

「うむ」

「逢いたいでしょうにねえ」

「うん」

「あなたの方もお逢いになりたいでしょう」

「そりゃあ、ねえ」

「――でしょうね。こだわらないで、来ればいいのに、みはるちゃんも」

しかし、そうした場合、最もこだわるのは冬枝自身であるに違いなかった。光子の方はどう思っているのか、みはるのみの字も口にしなかった。小さい時、あれほど姉のみはるを慕っていたので、みはるのことを、時には思い出さない筈はなかったが、この方はみごとにみはるのことに関しては口を緘していた。そうした光子に、架山は少女だけの持つ、大人の遠く及ばない細心さと、繊細な配慮とを感じた。みはるが持っているのと同じものを、光子もまた持っているに違いなかった。

みはるが琵琶湖でボート顚覆という思いがけない事件で短い一生を終えることになったのは、会社のビルの玄関口で、架山が郷里の伊豆を訪ねるというみはると、慌しく別れてから一カ月半ほど経った時である。五月の終りで、そろそろ梅雨期にはいろうとする頃であった。

架山は毎年雨期にはいると、胸がうずき、全身がしびれるような暗い思いに打たれる。救いというものが、どこにもない暗澹たる気持である。架山はこのところ毎年のように五月から六月にかけて外国旅行をすることが多いが、これはひとえに、この時季の日本から逃れ出したいためにほかならない。雨雲に覆われた重い空も、湿った雑木の緑に包まれた山や丘も、そしてこの季節独特の夜の闇の濃さまでが、架山は嫌いである。しとどといった感じで降る五月雨《さみだれ》の音も、夏への移行を思わせるような烈しい風の吹き方も、また突然思い出したように陽光の射してくる気まぐれな晴れ方も、それからこの季節だけに見られる暮方の白っぽい光線の漂い方までが、なべて架山は嫌いである。その一つ一つが、身も心も腐蝕させるような暗い思いに裏打ちされている。

すべては時が解決するという。その〝時〟というものに頼って、架山はここ何年かを過ごして来ていた。そしてこの一、二年、架山は漸くにしてみはるの事件から、僅かながら立ち直ることができている。架山が祈るような気持で時の経つのを願ったその〝時〟というものの力も大きく作用していたし、それからまた、みはるの事件を、みはるの持った運命であるとする考え方に徹したということも、架山の立ち直りに与《あずか》って力があるようである。

架山はみはるの事件が起るまで、運命という言葉を、凡そ自分とは無縁、無関係なものとばかり思い込んでいた。運命という言葉も、運命論者という言葉も嫌いであった。人間の持っているあらゆる精神の力、意志の力を頭から否定してかかっているこの言葉の不遜さも腹立たしかったし、人間に無条件に諦めを強要するこの言葉の欺瞞性にも耐えられなかった。

しかし、架山は結局のところ、自分が否定し、押しのけていたそうしたものに救われる以外仕方なかったのである。

架山はみはるの顔を瞼に浮かべる。それはみはるという運命の顔であった。架山はみはるの言葉を思い出す。それはみはるという運命が口に出した言葉であった。架山はこの一、二年、みはるという運命と顔を合わし、みはるという運命と話している。みはるの短い生涯を動かし、決定したものを、みはるの持った運命と考えることができてから、架山は、しんとした思いの中で、曲りなりにも、自分を支えることができるようになったのである。みはるを運命と考えるということは、自分という人間をもまた一つの運命と考えることにほかならなかった。

架山という人間が、みはるという人間を考えている時は、架山は救われなかった。父親として娘のことを考えている間は、架山はどこへも逃れて行き場のない無間地獄に落ちていた。どこを見回しても、青い火や赤い火の業火が燃えていた。

架山という一個の運命が、みはるという一個の運命を考えるようになってから、たとい足許の業火は消えなくても、架山は、その中に身を支えて立つことができるようになったのである。二個の運命はどこかで繋がっていた。その繋がっているという思いが、架山を何ものかに向かって、面《おもて》をあげて立たせたのである。

しかし、大きくは運命であるにしても、運命とは無関係な思い出もあった。架山は、みはると会った時のことを心に浮かべると、いつも逢瀬という言葉が思い出されて来た。この言葉は、二人がフランス料理店で食事をし、ホテルの前で別れ、そしてひとりでくるまに揺られていた架山の心に初めて顔をのぞかせたものであったが、それがその後執拗なほど度々、架山の心に立ち現われて来た。

この逢瀬という言葉が持っている思いは、その度に架山を苦しめた。二人の逢瀬はいつも娘のみはるによって作られたものであったからである。考えてみれば、四回の逢瀬が一回残らず、みはるによって提供されたものであった。いつも、みはるの方が架山を会社に訪ねて来ていたのであり、架山の方からみはると会う機会を作ったことは一回もないのである。みはるという幼い運命がいつも、意識して、架山という父親の運命に寄り添って来ていたのである。

しかし、そうしたことはあったにしても、架山は事件以来初めて今年、五月から六月へかけての、架山にとっては暗い雨期を、日本に於て過ごしていた。実際に仕事も忙しく外国旅行のスケジュウルを立てることは難しくもあったが、とにかく架山自身がそうした気持になるだけの立ち直りを見せていたのである。

そのような状態にある時、娘の光子から電話があって、その光子の声の中に、みはるが立ち現われて来たのであった。みはるに較べると、光子は仕合わせに生れついていた。何不自由なく明るく、両親の膝下で生い育っていた。その仕合わせな娘の声と、不仕合わせな娘の声とが、まるでどちらがどちらとも区別ができないほど似ていることに、架山は初めて気付いたのである。

光子と電話で話したあと、これから当分苦しむなと、架山は思った。家に帰っても、当分の間、光子の声を聞く度に、みはるのことを思い出すのではないかと思った。と言って、実際に光子の声がみはるの声に似ているかどうかは判らなかった。たまたま架山にそう聞えたのであって、架山が毎年のように避けていた特殊なこの季節に関係があることかも知れなかった。

架山は電話で聞いた光子の声がみはるの声に似ていることで、当分自分は苦しむのではないかと思ったが、このことは杞憂に終った。家に居ると、光子の声の聞えるところに身を置いていることが多いが、その後一度も光子の声からみはるの声を連想したことはなかった。会社で光子からの電話を受けとった時、その時だけたまたま、それがみはるの声に似て聞えたのであろう。

五月の下旬にはいった時、架山は一泊の予定で北陸に旅行することになった。高校時代の友だちで、金沢で開業している医者の杉本から息子の結婚式の披露宴に招かれ、それに応ずるための北陸行きであった。杉本とは長く会っていなかったが、学生時代には一番親しく付合った間柄である。気心もよく判っていた。

架山はみはるの事件以来、交際範囲をかなり大幅に縮小していた。仕事関係の交際は切りつめるわけにはいかなかったが、仕事とは無関係な友だち付合いの方は、思いきって切れるだけ切っていた。みはるの不慮の死は誰からともなく、そうした仲間の間にも伝わっていたので、同情的な眼で見られるのも嫌であったし、同情的な言葉をかけられるのも避けたかった。

しかし、杉本から結婚式の招待状を貰った時、架山はこれだけは応じないわけにはいかないといった気持だった。日頃手紙のやりとりをしているわけでもなく、時折り顔を合わせるというわけでもなかった。自分の息子の結婚式の時、杉本は親しい友だちとして架山のことを思い出したに違いなかった。平生は親しく付合ってはいないが、こういう場合は、誰をさし置いても架山にだけは来て貰わないといった相手の気持が、架山には手にとるように判った。そうした杉本の気持を酌むと、架山の方は架山の方で、これだけは何を置いても行ってやらなければなるまいといった気持になった。

友情というものはおかしなものである。学生時代から今日までずっと交際しているからと言って、一番親しいというわけでもない。架山は、自分と杉本の関係などは、なかなかいいと思っている。毎日のようにいっしょだったくせに、その時代が終って、それぞれ自分の道を歩き出すと、あとはお互いに音信不通である。お前はお前、俺は俺といったところがある。と言って、若い日の友情が断ち切れたというわけではない。それを示す時がなければ一生無縁に過ごしてしまうだろうが、何かの拍子に、相手が手をあげれば、こちらもそれに応じて手をあげるのに吝《やぶさ》かではないのである。まあ、謂ってみれば、二人は今は遠く過ぎ去ってしまった若い日の友情を、それに手を触れないという形で温存していたようなものである。そしてごく短い友情の確かめ合いが終ると、あとはもう死ぬまで、おそらく二人は疎遠でいることになるに違いないのである。

北陸行きに二泊の予定をとったのは、たまに会うのであるから、少しのんびりと杉本といっしょに過ごしたかったからである。結婚式の日は、杉本の方は何かと忙しいに違いなく、ろくに話す時間もないであろうから、その翌日を旧友交歓の日に当てようというわけである。このことは杉本が手紙で言ってよこし、それに架山が応じたのである。

架山はモーニングは勘弁させて貰って、黒のダブルの洋服を着て、列車に乗った。米原回りの方が時間的には節約ができ便利であったが、軽井沢、長野を経由して行く列車を選んだ。米原《まいばら》駅で乗り替える北陸線はなるべくは避けたかった。みはるの事件に於ける暗い思い出があった。尤もはっきりと意識して北陸線を避けているのではないが、みはる事件以後自然にそういうことになっている。

金沢駅に着いたのは披露宴の始まる一時間前であった。駅には杉本が出ていてくれた。すぐくるまで郊外のホテルに向かった。

「若いな、君は。――苦労ないんだな」

杉本は言った。そう言うだけあって、杉本の方は老けていた。頭髪はすっかり白くなっていて、何となく老人臭かった。

「苦労はあるよ」

「どうかな。――大きな会社の社長だそうだな」

「大きい会社と言ってもピンからキリまである。やりくりがたいへんだ」

「まあ、いいや、どっちでも。それにしても、よく来てくれたな」

「来ないわけにはいかないじゃないか」

「嬉しいことを言ってくれるね。有難う、有難う」

それから杉本は息子に貰う嫁の実家の自慢をし、披露宴で祝辞を述べる人たちについても一人一人説明した。いずれも地方の有力者らしかったが、架山にはあまり関心のないことだった。

「披露宴が終ったら、くるまでR温泉に送る。そこに宿をとってある。披露宴をやる同じホテルに泊って貰うのも芸がないからね」

「R温泉には、くるまでどのくらいかかる?」

「一時間足らずだ」

架山は多少うんざりした。披露宴が何時に終るか知らないが、そのあとまたくるまに一時間揺られるのは有難くなかった。

「そんなに気を遣って貰わなくてよかったのに」

「僕も追いかけて行くよ。僕の方は少し遅くなるが」

「でも、今夜はたいへんだろう。無理をしないでくれ」

「いや構わん。酒はいいのを用意してある」

そう言うところから推すと、どうやらR温泉の宿で酒宴を張る魂胆らしく思われた。

ホテルに行くと、架山は花聟、花嫁に紹介された。花聟の方は若い日の杉本と生きうつしだった。親子であるからいくら似てもふしぎはなかったが、それにしてもこれほど似る親子はそうたくさんはあるまいと思われた。花嫁も、小柄で弱そうに見える欠点をのぞけば、素直そうないい女性であった。

それに架山が気持よかったのは、若い二人が父親の一番親しい友だちとして架山を遇したことであった。

「父からお噂は何十回聞いたか判りませんが、結局はお目にかかれないのではないかと思っておりました。それが、父の言う通り本当にお目にかかれました」

青年はそういう言い方をし、いかにも嬉しそうな表情を見せた。

「いらっしゃるか、いらっしゃらないか、二人で賭けをしておりましたの」

花嫁も言って、花聟の方に相鎚を求める視線を投げた。

架山は自分が、父親の杉本ばかりでなく、その息子からも、その息子の嫁になる女性からも好意を持たれていることを知った。もうこの世の中からすっかり姿を消してしまったと思い込んでいたものに、思いがけずぶつかった気持だった。意外でもあり、気持いいことでもあった。

披露宴が始まると、仲人の挨拶があり、地方の有力者らしい人たちが二、三人、祝辞を述べたあとで、架山も立ちあがった。自己紹介をし、型通りの祝いの言葉を述べたあとで、

——お若い二人の人生の門出に当って、何かひとことご参考になるようなことを申しあげてみたいと思います。実を申しますと、私はこのような席で若いお二人に、人生とは、結婚とは、このようなものであると申しあげる資格のない者であります。

——私は結婚に於ても、人生に於ても、失敗した苦い経験を持っております。仕事の方は、どうにか曲りなりにも初志を貫いて来たのではないかと思いますが、結婚となるとどうもうまくいかなかった。子供を一人つくって別れております。現在妻も持ち、子供も持っておりますが、はっきり申しますと、後妻であり、後妻の子供であります。最初の結婚にはみごと失敗し、二度目の結婚に於て落着いたということになります。それから先妻の子供の方は、ボート顚覆という不慮の事件で失っており

ます。このような娘の失い方をしております以上、人生に於ても失敗者であると言わなければならぬと思います。このお祝いの席に縁起でもないことを申しあげましたが、あまり花聟、花嫁、および両方のご家族がすばらしいので、本当のことを申しあげてみたい気持になったのであります。

架山はここで言葉を切った。架山は実際にそういう気持になっていた。

——私はさっきから花聟、花嫁の若いお二人が並んでいらっしゃる姿を見ておりまして、しきりに〝縁〟というものを感じております。花聟は地球上にかぞえきれないほどたくさんある女性の中から一人をお選びになった。花嫁の方もまた同じであります。何もこの花聟を選ばなければならぬということはありません。それなのに、どういうものか、お選びになってしまった。〝縁〟と言うしか仕方ないと思います。〝縁〟という言葉をほかの言葉で申しますと、運命の出会いであります。二つの運命が、いかなる理由によってか、出会ってしまったのであります。出会ってしまった以上、これはもうどうすることもできません。いい出会いであれ、悪い出会いであれ、出会ってしまったものは仕方がない。この運命の出会いに於て、人間ができることは、ただ一つしかない。その出会いを大切にすることであります。私と別れた妻の場合は、二人とも、いっこうに大切にしなかった。もし大切にしたら、お互いにもっと別の人生を歩んでいたかと思います。いくら大切にしても、別れる場合は別れるでありましょう。しかし、大切にして、その結果別れるのと、大切にしないで別れるのでは、そこにたいへんな違いがあります。私と別れた妻の場合は、自分たちが持った運命の出会いというものを、少しも大切にしなかった。その結果、私たち二人は、当然のことながら神の裁きを受けなければなりませんでした。娘の死が、それであります。もし二人が〝縁〟というものをまじめに考え、大切にしていたら、たとい別れたにしても、娘の死というような事件は起らなかったかも知れない。そういう気持がしきりであります。ここ数年間、折りに触れては、そういう気持に苛《さいな》まれて参りました。

——どうか、若いお二人は、私のような愚を犯さないで頂きたい。〝縁〟というものは、なかなかどうしてたいへんなものだと思います。〝縁〟というと、抹香臭くお感じになるかも知れないが、そういうものではないと思います。哲学の方に、機縁という言葉があるようでありますが、どうも〝縁〟という言葉と同じものではないかと思います。数学の方にも偶然性という言葉があるらしく、それを研究しているという人に会いました。どうも、それも〝縁〟の研究ではないかと思います。これは門外漢の私の考えることで、全く違うことかも知れませんが、私にはそんな風に考えられてなりません。自分が〝縁〟を粗末にしたので、〝縁〟というものが気になってならないのであります。

——自分の結婚を大切にしなかったということは、つまり二人が結ばれた〝縁〟というものを大切にしなかったということは、結局のところその間にできた子供を大切にしなかったということであります。子供の死は、ボートの顚覆によるものでありますから、不慮の事件であります。しかし、不慮の事件であるからと言って、自分の責任ではないという考え方はできません。二人が別れた時、子供はそれまでの運命の路線から、新しい運命の路線に乗り替えたのであります。不慮の事件は、その時、新しい路線の上にすでに設定されていたと思うのであります。私は子供の死を、子供の持った運命だという考え方をしております。ただ、その子供の運命に、親としての自分たちが全く無関係だったという考え方はできないのではないかと思います。

――私はなべて人間というものは、それぞれの運命を持っていると考えております。その運命の路線の方向をねじ曲げることは、人間の力ではできないかも知れません。しかし、その運命の持つ意味というものは、変えることができるのではないかと思う。その力を持つものは人間の誠意であります。私と、別れた妻がお互いに誠意を持って努力していたら、二人の離婚の意味も変っていたに違いありませんし、それによって子供が持った運命も、また変っていたに違いないのであります。子供は不慮の事件で死なないですんだかも知れません。

――このお祝いの席で、私自身に関するお恥ずかしいことをくどくどとご披露申しあげましたが、どうかお二人は、私のような愚かなことをなさらず、今日ここにお二人が結ばれるに到った〝縁〟というものを大切にお考えになって頂きたい。運命の出会いを大切にして頂きたい。そしてお二人の人生行路をすばらしく美しいものにして頂きたい。

架山は結婚式の披露宴の祝辞としては長すぎるスピーチを終った。椅子に腰を降ろしてからも、まだ昂奮が残っていた。本当に若い二人に知って貰いたいと思ったことが、うまく言えなかったような気がする。

「いや、全くおっしゃる通りですな。世の中のことは、何事も出会いですな、結婚も出会い、仕事も出会い」

隣席のでっぷりした男が言った。架山のあとも、二、三人の者によって祝辞が述べられたが、その間架山は自分だけの思いにはいっていた。人間が運命というものの形成に参劃できることは、その運命の意味を変えることだけだ、――自分の喋った言葉が、架山の心を重くしていた。祝辞を述べるために立ちあがるまでは、友の息子の結婚を祝うためにやって来た明るい気持の客の一人であるに過ぎなかったが、祝辞を終って席についてからは、自分のこれまでの生涯を否定する自己批判者になっていた。通りいっぺんの祝辞を述べれば、それでよかったが、つい自分が好感を持った若い二人のために、何か本当に自分が考えていることを言ってやろうという気になったのがいけなかった。

披露宴が終ると、架山は杉本が用意してくれたくるまに乗って、R温泉に向かった。くるまの中でも、架山の心は晴れなかった。くるまはこの季節独特の暗く重い闇の中を走っている。五月闇《さつきやみ》である。その闇の中を、次から次へとヘッドライトが突進して来ては、すれ違って行く。

一時間余りも走った頃であろうか。架山はくるまが湖畔を走っていることに気付いた。

「湖？」

「そうです」

「宿はまだ遠いの？」

「もうすぐです」

「じゃ、湖の傍なんだね」

「そうです」

えらいところに連れて来られたと、架山は思った。銅板でも置いたように、湖面のにぶい光が左手前方に拡がっている。大きい湖か、小さい湖か判らないが、闇の中に湖の面が拡がっていることだけは確かである。やがて行手遠くに赤や青の燈火の光が幾つか見えて来た。湖畔に立ち並んでいる旅館の広告燈なのであろう。

架山は眼を瞑《つむ》っていた。闇にも、闇の中の湖面のにぶい光にも、遠い広告燈にも、架山は嫌な思い出を持っていた。これではまるで、遠く過ぎ去ったある夜のことを復習しにやって来たようなものではないかという気持だった。

旅館に着くと、おそらく最も上等な部屋であろうと思われるところへ招じ入れられた。女中が湖面側の廊下のカーテンを大きく開けようとすると、

「閉めておいて貰いたい。その方が落着く」

架山は言った。風呂にはいって、浴衣に着替えたところへ、杉本がやって来た。

「やあ、待たせてしまって」

杉本が言っているところに、もう一人はいって来た。今日の結婚の仲人をやった五十年配の人物であった。樋口と言う大学の教授である。架山は披露宴が始まる前に紹介されていたが、何を専攻している学者か憶えていなかった。

「きょうはご苦労さまでした」

架山が挨拶すると、

「いや、あなたこそ、お疲れでしたでしょう。また、若い二人にたいへん心のこもったお祝辞を頂き

まして」

と相手は言った。

杉本も、大学教授の樋口も、それぞれの部屋に引取ったが、間もなく浴衣姿になって、再び架山の部屋に現われた。三人だけの遅い時刻の酒宴が始まった。

「たいへんだね、嫁を貰うということは」

架山は言った。

「いや、君の言うように、全くこれは縁だからね。親の眼にはこれ以上のはないと思うようなのがあっても、それがなかなか纏まらん。うまくいかんものだよ」

「いいじゃないか。いいお嫁さんじゃないか」

「まあ、ね。――あのへんでいいとしなければならん」

杉本は言って、

「きょう初めて知ったが、君もいろいろ苦労しているんだな」

「身から出た銹《さび》だよ」

そんな話が一応出つくした頃、

「架山さんは運命ということをしきりにおっしゃいましたが、まあ、人間の一生などというものは、そうしたものかも知れませんね」

樋口は言って、

「いくらじたばたしても、どうなるものでもない。人間のやれることなど知れたものだという気に、私なども最近なっておりますね」

「いや、苦しい時は、人間はそういう考え方になりますね。しかし、本当はそういう考え方をしてはいけないかも知れない。披露宴で、つい運命ということを口走ってしまって、これは難しいことになったなと思いましたが、言いかけてしまったのであとに引けませんでした。どうも、うまく言えなかったようです」

「いや、そんなことはありませんよ。実にいいお話でした。人間の誠意と努力で、運命というものの持つ意味を変える。ちゃんと運命というものに対する人間の働きかけ方をお話しになっていらっしゃる。いいお話でした。――ところが、私の友だちに面白いのがいましてね、この方は徹底しています」

「運命論者ですか」

「いや、本人は運命論者どころか、努力、努力の、張りきり屋なんです。しかし、口では運命論者的なことを言うんです。心にもないことを言っているんですが、聞いていると面白いんです。どこで読んだのか、誰から聞いたのか知りませんが、この地球上の人間は、虚像だと言うんです」

「――」

「宇宙のどこかの遊星群の星の一つに、自分と同じ人間が、いまこの瞬間も、同じことを考え、同じことをして生きていると言うんです。そして、どちらかが実像で、どちらかがその影、つまり虚像だと言うんです」

「ほう」

杉本が顔をあげると、

「もちろん、これは天文学者か、数学者がたてた仮説です。そいつは、酒を飲むと、しきりにこの話をする」

そう言えば、どこかでそんな話を読んだことがあると、架山も思った。

「ほかの星にもう一人の俺がいる。そして、この俺はそいつの影！」

杉本は弾んだ声を出して、

「そりゃ、面白いな。俺は影か。俺ばかりでなく、今日祝って貰った息子も影なら、嫁さんも影か」

「そう、結婚式自体が影なんだな」

大学教授は言った。

「影か、みんな影か。君も影、俺も影、架山君も影。ほう、いいじゃないか、こうして酒を飲んでいるのも影」

杉本は銚子を取りあげた。影が影の銚子を取りあげて、影の盃を満たしている。

「なるほど、なかなか気宇壮大な大仮説ですね。仮説でなくなると、たいへんなことになる」

架山が言うと、

「大人のお伽噺です。僕の友だちはこの話を酒宴の席に持ち出して、人を煙に巻いているんです。ただ彼の場合はそれをうまく、自分の都合のいいように使っていると思います。ひどく単純、素朴な楽天家で、金儲けはうまいんですが、金儲けのうまいところなどは、どうもこのお伽噺と無関係でもなさそうです。失敗しても影、成功しても影、そういう考え方をすれば、人間大胆になれますからね」

　樋口は笑った。

「私の今日の祝辞など、その人に聞かれたら形なしですね」

「そういうことになります」

　すると、杉本が、

「しかし、なあ、架山君、俺は思うんだが、君の場合など、みんな影だよ。影だという考え方をすればいいじゃないか。俺はきょう初めて、君がなかなかたいへんな過去を持っているということを知ったんだが、若い頃の君を考えると、ちょっと信じられぬ気持だな。君など一番のんきに明るく世渡りして行く型の男だった。あの頃は毎日毎日、屈託なく遊び回っていたものな。苦労などというものとは無関係な男の筈だった。その君が、いろいろなことを経験している。――影だよ。影だとしか考えられぬ。影だと思えばいいじゃないか」

　と言った。杉本は地球上に生きている人間が、もう一つの別の星に生きている人間の影であるという話がよほど気にいったらしく、浮き浮きした口調で話していたが、しかし、その中に架山に対する労《いたわ》りの気持もはいっていた。それが、架山にも感じられた。

「そう、影なんだろうね。俺もそう思うよ」

　架山は言った。

「影さ、影なんだよ。そういう考え方をすれば気持はらくになる。君の場合も、すべてはなるようにしかならなかったんだよ」

「そう、そういう考え方をしよう。責任を、もう一つの星のもう一人の俺に背負って貰おう」

架山は口では言ったが、心の中では全く別のことを考えていた。いまここで杉本と自分が会話を取り交しているように、もう一つの星では、やはりもう一人の杉本と自分が同じ会話を取り交しているのである。そういうことになると、一体、どちらが実像で、どちらが虚像であるか。いまここで自分たちが影だ、影だと言っているように、向うでは向うでやはり影だ、影だと言っているのである。こちらで影だと考えているように、向うでも影だと考えている。こちらでは向うを実像だと思っているが、向うではこちらを実像だと思っている。

虚像であるか、実像であるかは、誰にも判らない。こちらが虚像であるとするなら、すべてを他の星に押しつけることができるが、反対にこちらが実像ということになると、相手の星のことまでこちらで責任を負わなければならないことになる。

その夜、酒宴が終ったのは十二時近かった。大学教授は確りしていたが、架山も杉本も大分酒が回っていた。杉本と大学教授がそれぞれの部屋に引きあげてから、架山は縁側の籐椅子に腰を降ろしていた。女中たちが酒宴のあとを片付け、隣室に寝床をとる間、架山は再び遠い星のもう一人の自分に思いを馳せていた。こんどは酒が回っているためか、このとてつもなく大きいお伽噺の世界は、架山にはさっきとはまるで異った生き生きしたものに思えた。

この地球からどれだけ遠くに隔たった星であるかも知れない。とにかくその遠いところにある星の一つで、もう一人の自分が湖畔の旅館の縁側に出て、籐椅子に腰を降ろし、酔眼を見張っているのである。架山はその遠い星の男に話しかけたくなっている。

――おい、すまなかったな。俺の方が実像で、お前の方が影らしい。いろいろ苦労かけたな。実像の俺が思慮足りなかったため、影の君の方にも、辛い思いや、悲しい思いをさせた。すまなかった、すまなかった。

架山はカーテンを開けた。自分がカーテンを開けなければ、遠い星のもう一人の自分もカーテンを開けなかったからである。

カーテンを開けると、すぐ眼の下から湖面は拡がっていた。旅館の燈火の光で、岸近くの水面はにぶく光って見えていたが、少し遠くなると、闇の中に飲み込まれてしまっている。その闇の中に小さく赤い燈火が三つほどばら撒かれている。ボートでも出ているのかも知れない。

架山は夜の湖に視線を当てたのは何年かぶりである。みはるの事件以来、初めてであるかも知れない。架山は遠い星のもう一人の自分に話しかける。

――いつまでも湖を恐れていても始まらぬ。さあ、湖を見よう。夜の湖を見よう。俺が湖を見ないと、お前も湖を見ないから、俺はお前のために湖を見てやっているのだ。夜の湖を恐れるな。湖の持っている思い出に耐えよ。面をあげることだ。お前には責任はない。お前は影なのだ。虚像だ。お前が妻と別れたことも、娘を不慮の事件で失ったことも、みんなお前には責任はない。何もかもがお前の運命というものだ。そうなるしか仕方なかったのだ。お前は俺の影なんだからな。

架山は自分の影に言った。遠い星の自分の影が、もう一人の自分が、堪まらなく不憫で、いとおしかった。さんざん苦労をかけ、辛い思いをさせたことを、心の底から詫びてやりたい気持だった。

――遠い星のもう一人の俺よ。俺の影よ。お前はもう何年も、毎日毎日、あのみはるの眠っている湖を訪ねたかったのではないか。俺が訪ねなかったので、いくら訪ねたくても、お前の方はどうすることもできなかったのだ。よし、近く琵琶湖へ出掛けて行ってやる、お前のためにな。

――あの湖の岸に立とう。岸を埋めていた夜の闇の中に身を置こう。本当はそうすべきなのだ。俺の影よ。遠い星のもう一人の俺よ。お前はさぞそうしたかっただろう。しかし、俺がそうしなかったから、お前はそうすることができなかったのだ。だが、こんどはみはるの眠っているところへ行く。必ず出掛けて行く。お前のために行ってやる。

架山はふいに椅子から立ちあがった。遠い星の一つに於て短い生涯を終えたみはるの影のことを思い出したからである。この地球上に於てではなく、遠い星の一つで、もう一人のみはるは笑ったり、泣いたり、旅行したり、通学したりしていたのだ。

架山はあたりを見回した。いつ出て行ったのか、部屋はきちんと片付けられ、女中たちの姿は見えなかった。

――みはるよ、遠い星のもう一人のみはるよ。みはるの影よ。事件は丁度このような静かな晩に起きたんだったな。

架山は椅子に再び腰を降ろした。遠い星の影の物語であると思うことによって、架山はそれを振り返ることができたのである。

このように静かな夜更けの時間であったと、架山は思った。あの夜から七年という歳月が流れている。オリンピックの開かれる年の、今と同じ五月のことであるから、あの夜と今夜との間に、満七年の歳月が置かれている。新幹線はあの年の十月から開通しているので、それより四カ月ほど前に、あの事件は起ったのだ。

架山は硝子戸越しに湖面に視線を投げた。深々と五月の闇が垂れ籠めているだけで何も見えなかった。さっきまでは湖面がにぶい光を放っていたが、今はそれも消えている。遠くに赤い小さい燈火がばら撒かれていたが、それもなくなっている。全くの真の闇である。丁度このような五月闇に包まれた夜、このような静かな夜更けの時間に、突如なんの前触れなしに、あの事件は起ったのである。

——俺は廊下の端にある電話のベルの音を聞いた。俺は椅子から立ちあがった。俺が立ちあがったばかりでなく、限りなく遠いところにある星の一つに於ても、もう一人の俺が立ちあがったのだ。俺は歩いて行く。受話器を自分の手で取るために歩いて行く。遠い星に於ても、もう一人の俺よ、お前もまた歩いて行く。受話器を自分の手で取るために歩いて行く。やがて、俺は受話器を取りあげる。もう一人の俺よ、お前もまた受話器を取りあげる。俺は、受話器の奥から聞えて来る声を聞く。お前も聞く。

架山が事件を回想するという行為に身を任せたのは、事件以来初めてのことであった。この地球上にある自分と、もう一つの見知らぬ星に於けるもう一人の自分と、謂ってみれば、それが二人の人間の持った共同の事件であったためかも知れない。悲劇は二つの星に於て、同時に進行していたのである。どちらが実像で、どちらが虚像であるか判らなかったが、二つの星に於て、同じように一人の少女は亡くなり、同じように悲劇は起ったのだ。そしてすべては同時に進行して行ったのである。

——面をあげよ。

架山は自分に言ったが、それはもう一つの星に於ける自分に言った言葉でもあった。

——さあ、お互いに面をあげよう。眼を反《そ》らすな。本当はまだあの事件は何も解決してはいないかも知れないのだ。

その夜、——七年前の五月末のある夜のことであるが、その夜、架山は十二時近い時刻に帰宅した。新規に始める事業の打ち合わせが何夜か続いていたが、どうにか結論らしいものが出て、久しぶりでほっとした夜であった。家の者たちはすでに就寝していた。

架山は洗面所で手と顔を洗うと、すぐには寝室にはいらないで、ウイスキーの壜とグラスを持って、自分の書斎に行った。睡眠薬代りにウイスキーを水で割ったものを飲みながら、まだ眼を通していない夕刊を読むつもりだった。

架山は廊下の端で電話のベルが鳴るのを耳にした。昼間なら居間の方から誰かが出るが、深夜のことなので、架山は自分で立ちあがって行った。一時間ほど前に別れた会社の重役のうちの一人から、何かきょうの会議について申し入れて来たのであろうと思った。

　架山は廊下の突き当りに行って、受話器を取りあげた。

「もし、もし」

　女の声であった。

「架山さんのお宅でしょうか」

「そうです。私、架山です」

「ご主人さまでしょうか」

「そうです」

「こちらは京都の時花手芸学院の者でございます。一時間ほど前に、滋賀県の警察署から電話がありまして、お嬢さんのみはるさんの乗ったボートが顚覆したという事故があったことを報せて参りました。そのショックで先生は気絶なさいまして、すぐ近くの病院に入院いたしましたが、ただいま絶対安静でございます」

　先生というのは貞代のことであるに違いなかった。その貞代の容態でも悪くて、それを貞代の弟子の一人が、曾て夫であった自分に報せて来たものであろうと、架山は思った。

「ひどく悪いんですか」

「先生の方ですか」

「そう」

「先生の方はいまは絶対安静中でございますが、暫くしたら気持も落着くと思います。ただお医者さまから絶対安静を申し渡されておりますので、お嬢さんの事故の現場へ行くことはできません。それで、代って行って頂けないかと、お電話差しあげた次第でございます」

「ボートの顚覆事件と言いましたね。本人はどうなっています」

「行方不明らしゅうございます」

ふいに、架山は全身の血が下がって行くのを感じた。

「行方不明って、一体、それはいつのことです」

架山は自分でも声の震えているのが判った。

「昼間のことだと思います。警察から連絡がありましたのが一時間ほど前のことです。それからすぐ先生がお倒れになりまして」

「警察から報せてきたのが一時間前なんですね」

「もう少し前かも知れません。一時間半ぐらい前。——ちょっとお待ち下さいまし」

何か二、三人で話している声が聞えていたが、やがて、

「もう二時間ぐらい経っているそうでございます」

「どこの警察ですか、連絡してきたのは」

「滋賀県でございますが」

「滋賀県のどこの警察署です」

「さあ――」

「どういう連絡でした。もう一度言って下さい」

「ボートが顚覆して、行方不明だという連絡らしゅうございます。何分、電話口に出たのが先生で、その先生が気を失ってしまいましたので」

「いや、結構です。こちらで調べて現場に行くことにします。何か判ったら、こちらに連絡して下さい。夜中でも構いません。電話を下さい」

いつまで話していても埒《らち》があきそうもなかったので、そう言うなり、架山は受話器を置いた。いったん書斎に戻った。さて、何をなすべきかと思った。不吉な想念に包まれたまま、架山は書斎の入口に突立っていたが、また電話口に引返した。

大津《おおつ》の警察署の電話番号を調べて貰っている間、架山は受話器を持ったままで、煙草に火をつけた。マッチの火を煙草の先に持って行くのが容易でなかった。手が大きく震えていた。

大津の警察署の電話番号が判ると、すぐダイヤルを回した。電話口に出た署員が三人替った。三人目の署員が、

「竹生島《ちくぶしま》付近で遭難事故がありました。まだ詳しいことは判っておりません。長浜《ながはま》付近の湖岸に空のボートが流れついたらしいです。そちらへの連絡は長浜警察署からだと思います。すぐ調べて詳しいことをお報せいたします」

「じゃ、こちらで直接長浜警察署に電話してみましょう」

長浜警察署の電話番号を聞いて、架山は受話器を置くと、すぐまたダイヤルを回した。その時、架山は傍に妻の冬枝が寝衣姿で立っていることに気付いた。

長浜警察署でも、電話口に二人の署員が出た。二人目の署員が、

「夕方、彦根の湖岸に空のボートが漂着しました。その中に時花みはるという名と住所を認《したた》めた手帳のはいっているハンドバッグが遺されてありました。そのボートは長浜の貸ボート屋のものですが、何人で乗ったか詳しいことはまだ判っておりません。あす朝までには判明すると思います。夕刻から今津《いまづ》、長浜、彦根《ひこね》各警察署から警備艇が出ております」

と、言った。

「ボートは顚覆したんですか」

「そうだと思います。漂着した時はちゃんと浮いて流れ着きましたが、水がはいっており、一度顚覆した形跡が認められます」

「時花みはるが乗っていたということは確かでしょうか」

「乗っていたと見るほかないと思います。とにかく遺留品のハンドバッグに、時花みはるという名前と住所を認めたノートがはいっており、今のところそれが唯一の手がかりです」

それから、

「あなたは時花みはるさんとどういうご関係ですか」

「親戚の者です。本人の家から連絡があり、現場へ行ってくれということですが、かいもく事情が判

りませんので」

「あすの朝までには一応詳しいことは判ると思います。とにかくあす、なるべく早く来て頂きましょう」

「承知しました。警察署に伺えばよろしいですね」

「そう、そうして下さい」

「顛覆したとしても、助かっている可能性はあるでしょうか」

「何とも言えません。どこかの島にあがっている場合も考えられますし、——過去にそういう事件もありました」

「有難うございました」

有難うと言ったのは、過去に於て助かっていた例があるということを報せてくれたことに対する感謝の気持だった。

「とにかく、あす午前中に、そちらに出向きます。何分宜しくお願いします。夜分、お騒がせいたしまして」

鄭重に礼を言って、架山は電話を切った。今までそこに居た冬枝の姿は見えなくなっていた。架山はまた書斎に戻った。

架山は縁側の椅子に腰を降ろした。卓の上にウイスキーの壜のあることに気付くと、それをコップに注いだ。寝衣を着物に着替えた冬枝がやって来た。

「みはるちゃんが遭難したんですか」

立ったままで、冬枝は訊いた。冬枝もまた血の気を失った顔をしていた。架山は妻の冬枝に事件の概要を伝え、

「とにかくあす一番早い列車で長浜へ行くことにする。それ以外仕方がない」

と言った。すると、

「一人でいらっしゃる？　室戸さんにでもいっしょに行って貰った方がよくはありませんか」

冬枝は言った。室戸というのは秘書課の若い青年の名であった。

「そうしようか。そうした方がいいなら、そうする」

架山は言った。自分ではそうした気の配り方はできなかった。

「夜中ですが、ほかの場合と違いますから、電話していいでしょうね」

「うん」

「あす朝、くるまを持って、こちらへ来て貰います」

「うん」

それから架山は眼を瞑った。何も考えられなかった。眼をあけると、冬枝の姿はなかった。暫くすると、

「五時頃、室戸さんが来てくれるそうです」

書斎の入口に姿を現わして冬枝は言った。

「鞄の支度をしてくれ」

「下着類と、ワイシャツの予備と、洗面道具、それだけは詰めました。お金はどのくらいお持ちにな

ります？」

「どれだけでもいい」

「万一の場合を考えて、少し余分にお持ちになった方がいいでしょう」

「万一とは何だ」

架山は激しい言い方をしたが、

「そう。余分に持って行こう。どんなことで要るかも知れない。助かっていれば、世話になった人にも礼をしなければならない――」

そう穏やかに言い直した。助かっていなければという言葉は危いところで飲み込んでしまった。口から出すべき言葉ではなかった。

「とにかく少しでもお休みになりませんと」

「眠れまい」

「眠れなくても、横になっていらしったら？」

「いや、ここにこうしている。こうしている方がらくだ。一人にしておいて貰おう」

架山はまた眼を瞑った。手で卓の上のウイスキーのグラスを探った。グラスが顚倒して床の上に落ちた。グラスの顚倒したのは不吉だったが、床の上におっこちても割れなかったのはいい前兆だと思った。卓の上に水がこぼれていたので、それを拭きたかったが、冬枝の姿はなかった。

架山は雨戸を繰って、夜気を入れた。戸外の闇は深く、夜気は肌寒かった。

——助かっていてくれ。

架山は一度声に出して言った。どうしても助かっていてくれなくては困ると思った。助かっていない筈はないと思った。しかし、架山を次々に襲っているものは、言い知れぬ不吉な想念であった。

架山は自分では眠っていないと思っていたが、やはり時折り、短い時間ずつ眠りに落ち込んでいたかも知れない。いろいろな場合のみはるの顔が断続的に現われては消え、それと関係を持つ想念もまた断続的に現われては消えた。前後の脈絡はなかった。

郷里の伊豆を訪ねるというみはるに会ったのは一カ月半ほど前のことである。そこにはなんの不吉な予感もなかったと思う。会社の玄関先で、架山が乗ったくるまの方に、胸のところで手先きだけを動かすような手の振り方をした少女の姿はまだはっきりと瞼に焼きついている。明るく、あどけなく、可憐であった。不運などが寄りつきそうな暗い影はなかった。

僅かに、今になって不吉に思われて来るのは、みはると別れた自分が、もう一度みはるのところにくるまを引返させようかと思ったことである。結局思っただけで引返しはしなかったが、今になってみると、あの時の気持はただ事ではなかったような気がする。うしろ髪を曳かれるというのは、あのような気持であるかも知れない。そうした思いに落ち込むと、架山はあわててその想念を振り払った。縁起でもないと思った。

架山は庭の方に視線を投げた。いつか夜はしらんでいた。闇の中にほの白く暁方の光線が漂っている。暁闇というのは、この時刻の、明るいとも暗いともつかぬ独特の白い光線の漂い方を言うのである。

ろうか。が、この白さには浜に打ちあげられた魚の腹の白さに似たものがあると思う。どことなく生臭いものが流れている。架山はここでまた縁起でもないと思った。

架山は眼を瞑り、また眼を開いた。庭の隅のあじさいの花が眼にはいっている。この間までは白い花であったが、それがいつか薄青い色を帯びて来ている。やがて藍とも、紫とも、青ともつかぬあじさい独特の色になるのであるが、いまはその途中である。二、三十の花が一つの株に付いているが、それがまた架山には明るくは感じられなかった。不幸とか、不運とかいったものを象徴している花のように見えた。清純ではあるが、どことなく弱々しく、少し暗い。

架山は庭に降りた。暁闇の中に身を置き、あじさいの花の方に近寄って行こうと思った。そうすることによって、何となく自分を襲って来る不吉なものに抵抗しようという気持だった。あじさいの株の前を通り、バラの花壇の前に出た時、すっかり夜は明けていた。朝の光の中に、赤や白のバラの花が寝みだれた姿で花弁をひろげている。架山は明るい気持になった。みはるは、いまどこかで、このバラの花のように明るく生きているに違いないと思った。

若い秘書課員の室戸が玄関にはいって来た時、

「ご苦労さん。朝早くて気の毒だね」

架山は言った。

「いいえ、少しも」

それから、

「ご心配なことでございます」

相手は架山の顔は見ないで言った。事件がいかなるものか、どこまで知っているか判らなかったが、そんな言い方をするところから判断すると、冬枝が何か口走っているのかも知れなかった。しかし、それはそれでよかった。どうせ現場へ行けば、事件の全貌はすぐ相手に判ってしまう筈であった。

くるまはすぐ駅に向かった。列車に乗って、暫くすると、少し離れた席から室戸は立ちあがって来て、

「サンドウィッチでも召しあがりませんか」

と言って、冬枝が用意したらしい紙の小箱を持って来た。

「飲むものはある？」

「コーヒーがございます」

「その方を貰おう。サンドウィッチの方は、僕の分も君に進呈する」

架山は言った。若者が持って来てくれたコーヒーを口に入れたが、味というものは全くなかった。

窓外に眼をやると、朝か夕方か判らないようなどんよりした灰色の空が拡がっている。梅雨はまだあけていず、いつ降り出してもいいような空模様である。小田原あたりから、丘陵や田野にしっとりと湿気を帯びた重い青葉が眼についた。

「架山さん」

その声で振り向くと、仕事の方で関係を持っている園田という人物が立っていた。

「どちらへ」

「米原にちょっと用事ができて」

「そうですか、私の方は娘の結婚で京都へ行きます」

「ほう、それはおめでとう。ちっとも知らなかった」

架山は相手の顔を見ながら、いま不幸な男が幸福な男を見ていると思った。この列車の中で自分が一番不幸で、この男が一番幸福かも知れない。

男はそれから何か仕事に関する話をしたが、架山はそれに対する受け答えが辛くなっていた。すると、そうした架山に気付いたのか、室戸がやって来て、

「ご気分がお悪かったようでしたが、いまはいかがでしょう」

と、架山の方に言った。それを聞いて、園田は、

「気分がお悪い！　それはいかん。失礼しました」

と、半ば恐縮して、その場から離れて行った。架山は眼を瞑っていた。睡気が襲っているが、到底眠れそうにはなかった。


米原駅に着いたのは十一時少し前だった。駅前に二、三台タクシーが停まっていた。その一台の扉を開けながら、

「長浜警察署へ行って貰いたい」

架山は言った。くるまは小さい町並を抜けると、すぐ田圃の中の道を走った。北陸方面へ通じてい

る街道らしく、くるまの往来が烈しい。

「田植えが終ったばかりらしいね」

架山は運転手にとも、秘書の室戸にともなく言った。稲田が何となくきちんと整頓されている感じで、汚れのない水が張ってある。運転手はそれには答えないで、

「警察署でしたね。何かあったんですか」

「いや」

「警察の方ですか」

「いや」

運転手の質問が、架山には執拗に感じられた。室戸は、運転手の横に坐ったまま、前方に向けた顔を動かさないでいたが、

「これ、どこへ行く道？」

運転手の方に言った。話題を反らせるつもりらしい。

「敦賀《つるが》です」

「国道だね」

「そうです」

「凄いくるまだね」

湖畔の小平野の中を十五分ほど走って、くるまは長浜の町にはいった。架山は学生時代に一度この

町に来たことがある。白壁の家の多い静かな城下町の印象が残っているが、いまはまるで異った町になっている。新しい店舗が立ち並んで、人の往来の烈しいざわざわした感じの町である。

くるまはメインストリートらしいところを右手に折れ、暫く行って、また左手に折れた。裏通りにはいると、僅かながら昔の古い町の匂いが残っている。くるまは二階建ての明るいビルの前で停まった。その明るいビルが長浜警察署であった。

「待っていて貰いたい。一日借りるようになるかも知れない」

運転手に言っている室戸の声を背に、架山は警察署の建物の中にはいって行った。そして一番近いところに居た警官の一人に、出向いて来た用件を伝えた。やがて別の私服の人物がやって来て、

「どの部屋もふさがっているな。じゃ、こっちへ来て下さい」

すぐ横手の畳敷の部屋に招じ入れられた。宿直室といった感じの部屋である。架山は靴を脱いで畳敷の部屋にはいり、そこに坐ると同時に、

「どうだったでしょう」

と、そういう言い方で訊いた。

「いまのところ、まだ新しい情報ははいっていません」

「と言いますと、まだ見付からないんですね」

「そうです」

「絶望というわけではないでしょうね」

それには相手は返事をしなかった。警察署に於ていかなる地位にあるか知らなかったが、三十代半ばぐらいの年配の、律儀な感じの人物である。

「ボートがひっくり返ってから、もうまる一日経過しているんじゃないですか」

「そうなります」

「それでも、まだ絶望というわけではないですね」

「過去に於て助かった例はあります。三日目に救助された者もありますからね。しかし――」

架山は相手の顔を見た。

「しかし、そういうのは特殊な例です。普通の場合、助かるのはもう助かっている筈です」

「どこかの島にあがっているようなことはないですか」

「そりゃ、あります。一応そういうところはみな当ってみました」

「いまも探して頂いているんですね」

「ゆうべから今までに、二回警備艇は出ています」

「いまも出ているんですね」

「いや、いまは出ていません。いま、帰って来たばかりのところです」

「じゃ、いまは探していないんですか」

「そんなことはありませんよ。きのうの事件ですからね。湖畔の警察署はみんな動いています」

「一体、ボートはどこで顚覆したんですか」

「ちょっと、お待ち下さい。まだ何もご存じないですから、いま、それを係りの者が来てお話します。ご心配なことは判っていますが、こちらも全力をあげていますから、こちらを信用して任せておいて下さい。私もゆうべは殆ど眠っていません。警備艇に乗っていましたから」

「それは、それは」

架山は恐縮して言った。相手の言う通り、事件については、まだ何も知っていなかった。判っていることは、みはるの乗ったボートが顚覆して、みはるの消息が今に到るも判っていないということだけだった。

烈しい絶望が架山を襲っていた。私服の人物は一度部屋を出て行ったが、やがて二人の警官といっしょにやって来た。一人は入口まで来ただけで、何か用事ができたらしく、すぐまた出て行った。

架山は部屋にはいって来た制服の警官の方へ名刺を出して、

「たいへんお世話様になっております」

と、頭を下げた。相手は名刺に眼を当ててから、

「どういうご関係の方ですか」

と訊いた。

「父親です。しかし、事情がありまして籍がかわっております。幼い時は私の方の架山の籍にはいっておりましたが、四、五年前に別れた妻の方の籍へ入れました」

「ほう」

相手は顔をあげたが、そのことには余り関心は持たないらしく、

「事件はゆうべお知りになりましたか」

「そうです。夜中に、京都の、母親の方から連絡がありまして、私が参ることになりました」

「そうですか。ご心配なことですね」

警官は自分の名刺を出した。〝警務課長兼交通課長〟という肩書が刷られてあった。

「一応、事件が発生してから、これまでの経過を申しあげておきましょう。人の乗っていないボートが見付かったのは、きのうの午後の四時頃のことです。彦根付近の湖岸に漂っているところを土地の漁師が見付けました」

そこへさっきの私服の警官がはいって来て、

「どうぞ、らくにしていて下さい」

と、架山の方に言って、自分は話している人物の隣に胡坐《あぐら》をかいて坐った。言われるままに、架山もまた同じようにした。

「ボートには水がはいっていました。いったんひっくり返りかけて、すぐまたもとに戻ったものと思われます。合成樹脂の軽いボートですから充分そういうことは考えられます。水に半浸しになってハンドバッグが一個ありました。それにハンカチとか化粧道具とかこまごましたものといっしょに手帳がはいっていまして、時花みはるという名前と、京都の住所が認めてありました。それで京都の方へ連絡いたしました。連絡が夜になったのは、手帳のインキの文字が水で散っていて、なかなか判読で

きなかったためです」

　すると、私服の警官が、

「いま、ここに居ませんが、係の者がずいぶんたくさんむだな電話をかけました。時花の〝花〟という字が読めなかったためです」

　と、横から言葉を挟んだ。

「まあ、そういうわけで、連絡が遅くなりましたが、お家の人と話して、娘さんが琵琶湖に友だちと二人で遊びに行ったまま帰って来ないということを知りました」

「友だちと二人ですか」

「お家の人の話では、そうらしいです。ひとりでボートに乗ることはありませんから、友だちといっしょなんでしょうね」

　制服の警官は言った。

「遭難者のひとりはお宅の娘さん、――時花みはるさんと断定していいと思います。高校生だそうですね」

「そうです」

「今頃の梅雨時は急に天候が変るので危険です。きのうは必ずしも悪天候というのではないが、注意は出しておきました。――ボートを乗り出したのは、この町から余り遠くない南浜《みなみはま》というところからです。ボートに、そこの貸ボート屋のマークがありましたので、すぐその方へ連絡すると、確かに若い男女がボートに乗ったまま帰っていないんです。ボートに乗ったのは一時頃で、四時になっても帰って来ないので心配はしていたようですが、この頃は三時間も、四時間も平気で乗り回しているのがあるんで、届け出は見合わせていたようです」

架山は、それより捜査の結果の方を知りたかったが、黙って相手の言うことを聞いていた。

「事件の発生を知ると、同時に湖畔の各警察署に連絡し、捜査を開始しました。三隻の警備艇が出ました。本署のが出たのは――」

と、制服警官が言いかけると、

「四時二十分です」

と、私服警官が受けとって、

「三時間ほど捜査に当りましたが、残念ながら――」

「どこかの島にあがっているといったことは」

架山が訊くと、

「もちろん、竹生島はじめ湖中の三つの島に全部当りました。このことはあとで詳くお話しするとしまして、――私が戻って来たのは、七時頃でしょうか。日が長くなっていますので、暗くはなってはいませんでしたが、もう暮れかけていました。そしたら、新しい情報がはいっていました」

替って、制服警官が説明した。

「時刻ははっきりしませんが、三時近い頃、竹生島から二十キロほど南の湖面で遭難ボートらしいものを見たという届け出がありました。これも土地の漁師ですが、その時はもちろん遭難してはいないで、若い男女が元気で手をあげて合図していたそうです。まさか南浜から出たボートとは知らないので、大胆な奴らが居るとは思ったが、別に気にもとめなかったそうです」

架山は黙って聞いていた。自分を襲っている絶望感が、次第にはっきりした形に固められて行くのを聞いているような思いであった。

「漁師が竹生島の南方湖上で見たボートというのは、恐らく遭難事故を起したボートだろうと思います。それから程なく突風が起っていますので、事故はそのためのものと見られます。普通なら、いまの季節ではボートは今津方面に流れて行く場合が多いんですが、問題のボートはこっちへ流れて来ています。珍しいケースですが、間々こういうこともあります」

制服警官に替って、警備艇係らしい私服が、

「警備艇が二回目に出たのは、十一時でした。と言っても、一回目の捜査から帰って、二回目に出るまで、その間湖上の捜査が打ち切られていたというわけではありません。彦根署と今津署の二隻の警備艇が出ています。昼間の時はもちろんですが、二回目の夜の捜査でも、竹生島、多景島《たけしま》、沖島《おきしま》、三つの島の周辺には全部サーチライトを当てました。しかし、何も発見できませんでした」

「と言うと、もう絶望ということでしょうか」

「さきほど申しましたように、何日目かに発見されて助かった例もあります。しかし、そうした例は過去に於て一つか二つしかありません。助かるなら、もう助かっていませんとね」

「いまは、捜査は休んでいるんでしょうか？」

「漁船が何十艘か湖上に散っています。それに捜査の協力を依頼してありますから、何か発見すれば、すぐこちらに連絡がありますが、今までのところでは、まだ——。それに、いまも、——」

私服警官は言って、ちょっと時計に目を当て、

「今津署の警備艇が出ています。私の方も午後になると出ます。まあ、今日一日待って下さい。しかし、湖岸あるいは島に漂着しているということに望みを託するのは、かなり難しくなって来ています」

「そうなると、湖上に漂っている——」

「それは、もう時間的にむりな想定ですね」

「湖岸にも、島にも、湖上にも居ないとなると——」

架山はうしろに手をついた。体を支えているのが苦しかった。

「湖中に沈んだことになります。それが浮きあがって来るのは、個々で違います。体の中のガスによって浮きあがって来るんですからね」

いま語られているのは、生きたみはるのことではなかった。みはるの死体のことにほかならなかった。

秘書の青年が顔を出した。架山のことを案じて、様子を見に来たらしく、すぐ帰りかけたが、

「君もここに入れておいて貰いなさい」

架山が言うと、

「宜しゅうございましょうか」

青年は言って、部屋にあがって片方の隅に席をとった。

「しますと、いまの捜査の目的は人命救助という段階は終って、死体の発見ということでしょうか」

架山は訊いた。質問するのは怖かったが、そこをはっきりしておく方がいいと思った。

「その両方です。もし溺死していないのなら助けなければなりませんし、溺死しているのなら死体を収容しなければなりません。但し、明日になりますと、捜査の性質はかなりはっきりして来ます。死体収容ということになりましょう」

制服警官は言った。架山はその言葉にすがるような気持で、まだ今日一日は望みを棄てないでもいいと思った。

「警備艇には乗せて頂けないでしょうか」

架山は訊いてみた。もちろん断わられるに違いないと思ったが、

「どうぞ、お乗りになりたいのなら、乗って頂いて結構です」

私服の警官は言った。その言葉が何とも言えず暖く架山の心にしみた。

「こんどは何時に出ますか」

「三時です」

「では、それまでにここに参りましょうか」

「そうですね、長浜港の船着場の方に、三時に来て下さい。港へ来て下さったら、警備艇はすぐ判り

ます。ほかにあんな恰好の船はありませんから」

「では、それまでに少し時間がありますから、南浜のボート屋さんのところへ行ってみましょう」

架山は一刻もじっとしていられぬ気持だった。

「いっしょにボートに乗った若い男というのは、どういう青年でしょう」

架山は訊いた。ここで初めて若い男のことに思いを馳せる余裕ができた恰好だった。

「身許も、氏名も、何も判っていません。遭難事故の記事が今朝の新聞の地方版に載っていますから、いまに照会があるかと思います。あなたの方に心当りはありませんか」

「全然。あるいは京都の家の方で知っているかも知れません」

「いや、京都のお家でも心当りはないようです。平生男の友だちは持っていないということでした」

私服警官は言った。

警察署を出ると、架山は足もとが頼りない感じだった。

「いずれにしても、お休みになるのに必要と思いまして、近くに宿をとっておきました」

と、若い秘書は言った。

「どうなさいます。少しでも横におなりになりますか」

「そう、それなら、そこに荷物を置いて、南浜というところに行ってみたいんだが」

「承知しました。この町の隣にびわ町という町がありますが、南浜というのはそこの水浴場らしゅうございます。くるまで二十分そこそこでございます」

「そんなに近いのか」

「はあ。そこの佐和山という貸ボート屋のボートでお出になったようでございます。先程電話で連絡してみましたら、主人はずっと夜まで家に居るそうでございます」

室戸は言った。ひどく気の付く青年である。事件について必要な知識は、早くも全部仕入れていることであろうと思われる。

くるまは町中に出たが、すぐ路地にはいり、間もなく路地の突き当りにある旅館の前で停まった。

架山は奥の部屋に通されると、すぐ京都の時花学院に電話を入れた。出て来た女に、

「こちらは東京の架山です」

と言うと、

「ちょっとお待ち下さい」

暫くすると、きのう事件を報せてきた女が替った。架山は簡単にいままでの捜査の経過を伝え、

「まだ望みはないというわけではありませんが、しかし、決して明るい見通しではありません」

と言った。

「そうでございますか。そのこと、お伝えしたものでしょうか、それともお伝えしないでおきましょうか」

「病人はどういう状態です」

「まだ絶対安静で、面会は禁じられております」

そう言われても、架山には判断がつかなかった。

「そのことはそちらにお任せします。医者と相談して、取り計らって下さったらいいではないですか」

「そういたしましょう。恐れ入りました。お忙しい中を」

電話を切ると、簡単な食事が運ばれて来た。ひどく手際がよかったので、これも秘書がさきに手配してあったものと思われた。

食べものは喉にはいりそうもなかったが、秘書に食事を摂らせるために、架山は自分も箸をとった。

食事をすますと、架山は宿を出て、くるまでびわ町の南浜に向かった。長浜の町を出て敦賀に通じている国道を十分ほど走ってから湖岸の方に折れる。くるまは湖畔の平野を湖の方に突切って行く。こうした事件の場合でなかったら、さぞ気持のいいドライブであろうと思われるが、いまの架山はそれどころではなかった。道の両側にどこまでも拡がっている田圃にぼんやりと眼を当てながら、

「ずいぶん遠いんだね」

と、運転手にとも秘書課員にともなく言った。

「もうすぐです」

運転手は言ったが、くるまはそれから田圃の中の道を幾つか折れ曲って、湖に注ぎこんでいる大きな川の縁に出た。

「鮎の時期は、この川がたいへんですよ。何しろ、あなた、――」

運転手は何か喋っていたが、架山は聞いていなかった。くるまは川の堤の上を暫く走り、やがて堤から降りた。いつか舗装道路でなくなっているので、車体の動揺は烈しい。

前方に湖の面が見えて来たと思ったら、くるまは間もなく停まった。

「ここが南浜です」

運転手の言葉で、架山はくるまから降りた。さして広くはないが、なるほど砂浜が続いていて、あたりは何となく水浴場らしい一区劃を形成している。

「夏はたいへんですが、今は閑散としたものです」

運転手は煙草に火をつけた。店舗らしい建物は何軒かあるが、どこも戸を閉めている。夏場だけ店を開くのであろう。

架山は浜へ出た。向うに青い色のボートが十艘ほど固まって置かれてある。架山はその方へ歩いて行った。どこにも人影はなかった。架山はくるまを降りた時からものを考える力を失っていた。南浜へは来てみたが、何をしていいか判らなかった。

どれだけ時間が経ったか、砂浜の一隅に突立っている架山のところに、秘書の青年がやって来た。

「遅くなって相すみません。いまここに貸ボート屋の主人がやって来ます」

この方は忙しく方々を駆け回って来たものと見えて、しきりにハンカチで顔の汗を拭いている。青年が口から出した〝貸ボート屋の主人〟という言葉で、架山はわれに返った思いだった。みはるのことを訊かなければならぬと思った。

「ご苦労だったね。どこまで行ったの?」

「いや、すぐそこです。一、二丁のところに五、六軒人家があって、その一軒が貸ボート屋なんですが、あいにく用足しに行って留守だったんです。遅くなって申し訳ありません。すぐ参ります」

青年が言っているところに、漁師らしい四十歳ぐらいの男がこちらに近づいて来るのが見えた。

相手はやって来ると、挨拶ぬきに、

「この度はとんだことでした。まことに至らないことで、何ともお詫びの仕様もありません。強引に留めれば、こんなことにはならなかったでしょうが、警察から出ている警報もごく簡単なものでしたし、曇ってはおりましたが、別に波が立っているというわけでもありません。それで、つい、注意しなされやということぐらいで、ボートを出してやりました。いや、どうも、まことにすまんことです」

と言った。腕組みして、憮然とした面持ちで突立っているところは、素朴な正直そうな感じの人物であった。肌は陽にやけて黒く、めくりあげているシャツから出ている腕は逞しかったが、顔はひどく憔悴して見えた。

「どういうものでしょう。もういけませんか」

架山は訊いた。警察署で何回も口から出した言葉であったが、警官とは異る人物の口から、この事件についての今の段階に於ける推定を聞きたかった。

「なにせ、時間が経っていますでなあ。——わしも、できるだけのことはさせて貰いました。ゆうべはこの町の組合からも何艘か船を出して貰い、わしも親戚の若いのに二人乗って貰って、朝方まで、湖北一帯の岸を探しました。島にあがっていなければ、岸にあがっているわけでしょう。と言っても、空のボートだけが漂っていたことから考えると、まあ、島とか岸にあがっているという見方は、どうも、ねえ。やっぱり、——いや、どうも、いかんことでした」

主人は言った。

「突風でひっくり返ったんでしょうか」

「そうですなあ」

「その場合は、いまも生きているということは——」

「まあ、難しいことになります。深いですからなあ、あそこらは」

「あそこらと言いますと?」

「漁船がボートを見たというところが竹生島の南の方だと言いますが、あそこらは竹生島の周囲より深いです。琵琶湖で一番深いところです。あそこで顚覆したとなると——」

「——」

「それにしても、どうしてあんなところまで行ったもんですかな。めったにこの浜からあんなところへ漕いで行く者はありませんわ。風に流されて行くということはあるでしょうが、突風が起るまでは、風らしい風はありませんでした。流されたとも考えられんし、やっぱり自分で漕いで行ったもんですかなあ。二時間の約束で、六百円さきに置いて行きました。おとなしそうな青年で、無鉄砲なことを為出《しで》かしそうには見えませんでしたが、——まあ、とんだことでしたなあ、お宅さんの娘さんということですが、ほんとに何とお詫びしていいか。わしの方にも越度《おちど》がありますわ」

主人は言った。こういう言い方をされると、架山としては主人を責める気にはなれなかった。

架山はこの浜に於て、貸ボート屋の主人の眼に映ったみはるが、いかなるものであったか、相手に訊いてみる勇気はなかった。まだ連れの青年のことを訊く方が、気持がらくだった。

「いくつぐらいの青年です」

「わしもはっきりしたことは憶えていません。ほんの二、三分言葉を交しただけのことですからね。二十一、二といったところでしょうか。髪はいまはやりのぼさぼさ髪で、白の開襟シャツの上に、赤い色のセーターを羽織っていたと思います。言葉は関西の言葉でした。京都か大阪の学校へ行っている学生ではないかと思います。娘さんを先に乗せ、ボートを押し出して行って、飛び乗ったところなどから見て、ボートには慣れていた様子でした。わしは岸のところに暫く立っていましたが、少し漕ぎ出して行ってから、二人でわしの方に手を振りました。そんなところは屈託ありませんでした。突風の起る少し前に、竹生島の南の方で漁船がすれ違った時も、二人は漁船の方に手を振っていたということですが、やっぱりわしの方に手を振った時と同じように、二人とも、片方の手を思いきり高く突きあげて、ぐるぐる円を描くように回していたのだろうと思いますね。いま考えると、まるで二人はわしに別れの合図をしたみたいなものですわ。わしに別れの合図をし、それから二時間ほどして、また行き会った漁船に別れの合図をし、それから間もなく突風に襲われたということになります。突風というものは、恐しいものですわ。このへんにも波がぶさぶさ押し寄せて来るくらいですから、それをまともに受けたら敵いません。ボートぐらい舞いあがってしまいますわ」

「きのう、この浜からボートに乗ったのは二人だけですか」

「そうです。土曜、日曜には七組や八組はありますが、そうでない日は、今のところ一組あったり、二組あったりがせいぜいです。だから、わしも浜には出ていません。きのうも、誰かに聞いて、青年の方がわしを家に訪ねて来ました。それで青年といっしょに浜へ出て来たんですが、その時娘さんの方は、あの辺りに立っていました」

　ボート屋の主人は、夏だけに使うらしい貸ボート屋の小屋掛けのある辺りを指し示して言った。架山は胸を鋭い痛みが走るのを感じた。葭簀《よしず》がめくれあがった季節はずれの小屋掛けの前に、みはるの姿を置いてみることは辛かった。

「青年の方は今朝まではまだ身許が判らないということでしたが、――」

「いまも判っていないようです」

　架山は言った。

「辛いことですわ。お宅さんにはこうしてお詫びしていますが、もう一人の親御さんの方にもお詫びせんならん」

　主人は言った。

　架山は時計を見た。二時を回っている。そろそろ長浜港の波止場の方に出向いて行かねばならぬ時刻である。貸ボート屋の主人に会ってから、架山の気持は一層暗くなっていた。恐らく主人は遭難者が生存していることを、これっぽちも信じていないに違いないと思われた。

「また、あすでも出向いて来ます」

架山は言った。みはるたちは、この浜から漕ぎ出して行ったのであるから、帰って来るなら、やはりこの浜へ帰って来るのではないか、そんな気持が架山を支配していた。

と言って、架山は浜のどこも見ていなかった。架山の立っているところから程遠からぬところに貸ボートが何艘か固まって置かれてあったが、その方に近寄って行く気持にもなれなかった。みはるが乗ったボートがどのようなボートであるか、それを確かめるのも、今は何となく避けたい気持だった。

「室戸君、そろそろ――」

架山が言うと、秘書の青年はくるまの方へ半ば駈けるように去って行った。架山は貸ボート屋の主人に挨拶して、そこを離れた。

くるまの中で、架山は眼を瞑っていた。気持はひどく参っていたが、気を落さないで、今日一日頑張らなければならぬと思った。三日目に助かった例もあるのである。事件はきのうの丁度いま頃の時刻に起ったのであり、それからまだ一昼夜しか経過していない。湖岸のどこかにあがっていても、餓死するだけの時間は経っていないのである。

「お疲れになりませんか」

「大丈夫だよ」

秘書の青年と架山が短い言葉を交すと、

「たいへんですな」

運転手が口を挾んで来た。客がいかなることで動き回っているか、漸くそれに気付いたらしく、

「あすまでは判りませんよ。事件はきのうのことでしょう。まだまだ棄てたもんじゃありません。今はもう寒くはないし、水に一晩や二晩つかっていても凍《こご》えはしませんよ」

「有難う」

架山は礼を言った。

「それに湖岸を捜索したと言っても、あなた、全部をしらみ潰しに捜索できるもんじゃありません。あしたになっても判らなかったら、漁船を頼んでみることです」

「そんなことができる？」

「そりゃ、できます。日当を払って十艘でも、二十艘でも、船を出すことですね」

「そりゃ、いいことを聞いた」

架山が言うと、

「あとで、よく調べて、手配するようにしましょう」

室戸は言った。運転手の言葉で急に架山の気持は明るくなった。まだ打つ手は残されているという気持だった。

長浜港の波止場で、架山と室戸はくるまを降りた。

「あれが警備艇です」

運転手は船の所在を二人に教えてから、

「大体三時間はかかりましょうから、三時間経ったら、ここに迎えに来ています」

そう言って、帰って行った。架山と室戸は警備艇が繋がれている傍で、乗組員が現われるまで十分ほどの時間を過ごした。

やがて二人の制服の警官が現われた。一人は長身で、かっぷくがよく、一人は小柄であった。小柄の方は、午前中警察署で会った時私服を着ていた警官であった。

「お待たせしました」

そう言うと、二人ともすぐ艇に乗った。続いて、架山と室戸も乗った。長身の方が運転室にはいると、間もなく艇は動き出した。

架山と室戸は、吹きさらしの甲板上に立っていた。小柄の警官が二人のために椅子を運んで来て、

「今までのところでは、新しい情報は何もはいっていません」

と言った。

「諦めています」

架山が言うと、

「気を落さないでいて下さい。ふらふらすると、船の上ですから危険です」

「大丈夫」

「では、これから竹生島に向かいます」

小さい港を取り囲むようにして、両側から突き出している防波堤の口を出ると、警備艇は物凄い勢いで湖上を滑り出した。モーターボートでも走っている感じで、前半身を高く持ちあげ、後半身を低く水面すれすれに置いている。艇尾には水の渦がV字型に盛りあがり、大きいうねりを作って、長い航跡を引いている。

警備艇が湖上に乗り出してから何程も経たないうちに、架山は湖での遭難者が助かるということは、まず望めないという思いに捉われた。海に於ての遭難と同じだった。どこを見回しても、不気味な水の大きい拡がりであり、ここで水の中に投げ出されたら、近くに船でも居ない限り助かる筈はなかった。架山は船影を探したが、一艘の船も見られなかった。

「ここでひっくり返ったとしたら、もう望みはありませんね」

架山が言うと、

「そういうことになります。それに、事故の現場はもっと湖心に近い場所ですからね」

小柄な警官は言った。

「遭難者の家の者も、私どものように、この警備艇に乗ることがありますか」

「希望すれば、大抵乗って貰うことにしています」

「なるほど、ね」

警察が乗せる筈だと架山は思った。遺族の者を諦めさせるには、これ以上の方法はないに違いなかった。

湖上を滑り出して三十分ほど経った頃、前方に竹生島が見えて来た。

「事故の現場はこのへんではないかと推定しています。どこかこの付近で漁船とすれ違い、ここからさして遠く隔たっていないところで、突風に見舞われたと見るほかありません」

小柄な警官は言った。そして、

「もちろん、これは単なる推定にすぎません。突風による遭難が最も自然なので、そう考えただけのことですが」

「突風による遭難でないとしますと、――」

「いろいろな場合が考えられます。たとえばオールを流して、それを拾おうとして顚覆することもありますし、――なにしろこの頃のボートはプラスチック製の軽いものですから。しかし、まあ、突風による事故でしょうね」

「突風が起った時、湖上にはどのくらいのボートが出ていたんでしょうか」

「そりゃ、相当いたでしょうね。このへんにまで来ているボートはほかになかったんでしょうが、湖岸近いところには相当な数のボートが浮いていたと思います」

「ほかに、ボートの事故は？」

「さいわいありませんでした。従って一件だけです」

「じゃ、それほど強い突風ではなかったんですね」

「いや、相当強い風だったと思います。なにしろ大きい湖ですから、突風の起った場所によって、それから受ける被害の度合も違います。――運が悪かったんですね」

架山は湖面に眼を当てていた。湖岸近い水域とはまるで異った黒ずんだ色をしている。

「このへんは深いんですか」

「一番深いところです。百二十メートルぐらいの深さがあります。沈んだらなかなか浮かんで来ません」

架山は椅子から降りて、床に坐った。微かにめまいを感じたので、坐っている方が安全に思われた。

「あす、もう一度、この船に乗せて頂けませんか」

「結構です」

「花を投げてやりましょう」

架山は言った。颪による事故か、ほかの原因によるものか知らないが、ボートがここで顚覆したことが事実であるとするなら、みはるはすでに亡くなっていると思わねばならなかった。そう考える以外、いかなる考え方もなかった。

「そうですね。そうなさるがいいでしょう。なお捜索は続けますが、それはそれとして、そういうお気持になれたのなら、花を捧げることがいいでしょう」

「いろいろ有難うございました。お手数をかけました」

架山は改めて警官の方へ頭を下げた。この時初めて、架山はみはるを死者として考えることができた。

艇が竹生島に近づいて行くに従って、水の色は濃い青さに変って行った。艇が竹生島の船着場に着くまで、架山は湖面以外どこも見ていなかった。艇の動きが停まった時、初めて顔をあげた架山の眼に、幾つかの石段と、幾つかの社殿と、幾つかの鳥居がはいってきた。警官の一人が船からコンクリートの突堤の上に飛び移った。

「ちょっと降りてごらんになりますか。十分ほど停まっているそうです」

秘書の室戸が言った。

「いや、このままここに居させて貰おう。ここからお詣りする」

架山は言った。そしてその言葉の通りにした。艇の甲板の上に坐り直して、島の方へ向かって頭を下げた。どこに本殿があるか判らなかったので、急な石段がのびている高処の方へ頭を下げたのである。

——どうぞみはるをお護り下さい。

架山は心の中で言った。お護り下さいということは、みはるの生命を護って下さいということであった。つい今しがた、みはるの死を自分自身に納得させたばかりであったが、神に祈るとなると、そういうわけにはいかなかった。架山は自分の心がまだみはるのことを諦めてはいないことを知った。

「やはり何の新しい発見もありませんでした」

艇に戻って来た小柄な警官は言った。再び艇は動き出した。竹生島の周囲を一周して多景島方面へ向かうということであった。

竹生島は全くの岩石の島であった。どこも岩壁が殆んど垂直に湖中に突きささっている感じで、遭難者がすがりつけるような場所は一カ所もなかった。神を祀《まつ》ってある島ではあったが、そういう島が、架山には冷たく、意地悪く見えた。

「鷺がたくさん居ますよ」

警官は言った。なるほど岩壁の一カ所に鷺は群れていた。島はどこも雑木の緑に覆われているが、その鷺の棲息地になっている場所だけ、雑木は緑を失い、岩石が肌を露出していた。

架山はいったんそこに眼を当てたが、すぐ眼をはなした。この世ならぬ風景に見えた。鷺も美しくは見えなかったし、鷺の群がっている様も決して快適な見ものではなかった。ああ、嫌だ、と架山は思った。鷺の棲息場所は、架山には幽界の一情景のように見えた。

艇は竹生島を回ると、物凄いスピードで湖面を滑り出した。いまの架山にとっては、艇がいかに速く突走ろうと、速すぎるということはなかった。大きい波のうねりが長い直線をひいて行くのを見守りながら、初めて架山は拳を眼に当てた。涙が溢れて来たのである。

警備艇が長浜港の船着場に戻ったのは七時だった。夕闇が迫りつつあったが、湖面はまだ明るかった。架山は二人の乗組員に礼を言って、近くに待っていたくるまに乗った。新しい情報でもはいっているかも知れなかったので警察署に行ってみることにした。

「たいへんですね、お疲れでしょう」

運転手が言った。

「気が張っているから」

架山は答えたが、警備艇から降りた時から、烈しい疲労が全身を襲っているのを感じていた。

警察署の建物にはいって行くと、午前中に顔を合わせた警官の一人が、

「いっしょに乗っていた青年の身許が判りました。京都のA大学の学生らしいです。父親が来ていますから会って下さい」

と言った。

「ほかに本人たちについて、何か新しい情報は」

架山が言うと、

「残念ですが、まだ遺体はあがりません」

警官の言葉では、すでにみはると連れの青年は死者として取り扱われていた。

架山と室戸は午前中に通された畳敷の部屋にはいって行った。部屋には二人の警官と、背広服の五十年配の人物が対《むか》い合って坐っていた。

架山の姿を見ると、警官の一人が座をあけてくれた。

「こちらが時花みはるさんのお父さんです」

警官が言うと、背広服の人物はすぐ坐り直して、

「この度はどうもたいへんなことになりまして、私が父親でございます」

と頭を下げると、上着の内ポケットをさぐって名刺入れを取り出した。架山は渡された名刺を受け取ったが、自分の名刺は出さなかった。名刺交換どころの場合ではないという気持があった。

すると、警官が卓の上に置いてあった一枚の小さいカラー写真を、架山に示して、

「お宅の娘さんというのは、この方ですか」

と訊いた。どこか知らないが公園らしいところに、若者と娘が立っている。娘の方に眼を当てた時、架山はすぐそれがみはるであることを知った。

「そうです」

架山が答えると、

「やはりそうでございましたか。では、私の息子に違いありません。きのうの朝、女の友だちと琵琶湖へボートに乗りに行くと申して、家を出ましたまま帰っておりません。今朝のラジオのニュースでボートの遭難事故があったことを知り、それから大騒ぎになりました。はい、この写真は息子の友だちが持っていたものでございます。このお嬢さんは家にも一度いらしったことがありまして、お名前は存じませんでしたが、お顔は存じておりました。――いや、息子でございます」

それから相手はハンカチを眼に持って行った。

「お互いに困ったことになりましたね」

架山は初めて口を開いた。自分でも自分の言い方の冷たいことが判った。こんどのボートの遭難事件に於ては、青年に専ら責任があると思う。警報が出ているのに、それを無視して、ボートに乗ることを主張したのも青年の方であろうし、無鉄砲に竹生島の南方まで漕ぎ出して行ったのも青年であろう。みはるの方は何と言っても少女の域を脱していない年齢である。相手の青年を信頼し、青年の言う通りに行動したに違いないのである。

「本当に、どういうご縁でございましょうか。こうしたことでお目にかかるようになりますとは」

相手は言って、またハンカチで頬のあたりを押えている。涙を出しているのであろうとは思うが、泣いているか、泣いていないか判らない。色は黒く小皺の多い顔をしている。老いているというのではなく、漁師などによくある苦渋にみちた顔なのである。

「とにかくですね」

警官は架山たち二人の顔を見較べるようにして、

「たいへんお気の毒ですが、時間の経過からみて、まず遭難者の生存を期待することはできないとしなければなりません」

「それは、もう」

青年の父親は頭を下げた。

「できるだけのことをして頂きましたので、諦める以外仕方ございません」

「しかし、諦める以外仕方ありませんが、私の方はなかなか諦めきれない」

架山が言うと、

「それは、もう」

相手は、こんどは架山の方に頭を下げた。

「それで、あすからのことですが」

警官が話を自分の方に引寄せた。

「警察としましては、これから遺体の捜査に全力をあげます。が、いつあがるか判りません。今夜にもあがるか、五日も六日もあとのことになるか」

「それは、もう」

息子の父親はまた頭を下げ、やたらにハンカチで眼を押したり、頬を押したりしている。よく頭を下げる奴だと、架山は思った。

「あすはこちらに居て下さいますね」

「それは、もう」

「あなたの方は」

警官が架山の方に顔を向けたので、

「私も事件が解決するまで、留まっております」

架山は答えた。室戸が宿の所番地と電話番号を、警官の差し出した紙片に記している間、架山は青年の父親なる人物に眼を当てていた。架山はどうしても相手に好感が持てなかった。お前が悪い、お前の息子が悪い、こういう言葉を口から出したら、少しは胸が晴れるだろうと思ったが、まさかそういうこともできなかった。

架山は室戸を促して腰をあげた。

「いろいろ有難うございました。またあすご連絡いたします」

「すぐお寝《やす》みになることですね。体をこわしてはいけません」

警官は言った。その労りの言葉が、架山には心にしみて感じられた。

「宿へ帰ったら、すぐ寝みましょう。ゆうべから寝んでおりませんから」

架山は素直に言った。

「私の方は今朝知りまして、まことに相すまんことでございます」

青年の父親は坐り直して頭を下げた。実直な感じであったが、架山には愚鈍に見えた。みはるが死んだのは仕方ないとしても、こんな人物の息子といっしょに死んだと思うと救われない気持だった。

架山が警察署の建物を出て、くるまに乗ろうとしていると、青年の父親なる人物が追いかけてきた。

「お打ち合わせいたしたいこともございますが、あすにいたしましょう。あすの朝、お宿の方に伺わせて頂きます」

「どうぞ」

架山はそれだけ言った。一体何を打ち合わせようというのであろうか。しかし、考えてみれば、打ち合わせなければならぬことはたくさんあるに違いなかった。二人は今や一つの湖心で起った事件に対して共同の立場に立っていた。架山は遭難した娘の父親であり、相手は遭難した青年の父親であった。親という立場からすれば、こんどの事件から受けた打撃も同じであり、悲しみも同じであるに違いなかった。

「家内もお目にかからねばならないんですが、ラジオを聞いている時、ひっくり返ってしまいまして」

相手は言った。

「そうでしょう、母親ですからね。私の方の母親もひっくり返っております」

「左様でございますか。どんなにかお力落しだったでございましょう」

「力を落してひっくり返ったわけではないんです。ショックで失神したんです」

架山は相手の言葉を訂正した。訂正しなければ気がすまなかった。事件を知って、いきなり死んだと思って力を落す者はないのである。

「はあ、まことに」

相手は恐縮した。

「私だって、まだ力は落していません」

「いかにも」

「あす一日は希望は棄てません。大切な娘ですから、死なれては困ります」

「それは、まことに、その通りで」

「ひとり娘ですからね」

「左様でございますか。それは、それは、大切なお嬢さまで」

「いずれにしましても、あすのことにしましょう」

「相すまぬことでございました。お引き留めしまして」

「では」

架山はくるまに乗った。

宿に着くと、夕食の用意を頼んでおいて、洗面所で顔と手を洗った。女中から入浴をすすめられたが、入浴は見合わせることにした。

すぐ京都の時花学院に電話を入れ、前に電話口に出て来た若い女性に、生存の希望は棄てなければならぬ状態にあることを伝えた。

「あす、こちらから誰か伺います。先生は動けませんが、誰か参ります」

相手は言った。京都との電話のあとで、東京の自宅へも電話を入れた。電話口に出た冬枝に事件のあらましを説明してから、

「望みはもうない。諦めている。だが、遺体があがるまでここに居なければならぬ」

架山が言うと、

「京都から誰か来ていますか」

冬枝は訊いた。

「あす来る。母親は入院していて動けないので、学校の方から誰か来るらしい」

「では、こちらからわたしも参りましょうか」

「それには及ばない」

「わたしもお母さんと呼ばれたことがあります」

「判っている。君がショックを受けていることも、悲しんでいることもよく判っている。しかし、京都から母親も来ないのだから、君も来ない方がいい」

「では、そうします。どうしていいか、わたしには判りませんから、あなたのおっしゃるようにします」

「会社の方には、事件のあらましを伝えておいてくれ。どうせ判ることなんだからね。——そうだな、誰に伝えたらいいかな。——吉田君に報せておいて貰おうか」

架山は言った。吉田というのは会社の重役の一人である。

「但し、こちらに来るには及ばないと言ってくれ。遺体が見付かるまでは、ひとりで居たいんだ。室戸君がついていてくれるから心配はない」

架山は言った。夕食は室戸と対い合って卓に就いた。食べものが喉を通りそうもなかったので、ウイスキーの水割の助けを借りた。室戸は酒は強い筈であったが、どんなに勧めても、ウイスキーの壜には手を出さなかった。

「いっしょにボートに乗っていた青年の父親なんだがね。一体、どういう人かな」

架山が言うと、

「大三浦さんですか」

秘書は言った。架山は初めてこの時青年の父親が大三浦という姓であることを知った。名刺は貰ってあったが、上着のポケットに突込んであった。

「大三浦製作所という会社の社長さんらしいです。何か小さい部品工場みたいなものを大阪でご自分で経営しているらしいです」

「ほう」

「そこのひとり息子さんのようです」

「ひとり息子か。向うもひとり息子か。さっき、そんなことは言わなかったな」

架山は言った。

夕食を終ると、寝床をとって貰って、架山は横になった。疲れきっているので、すぐ眠れるかと思ったが、なかなか眠りにはいれなかった。うとうとすると、長い藻のようなものが纏《まと》い付いて来て、首にからまったり、手足にからまったりし、その度に眠りの沼から弾き出された。

――ああ、苦しい。

架山は声に出して言った。本当に苦しいと思った。架山はそんなことを何回か繰り返した果てに、寝床の上に起きあがった。坐ったまま眠る方がまだらくだと思った。

架山は寝床の上に端坐して、眼を瞑ったまま腕組みした。するとみはるの顔が浮かんできた。会社の玄関の前で別れた時のみはるの顔であった。

架山は思いを他に転じたかったが、それができないことを知ると、そうだ今夜ひと晩みはると付合ってやろうと思った。それが父親としての幸薄かった娘への務めであるに違いないという気持だった。

――みはる、君は度々、会社にこの父親を訪ねて来てくれたな。

架山は頰を濡れるに任せていた。

――君の生涯は短かった。しかも決して幸福ではなかった。ずいぶん小さい心を、いろいろな悲しみで埋めたな。淋しいこともあったな。辛いこともあったな。

架山は嗚咽に身を任せていた。

——人間生れて幸福になる者もあれば、不幸になる者もある。お前は不幸の方に縁があったな。心優しく生れ付いていたのに、突風までがお前に禍したな。

架山はずたずたに自分の心を引裂いていた。どの裂け目からも血が流れている。どれだけそのような時間が続いたろう。架山は嗚咽したまま床に俯し、そしてそのまま失神したように眠りの世界に落ち込んで行った。安らかな眠りではなかった。相変らず藻は首に巻き付き、手足に纏《まと》い付き、鬼火のようなものがあちこちに燃え、そうした中を架山はつまずきながら歩いていた。もう永遠にこうした世界から脱出することはできないのだと、そんなことを自分に言いきかせながら、よろめき、よろめき、歩いていた。


宿の女中に起されたのは九時だった。縁側の雨戸は開けられ、明るい陽光がはいっていた。ああ、それでも眠ったと、架山は思った。

洗顔して部屋に戻ると、室戸が顔を出して、

「さっき大三浦さんがお見えになりました。特にお話があるようにはお見受けしませんでした。夕方お目にかかると言って帰られました」

室戸は言った。あまり会いたい相手ではなかったので、帰って貰った方が有難かった。

からりと気持よく晴れた日だった。ゆうべのような苦しい夜に続いて、このような明るい朝が来ていることが、架山には信じられぬ気持だった。ひとりで朝食の卓に向かっていると、電話で警察署の

方に連絡をとった室戸が、その報告にやって来た。

「大三浦さんの方は漁船に十艘出て貰っているようです」

「どこの漁船？」

「長浜の組合に頼んだらしゅうございます。さっき来たのは、その打ち合わせではなかったかと思います。こちらはどういたしましょう」

「こちらはこちらで出そう。別でいい。きのう行ったボート屋に頼んで、びわ町の漁船を出して貰おう。僕も乗る」

架山が言うと、

「お乗りにならない方がいいと思います。なるべくならご遺体は見ない方が宜しいと思います」

室戸は言った。架山は室戸の言うようにしようと思った。漁船に乗らない方がいいと言うなら乗らないでおこうと思う。みはるの遺体を見た時、自分がどうなるか自信はなかった。

「きょう一日、この宿に居て頂きましょう。漁船の交渉も、警察署との連絡も、みな私がいたします。あるいは今晩あたりお寝みになれなくなるかも判りませんので、なるべくお体を休めておいて頂きたいと思います」

室戸は言った。そしてくるまを頼んで宿を出て行った。しかし、架山は架山で体を休めてはいられなかった。訪問者があった。最初に警官に案内されてやって来たのは、時花学院の若い事務課員であった。いつも電話口に出て来る女性であった。事件のあった日、みはるは平常と少しも変りなく明るい顔で家を出て行ったこと、男友だちはあったかも知れないが、家に連れて来たことはなかったことなどを、口数少く話した。

「ご遺体が出るまで、この町に留まっております」

「そうして下さい。宿は？」

「学院の生徒さんの家がありますので、そこに泊めて貰うことになっています」

そして、その宿所の所番地を書いた紙片を置いて、若い事務課員は帰って行った。みはるの学校の友だちも二人来ているということだったが、二人とも事務課員と同じ宿所に厄介になっているらしかった。

女の客と入れ替りに、遭難した青年の友だちだというのが三人やって来た。警察署に顔を出したらしかったが、大三浦が船に乗って湖上に出ていたので、架山の方を訪ねて来たのであった。架山は仇敵の片割れにでも会うような気持で、三人の若者を部屋に招じ入れた。

三人の青年は部屋の隅にかしこまって坐った。

「僕たち大三浦君の高等学校時代からの友だちです。大三浦君の家から事件を報されて、驚いて駈け付けて来ました」

一人が言った。

「それはご苦労さんです。みんな同じ大学ですか」

「二人は同じ大学で、一人は違います」

すると、真中に居るのが、

「僕だけまだ浪人です」

と言って、頭をかいた。三人とも頭髪は伸びほうだいに伸ばしており、申し合わせたように、まる首のシャツに薄いセーターを羽織っている。

「あなた方、幾つですか」

「みんな二十一歳です」

「大三浦君も」

「そうです」

二十一歳にしては子供子供していると、架山は思った。大学生には見えない。すると、浪人中だというのが、

「僕はこの前の日曜に大三浦君と会っています。その時、琵琶湖にボートに乗りに行くというので、僕も連れて行けと言ったんですが、可愛い子ちゃんといっしょだからといって断わられました。今考えると、僕も強引に押しかければよかったと思います。遠慮したのがいけませんでした」

と言った。

「あなたが来ても、突風は起ったでしょう。二人の犠牲が三人になっただけだ」

架山は言った。そして余り頭のよくなさそうなのが揃っていると思った。

「でも、僕は一応慎重ですから遠いところへは行かなかったと思います」

「大三浦君は慎重ではないの？」

「慎重とは言えないと思います。――なあ?」

他の二人の相槌を求めた。

「時にびっくりするような大胆なことをすることがありました」

一人が言うと、

「でも、反面臆病なところもありました。大胆なところと、臆病なところとちゃんぽんでした」

「そういう言い方をすれば、人間みな二つの面を持っている」

架山は言った。大三浦という青年の大胆なところと、臆病なところと、そのいずれかのために、みはるは災難を蒙るに到ったのである。あるいはその双方による災難であったかも知れない。

「成績は?」

「成績はいかんです」

浪人が言った。

「だって、あなたとは違って浪人しないではいっているでしょう」

架山が言うと、

「A大学ですから」

すると、他の一人が、

「ひどいことを言うなよ。いくらA大学だって、大三浦はともかく、僕たちは堂々とはいっている」

「大三浦君は?」

「裏口入学です」

浪人が言った。

「補欠でしたが、親父さんが誰かに頼みに行って入れて貰ったと思うんです。これ、大三浦君の口から聞いたことです」

浪人は言った。いずれにしても、大三浦という青年もまた学業に於ては、余り優秀とは言えないようであった。

「性格は？」

「とてもいいです」

三人が殆ど同時に言った。

「友だちみんなに好かれていました。真面目すぎるくらいでしたし、淋しがりやなところもありました。金を友だちに貸しても、それを請求できないようなところもありました」

一人が言った。甚だ粗雑な性格の分析である。が、今ここに居るこの三人も同じような性格でもあり、ほぼ同等の頭脳の所有者であろうと思われる。この三人中のどの一人をとっても、いま彼等自身が口にした幾つかの条件で説明できそうである。大胆でもあり、臆病でもある。真面目でもあり、淋しがりやでもある。そのくらいだから友だちには好かれるが、貸した金も取り返せない性格の弱さがあり、当然のこととして、学業の成績は余りかんばしくないのである。採点を総計すると、義理にも優秀な大学生とは言えなさそうである。

こういう連中の一人のために、みはるは犠牲になってしまったのである。どうしてみはるがこういう若者たちの一人と知り合いになったか知らないが、その誘いにのって琵琶湖まで遊びに来たのが、みはるの年齢の少女の持つ稚《おさな》さでもあり、他愛なさでもあるに違いなかった。

「大三浦君のお父さんは何時に帰って来るでしょう」

一人が訊いた。

「知らんね。警察署で訊いたら判るでしょう」

「僕たちも船に乗りたいんです。どうしても友だちとして、遺体の収容の仕事に当りたいんです」

「それはご苦労さん。ただ自分たちだけでボートを出したりしてはいけない」

「はい」

「捜索に漁船が出ているから、その漁船に乗せて貰うんですね」

架山は注意してやった。黙っていると何をするか判らないと思った。

学生たちが帰って行くと、室戸から電話があった。びわ町から漁船十艘に出て貰ったが、きのうとは違って湖が少し荒れているので、捜索はなかなか難渋を極める模様であるということであった。

午後、架山はきのうと同じように警備艇に乗せて貰うことにした。室戸は遺体が発見された時のことを案じて、架山が警備艇に乗ることに反対したが、架山はボートが遭難したと思われる水域に花束を投じて来ないと気がすまなかった。もはや生存の希望は全くなくなっており、しかも事件が起きてから二昼夜を経過しようとしていたが、亡き霊を慰めるいかなることもしていなかった。

警備艇はこの日も三時に長浜港を出た。架山と室戸は、それぞれに花束を抱えて乗った。白い梔子《くちなし》の花である。空は気持よく晴れて一点の雲もなかったが、湖面は波立っていた。

竹生島南方の水域で、警備艇は停まってくれた。架山は乗組員二人にも花束を分けた。架山、室戸、それから二人の警官の順で、花束を投じた。最初に架山が艇から身を乗り出すようにして、そっと花束を水の上に置いたので、他の三人もそれに倣った。四つの花束が波の間に漂っているのを見ながら、

「有難うございました」

架山は二人の警官と室戸に礼を述べた。

警備艇はすぐ動き出した。その辺りから竹生島へかけて、何艘かの漁船が浮かんでいるのが見えた。どの漁船も波のために高く低く揺れ動いていた。遺体捜索の漁船であるかも知れなかった。

きのうと同じように、七時に長浜港に戻った。警察署に立ち寄ってみたが、遺体発見の報はどこからもまだはいっていないということだった。

宿で夕食をすましたところに、青年の父親が訪ねて来た。朝も訪ねて来て貰ってあったので、会わないわけにはいかなかった。

大三浦は部屋に案内されて来ると、

「お疲れのところ、お邪魔しまして」

と、鄭重《ていちょう》に挨拶し、

「警察で伺いましたが、お花を捧げて下さいましたそうで、まことに有難うございました。私もお供

すれば宜しゅうございましたが、漁船の方に乗っておりましたので、いかんことでございました」と言った。一日漁船に乗っていたためであろうか、大三浦の顔は赤く陽にやけていた。

「いや、捜索の方をやって頂いたのですから」

架山は言ったが、そのことをそれほど感謝する気持はなかった。

「一度しかお目にかかりませんでしたが、このようなことがありますせいか、何とも言えず明るくて、お優しいお嬢さまでございました」

大三浦は言った。この時もまたハンカチを眼に当てた。こんどは対い合って坐っているので、架山には相手が泣いていることが判った。

架山は、相手がみはるの明るさや優しさを褒めてくれるのはいいとして、このようなことがあるためかという言い方が気にくわなかった。このようなことと言うが、それはみはるが関係したことではない。すべては、お前さんの息子が招いたことなのである。お前さんの息子がもっと慎重で、思慮分別に欠けるところがなかったら、よもやこのようなことは起りはしなかったのである。みはるはお前さんの息子のおかげであたら生命を失ってしまったのである。架山はこう言いたかった。

大三浦は何回もハンカチを眼に当てたり、鼻をかんだりしてから、

「どうもいけません。やたらに顔がちらちらいたしまして。——こういうことになりますなら、何でも望むことをしてやったらよかったと思います。が、今となりましては、何もかもあとの祭りでございます。あとの祭りとはよく申したもので、まことにあとの祭りでございます。ヨーロッパをくるま

で、無銭旅行をしたいと申しましたが、叱らないで、させてやれば宜しゅうございました」

架山は黙っていた。子供も、親も、余り利口ではないと思う。むしろこの父親というのが一切の責任を負うべきであるかも知れない。暫くして、架山は言った。

「ヨーロッパをくるまで無銭旅行などおさせになったら、琵琶湖でなくて向うで亡くなっていたでしょう」

「はあ、まことに」

「まだ近いだけ、琵琶湖の方が始末がいいですよ」

突きはなした言い方だった。すると、相手は、

「でも、ヨーロッパの方で事件を起しましたのなら、お嬢さんの方は何事もございませんでした」

「そりゃあ、そう」

「まだヨーロッパの方が宜しゅうございました。悲しむのは、私一人ですみました」

大三浦は言った。こう言われると、架山としても返すべき言葉はなかった。まさに、その通りであった。

「しかし、ヨーロッパでなくて、琵琶湖で起ったので、娘もお付合いすることになりました」

「はあ」

「いずれにしましても、今になってはもう、あなたがおっしゃるようにあとの祭りです。何を言っても始まりません。あなたもお辛いでしょうが、私も辛い」

同じように辛いと言っても、私の方がもっと辛いと、架山は言いたかった。

「ほんとにすまんことでした。かけ替えのないおひとりだけのお嬢さんをお誘いなどいたしまして」

大三浦は言った。初めて相手が、責任は自分の息子の方にあるという言い方をしたと、架山は思った。実際はどちらが誘ったか判らないわけであったが、男の方の親としてはこういう言い方をすべきであり、それを架山は今まで待っていたのである。

「こちらもひとり娘ですが、お宅の方もひとり息子さんだそうじゃないですか。たいへんですね」

架山は言った。架山の方も初めて労りの言葉を口から出してやった。

「左様でございます」

「辛いことですね」

「はい。——辛いのはお互いさまでございます。ゆうべはお寝みになれましたか」

「なかなか眠れませんでしたが、暁方になって少しまどろみました」

「左様でございましょうとも。どんなにかお苦しかったことでございましょう。よくお察しできます」

「あなたは?」

「私でございますか。私も——」

「お寝みになれなかったんですか」

「はい。浜を歩いておりました。米原と彦根の間の海っぺたに宿をとっておりますが、その宿の裏手の浜を歩いておりました。こっちに歩いて参りますと、向うで声がいたします。それで向うへ参りますと、またこっちで声がいたします。みんなそら耳でございます。一晩中、浜でうろうろしておりました。暁方になって、辺りが白み始めました頃、犬が一匹やって参りまして、胡散《うさん》臭く思ったのか、やたらに吠え立てます。それで宿に戻りました」

「ほう、それはたいへんでしたね」

「親というものは愚かなものでございまして。——と申しましても、もちろん私の場合のことでございますが、どうもいけません。悪いところは思い出しませんで、いいところばかり思い出します。中学校の頃はよく家を飛び出しまして、それでさんざん苦労させられましたが、そんな時のことはいっこうに思い出さないで、家へ帰って来て、しゅんとして、素直になっている時の顔の方ばかり眼に浮かんで参ります」

「どうして家を飛び出したんですか」

「死ぬ気だったようでございます」

相手は聞き棄てならぬことを言った。

「死ぬ気？」

「はい。母親が違いまして、僻《ひが》んでいたのでございます。決して邪険にするような母親ではございませんが、中学へ通う年頃というものは難しいものでございます。私も手を焼きました。苦労いたしました」

「生みのお母さんは？」

「息子が五歳の時他界いたしました」

「ほう、お母さんが違いますか」

憮然たる面持ちで架山は言った。みはるだけが普通とは異った環境に育っているかと思っていたが、相手の青年もまた似たような環境に育っているのである。

「それにしても、自殺しようと思って家を飛び出すとは！」

「はい。利口な子供なら、そのようなことはいたしませんが、どうもかっとする性質でございまして、――それに学校の成績も余りよくはございませんでした。それやこれやで、子供心に世をはかなんだのでございましょう」

「お母さんとは、今でもよく行っていなかったんですか」

「いいえ、今はもう、――何を申しましても、今は母親の方が敗けております。高校へはいりましてからは、家庭内に波風は立っておりません。何分、心根は優しいところのある息子でして、物の道理が判るようになりましてからは母親を労っておりましたし、そのくらいですから、母親の方もまた息子によくしてやっておりました。子供の頃はいろいろ苦労させられましたが、どうにか大学にも入れて貰い、漸く母親との仲もうまく行くようになったとほっとしておりましたら、こんどの事件でございます」

「大学の成績は？」

「どうでございましょう。余りよくなかったんではないでしょうか。人なみに大学教育を受けさせようと思ったのが、今思うと不憫に思われてなりません。幼い時から手仕事がすきで、熱中いたしますと、何日もぶっかかっておりましたので、いっそ職人にでもさせましたら、こんどのようなことにはならなかったんではないかと思います。大学なぞにやりましたので、ボートなどに乗ることを覚え、――まことにいかんことでございました」

特殊な環境に育ってはいるが、それにしても、話を聞いてみると、もともと余り優秀な若者とは言えそうもない。架山はそうした若者といっしょに亡くなったみはるが哀れであった。

「どうでございましょう?」

ふいに改まった口調で、大三浦は言った。

「今日はだめでございましたが、あすは遺体があがるのではないかと思います」

「そうでしょうか」

「いや、あすは大丈夫でございます。必ずあがりましょう。これは、ご相談でございますが、遺体があがりましたら、いっしょに祀《まつ》って頂けないものでございましょうか」

「いっしょに祀ると言いますと――?」

「お宅の宗旨も伺わないで、こう申しましてはなんでございますが、いっしょに供養できるものなら、そうしてやったらいかがかと思いまして」

「そのことは、ちょっと待って下さい」

架山は言った。遺体が発見されないうちに供養の相談も変なものであったし、それにそうすることを、みはるの霊が悦ぶかどうか、そのことが第一の問題であった。

「その件は、遺体が発見された上でのことにいたしましょう。同時に発見されるということはめったにないと思いますし」

架山が言うと、

「左様でございましょうか。私はどうもいっしょに発見されるのではないかと思います。同じ時刻に、同じ場所での事件でございますので。――そういう場合は、いっしょに供養してやった方が自然のように思われます。供養ばかりでなく、できれば二人を祀った碑のようなものでも」

架山は自分の心が急に気難しくなって行くのを感じていた。折角相手に対してほぐれつつあった気持がふいにもとに戻った恰好であった。勝手なことを考えていると思った。そちらは加害者であり、こちらは被害者なのだ。いくら息子が可愛いと言っても、余り虫のいいことは考えて貰いたくない。

「供養をごいっしょにやるのは、結構です。同じ事件でいっしょに生命を落したのですから。――しかし、二人をいっしょに祀る、いや祀らないにしても、いっしょに祀った形をとる碑のようなものを造るということは、どうも、ねえ」

「いけませんか」

「いける、いけないでなくて、変じゃないですか」

「はあ」

「おかしいですよ」

「左様でございますか。これは、失礼いたしました。気が動顛いたしまして、つい失礼なことを申しあげてしまいました」

「いや、失礼なことではありません。確かに、あなたのそういうお気持も判ります。でも、――」

「では、供養だけにとめましょう。供養だけでも宜しゅうございます。息子はどんなに悦ぶか知れません」

大三浦は言って、こんどは顔をしかめて、左の眼のところに左の手指を持って行った。暫く泣くのを中止していたが、また双の眼から涙を流している。

相手の青年にしても、悦ぶかどうかは判らないと、架山は思う。いっしょに死にたくて死んだのではない。突風が二人に共通の運命を与えたのである。いっしょに供養することが自然であるにしても、それを二人が悦ぶとか、悦ばないの問題に結びつけることは生きている者の勝手な当て推量というものである。死者の心は誰にも判りはしないのである。みはるは事故の起った瞬間、相手の青年を恨んでいたかも知れないのである。

「まあ、いずれにしても、今は遺体収容の段階にあります。あなたもゆうべは一睡もなさらず浜を歩いていらっしゃる」

架山が言うと、

「まことに。つい、うっかり長居をいたしました。あすまたお目にかかることにいたしましょう」

大三浦はあたふたと腰をあげた。架山は玄関まで送って行った。

湖畔に於ける第二夜を、架山は死んだように正体なく眠った。翌日もまた快晴であった。架山はびわ町の南浜に行って、今日もまた遺体捜索に出てくれることになっている漁師たちに挨拶した。

架山は漁船の一艘に乗り込みたかったが、漁師も室戸も反対した。

「悪いことは言わない。わしらに任せておきなされ。親御さんが乗ったからと言って、死んだ者が出てくるわけではないし」

漁師の一人が言うと、

「そうとも、そうとも、遺体があがるのはいいものじゃない。釣針の大きなようなものにひっかけて――」

もう一人が言った。みなまで言わないうちに、

「判りました、判りました」

室戸が相手を制した。

しかし、架山は宿にじっとしているわけにはいかなかった。みはるの姿がどんなに変っていようと、自分の腕で抱きとってやりたい気持があった。そうした思いはきのうより強くなっていた。きのうまでは、万が一にもという生存を期待する気持がどこかにないでもなかったが、今はそうした思いを持ちようはなかった。そうした思いがなくなると、みはるという一個の遺体への執着が新たに生れた。遺体を己《おの》が二本の腕で抱きとりたかった。

架山は、また警備艇に乗せて貰った。宿に居るより湖面に浮かんでいる方が気持が落着いた。警備

艇は今や平常の任務についていた。みはるたちの事件のための出動ではなかった。新しく生れるかも知れない遭難事故を未然に防ぐための出動でもあり、密漁を警戒するための出動でもあった。

しかし、この日も警備艇は竹生島南方で速度を落してくれた。架山の気持を慮《おもんぱか》ってくれての措置であった。

「たくさん船が出ていますね。これだけ大がかりに探して、どうして出ないんでしょうね」

小柄な警官は言った。この警官の言葉で、架山は初めてそこらに浮かんでいるたくさんの漁船が、みはると青年の遺体を捜索している船であることを知った。南浜から出ている漁船もあれば、大三浦が手配した漁船もあるだろうと思われた。

警備艇がゆっくりとその水域を横切っている時、架山はおやと思った。一番近いところに浮かんでいる一艘の漁船の船縁《ふなべり》に体を二つに折っている麦藁帽子の人物が大三浦ではないかと思ったからである。すると、その人物が顔をあげた。間違いなく大三浦であった。大三浦は警備艇の方には眼もくれないで、すぐまた体を二つに折った。上半身が今にも湖中に落ち込みはしないかと危ぶまれるほど、船縁から身を乗り出して、顔を水面に近づけている。何をしているか判らなかったが、架山のところからは、大三浦がただ湖中を睨んでは、涙をぽたぽたと水面に落してでもいるように見えた。実際にそうしているのかも知れなかった。

一日は慌しく暮れた。事件が起きてから四日目、つまり長浜における第三夜を、架山はまた悲しい気持で眠らねばならなかった。〝悲しい眠り〟という言葉を、誰かの随筆で読んだことがあり、その時はそんな眠りが本当にあるのだろうかという思いを持ったものであったが、今や架山は、そうした眠りが実際にあることを、われとわが身に於て思い知らされねばならなかった。

早く寝《しん》に就いたが、何回も眼覚めた。眼覚める度に、心は悲しみで冷たくなっていた。悲しい夢を見たあと、夢の中の悲しみが眼覚めたあとの心に残っていることがあるが、丁度それに似ていた。ただ夢の場合は、その悲しみが、ああ夢であったかと思った瞬間から次第に薄らいで行くが、今の架山の場合は違っていた。悲しみは一層烈しいものになって行った。

眠っている時だけ忘れており、眼覚めると悲しみが待っていた。そしてその現実の悲しみにすっぽりとつかり、そしてその悲しみを懐いて、また眠るのである。眠っている時だけが救いであった。しかし、その眠りは浅かった。

翌朝、架山は一晩中悲しみの現像液に浸ってすっかり冷たくなった心を持って、床の上に身を起した。そして、今日は事件が起きてから五日目であると思った。

食事をすますと、ゆうべ長浜へ出向いて来たという会社の幹部が二人顔を見せた。いつまでも知らぬ顔で押し通すわけにもいかず、取りあえず会社を代表してやって来たという恰好であった。

「ご心配なことです」

悔みを述べることもできないので、訪問者はそんな言葉を口から出した。

「私たちもせめて船に乗せて頂きましょう。ほかに何もできませんから」

「そうですか、それは有難う。遭難場所に行って、花を捧げて下さい」

架山は素直に言った。

「花を捧げて頂いたら、それで引取って頂きましょう。遺体がいつあがるか判らないので、それ以上留まって頂くには及ばない」

「はい」

訪問者は短い時間で引揚げて行った。室戸の言うところでは、今日は大々的に遺体捜索が行われるということだった。みはるの友だちも、青年の方の友だちも多勢詰めかけて来ていて、みんなが何艘かの漁船に分乗するということであった。

架山は体が熱っぽかったので、宿の体温計を借りて計ってみると、八度近く発熱していた。室戸はしきりに床に就いているように勧めたが、架山としてはそういうわけにもいかなかった。

架山は午前中、長浜港と南浜の二カ所に出向いて行った。青年の友だちは長浜港から漁船に乗り、みはるの友だちは南浜から漁船に乗るということだったので、その両方に挨拶に行ったのである。

架山の眼には、青年たちも、少女たちも、眩しいくらい生き生きと溌剌《はつらつ》として見えた。どちらにも二十名ほどの若者たちが居た。暗い不幸な事件に関係している青年たちにも、少女たちにも見えなかった。何か興味ある冒険が若い者たちを待っており、それが青年たちをも、少女たちをも、平生より生き生きとさせているかのように見えた。

架山は、長浜港でも南浜でも、彼らや彼女らが漁船に乗り込むところは見なかった。頭痛が烈しくて、漁船がやって来るまで待っていられなかった。弁当やら飲みものを若い遺体捜索協力者たちに配る手配を室戸に頼んで、架山は自分だけ先に宿所に引揚げた。

宿へ帰ると、すぐ床に就いた。午後医者を招《よ》んで注射を一本打って貰って、あとはうつらうつらしていた。架山の眼には絶えず初夏の陽に輝いている湖面が浮かんでいた。そこに二、三十艘の小船が散らばっている。そしてそのどれにも、青年たちや少女たちが乗り込んでいる。それはどうしても、遺体捜索といった暗い事件に関係している情景には見えなかった。宝探しの冒険にでも従事しているといった方がぴったりする。しかし、そうした船の浮かんでいる水面の下には、みはると青年の二つの遺体が沈んでいることは事実であった。初夏の陽光に輝いている水面の上は明るく、水面の下は暗かった。ひどく明るく輝かしいものと、ひどく暗い不幸なものが、湖面の上と、下で隣り合わせているのである。

架山は何回も寝返りを打っては、いま琵琶湖の一水域で展開されている遺体捜索の作業の情景を、自分の瞼から振り落そうとしたが、それは執拗に架山の瞼から離れなかった。

夕方、大三浦が訪ねて来た。架山は床の上に坐って、訪問者と相対した。大三浦は学生たちに弁当を配ってくれたことに対して、鄭重な言葉で礼を言い、

「二人はもう水の上に出て来るのを望んでいないようでございます。これだけ捜索しても、遺体が発見されないということは、二人が誰の眼にもつかないところに身を匿しているとしか思われません。出て来るのを嫌がっているに違いありません。今日船の中で、私はふとそういうことに気付いたのでございます。二人は匿れているのでございます。二人だけで、ここに居ようと、身を匿しているに違

いないと思います」

大三浦は言った。大三浦はこの前宿に訪ねて来た時とは、別人のように憔悴して見えた。連日漁船に乗っているためか、顔は額の部分を除いて、あとは陽にやけて真黒くなっている。それでなくても苦渋な顔が、いまは形容しようのない顔になっている。無数の皺が黒い皮膚を刻んでいる。

「ええ、もう、それに違いありません。二人は湖の中に居たいのでございます。湖の中があんまりきれいなので、そこから出ることを嫌がっているのでございます」

大三浦は言った。架山は相手の顔に眼を当てていた。悲歎の余り気が狂《ふ》れたのではないかと思ったが、

「まあ、こうとでも考える以外仕方がないかと思います。そうじゃございませんでしょうか」

そう言って、顔をあげて、手指を眼頭に持って行くところなどは、やはり正気であった。

「余り思いつめて考えない方がいいでしょう」

架山が言うと、

「いいえ、思いつめたりはいたしません。できたことは致し方ないと思っております。ただ人なみに葬ってやりたいと思うだけでございます。それには肝心の遺体に出て貰いませんと――。多勢の者が、これだけ探して出ないということは、出るのが嫌だということでございましょう。私はあと二日ほど漁船に出て貰いまして、それでも収容できません場合は、それで捜索を打ち切ろうかという気持になっております。その方が若い者たちの気持に添うことになるのではないかと思いますが、いかがなものでございましょう」

大三浦は言った。

「そうですね。私もあなたと同じようにいたしましょう。もう二日漁船に出て貰い、それでもだめの場合は、ひとまず捜索を打ち切ることにしましょう」

「そうして頂けますか。有難うございます。若い二人も、きっと悦んでくれると思います」

大三浦は言った。そういう言い方には、やはりどこかに異常なものが感じられた。

「二人が悦ぶかどうかは判りませんが、遺体が出て来ない以上は仕方ありませんからね」

「いいえ、二人は悦ぶに違いありません。これだけ手を尽して探して、なお収容できないということはただではございません。出て来るのが嫌なのでございます。私はそう思います。そう信じます。二人は二人だけで、いつまでも居たいのでございます」

「でも、そういう考え方はおかしいでしょう」

架山は言った。相手の言ったことを聞き流すわけにはいかなかった。まるで心中でもしたかのような相手の言い方である。冗談ではないと、架山は思った。

「そうでございましょうか」

「そうであるもないも、ないと思いますね。心中ではあるまいし」

「はあ」

「事故による遭難でしょう」

「はあ」

「遺体が収容できるできないは、二人の意志とは無関係でしょう」

「はあ、まことに」

相手がすっかりしょげてしまったので、

「いや、私も疲労が重なっているので言葉が強くなっていけません。失礼があったら、許して下さい」

架山は言った。

「めっそうな」

大三浦は恐縮して、あとずさりでもしかねない様子を示した。

翌日、架山は警察署からの呼び出しを受けた。すぐ警察署に出向いて行くと、やはり呼び出しを受けたという大三浦も姿を見せていた。

二人は、この前の畳敷の部屋とは違って、小さい応接室に通された。卓を挟んで、二人の制服警官と対い合って腰かけた。

「どうも、いけませんですねえ」

警官の一人が言った。架山が初めてこの警察署に現われた時、事件の概要を説明してくれた警官であった。

「たいへんお手数をおかけしました。いろいろと手を尽して頂きましたが——」

架山が言うと、

「この度のことにつきましては、もう——」

と大三浦も恐縮して言った。

「いや、いけませんでした。遺体が今日まであがらないところを見ますと、いつあがるか見当がつきません。これまでにも遺体のあがらなかった例はあります。竹生島付近は水温が低く、水深も百メートル以上もあります。底に沈んでしまいますと、なかなかあがりにくいようですね。先年のことですが、数年前の水死者の遺体が、白蠟死体となってあがったことがあります。全然肉体には変化なく――」

「ほう」

と、大三浦は身を乗り出して、

「そうでございますか。そうしますと、こんどあがりませんでも、いつかあがるということでございましょうか」

「すべてがそうだとは言えないでしょうが、そういう例もありました」

「ほう、全然肉体に変化がなくてあがったのでございますか。そうでございますか。そうなりますと、もう一度息子に会えるということになります。私の方は年齢《とし》をとりますが、息子の方は年齢をとりません。今の年齢の若い息子に会えるなら、私は何年でも生きておりましょう。そうでございますか。それならば――」

大三浦は明らかに昂奮していた。架山はその昂奮をしずめるために、

「毎年、水死者はどのくらいあるものですか」

と、話題を転じて言った。

「去年はそうたくさんはありませんでした。それでも二十何名か、うち十名は自殺でした。もちろん遺体は全部あがりました。一昨年は確か四十何名、例年このくらいの死者が出ています。一昨年も遺体はみんなあがっております」

警官は言って、

「こんどの場合、今日で六日目です。あがるものなら、もうあがっていなければならぬと思います」

すると、

「待ちますとも、あがるまで、何年でも待ちます」

大三浦は椅子から立ちあがり、すぐまた腰を降ろした。まるで落着きというものをなくしていた。

「さて、今日ご足労願いましたが」

警官は言葉の調子を改めて言った。

「私は思うんですが、今日まであれだけの漁船に出て貰って、それで遺体が収容できないということは、いまの白蠟死体の例ではありませんが、あるいは何年先のことにならんでもない。——遺族の方としては、いつまでも捜索を続けたい気持はよく判りますが、どうですか、このへんで、あとは私の方にお任せ願えませんか。ご存じのように今津、彦根、そしてこちらと、毎日三つの警察署の警備艇が出ております。遺体があがれば、必ず発見いたします。警察の方に任せて頂いて、決して手落ちにはならないと思います。そりゃ、漁師の方は仕事ですから、出てくれと言えば何日でも出ましょう。しかし、お金にご不自由はないとはいえ、たいへんなお金を費《つか》うことになる。——それにですねえ、漁師にしても、本業は漁であって、その方が忙しくなれば、本業の方に回るのは当然なことです。私は思うんですが、漁船を頼むのは、もうこのへんで――」

「判りました」

架山は言った。

「私も、大三浦さんも、大体同じような考えになっております。今日と明日、今まで通り漁船に出て貰って、それでだめなら、一応捜索を打ち切った方が――。いつまで続けておりましても、切りのないことですし」

「そうですか。私も、それが宜しいと思います。ご両人のお考えが判らなかったもので、私からそのことを申しあげてみようと思って、お呼びたてした次第です」

警官は言った。しかし、大三浦の方は、警官と架山との会話を聞いているのか、いないのか、

「宜しゅうございます。何年でも待ちましょう。待ちますとも。――大体ですね。嫌なのでございます、出て来るのが。――いつか、もう出て来てもいいという時が来れば、必ず出て参ると思うのでございます。同じ年齢で、同じ顔をして出て参ります。そうでございましょうが。――」

そんなことを言って、警官の方に相鎚を求めた。

「そうでございましょう」

「ええ、まあ、ねえ」

警官は不得要領な返事をして、

「いずれにしても、今日明日で、漁船の方は打ち切るのが宜しいでしょう。あとは警察の方に任せて頂きます」

と言った。それから、架山はみはるの遺留品であるハンドバッグの引渡し相手を誰にするかの相談を受けた。

「いずれ、母親の代理の者を差し出しましょう」

架山は言った。みはるを取り巻く不幸な事件が、今や一つの終末に来たといった思いであった。大三浦が暫く黙っていると思ったら、彼は両手に額をのせて、頭を垂れていた。泣いているかいないか、架山には判らなかった。泣いているとすれば、この何日か泣きづめに泣いているのに、大三浦の涙腺はまだ涸れていないようであった。

事件が起ってから六日目に当る日も空しく終った。夕方、二日間捜索に協力してくれた学生たちも、少女たちも、みな引揚げて行った。架山は室戸と二人で、若い者たちを米原駅に送った。学生の一部は彦根駅からも発ったが、その方の見送りは大三浦が受持った。

その夜、架山は宿で、京都の時花貞代からの電話を受け取った。貞代と言葉を交すのは、別れて以来初めてのことであった。架山は事件発生以来今日までの経過を話し、漁船による捜索もあす一日で打ち切るようになっていることを告げた。貞代は、時折り〝はい〟〝はい〟という言葉だけを入れて、長い架山の報告を聞いていたが、話が一応終ると、

「よく判りました」

と、はっきりした言い方で言って、そのあと暫く黙っていた。架山は貞代が泣いていることを知った。泣きたければ、泣きたいだけ泣くがいいといった気持で、架山は何の声も聞えて来ない受話器を握っていた。すると、やがて、

「失礼いたしました」

という、貞代の声が聞えて来た。

「こんどのことでは、たいへんお世話さまになりました。みはるは可哀そうなことをしましたが、これもあの子が持って生れた運命だと思います。それにしましても、あなたにできるだけのことをして頂きましたので、みはるの霊も満足だろうと思います」

貞代は言った。

「君もずいぶん力を落したことと思う。立ち直るのには、かなりの時間が要るだろうが、まあ、徐々に気持を変えて行くんだね。人間、長い一生には辛いこともある」

架山が言うと、

「有難うございます。幸い仕事を持っておりますから、それに打ち込んで行きましたら、――」

「そうだね。当分仕事、仕事で行くんだね」

「それにしても、あなたの方はずいぶんお疲れになりましたでしょう」

「まあ、ね。父親として何もしてやらなかったから、こんどのことぐらいは。――それに現地に居るんで、ショックが一度にやって来ないで、来方が小刻みなんだ。そのためか、はたで考えるほど疲れ

ていない」

「いまはお疲れになっていなくても、きっとあとになって出て来ると思います」

貞代は言った。

「僕の方は心配要らないが、君の方はどうなんだ」

架山が訊くと、

「今日夕方、退院いたしました。もともと病気ではありませんし、もう何の心配もありません。まるで、何もかもあなたに押し付けるような恰好になってしまいまして」

貞代は言った。

「こういう場合は、現地に来るのは男の方がいい。いっしょに亡くなった学生の方も、ここには父親一人が来ている」

それから、

「遺体が出るまでは、葬儀もできないし、戸籍からも抜けない。行方不明としての取り扱いなんだ」

架山は言った。

「それも、いいと思います。いつまでも、まだ生きているような気がして」

「しかし、それだけに気持の整理ができないと思う。その点をよく自分に言いきかせておかないと、――」

「承知いたしました。では、これで失礼いたします。いろいろ有難うございました」

「体だけは、充分気を付けて」

「あなたの方こそ。――いつお帰りになります？」

「多分、あすの晩」

「お帰りになりましたら、どうぞ、よろしく」

それで、電話は切れた。架山は貞代と、二人が知り合ってから、このように労《いたわ》り合った言葉を交したことはなかったと思った。受話器を置いてから、架山はしんとした思いに打たれていた。こんどのような事件がなかったら、二人は今のようなお互いに相手を労る言葉を口から出すことなどなかったに違いない。いま電話で話していた二人は、みはるの父親であり、みはるの母親であった。そして父親と母親でなければ、決して交すことのできない言葉を交したのである。二人の間にできた子供の死という事件に対して、二人は共同の立場に立っていた。同じ悲しみを頒ち持ち、同じ打撃を頒ち持っていたのである。電話で貞代は、架山が一週間現地で捜索の仕事に当っていたことに対して、さぞみはるの霊は満足しているだろうと言ったが、満足するというなら、それはおそらく父親と母親が今の電話でお互いに相手を労る言葉を交したことに対してではなかったかという気がした。みはるに対しては、今の電話に於ける会話が、一番の供養であったかも知れない。

架山はその夜、室戸を相手にウイスキーのグラスを口に運んだ。

「あす、固まって金が要るが、東京へ帰ってから送ることにして貰おうか」

架山が言うと、

「取りあえず会社の方から出して、送って貰ってあります。世話になった人たちへの礼も、大三浦さんと相談して、一応用意してあります」
何事に対してもそつのない青年は言った。

一夜明けると、遺体捜索の漁船の出る最後の日であった。この日、架山は室戸に連絡をとって貰って、一時に南浜で大三浦と落ち合った。二時に漁船の一艘が帰って来た。架山、大三浦、室戸、それに南浜の貸ボート屋の主人の佐和山、四人を乗せて、竹生島南方の遭難現場と推定されている水域に向かうためであった。

漁船は人間たちのほかに、幾つかの花束を運び入れた。花は白、赤、黄の三色のカーネーションだった。この花は室戸が調えてきたものであったが、初め白と黄二色のカーネーションで占められていたのを、架山の希望で、それに赤いカーネーションが追加されたのであった。架山は白と黄だけでは淋しい気がした。死者を弔う花としては、白と黄二色がふさわしいかも知れなかったが、架山としてはまだうら若い少女のみはるには、何となく赤い花を捧げたかったのである。

小さい発動機船は、何も喋らない四人の男たちを乗せて湖面を滑って行った。天候が崩れかかっているためか、湖面は波立っていた。竹生島南方の水域で、船は発動機の音を停めた。船は一カ所で高く低く波間に漂っていた。室戸によって、花が配られた。

「どうぞ」

架山は、大三浦に先に花を捧げるように促したが、

「どうぞ、どうぞ、あなたから」

と、大三浦は後込《しりご》みした。

「では、どうぞ、ごいっしょに」

室戸が言ったので、架山と大三浦はそれぞれ何本かの花を花束から抜いて波立っている波間に置いた。続いて佐和山と室戸も同じようにした。たくさんの花が波間に散らばり漂った。

「まだ、花が残っております」

室戸が言うと、

「それでは」

と、大三浦はまた何本かを受け取り、こんどは、

「――ほうら、これはお前の母ちゃんの分だ。――ほうら、これはおじいちゃんの分、これはおばあちゃんの分、みんなお前を可愛がってくれた人たちだ。――それから、これは今の母ちゃんの分だ。今の母ちゃんは、お前のことを知って、ひっくり返ってしまったが」

そんなことを言葉に出して言った。架山も、声にこそ出さなかったが、大三浦を真似て、貞代、祖母、冬枝、光子の四人に代って湖面に花を投じた。

架山は涙が頬を流れるに任せていた。大三浦の方は泣かなかった。もう一滴の涙も残っていないのかも知れなかった。大三浦は船縁から身を乗り出して、水の中に右手を入れて、水を掬うような仕種《しぐさ》を見せていた。

みなが花を投じた付近には一艘の漁船の姿も見えなかった。午前中はこの方面の捜索に当っていたが、午後は多景島方面へ移動しているということだった。

漁船は再び南浜に戻った。そして貸ボート屋の主人の佐和山の家に行き、暗い土間で立ち話をした。

佐和山は時計を見て、

「もう四時になります。あと一時間ほどで、船は引揚げて来ます。お役に立たんといかんことでした。もともと、わしの不注意から起った事件で、まことに、どうも――」

と言った。不愛想で、気難しい顔はしているが、素朴で実直な人物であった。

漁船の手配はすべて佐和山の手を通じてあったので、架山は漁師たちに払う日当を佐和山に手渡すことにした。佐和山は近所の漁師の内儀《かみ》さんを連れて来て、彼女に立ち会って貰って金を受け取った。

「あなたも毎日出てくれていたのではないですか」

室戸が口を挟むと、

「はあ、きのうまでは毎日出ていましたが、わしの場合は別ですわ。日当など貰えますかいな」

佐和山は言った。

「それでも」

架山が言うと、

「いや、冗談じゃありませんよ。考えてみなされ」

佐和山はむきになって言った。架山はこの場合は厄介になりっぱなしにして引揚げ、礼はあとで考

えようと思った。すると、

「佐和山さん、あんたのところは民宿をやっていなさるか」

突然、大三浦が訊いた。

「夏場のボートだけでは食えませんからな」

そう言われてみると、なるほど背戸の方に二階建ての離れらしいものが造られてあり、それが母屋と奇妙な対照をなしていた。

「私でも泊めて貰えますか」

大三浦が訊くと、

「そりゃ、いくらでもお泊めします。だけど、何のもてなしもできんと」

「そうか、それなら、ここへ二、三日泊めて貰いましょう」

「いつ？」

「あしたから」

「あした？　やめなされ。諦めて、一度家に引揚げてくるこっちゃ」

「ここから出て行ったんだと思うと、――なあ。帰るんなら、やっぱりここへ帰って来ましょうが――」

「あかん、あかん、とにかく一度家に帰って、休みなされ。その顔は普通じゃないぞ」

そんな佐和山と大三浦の会話を聞きながら、ふいにここに留まっていたくなった大三浦の気持も判らないではないと思った。ここからボートに乗って出て行ったのだから、戻って来るなら、やはりここだろうという気持は、初めてここへ来た時の架山をも襲ったものであった。

佐和山と別れると、三人はくるまで長浜に帰り、こんどはすぐ漁業組合に顔を出した。そしてそこの事務員に案内されて漁師の家に行った。架山と大三浦は、いま遺体捜索から帰ったばかりだという中年の人物に、何日かに亘っての協力を謝した。

「いかんことでした。もう当分あがりませんわ、これは。――ものは考えようで、大きな、きれいな墓場に葬られたと考えることですね。街中のごちゃごちゃした墓地に眠るより、どんなにましなことか」

漁師は言った。この方の金は、大三浦が払った。室戸の計算では、架山、大三浦の漁船に関する負担額は大体に於て同じくらいらしく、そうしたことから話し合いの上で二人の間では金の出し入れはしなかった。

そこを出ると、こんどはくるまは警察署に向かった。架山と大三浦は、こんどの事件で世話になった警官たちに、ここを引揚げる挨拶をした。

それがすむと、三人は街中の喫茶店でお茶をのみ、三十分ほどの時間をつぶしてから、警備艇の乗組員に別れの挨拶をするために、長浜港の突堤に向かった。いつものように、七時に警備艇は戻って来た。目に見えて、日は長くなっており、辺りは暮方とは思われぬ明るさだった。西の空には薄い朱色の雲が何条も刷毛《はけ》で掃いたように走っていて、その上の方に白い雲が点々と置かれてあった。

二人が乗組員たちに礼を言うと、

「遺体が収容できなかったことは、さぞお心残りでしょう。水葬になさったと思うことですね。火葬、土葬、風葬、水葬、広い世界にはいろんな葬り方があると聞いていますが、私などは毎日船に乗っているせいか、自分で選べるのなら水葬を選びます。竹生島には仏さまも神さまも居て、ちゃんと毎日供養してくれます」

小柄な警官は言った。

「はい、有難うございます。私もそう考えております。若い二人もそう思っているに違いありません。二人で相談して、こりゃ、このままの方がいい。何も陸にあがって、焼かれたり、埋められたりすることはない。このままがいい、これに限る。いっそ、もうこうしておいて貰いましょう。——どこへ行くことがありましょうに、湖の底に居るに越したことはありません」

いつまでも大三浦の言葉が切れそうもなく、警官が多少当惑しているように思われたので、

「空がきれいですね」

架山が言うと、

「幾らか荒れぎみですからね。波が立っている日は空がきれいです」

警官は言った。

「左様、まことにきれいでございます。二人とも、きれいだ、きれいだと言い合っておりましょう」

大三浦は空を仰ぎ、仰いだままで、いつまでも顔をもとに戻さないでいた。首が痛くなりはしまいかと、架山は心配だった。

警備艇の二人の乗組員が帰って行ってからも、架山と大三浦は西の空が赤く見える突堤の上に立っ

ていた。何となく立ち去り難い思いであった。二人から少し離れて、室戸も立っていた。この方は二人に付合ってやっている恰好で、土地の者らしい内儀さんと立ち話をしていた。

「私は今夜の列車で帰ります。ふしぎなご縁で、こういうところで何日かごいっしょに過ごさせて頂いた」

架山が言うと、

「まことに、どういうご縁でございましたでしょう。この何日か、昂奮しておりましたので、いろいろと失礼なことも申しあげたり、失礼な振舞いもあったかと存じますが、亡くなった息子に免じてお許し頂きとうございます」

大三浦は言った。

「いや、失礼なことがあったとしましたら、こちらの方だろうと思います。私の方こそお詫びいたします。いつ、お帰りになりますか」

「もう二、三日居てみましょう。南浜の佐和山さんの家に厄介になろうと思います」

「そのお気持はよく判りますが、さっき佐和山さんも言っていたように、私も、一度お家にお帰りになることをお勧めしますね」

「有難うございます」

「お家で体を休めて、改めてお出掛けになったらいいではないですか」

「はあ、まことに。——ではございますが、もう二、三日だけ居てやろうと思います。あなたさまも、私も、二人ともいっしょに引揚げて行きましたら、淋しく思うんじゃないかと思います」

「なるほど」

「私だけ、居てやりましょう。と申しましても、私も仕事がございます。まあ、せいぜい二、三日のことですが、おあとから引揚げることにいたしましょう」

こう言われると、架山としても、停めるわけにはいかなかった。

「それは恐縮です。では、そうお願いいたしましょう」

架山は言った。架山はこの人物にもう会うことはないのではないかと思った。会うとすれば、いつのことか判らないが遺体のあがった時であろう。どちらの遺体があがったにしても、まあ、礼儀として、二人はここにやって来るに違いない。それまではまず顔を合わすことはないであろう。こういう事件で知り合いになった二人なので、いったん別れると、却って顔を合わせるのが嫌になるのではないかという気がする。

ここまで、不幸な父親同士の会話はうまく進んだが、最後になって、

「今朝、暁方、息子と夢の中で会いました」

大三浦は言った。

「長い間、死にたい、死にたいと思っていたが、とうとう死んでしまった。自分が死にたくて死んだのだから、少しも悲しむには当らない。息子はこう言ったのでございます」

瞬間、架山は全身から血が下がって行くような不快な思いに打たれた。

「父ちゃん、悲しんでくれなくてもいい。死にたくて死んだんだから、自分は本望だ。確かに息子はこう言ったんでございます。その声がまだ耳に残っております」

大三浦が言った時、

「お宅の息子さんの方は、死にたくて死んだのなら、さぞ本望でしょうが、私の娘の方は甚だ迷惑しますね」

架山は自分の声の震えているのが判った。この大三浦という人物は少しどうかしているのではないか。ばかなことを口走るにも程があると思った。一昨夜、旅館に姿を現わした時は、まるで若い二人が相思相愛の仲ででもあるかのような言い方をした。架山はその時も腹を立てたが、まだ我慢ができた。心中事件と考えられては、みはるが可哀そうであるが、ひとり息子を失って、気が動顚していると思えば、そうした根も葉もない幻覚も許すことができた。

ところが、こんどは息子が自殺志望者であったという新たな幻覚に揺すぶられ始めている。そういう考え方をする方が、自分の苦しみを紛らすには都合がいいかも知れないが、道連れにされたみはるの方は救われない。もし実際にそうだとすれば、年端もゆかない少女を道連れにした無理心中ということになるではないか。

「お宅の息子さんは死にたかったかも知れないが、みはるの方は、そのようには育っていませんからね」

架山は烈しい怒りを抑えて、やっとこれだけの言葉を出した。

「いや、これは失礼いたしました。つい、愚かなことを申しあげて、――相すまぬことでございました」

「こういう場合ですから、お互いに言うことだけは慎しみましょう」

「はい、まことに、ついうっかり息子の言ったことを申しあげてしまいまして」

「息子さんが言ったことと言いましても、それは夢の中のことでしょう」

「はい」

「夢と現実をいっしょになさらない方がいいですね。私が迷惑するより、若い二人が迷惑しましょう。二人のためにも、いまのようなことはおっしゃらない方が宜しいと思います」

「以後、気を付けます。どうぞ、ひらにご容赦願いたいと思います」

「お判りになって頂けば結構です」

相手がすっかりしょげてしまったので、架山は矛先を収めた。矛先は収めたが、何とも言えぬ不快な思いはどうすることもできなかった。突風による遭難事件を、心中事件にされたり、無理心中事件にされたりしては敵わないと思った。

それから架山はなお五分ほど当り触りないことを話したあと、心がしずまってから突堤の上で大三浦と別れた。歩き出した時、自分はこの日の、この夕陽の赤さを生涯忘れることはないだろうと思った。

夜の列車に乗り込む予定を立てていたが、いったん宿へ帰って時計を見た時は、その時刻をとうに過ぎていた。やむなくもう一晩、長浜で過ごすことにした。架山は長浜に於ける最後の夜を宿で眠った。夜半から烈しい雨になった。きのうあたりから天気は崩れかけていたが、突堤の上から見た夕空が美しかったので、まだ一日、二日はもつものと思っていたが、それどころではなく風を伴った烈しい雨になった。

架山は雨の音で何回も眼覚めたが、眼覚める度に、昼間大三浦が口走ったことが思い出されて来て、何とも言えず不快だった。その不快な思いは、それを繰り返しているうちに、次第に怒りに変って行った。

息子が死にたがっていたということを、大三浦の口から聞いたのは一回ではない。突堤の上で口走ったのは夢の中の息子の言葉であったが、そのほかに大三浦は、息子が中学時代に実際に自殺するつもりで何回か家出したことがあったということを話したことがある。おそらくそれは真実であろうと思う。友人たちの話を照合してみても、そのようなノイローゼ気味の、意志薄弱な青年であったのである。だからと言って、こんどの事件をそうした若者と結びつけて、自殺事件ではないかというような推定は成立しない。大三浦は父親の愚かさから、ふとそんな思いに捉われたのかも知れない。それにしても、ひとの娘のことも考えないで、かりそめにもそのような考え方をすることは許せないと思う。もしそうであるなら事件は無理心中になってしまうではないか。みはるは、くだらぬ若者のノイローゼの犠牲になってしまったということになる。明らかに犯罪事件である。しかし、まあ、冷静に考えて、そういうことはないだろうと思う。

それからもう一つ許せないのは、いくら逆上している際とは言え、遺体の収容できないことが、恰も若い二人の意志ででもあるかのような言い方をしたことである。それも一度や二度ではない。黙って聞いていれば、二人は相思相愛の仲で、意気投合して、二人で投身自殺をしたかのような言い方である。これも甚だ以て迷惑千万な話である。

――みはるは、お前さんの息子のような愚かな若者と心中するような娘ではない。まだ少女なのだ。事件は、誰もが考えているように、突風のために偶発した遭難事件なのである。と言って、お前さんの息子に責任がないということにはならない。無思慮、無分別、意志薄弱なお前さんの息子は、事件が起った時、とっさにいかなる措置もとれなかったのである。大体、竹生島南方の水城まで小さいボートで遠出する奴があるか。

架山は相手がそこに居るかのように、怒りをぶちまけていた。声に出して言っているわけではなかったが、架山は相手に荒い言葉を叩き付けているような気持になっていた。

豪雨が大地を叩いている中で、架山は怒りに身を焼いていた。もう大三浦と別れてしまったが、ずいぶん人のいい別れ方をしたものだと思う。相手は加害者であり、こちらは被害者なのである。こうした事件に於ては年端もゆかぬ少女に責任のあろう筈はない。みはるは、年長の青年の言うなりになって、こんどの不幸を招いたのである。

大三浦は息子を失い、こちらは娘を失っている。共に子供を失った、その悲しみには差異はないであろう。しかし、事件の性格だけははっきりしておくべきだったと思う。

貞代と電話で話をした時、貞代はこんどのことは、みはるの持った運命だと言ったが、そういう言い方をするなら、みはるがその青年に出会ったことが、そもそもみはるの運命だったのである。いかなる場合に知り合ったか知らないが、みはるがその青年と顔を合わせた時、みはるにとって、こんどの不幸な事件は予約されてしまったのである。

架山は、大三浦の口から、すべては自分の息子の責任で、たいへん申し訳ないことを為出《しで》かしてしまったという一言の挨拶を欲しかったのである。それで、こちらの気持も収まり、貞代が言ったように、すべては、みはるの持った運命だという風に自分に言い聞かせることができる。それなのに、心中事件だとか、自殺行為だとか考えられては、大三浦の方はそれでいいかも知れないが、こちらとしては甚だ迷惑する。大体、そういう自分本位の考え方を、平気で言葉に出していう無思慮さが我慢できないのである。

架山は長浜に於ける最後の夜を、息子に対してと言うより、その父親である大三浦に対する腹立たしさで輾転反側して過ごした。大三浦に対してこれまで懐いていた好感、その素朴さも、人のよさも、謙譲さも、すべてがひと癖も、ふた癖もあるもののように見えた。もしかすると、大三浦はあのように素朴さを装うことによって、自分の立場を糊塗していたのではないか。こういう考え方をすると、大三浦という人物が、架山には全く異ったものに見えて来た。架山は長浜に於ける最後の夜を、みはるの死の悲しみの代りに、大三浦に対する怒りと呪詛で埋めたのであった。生涯、みはるの死の悲しみは自分の心から消えないであろうが、それと同じように、相手の若者およびその父親に対する怒りもまた、自分の心から消えることはないだろうと思った。

歳月

みはるの遭難事件からいつか七年の歳月が経過している。その七年間は、架山にとって決して平穏なものではなかった。もう一度繰り返すかと言われると、すぐには返事をしかねた。一日一日積み重ねて行って、いつか七年という歳月が経過したのであって、初めから判っていたら、果してそれに耐え得たかどうか。十七歳で亡くなったみはるが生きていたら二十四歳になるわけで、架山もまた五十代の初めから、五十代の終りへと、七つの年輪を加えている。

その七年間の架山にとって、はっきりしていることは、湖というものが、架山にとって特殊なものになったことである。事件の起った琵琶湖はもちろんのことであるが、そればかりでなく、なべて湖と名のつく一切のものが、架山にとっては特殊なものになったのであった。湖という文字も、なんでもない単なる湖の風景写真も、無心に眺めることはできなかった。

一番困るのは旅行の時であった。仕事の関係で、月に一回や二回は関西へ行かねばならなかったが、いつも関ヶ原を過ぎる辺りから、心は落着かなかった。なんとも言えぬ辛い思いが心に立ち籠めて来た。列車が琵琶湖の湖畔を走っている間、架山は湖の置かれてある窓の方へは顔を向けなかった。そこにみはるの奥《おく》つ城《き》があると考えれば、それで自分の心を落着かせることができそうに思われるのであったが、なかなかそういうわけにはいかなかった。奥つ城にも、墓所にも考えられなかった。もし遺体があがって、葬儀でも営んでいれば、琵琶湖というものに対する考え方も、自ら異ったものになったであろうが、実のところ、それはみはるの遺体を沈めている水域以外の何ものでもなかった。事件の時、警官の口から白蠟死体があがった例について聞いたことがあったが、その時眼に浮かべた未知の人のしみ入るような遺体の白さは、その後いつまでも架山の瞼から消えなかった。みはるもそのようなものとして、架山の心にしまわれてあった。みはるの遺体は少しも損傷されず、年齢も加えず、十七歳の少女のそれとして、湖の底に横たわっていた。実際にまた、それがそこに沈み、横たわっているということは、一つのどうにもできぬ確かな事実であった。

奥つ城でも、墓所でもなかった。生命こそなけれ、そこはみはるの住家でもあり、部屋でもあった。十七歳の少女の清純な体を横たえる寝台は、そこに置かれてあるのである。

架山は列車が湖畔を走っている時、その方へは顔を向けないで瞑目していた。事件のあった年の十月から新幹線ができたが、これは架山にとっては、たいへん有難いことであった。東海道本線の場合は列車は湖岸近いところを走ったが、新幹線になってからは、湖岸から大分離れた地域を走った。

琵琶湖に限らず、湖と名のつくものは一切敬遠した。職業柄、外国商社の客をもてなさなければならぬこともあって、そんな時款待方法として北海道旅行が一番悦ばれたが、みはるの事件以後は、架山自身はそれに加わることはなかった。北海道というところはどこへ行っても湖があり、景勝の地とされているところのホテルは大体に於て湖畔にあった。いくら仕事とは言え、湖から湖へと経回《へめぐ》ってたのしい筈はなかった。

日本の湖ばかりでなく、外国の湖も禁物だった。一度、イタリーから、くるまでシンプロン峠を越えてスイスにはいったことがあった。その時、レマン湖の岸をドライブしてジュネーブにはいったが、架山はくるまの中でレマン湖畔の風景を説明する案内者の饒舌を、初めは煩わしく思い、しまいには憎んだ。そのくらいだから、レマン湖畔にあるということだけでジュネーブという都市も嫌いであったし、湖の岸に沿っているホテルも嫌いだった。何日かの滞在予定を一日に縮めて、逃げるようにして、そこを発った。

このほかに、ロシアのバイカル湖でも苦い経験を持っている。琵琶湖を五十ほど集めた大きな湖で、到底湖とは思えない海のようなものだということだったので、多少の不安はあったが、イルクーツクのホテルの前からバイカル湖行きのバスに乗った。同業者十人ほどの団体旅行で、なるべくみなと同一行動をとりたいという気持もあってのことだったが、あとで考えてみると、われとわが胸の傷に対する判断は甚だ甘かったとしなければならない。

くるまは白樺の大原始林地帯を突切って、アンガラ川の流出口に位置しているニコーラという集落にはいった。三、四十戸の小さな丸太造りの家が、ひっそりと身を寄せ合っている気の遠くなるような静かな村であった。一同は、アンガラ川の流出口というのを見るために、その村の入口でバスを降りて、村の中にはいって行った。路地という路地から水の立ち騒いでいる水域が見えた。バイカル湖の湖面であった。

架山は、その頃から自信を失って行ったが、やがてアンガラ川の流出口というところに連れて行かれた時、ふいに足が竦《すく》んでしまうような思いに捉われた。架山が見たものは、波の荒い日の琵琶湖と寸分変らぬ湖面であった。いくら大きくても、湖は湖であった。どこからが湖で、どこからが川かちょっと見当のつかぬ水域は青黒い水を湛え、そこが流出口であるためか、一面に小さく波立っていた。架山はいつかそこに揺られ漂っている赤と白と黄の三色のカーネーションの花を見つめていた。もちろんそんな花はそこにはなかったが、架山の眼には実際にそれが波間に揺れ動いているように見えたのである。

架山は自分でも知らないうちに、そこに屈みこんでいた。立っていられなかったのである。誰かが言葉をかけてくれたが、もし正確に返事をするとなると、

「気持が悪いのでも、眩暈《めまい》がするのでもない。ただ辛いだけ。立っていられないほど気持が辛いだけ。ここを離れれば癒りますよ」

こうとでも言うほかはなかった。

しかし、もちろん架山はそんなことは言わなかった。いくら気持が辛いと言っても、みはるの事件など知らない人たちに、架山の気持の辛さなどが理解されよう筈はなかった。一同は再びバスに乗り、湖畔のレストランに向かった。架山はすべてを旅の疲れのせいにして、ひとりだけバスの内部に残っていた。バスを一歩でも降りれば、眼の前にバイカル湖は拡がっていた。バイカル湖見物に来たのであるから、バイカル湖が拡がっていて当然であったが、架山はバスの後部の座席に体を横たえて、そのバイカル湖のいかなる欠片《かけら》をも眼に入れないようにしていた。三時間ほどの間ではあったが、架山

にとっては救いのない苦しい時間であった。

こうした辛い思いは、湖を見た時に限らず、全く思いがけぬ時にやって来ることがあった。歩いている時でも、誰かと話をしている時でも、宴会の席につらなっている時でも、何の前触れなしにふいにやって来た。

——みはるはまだ湖底に沈んでいる。今この瞬間も、みはるは琵琶湖の深い湖底に身を横たえているのだ。

こうした思いに捉われる時、架山はいつも一糸まとわぬ十七歳の少女の体を、白い大理石で作った人形のようなものとして眼に浮かべている。架山は水深百メートル以上の湖底がいかなる状態にあるか見当はつかなかったが、白蠟死体が出るくらいであるから、水も蒸溜水のように汚れなきものであろうし、しかもいかなる生物も棲めない冷たさを保っているものであろうと思う。そしてそこは永遠の静けさを持った水域であり、絶えず仄白い微光が立ち籠めている。微光については何の根拠もないが、根拠があろうと、なかろうと、架山はそういう場所であると自分ひとりで決めている。

そういうところに、みはるは横たわっているのである。架山はそういうみはるのことを思うと、ふいに自分を取り巻く森羅万象が、風の音も、空の色も、人間の顔も、凡そ眼に映るもの、耳に聞えるもの、すべてがすうっと自分から遠のいて行くのを感ずる。何もかも遠のいて行ってしまうと、架山は十七歳の少女と二人だけになる。こうした時から、辛い気持は架山の心に立ち籠めて来るのである。森羅万象が遠のいて行って、みはると二人だけになると、架山は湖底に横たわっている十七歳の少女と言葉を交す。

――冷たくはないか。

――いいえ。

――おなかはすかないか。

――いいえ、動かないんですもの、おなかのすきようがないわ。

――ずいぶん退屈するだろう。

――少しも。これでもいろいろなことを考えているんです。

――どんなことを考えている？

――言えないわ。言ったら笑われてしまいますもの。

架山とみはるの会話はこのくらいで終る。ふとわれに返ると、心は冷たくなっている。氷片でも胸の中にあるような、そんな冷たさである。

こうした時、架山は自分では判らないが、ひどく辛い顔をしているのではないかと思う。事件があった年から翌年にかけて、架山はよく冬枝に言われたものである。

「ほら、また、あなた、怖い顔していらっしゃる。嫌だわ、そんな顔をなさるのは。――何を言っても、全然受け付けないし、――一体、何を考えていらっしゃるのかしら。わたしばかりでなく、光子だって気付いていますよ」

「そうかな」

「ご自分で気が付きません？」

「気が付かん」

「いま、何を考えていらしった？」

「何も考えていない。ぼんやりしていた。多少ぼけたのかな」

そんな返事をするが、架山には判っている。冬枝や光子に怖い顔をしているように見える時は、湖底のみはると言葉を交しているる時なのである。それにしても、みはると会話をしているのであるから、怖い顔をしているわけはないと思う。おそらく辛い顔をしているのであり、それが第三者の眼には怖い顔として映るのであろう。心が氷片でも抱いているように冷たくなるくらいであるから、辛い顔をしているに違いないのである。

架山が湖というものを避けているのは、湖を見る度に、事件のことをなまなましく思い出さなければならぬからである。しかし、よくしたもので、湖でも見ない限りは、こうしたことも、歳月と共に間遠になって行く。冬枝や光子に怖い顔を見せることも、年々歳々少くなって行く。みはると話すことが少くなったためでなく、それに慣れたからである。そして対話の内容も、次第に日常的なものに変って行った。架山は毎日のようにみはると話したり、時には何日も話さないこともあった。何日も話さないことに気付くと、架山はみはるに話しかける。

——大分、ごぶさたしたな。

——いいのよ。わたしの方は少しも変りはありません。ただこうしているだけなんですから。

架山はもう辛い顔も怖い顔もしない。心の底から吹きあげて来る淋しさの中で、遠いところを見るような眼をする。

事件から今日までの七年という歳月は、架山にとって長くもあり、短くもあった。ついこの間の事件のようにも思われるし、そのために苦しんだり、悲しんだりした自分の気持の彷徨を振り返ってみると、よく歩んできたと思われるほど長い道のりにも感じられる。

子供を不慮の事件で失った親はこの世の中にたくさんある。毎日毎日の新聞に、そうした不幸な事件は次々に報道されている。それぞれの親が、それぞれの立場で、いろいろな悲しみ方や苦しみ方をしている。事件は同じような性質のものであっても、親の胸に刻まれた傷跡は一つとして同じものではないに違いない。

架山の場合、一番苦しんだのは、遺体が湖底に置かれたままになっており、そのために葬儀も営まれていないということであった。遺体の在り場所が判らなければ、それはそれで諦め方もあったが、みはるの場合は、遺体が琵琶湖の竹生島南方の湖底という限定された水域に沈んでいるのである。謂《い》ってみれば、みはるは永遠に仮葬の形で葬られているということになる。架山の頭の中に、みはるを生と死を結びつけて考える気持はみじんもなかったが、みはるが生と死の中間に置かれてでもいるような、そんな思いがないとは言えなかった。

こうした思いを架山が持つに到ったのは、日本の古代の〝殯《もがり》（仮葬）〟とか、〝殯する〟とかいう言葉からであった。実際に日本の古代に於いては、仮葬という死者の葬り方があった。人間が亡くなると、すぐ本葬は行わないで、ある期間、仮りに葬っておき、そしてその上で本式に葬るという二重の手順を踏んでいたのである。それなら、なぜそのような仮葬期間を置く必要があったのか、当然そういう問題が起って来るが、それに対する解答は簡単である。人間は死んでも、すぐ鬼籍にはいるのでなく、生でもない、死でもない、つまり生と死の間に死者の魂が浮游している期間のあるということを、古代人は信じていたのである。

こうしたことに思いを致すと、架山はみはるもまたそのような状態にあると考えざるを得なかった。即ち、湖底に横たわっているみはるは生者でもなく、死者でもない。生と死の中間にある何ものかであるということになる。しかし、遺体が永遠に収容できない場合は、みはるは永遠に仮葬されたままなのである。古代人の死に対する考え方によれば、みはるは永遠に生者でもなければ、死者でもなかった。

架山は死者でもなく、生者でもないみはると、何回言葉を交したことであろう。架山が事件後三、四年の間に持った苦しみや悲しみの大部分のものは、こういうところから起っていた。

架山は、みはるが今もなお仮葬の状態にあることに、何らかの意味を求めたかった。そうしないと、みはるが痛ましかった。みはるはいつまでも、〝もがり〟されており、死者でもなく、生者でもない状態にあった。生の世界から脱け出してはいるが、死の世界にははいらず、その中間に置かれているのである。いつまで経っても、生者でもなければ、死者でもなかった。同じように子供を失った親たちはかぞえきれないほど多いが、大抵の親たちが死の世界に居るわが子を悼み、悲しんでいる。ところが架山の場合は、生者でもなく、死者でもなく、生と死の中間に居るわが子を悼み、悲しまなければならぬのである。

そうしている時、架山は若い国文学者の〝もがり〟に関する新しい論文を読んだ。架山は〝もがり〟という言葉に敏感になっていたので、新聞の広告欄の片隅に収められてある国文学研究雑誌の小さい論文の題名に眼を留めたのである。早速、秘書課員にその雑誌を買って来て貰って、その論文に眼を通した。それは奈良時代の死者を悼んだ歌――万葉集などに見る挽歌なるものは、単に死者を追悼した歌ではなく、それがいずれも〝もがり〟の期間に詠まれているということを、具体的な例をあげて指摘したものであった。挽歌は単なる追悼歌ではなく、正確な言い方をすると、〝もがり〟の期間に詠まれている追悼歌だというわけである。

架山は一人の国文学研究者の挽歌に関する論文を読み終った時、すぐそれをみはるの場合に結び付けて考えずにはいられなかった。その論旨からすると、みはるは遺体があがらない限り、いつまでも挽歌を捧げられるところに身を置いているということになった。

また、挽歌というものが、〝もがり〟の期間に詠まれた追悼歌であるということは、言葉を換えて言えば、それが生者でもない、死者でもない、〝もがり〟の期間の霊に対して詠まれたものであるということになった。これはその論旨から引出した架山の考えであったが、架山はそう考えてさして間違いないのではないかという気がした。

もし、みはるの死に対する追悼の歌を詠むなら、みはるはそれを受ける立場に永遠に身を置いているのであり、そしてその追悼の歌の心は、生と死の中間に置かれてあるみはるに対して詠われなければならなかった。

更に架山は考えた。もしかしたら、〝もがり〟の期間というものは、死者を悼むために古代人が人為的に設定したものではないのか。死者を悼もうとしても、なかなか悼めない。だから、みなで相談の上で死者追悼の期間というものを〝もがり〟という形で定めたのではないか。確かに、それはいいことであり、どう考えても、悪いこととは言えなかった。人間というものは、こうでもしないと、なかなか一人の人間の死をすら悼むことができないものかも知れない。だから、〝もがり〟の期間を定めて、それを追悼期間としたのであろう。

それなら、それを、なぜ被追悼者が生と死の間に居る期間としたのであるか。実際に死の世界に足を踏み入れているのであるから、死者として考えても、いっこうに差しつかえない筈である。それで追悼の歌を詠えないということはなかった。

こうした考えを追っている時、突然、架山は胸を衝きあげてくる烈しい思いに打たれた。自分はみはるが生きている時は決して話さなかった言葉を、いまは毎日のようにみはると交していると思った。そしてまた死んでしまったみはるに対しては決して話せない言葉を、いまは毎日みはると言葉を交していると思った。みはるが生と死の中間に置かれてあればこそ、このように毎日みはると言葉を交しているのである。自分は毎日、みはるに対する挽歌を詠んでいる。歌の形はとらないが、それを流れている心は、挽歌にほかならないであろうと思う。もしみはるが普通の亡くなり方で亡くなっていたら、このように挽歌を捧げることはなかったに違いない。

　架山は、自分のみはるに対する悲しみが、もう自分の生涯から消えず、自分はみはるに対する挽歌を詠みづめに詠んでいなければならぬだろうと思った。そのために、みはるはいまも琵琶湖の湖底に沈んでいるのである。

　架山は、みはるの特殊な死に対して、未知の国文学研究者の論文によって、一つの結論を持つことができたのであった。みはるは、古代人が死者を悼むために考えた〝もがり〟の状態に置かれてあった。生でもなく、死でもない、その中間の状態である。しかし、それは古代人が考えた挽歌を詠まれるにふさわしい状態であり、人間同士が人間として偽りのない本当の会話を交すのは、所詮このような状態を想定して初めて可能なことであるかも知れなかった。こういう考え方に立つと、挽歌というものを、単なる追悼歌としてでなく、改めて考え直さなければならなかった。

　架山は万葉集を繙いて、挽歌というもののすべてを読んだ。そして架山はあらゆる挽歌に流れているものを、単なる追悼の心として見做すことはできなかった。はっきり言えば、そこにあるものは対話であった。生きている時にお互いに交すことのできぬ対話であり、相手が死んでしまえば、それはそれで、もはや交すことのできぬ対話であった。

　架山は、みはるの事件以来今日までの七年の間に、たくさんの知人の死に遇っていた。生きている時は競争相手でもあり、対立者でもある知人もあった。それが死んでしまうと、死んでしまったものは敗者であり、生きている者は勝者と言うほかはなかった。

しかし、架山は殆ど例外なく、通夜か、告別式の席に於て、その死者と話した。それは本当の、この地球上に同じ時期に生れた人間としての、そしてその二人だけに通ずる対話であった。通夜か告別式の席に於ける時だけ、二人は敵対者でもなく、勝者でもなく、敗者でもなかった。同じ時期に、同じ地球上に生れ合わせた人間同士の対話であった。

——ずいぶん競争したり、張り合ったり、時には憎んだり、呪ったり、いろんなことをして来たものだな。

——いいじゃないか。人間というものの生き方は、それしかないだろう。

——君は俺より長く生きると思っていたのに、案外早く死んでしまったな。俺の方はまだ生きている。

——そんなことは意味をなさないよ。間もなく、お前の方も死んでしまうだろう。

——確かに、そういうことだ。それなのに、どうして勝ったとか、敗けたとか、そんな競争の仕方をしたのだろう。

——でも、それが人間というものなんだ。短い期間、地球上に生きるんだ。そんなことでもしていなければやりきれぬだろう。

——確かに勝っても、敗けても、たいして意味はないね。君は死んでから、それに気付いた。

——君だって、俺に死なれたからこそ、それに気付いた。

これは、〝もがり〟の期間の対話であった。葬式から何日か経つと、この対話は成立しなかった。死者は完全な敗者であった。もう答えなかった。

架山は毎年、何人かの知人の死に遇っている。四十代まではめったに親しい者の死に遭遇しなかったが、五十代になってからは、至近弾がやたら自分の前やうしろに落ちる感じである。ひょいと身を屈めると、弾は自分には当らないで、うしろに居た者に当ってしまった、そんな感じの時もある。こういう点は、人生も戦場も同じようなものだと思う。どこから見ても頑丈で、容易なことでは死にそうもないのがひょっこり心臓麻痺で倒れたり、癌にやられたりしている。そうかと思うと、病身でふらふらしているのに長寿を保っているのもいる。人間の寿命というものは甚だ気まぐれで、運みたいなものだと言うほかはない。

知人の死の場合、架山はいつも、ああ、この人物とは何か話さなければならぬ大切なことがあったのに、ついに話す機会も持たないで別れてしまったという思いを深くする。誤解を解いておくべきだったという気持を持つこともあれば、感謝の気持を相手に伝えるべきであったのに、とうとう機会がないまま、相手の死を迎えてしまったという感慨に浸る時もある。いかなる知人の死の場合にも、自分を振り返ってみて、そういった後悔の念に捉われる。

親しい友の場合も、さほど深い交渉のなかった知人の場合も、悔いの思いは同じである。人間対人間の大切な対話は何ひとつ交さないで、お互いに別れてしまったという取り返しのつかぬ気持である。相手に死なれて、失敗《しま》ったと思うが、その時はもう遅いのである。お互いに同時代に生れ合わせながら、人間としての本当の心の触れ合いもなく、誤解したり、争ったり、反感を持ったり、儀礼に終始したりしながら、慌しく別れてしまったのである。

架山は、その生前に於て交すべきであった大切な会話を、通夜か、告別式の席か、とにかくその死から遠くない、そのショックがまだなまなましく感じられている時に一方的に試みる。相手から返事のあろう筈はないが、それでも相手の返事が聞えて来るような気がする。それも、試みようと思って試みるのではなく、自然にそういう気持になってしまうのである。もちろん、こうしたことは、その時だけのことである。その機会を外すと、そういった神妙な気持はなくなる。やがて、その人の死は次第に遠くなって行く。

架山は思う。こういった知人の死に遭遇して、相手に対して試みる人間としての大切な対話というものは、古代人の挽歌に相当するものではないか。そして自分が故人に対して対話を試みずにはいられない、つまり通夜とか、告別式とか、その死から遠くない期間こそ、古代の〝もがり〟のそれと同じ意味を持つものではないか。

架山は、ある時、親しい実業家の一人に自分の考えを話したことがある。

――僕は知人の葬儀の時、会葬者の席に座っていて、故人と話をする。誤解を解いたり、謝ったり、反対に相手の釈明を求めたりする。よくしたもので、相手も真剣に返事をしてくれる。と言って、相手は死んでいるのだから、本当は返事をする筈はない。一人二役なんだ。こちらで話しかけ、それに対して、相手に代って、こちらが答えるということになる。が、これはめったに間違うことはないと思うね。あの時だけは、故人に対して、こちらは無心に、素直になっているからね。自分の頭の中では、相手はまだ死者にはなっていない。もし死者になっていたら、話しかける気持なんか起さないだろう。訃報に接してからまだ何程も経っていず、死は実感として来ていないんだ。だから、生前話すべきであったのに、ついに話さなかったことを話す。と言って、相手は、現に葬儀を営まれているくらいだから生者ではない。生者でもないが、死者でもない。生と死の中間に居るんだ。人間という者は、生きている時は対立者だから、なかなか本当の心は見せ合わない。反対に死んでしまうと、変な言い方だけど、勝者と敗者みたいな関係になる。死者は、あとに生き残っている者の批判を、無抵抗に受けなければならないからね。

——人間が人間として、本当に相手に立ち向かえるのは、どちらか一方が死んだ時だと思うね。それも死んでからごく短い期間のことだ。僕の場合だと、相手の葬儀が営まれている時ということになる。その時だけ、本心で相手に立ち向かえる。相手は生と死の中間に居る。相手が生きている時は交せなかった対話が、そして相手が完全に死んでしまっては交せない対話が、二人の間に成立する。

——僕は古代に於て、人が死んでも、すぐ死者として取り扱わず、生と死の中間にあるものとして、〝もがり〟の期間を設定したということは、恐しいようなものだと思う。そしてこの期間に、挽歌が捧げられている。挽歌は、僕の場合の対話に相当すると思うね。生者でも、死者でもない故人に、自分の人間としての本当の気持をぶつけたものなんだ。古代人は、おそらくこういう期間でも設けない限り、人間というものは救われないと思ったのではないか。〝もがり〟している時、人間は死者に対して、本当に人間になれるんだ。そして挽歌の形で、その本当の心を捧げたんだと思うね。こういう考え方をすれば、古代に於ては、現代よりずっと人間が尊重され、人間の死が尊重されていたことになる。

聞き手は、多少痛ましげな表情で、終始黙って聞いていた。みはるの事件を知っていたからである。

架山が親しい実業家に語った論法でいくと、みはるは永遠に〝もがり〟の状態に置かれてあり、そういう意味では生者でも、死者でもなかった。みはるは生と死の中間に居り、架山はいつまでもみはるとの対話を持つことができた。いつまでも、みはるに挽歌を捧げることができた。

実際に架山はそう思い、そう信じていた。同じように子供を亡くしても、自分はほかの親とは違うのだと思った。ほかの親の場合は、亡くなった子供は、次第に遠く小さくなって行く。年々悲しみは薄らいで行く。しかし、自分の場合はそういうわけにはいかない。みはるは自分から遠く離れて行くこともなく、小さくなって行くこともない。永遠に対話ができる場所にみはるは居るのである。

架山は、毎日のようにみはると話すことができた。それは紛れもない一組の父と娘としてであった。みはるが生きていた時は話せないことを、そしてみはるが死んでしまったら話せないことを、架山はいつでもみはると話すことができた。

――君は俺の娘だったたな。

――そうよ、途中で別れて住むようになってしまったけど、あなたはお父さん、わたしは娘ね。

――君の短い一生は不幸だったたな。

――不幸だったたといえば、それはわたしでなく、お父さん、お母さんの方ではないかしら。どうして別れたりなさったたの。

——気が合わなかったからね。

——そうかしら。ちょっとどうかすれば、気が合ったんじゃありません？　おかしかったわ、お父さんとお母さんが張り合っているのを見てるの。大人って、あんなことばかりするのね。そして、とうとう別れるようになってしまいましたのね。

——結局、迷惑したのは君だったな。君は、父親と母親の揃った普通の家庭に育たなかった。淋しいこともあったろうと思う。

——それは、たまには淋しいと思ったこともあります。しかし、お父さんが考えるほど、自分の環境を気にやんだり、淋しがったり、悲しんだりはしませんでした。

——でも、君はよくこの父親を訪ねて来たじゃないか。

——お父さんに会いたくて行ったというより、むしろお父さんを慰めに行ったという方が当っています。

——そうかな。

——それに、ああしてお父さんに会うの、とても楽しかった。ママにも内緒でしょう。東京のお母さんにも内緒でしょう。トランプにあんな遊びがあります。知っていらっしゃる？

事件があってから七年の歳月が流れているが、その間に架山はみはるとよく話した。みはるとの間に意識した一組の父娘としての対話を持つようになってから、架山は冬枝に指摘されるような怖い顔はしなくなった。事件から一、二年の間は、湖底に横たわっているみはるの姿が眼に浮かんで来て、その度に心は烈しい悲しみで揺られ、顔は悲しみでゆがんだが、やがて、みはるとの対話を持つようになってからは、そういうことはなかった。気持はもっと静かで、平らかで、落着いていた。

架山は、時折り、自分とみはるのように、誰が話すことができたであろうと思う。事実、みはると話している時の架山は抽象化された父親であり、みはるは抽象化された娘であった。現世のいかなる父と娘も取り交すことのない対話を、架山とみはるという一組の父と娘は持ったのである。

従って、架山にとっては、一人の国文学研究者の〝もがり〟に関する論文を読んだことは大きい事件であった。そのお蔭で、架山は本来なら永遠に救われることのない苦しみから、少しずつ立ち直ることができたのである。そうでなかったら、架山はみはるの遺体が湖底に沈んでいることを思う度に、痛ましさと不憫さで、いまも永遠の地獄の火に苛まれていたに違いなかった。

ともあれ、架山の心の中で、みはるは次第に変ったものとなって行った。架山自身は気付かなかったが、みはるは一個の湖底に横たわっている遺体から、架山自身の観念の一部へと変って行ったのである。

――今日は会社の若い社員の結婚式に行って来たよ。君も生きていたら、良縁を得て、華燭の典なるものを挙げていたかも知れないね。

――そうですわね。でも、それはわたしがお父さんと別れるということじゃありません?父と娘というそれまでの関係とは別のものになることでしょう。お父さんも耐えられないでしょうし、わたしも耐えられないと思うの。

――そう言われればそうかも知れない。娘を結婚させるということの本来の意味は、親が子供を棄てるということだろうからね。熊の場合でも、子熊が自分ひとりで食物を漁る知恵がつくと、親熊は子熊を木の上に残して、去って行くという。子熊は食物こそ漁ることができるが、まだ自由には木から降りられない。従って自分から離れて行く親熊を追って行くことはできない。熊の場合だけに限らず、動物というのはみな同じようなものだろうね。いつか親と子は別れなければならない。人間も同じだ。子供を結婚させるという形で、親は子供を棄て、子供は親から離れて行く。

――でしょう。華燭の典なんて呼んでいるけど、それ、親子の別れというものなんでしょう。お父さんはお父さんで、わたしはわたしで生きて行く。そういうものなんでしょう。わたしとお父さんの場合は、そういう別れがなかっただけ。

また、架山とみはるは、こういう対話を持ったこともある。

――今日知人の長寿の祝いがあって、それに出席した。八十八歳の実業家のために多勢集った。その席でふと君のことを思い出した。八十八歳と十七歳ではたいへんな違いだ。思えば、君の場合は短い一生だったな。

――わたしの生涯は、おっしゃるように短かったかも知れませんけど、長生きしたから幸福、短命だったから不幸というわけのものでもないでしょう。

――だが、十七年という歳月は余りに短い。

――そういう言い方をすれば、八十八年の生涯も決して長いとは言えないでしょう。同じことですわ。お父さんが十七年を短く、八十八年を長いと思うだけですわ。いずれにしても、あっという間に終ってしまう時間でしょう。

――それは、そうだ。人生須臾《しゅゆ》というからね。

――大丈夫、わたしのことを悲しんで下さらなくても。わたしはわたしで、充分たのしかった。もし生きていたら、お金で苦労したかも知れませんし、結婚して、子供を産んで、その子供のために悲しいことがあったかも知れません、いまのお父さんみたいに。大体お父さんは欲深かだと思います。わたしと同じように若くて亡くなって行く人はたくさんあります。それなのに、そういう人たちのことは少しも意に介さないで、自分の娘であるわたしのことだけ。

――それは仕方ない。親だからね。親の愛情だ。

――親ってなんでしょう。親の愛情ってなんでしょう。わたしといっしょに亡くなった大三浦さんのことはこれっぽちも考えないで、わたしのことだけね。

――その通りだが、理屈ではないんだな。本能的な愛というやつだろう。

――悲しいものね、人間って。一人一人がその本能的愛というものを背負っているんですのね。子供の回りをうろうろしている親猫の暗い紫色の眼を見て、何だか悲しくなったことがあります。人間もあの猫の眼の色と同じものを持っているんですね。

――いくら悲しんでも、そういうものが人間なんだな。人間である以上、そこから逃げ出すことはできない。

――逃げ出したいと、お考えになったことありますか?

――そりゃ、あるさ。逃げ出すことができたら、どんなに気持がらくになるだろうと思う。

――宗教って、そういう悩みのためにあるんじゃありません?

――えらいことを知っているんだな。

――そういうことを書いた本を読んだことがあります。

架山が時に宗教関係の書物を開くようになったのは、みはるとの間にこういう対話を持ったからである。

架山がこの何年かにみはるとの間に持った対話は、人生のあらゆる種類の問題に亘っていた。愛について、結婚について、死について、幸福について、生れて来た意味について、架山はその時々で真剣にみはると話した。架山の場合は、考えることはいつも十七歳で他界した娘みはるが中心になっており、自分がみはるの立場に立って、愛について、結婚について、死について、幸福について、生れて来た意味について考えてやったのである。

それに対するみはるの応答は、ふしぎなことにいつも、父親である架山の立場に立ったものであった。そういう意味では、架山はいかなる問題に於ても、常にみはるに慰められ、労られているようなものであった。

こうして架山とみはるは、一組の父と娘として、誰にも知られぬ対話の時間を持った。それは丁度、みはるが生きている時、二人だけの奇妙な秘密の逢瀬の時間を持ったのに似ていた。生きている時は生きているみはると、死んでからは死んだみはると、架山は誰にも知られない対話の時間を持ったのである。

対話の時間を持つと言っても、もちろん死んでいるみはるが話せよう筈はなかった。話しかけて行くのは、いつも架山の方であり、それに対して答えるみはるの言葉は、架山自身が代弁してやる形をとらなければならなかった。一人二役であった。架山はみはるの立場に立ったり、自分の立場に立ったりして、自問自答を繰り返しているようなものであったが、架山自身はそうは思っていなかった。もしこのことについて、第三者が問い質《ただ》したとしたら、架山はそれについて答えたに違いない。

——自分には娘の話している声も聞えるし、その時々の娘の表情までがちゃんと眼に映って来る。もし娘の声が聞えなかったり、娘の表情が見えなかったりしたら、それはもはや父親とは言えないだろう。ほかの言い方をすれば、自分はみはるが考えるであろうように考えることができ、みはるが話すであろうように話すことができる。これが可能なのは、自分がみはるの父親であるからである。父親というものはそういうものである。そういうものでなかったら、一体父親とは何であろうか。しかも、自分の場合、みはるは死んではいないのである。生きてこそいないが、と言って、死んでもいないのである。父親と対話するために、みはるは今もなお琵琶湖の湖底に〝もがり〟されているではないか。

架山にこのように答えられたら、第三者としては黙るほかはなかった。せいぜい娘を失った父親の思いつめた考え方を痛ましく思うか、ばからしく思うか、そのいずれかであるぐらいのところであった。

しかし、架山がこのような娘との対話の時間を持っていることは、誰も知らなかった。妻の冬枝も、娘の光子も知らなかった。まして他の第三者が知ろう筈はなかった。

いかなる問題も、結局のところは、歳月というものが解決すると言われるが、架山の場合も、いろいろな意味で、歳月というものが大きく作用したようである。

事件から一、二年の間は湖底に横たわっているみはるの遺体と救いのない会話を持ち、それで苦しんだり、悲しんだりしたが、三年、四年、五年と経つうちに、その対話も次第にその性格と内容を少しずつ異ったものに変えて行った。

七年目に、親しい大学時代の友人で、現在財界人として名を出している古畑から、ある酒宴の席で、

「たいへんだったな、君も。しかし、どうにか乗り越えたようだね」

と言われたことがあった。架山は、古畑がみはるの事件を知っていようと思っていなかったが、この言葉で、古畑が何もかも承知していることを知った。

「まあ、ね」

架山は笑いながら言った。

「苦しかったろう」

「でも、もう、過ぎ去ってしまった」

「この一、二年、君の顔が変ってきた。みながそう言っている。やはり歳月だね」

古畑は言った。みはるの事件について、友人から直接言及されたのは、古畑の場合が初めてであっ

た。

「歳月と言われれば、やはり歳月だろうね。いろいろ心配かけて、すまなかった。もう大丈夫だ」

架山が言うと、

「いや、さぞたいへんだろうと思っていたよ。だが、思うだけで何とも言葉のかけようがなかったからね」

古い友人のそんな言い方が、さすがに架山の心に沁みた。

「そりゃ、たいへんではあったがね、しかし、苦しいのは一、二年で、あとは気持はそう暗くなかった。実際に、そんなに暗い顔はしてはいなかったと思うんだ」

架山は言った。みはるとの対話がお互いに労り合うものを持つようになってから、確かに暗い気持はなくなっていたと思う。

「諦めることができたんだね」

「まあ、ね」

そう言うほかはなかった。諦めというようなものではなかったが、それを判るように相手に説明することはできなかった。

「結局は、運命と考えるしか仕方がないものね」

「まあ、ね」

この場合も、架山は言った。簡単に運命と片づけられても困る気持があったが、しかし、架山の人生観の中に、運命というものが、みはると対話をするようになった以後はいりこんで来たことは事実であった。

古畑に限らず、他の知人たちも、肉親の死という問題を、さして気を遣わないで、架山の前で口にすることができるようになった。今までは誰も架山の前では取りあげる話題に神経質になっていたが、その緊張が多少でも解けた感じだった。これが歳月というものであるに違いなかった。

ただ第三者は、架山の心の内部で、娘の異常な死から受けた傷痕が少しずつ癒やされて行き、悲しみが少しずつ薄らいで行くという見方をしていたが、架山にしてみると、そういうものではなかった。傷跡も癒らないし、悲しみも薄らがなかった。正確に言えば、心の内部に立ち籠めていた暗い思いが、霧でもはれて行くように、ごく少しずつ明るさを取り返して行ったのである。傷口は依然として大きく口をあけ、悲しみはもとのままであったが、暗い陰気な思いはなくなっていた。こうしたことは、架山自身のいろいろな人生問題に対する考え方の変化を意味していた。言うまでもなく、これには、みはるとの間に持った対話が大きい役割を果していた。

架山は娘の光子に誘われて、ある有名な交響楽団の演奏会に行ったことがあった。光子が入場券を二枚手に入れてあって、その一枚をむだにするのは惜しいと言って、しきりに同行を勧めたので、架山はそれに応じたのである。音楽会というようなものに足を踏み入れるのは、架山にとっては初めてのことであった。音楽には無知でもあり、無関心でもあって、全く光子に付合ってやったのである。

演奏曲目の一つに、今は故人になっているある高名な詩人の詩を、これまた高名な作曲家が作曲した独唱と合唱を混じえた交響曲があった。曲は幼い娘の死に対する母親の悲しみを取り扱ったもので、その内容の一部に、月の光の美しい夜、亡き娘が家の裏手の林の中に来て遊んでいるといったところがあった。そのところで、架山は殆ど堪え難いほどの感動を覚えた。曲全体が何とも言えずきよらかなものであったが、特にその個所はすばらしかった。

演奏が始まる前に、音楽評論家らしい人物によって、その曲についての解説がなされた。

――亡くなった娘が、家の裏手の林の中に来て遊んでいるというようなことは、実際にはあり得ないことであります。言うまでもなくこれは、亡き娘の死を悲しむ余りに母親が持った幻覚であり、幻聴であります。しかし、何という美しく悲しい幻覚であり、幻聴でありましょう。あるいはまた幻覚、幻聴と考えないで、娘を失った母親の悲しみを、そのような構想に於て表現したと考えてもいいでしょう。そしてそうした詩の持つ主題、内容にふさわしい作曲がなされております。詩の心は完全に生かされ、すばらしい調べとなって、聴く者に迫って来ます。

解説者が壇を降りると、すぐ演奏は始まった。架山はたちまちにして、その曲の中に引きずり込まれて行った。光子に誘われて来てよかったと思った。

架山は曲が演奏されている間、きよらかな月光を全身に浴びていた。月光は白く冴え、その中を幼い娘を失った母親の悲しみが走っていた。少しも暗くはなかった。まるで自分の心が歌われているような気持だった。娘を失った母親の悲しみの代りに、娘を失った自分の心を置いても少しもおかしくはなかった。架山は一人の詩人と一人の作曲家によって、自分の心がそっくりそのまま表現されているのを感じた。

演奏が終って、白い月光が消えた時、架山は暫く呆然としていた。夢から覚めたような気持だった。身も、心も、すっかり、きよらかなもので洗われ、みはると二人だけで曠野の一劃に立ちつくしているような思いであった。

演奏会からの帰途、くるまの中で架山は、自分が感動した独唱合唱付交響曲について、

「あれは、よかったね。ああいうものなら、自分にも、そのよさが判る」

と、光子に言った。

「あれ、有名なものですもの。外国でも時々演奏されているんじゃありません？　それに今日のは、みんな一流です。交響楽団も一流、指揮者も一流、解説した人も一流です」

光子が言った時、架山は演奏前になされた解説者の解説を思い出し、一流の解説者かも知れないが、あの解説は少し違うのではないかと思った。多少解説に文句をつけたい気持だった。

「あの解説者は林の中に死んだ娘が来て遊んでいるというようなことは、実際にはあり得ないと言っていたね。母親の幻覚か、幻聴だと言った。だが、あれは幻覚でも、幻聴でもないと思うね。母親は実際に死んだ娘が来て遊んでいるのを見たんだ」

「でも、それ、詩の解釈で、音楽そのもののよさとは無関係でしょう」

「そりゃ、そうだが、しかし、全く無関係でもないだろう。母親の幻覚だと思って聴いているのと、本当に娘がそこに来て遊んでいると思って聴いているのとでは、大分差がある。母親は本当に娘の姿

を見、娘の声を聞いたんだ。そう思って、あの曲を聴かないと、——」

「それ、結局のところ、やっぱり幻覚じゃありませんか」

光子は言った。架山はそれ以上、その問題については話さなかった。光子を相手にしても、無理だと思った。しかし、相手にして無理なのは光子ばかりではなかった。一流だと言われる解説者の場合でも同じだった。

架山はくるまに揺られながら、誰もが理解できないひとりの思いにはいっていた。自分がみはると対話の時間を持つように、あの詩の中の母親は死んだ娘と対面の時間を持ったのである。自分の場合の対話が、母親の場合は視覚的なものに代ったただけの話である。

こうした時の架山の顔は悲しげではあったが、少しも暗くはなかった。架山を感動させた曲が悲しくはあったが、少しも暗くはなかったように。

貿易業者としての架山の仕事は、この七年の間に、地味ではあったが、順調に伸びていた。外部からは、架山は慎重すぎるほど慎重に見えることがあった。誰の眼からももっと大胆に仕事の幅を拡げるべきであり、今がその時期であると思われるのに、架山はそうしなかった。

会社の幹部たちにも、そうした時の架山は理解できなかった。いくら勧めても、梃でも動かないところがあった。娘を亡くしてから意固地になったんじゃないか、そんな陰口さえ叩かれた。が、架山は、誰にも知られない相談相手を持っていた。みはるであった。

——どうしようか。思いきってやるなら、今なんだが。

――思いきってやって、どうなります？

――貿易業者として一流になるか、今まで通り二流に留まっているか、ただそれだけのことなんだ。

――一流になりたければ、おやりになればいい。

――さして一流になりたいとも思わない。

――では、おやめになればいい。

こんな短い対話が、架山の態度を決めていた。

また反対に、会社の運命を大きな賭けに持って行くような、そんな思いきったことを、時に架山はすることがあった。慎重居士の反対であった。

――外国の業者から持ち込まれた話なんだが、いいか、どうか、見当はつかん。

――でも、どちらかにお決めにならなければならないんでしょう。

――そう。

――では、お決めになればいい。

――どちらにしよう。

――どちらにでも。どちらにしても、会社が潰れることもないんでしょう。

――そりゃ、そうだ。君の事件ほどの打撃は受けないだろう。

――では、おやりになったら？

この場合も、こうした対話が背後から架山を支えていた。

慎重な時にも、大胆な時にも、第三者には判らぬが、それを選ぶ架山の考え方には、どこかに虚無的な匂いがあった。その底にいつもみはるの死があり、運命論者的な虚無感があった。いかなる問題に関しても、架山は即断即決であった。そんな点、いささかの暗さも、陰気さも感じられなかった。むしろ透明な明るさがあった。

架山の仕事は、派手ではなかったが、着実に伸びて行った。架山はみはるのアドバイスを重視していたが、みはるの口から出る言葉として架山が考えているものは、言うまでもなく、架山自身の観念であった。

家庭に於ては、架山は、まあ、いい夫であり、いい父親であった。妻の冬枝は夫の心の中に、みはるの死がいかなる形で残るか、初めのうちはそのことに神経質になっていたが、次第にそうした心配から解放されて行った。みはるの事件から受けた夫の心の傷跡が、ごく自然に年々癒やされて行くのが感じられた。いかなることも時が解決して行くと言うが、夫の場合も例外でないと思った。ただ〝みはる〟という名はなるべくは口から出さないようにした。どんな刺戟を夫に与えないものでもないと思われたので、その点については娘の光子にも注意した。しかし、時折り、光子は〝みはるちゃん〟とか、〝姉さん〟とか、うっかりみはるのことを口にすることがあった。冬枝はその度にはっとして、夫の顔色を窺うことがあったが、架山の表情には何の変化も見出せなかった。

みはるの名は、なるべく口に出さないようにしたが、何冊かあるアルバムの中のみはるの写真はそのままにしておいた。架山はめったにアルバムなど開けることはなかったが、もし開けた場合、あるべきところにみはるの写真を見出さなかったら、却って変な気の回し方をされるのではないかと思った。

この七年の間に、娘の光子は、みはるの亡くなった時と同じ年齢に達し、そしてそれ以後はみはるの年齢を追い越して、みはるが達することのできなかった少女から娘への移行期へとはいって行った。

ある時、架山は、

「光子もみはるより二つ年長になってしまったな」

そういう感慨をもらしたことがあった。みはるが生きていたら、今はどのようになっているか、架山はそうしたことに思いを馳せているに違いなかった。冬枝は相鎚を打つべきか、どうか迷ったが、黙っているのもおかしなものであったので、

「ほんとね、みはるちゃんも全くの子供でしたのね」

冬枝は言った。

「確かにそうなんだが、どうもそうは思われない。今の光子より年長のような気がする。光子の方は苦労がないので晩生《おくて》だが、みはるの方は早熟だったかも知れない」

架山は言った。こういう場合、冬枝はこれ以上余分なことは言わなかった。そして頃合を見はからって、ごく自然に話題をほかの方へ持って行くようにした。冬枝にとって一番心配なことは、同じ自分の娘として、架山が光子とみはるを較べることであった。みはるは結局は不幸な少女であったと言うほかはないし、それに較べると、光子の方は何の不足もなく幸福の中に育っている。しかし、この問題も光子が娘として成熟して行くにつれ、自然に消滅して行くように思われた。みはるはいつまでも

少女のままであるし、光子の方はその時期から年々遠く離れて行きつつある。

架山にとっては、冬枝の心配は意味をなさなかった。みはるも、光子も、共に自分の娘であり、片方は不幸な亡くなり方をし、片方はいささかも不幸な影もつけないで、すくすくと育って行きつつあることは事実であったが、しかし、架山はその二人を較べて、幸不幸の差が余りにも甚だしいといった感慨は持たなかった。

架山は、その心の内側を冬枝にも覗かせなかったが、もし冬枝が覗くことができたとしたら意外に思うかも知れなかった。

事件から七年の歳月を経た今、みはるは一体、架山にとって何であったか。もしそのことを知ったら妻の冬枝も心穏やかではなく、娘の光子も心穏やかではなかったかも知れない。最も適当な言い方をすれば、みはるは架山にとって特別な女性であった。この世の中にただ一人しかない女性であった。不幸にも十七歳の若さで亡くなった、謂ってみれば架山のかけ替えのない愛人とでも言うべきものであった。愛人と呼ぶのが、一番ぴったりしていた。

架山は、自分がひそかに匿し持っている愛人との対話を誰にも聞かせなかったし、また誰にも理解されないことだが、その愛人は死者でもあり、生者でもあった。亡き愛人の追憶に浸ることもあったし、生きている愛人とひそやかな会話を交すこともあった。

架山の心の中で、今や、みはるはそのようなものになっていた。みはるは十七歳で亡くなっていたが、考え方によれば、架山の心の中で、みはるは年々育っているとも言えた。架山と交す会話は十七歳の少女のそれではなかった。

事件から七年という歳月がいつか経過していたが、みはるも連れの青年の遺体もあがらなかった。少女と青年の二つの遺体は今もなお湖底に横たわっている筈であった。

架山も、時にそのことに思いを馳せることはあったが、その事実のなまなましさはいつか架山には実感として感じられなくなっていた。湖というものの岸に立つことは嫌であったが、それは事件への回想に直接結びつくからにほかならなかった。湖底に今も横たわっているものは事件であった。

みはる自身はそこから脱け出していた。その事件と関係はあるが、しかし、また別の存在でもあった。架山にとって、みはるはもう何年も会うことのなかった愛人であり、これからも何年も相会うことのない愛人であった。そして時たま、その追想に耽ったり、恰も自分の眼の前に居るかのように言葉を交したりする、清らかで、汚れなき、美しい愛人であった。冬枝も、光子も、世の中の誰もが知らない、架山が匿し持っている愛人であった。

湖底に横たわっている痛ましい遺体は、架山の心の中で〝もがり〟されている生と死の中間に居るみはるとなり、そしてそれと対話を交しているうちに、いつか、事件から脱け出して、架山のひそかに匿し持っている愛人のような存在になっていた。このようにして、架山が事件から受けた悲しみと苦しみは、次第にこの七年間に昇華して行ったのである。

歳月と言うなら、これが歳月というものの力であるに違いなかった。歳月が、架山にこれだけの変り方をさせたのである。

架山にとって、この七年の歳月というものは、架山の生涯で特殊な期間であった。いま振り返ってみると、架山は自分が重い鎖を足につけて、ある時はよろめき、ある時は立ちどまり、ある時は倒れたりしながら、どうにかここまで歩いて来たような気がする。

そして初めは動けないほど重かった足の鎖も、よくしたもので、七年経過した今は、それほど骨身に応えなくなっている。事件に対して、みはるに対して、その時々でいろいろな考え方をして来たが、そのいずれもが、何とかして業火の燃えている無間地獄から逃れ出ようとする必死のあがきだったにほかならない。が、いつか、架山を取り巻いていた青い火、赤い火の業火は衰え、架山の足どりは、今や、本来のものを取り戻そうとしていた。

この架山の立ち直りに最も力あったものは、第三者的な言い方で言えば歳月であり、多少主体的な言い方で言えば、結局のところは架山が事件をも、みはるをも、運命であるという見方をするようになったからである。架山はこの七年いろいろと苦しんだが、そうしたことの果てに行き着いたところは、別段変ったところではなかった。すべての人が、諦められぬ事件を、結局のところは運命であると観《かん》じて処理するように、架山もまたそれから例外ではなかったのである。

みはるの事件も、みはるの死も、所詮はみはるの持った運命であったのである。架山はみはると、一組の父と子としての対話の時間を持ったが、この場合、みはるをみはるの持った運命というものに置き替えてもいっこうに差しつかえなかった。架山はみはるの運命と会話し、そしてそのみはるの運命というものは、架山にとっていつか愛人的存在になって行ったのである。架山としては、みはるの持った薄幸な運命に対して、それを優しく労り、愛の言葉をかけてやる以外、いかなる対い方があったであろうか。

架山は宴席などで、時に、

「人間というものは、幸福になるために生れて来たんではないだろう。不幸になっていいということはないが、幸福というものの予約はないいんだな」

こんなことを言うことがあった。一種独特の突き放した言い方だった。その場に居る者は、はっとして架山の方に顔を向けたが、そんな時、架山の顔には少しも暗いものはなかった。その言葉は、架山のみはるの事件に対する結論にほかならなかった。言うまでもなく、これは、架山がいつか、みはるとの間に持った対話から得たものであった。

——だって、お父さん、いいじゃありませんか。人間って、幸福になるために生れて来たんじゃないでしょう。わたしだってそう、お父さんだってそう、二人のお母さんだって、光ちゃんだって、みんな、そうよ。

こういうみはるの声を、架山は聞いたことがあったのである。

宝冠

　五月の終りに、高校時代の友人杉本の息子の結婚式のため金沢まで出向いて行き、式後湖畔の旅館で杉本の歓待を受けたことは、架山にとっては一つの事件であった。その宴席で、樋口という大学教授が半ば面白おかしく喋った、この地球上に居る自分のほかに、宇宙のどこかの遊星群の星の一つに同じ自分が居て、今この時も同じことを考え、同じことをしているという話は、架山にとってはその場限りの話として聞き流せないものがあった。この地球上に居る自分と、他の星に居る自分とは、どちらかが実像であり、どちらかが虚像であった。地球上に居る自分が本当の自分なら、他の星の自分は影であり、他の星の自分が本当の自分なら、地球上の自分の方は影ということになった。どちらかの自分は行為に責任を持たなければならなかったが、もう一人の自分は、すること為すこと全くあなた任せであった。

　一体、自分は虚像か実像か。——しかし、この問題は永遠に確かめることはできない筈であった。こちらの自分が虚像か、実像かという問いを発している時、もう一人の自分も、遠い星の一つで、全く同じ時、同じ問いを発しているのである。

　この話は、樋口の説明によると、どこかの国の数学者のたてた仮説であるということであったが、本当にそういう仮説が成り立つものか、あるいは科学的には何の根拠もないお伽噺であるか、架山には判らなかった。しかし、そんなことはどうでもよかった。お伽噺なら、お伽噺として、充分面白かったし、面白いばかりでなく、架山の場合、ふいにみはるの事件が新しい展望を持ったような思いに打たれたのである。

地球上の人間が影であるという考え方をすれば、自分もみはるも、全く超自然的な力に動かされており、運命というものに操られていることになる。が、その反対であったら、他の星に住むもう一人の自分や、もう一人のみはるを、この地球上の自分たちは操っていることになった。

架山は北陸の湖畔の旅館で、この話を聞いた時、ふしぎなことではあるが、ふいに事件以来行ったことのない琵琶湖湖畔の長浜という町を訪ねてみようかという気になったのであった。もう一つの星に生きているもう一人の自分はさぞ、みはるの眠っている琵琶湖湖畔に立ちたかったのではないか。みはるもまたそれを望んでいたのではないか。しかし、地球上の自分がそうしなかったので、もう一人の自分としては、どうすることもできなかったのではないか。この場合は架山は実像になっている。

北陸の旅から帰ってから、架山は書斎の縁側の籐椅子に腰かけて、遠いところを見る眼をすることがあった。実際に遠いところを、涯しなく遠いところを見ていたのである。宇宙のどこかの遊星群の星の一つで起ったみはるの事件に思いを馳せていたのだ。湖も小さく、みはるの事件も小さく見えた。

架山は、みはるの事件を、その発端から終末まで、涯しなく遠いところにある星の一つの出来事として、思い返してみた。星の一つに置いてみると、琵琶湖は小さく見えた。まるで鏡の欠片ででもあるように小さく見える。その小さい湖で、突風が起り、ボートが顚覆する。突風も小さく、ボートも小さい。その小さいボートから二人の人間がこぼれ落ちる。若者も小さく、みはるも小さい。若者の父親と、みはるの父親が、小さい湖畔の小さい町に急行する。水すましのような小さい警備艇が、小さい水溜りのような湖を走る。遺体捜索の漁船が何十艘か水溜りに浮かぶ。マッチ箱のような警察署の建物の中に、二人の父親ははいって行く。やがて出て来るが、またはいって行く。二人ははいったり、出たりする。何日か経って、二人の父親は、小さい湖の岸の突堤の上に立つ。西の空半分が夕映えで赤く染まっている。事件は終ってしまったが、二人の父親の心の中では、まだ解決してはいない。解決しないどころか、二人の父親にとっては、事件はむしろこれから始まろうとしている。二人の父親は、それぞれの湖畔の小さい宿で、眠れない最後の夜を過ごす。その小さい宿を、豪雨が叩いているが、豪雨もまた小さい。

遠い星の一つに置いてみると、みはるの事件は、架山には一枚の細密画《ミニアチュール》として見えた。夾雑物はいっさい消え、妙に純粋なものを持って、事件は小さい画枠に嵌め込まれている。悲しみも、悩みも、苦しみもはいりこむ余地がないほど、すべては縮小され、事件だけが小さいカンバスの中に描かれているのである。

架山は、事件以来初めてこの時、みはるの死をめぐって起きたドラマを、遠い星の出来事として、スタンド席から見ることができたのであった。この事件に於ては、架山はいつも登場人物の一人であったが、この時初めて観客席の一隅に自分を置くことができたのである。

自分ひとりの思いからわれに返った時、架山は琵琶湖へ行ってみようと思った。事件の時以来、一度も立ったことのない湖の岸に立ってみようと思った。遠い星のもう一人の自分も、同じことをすることであろう。北陸の宿で、ふと頭に閃いた思いを、架山は東京へ帰ってからもう一度確認し、その上で、琵琶湖行きを決心したのであった。長い梅雨は終って、七月も末になっていた。

架山が湖畔の町へ行くために、新幹線に乗ったのは八月の初めであった。会社にも、家にも、仕事で関西へ出掛けるということにしてあったが、琵琶湖の岸に立ち、湖畔の長浜の町で二晩か三晩過ごそうという以外、いかなる目的もなかった。大阪まで足を伸ばせば、仕事はいくらでもあったが、大阪まで行く気はなかった。

架山は秘書も連れなかった。事件の時、何かと奔走してくれた室戸が居たら、あるいは室戸を同行したかも知れないが、三年ほど前から室戸はニューヨークの支店詰めになっていた。

七年の歳月は、いろいろなものを変えていた。室戸は結婚して、一児をもうけ、その上ニューヨークの方に職場を移している。大体、新幹線ができたのも、事件があった年の秋である。今なら現場に急行するのも容易であるが、あの時はたいへんだったと思う。それにしても、この快適な列車を知らずに、みはるは亡くなってしまったのである。みはるは何回か東京へやって来たが、僅かなことで、この列車に乗ることはできなかったのである。

新幹線に揺られている架山の脳裡を、みはるに関する思いが、断続的に掠めたが、架山はそのために心を痛めることはなかった。それより寧ろ、架山は琵琶湖の岸に立つことに、ある期待に似た思いを持っていた。長い間湖と名のつくものを怖れていた架山としては、殆ど信じられぬようなことであったが、北陸の湖畔の宿の一夜が、架山を変えていたのである。

架山は、いま遠い星の一つでも、もう一人の自分が新幹線に揺られているであろうと思った。

——もうじきに湖の岸に立てるよ。長い間、湖を敬遠していて、君にはすまなかったな。しかし、今日は琵琶湖を存分に眺めさせてやる。眺めさせるばかりでなく、長浜の、ほら憶えているだろう、あの警察署の近くの旅館で眠らせてやる。

こういう思いに浸っている以上、架山は実像の架山であった。実像の架山は、自分の影である遠い星のもう一人の自分に話しているのである。

しかし、架山は立場を変えて、自分の方が虚像になりかねないこともあった。

——大丈夫か。俺はあの竹生島南方の水域に行ってみたいのだが、果して平心で行けるだろうか。遠い星のもう一人の俺よ、お前の方はどうだ。お前が行きたいというなら、行ってやるが、お前の本当の気持はどうだ?

こうなると、架山は主導権を半分もう一人の自分の方に譲っていることになる。実像としての主体性は失われて、大分虚像としての架山が色濃くなっている。

列車はこうした実像になったり、虚像になったりしている架山を乗せて、本格的な夏の烈しい陽光を降らせている原野を、みはるの知らない快速力でひた走りに走っていた。

米原駅で下車すると、架山は駅前のタクシーに乗って、長浜の旅館の名を言った。旅館には東京から電話をかけて、部屋をとってあった。

くるまは湖岸の道を走った。最近できた道だということだった。架山はくるまの窓から湖面に眼を当てていた。確かに見覚えのある湖の表情であった。ただ水は脱色されたように青さを失っていたが、それは真夏のせいかも知れなかった。多少湖面は波立っている。

湖岸を離れると、青田の中の舗装道路を走った。七年前に走った北陸方面に通じている道である。相変らずくるまの往来は繁かった。猛烈なスピードでトラックが走っている。

長浜の町へはいると、旅館に向かう前に警察署に立ち寄ることにした。警察署にはいると、入口にいた警官の一人に、

「七年前、遭難事件でお世話になった者ですが」

架山は言って、それから事件がいかなるものであったかを、相手に説明した。

「そうですか、それでは誰に会って貰いますかね」

警官は考えるようにしていたが、

「ちょっと、待って下さい」

と言い残して、奥で何か打ち合わせをしているらしい数人の警官の方へ行った。やがて、その中の一人がやって来た。はっきりと顔に見覚えがあった。何回か警備艇にいっしょに乗った小柄の警官だった。

「どうぞ、こちらへ」

相手は挨拶ぬきで言って、先に立って歩いて行った。招じ入れられたのは椅子の置かれてある応接

室であった。

　架山は改めて名刺を出して、

「七年前はたいへんお世話になりました。あれ以来、初めてこちらに参りましたので、ちょっとお礼だけを申しあげたくて――」

　そう言っている時、扉が開いて、二人の警官が顔を覗かせた。架山を案内して来た警官はすぐ出て行き、戸口で何か話していたが、

「すみませんが、部屋を変えて下さいませんか。どうぞ、こちらへ」

と、架山の方に言った。架山は言われるままにいったんはいった応接室を出た。こんど連れて行かれたのは、平生宿直室に使われているという畳の部屋だった。架山はこの部屋の方に馴染みがあった。七年前と同じ卓が置かれてある。

「いや、どうも、失礼しました。お元気のご様子ですね」

　警官は初めて、架山の方に挨拶の言葉をかけた。七年経っているだけあって、多少老けた感じだったが、柔和なものの言い方には憶えがあった。

「そうですか、もう七年になりますか。二、三日前に、やはり北の方でボートの顛覆事件がありましてね。若いのが三人溺死しました。こうしたことに追いまくられていますと、全く月日の経つのが判りません。七年になりますか。驚きましたねえ」

　警官は言った。

「みなさんお変りありませんか」

架山は訊いた。顔見知りの二、三人の警官をさして言ったのであるが、

「七年前ですと、誰でしたかねえ。――そう、一人は居りますが、今日はよそへ行っております。あとは多分、他の署に転じていると思います」

それから、

「とうとう遺体は出ませんでしたねえ。珍しいケースで、今でも時々話題になっております。七年も出ないんですから、結局はもう出ないんじゃないでしょうか。湖底に水の流れ出る穴でもあって、そういうところに吸い込まれてしまったと考えるほかありません。しかし、考え方によれば、きれいな葬られ方だと言えますよ」

警官は言った。その言い方の中にも、事件と警官との間に七年という歳月が置かれてあるのが感じられた。

「そういうことかも知れません。おっしゃる通り、きれいな葬られ方です。いろいろな埋葬の方法がありますが、そういうきれいな葬られ方をする運命を持って生れていたのでありましょう」

架山は言った。そして自分の言葉もまた七年の歳月を経たものだという気がした。この前この部屋に坐っている時は、夢にもこのような言葉を口に出せる状態にはなかったと思う。悲しみと、苛らだちと、苦しさで、心ここにない状態であった。架山の生涯で、最も苦しい何日かだったのである。

「あれから遭難事件は毎年のようにふえております。一昨年は四十六名、去年は二十八名、毎年この

くらいの死者が出ます。平均すると四十名から五十名というところです。今年はまだ八月の初めですのに、すでに二十名を越えております。昨年の二十八名は例年に較べて少いんですが、これは万博の影響で、琵琶湖に遊びに来る若い連中が少かったためだろうと思います」

そんな話を聞いていて、架山は毎年のように子供の死を悲しむ親たちが、四十人も、五十人も、この湖の岸を歩き回っているのだと思った。そのうちの何人かは、この長浜警察署の建物の中にも吸い込まれ、吐き出されていることであろう。

「私はこんな事件ばかりに立ち会っていて、つくづく思うんですが、たとい不慮の遭難事件であるにしても、子供たちにはあれほど親たちを悲しませていい権利はないと思いますね」

「本当ですね」

架山は言った。第三者としたら、さぞ、そういう感懐を持つだろうと思った。この警官は事件の度に、親たちの洪水のような悲歎に付合っているのである。

架山は警察署を出ると、七年前に苦しい何日かを過ごした旅館に行った。主人と内儀《かみ》さんは架山を憶えていた。

「あの時はどうも、——いけないことでございました」

内儀さんが言うと、

「何にしても、まあ、ご丈夫で結構でございます。前のお部屋で宜しいでしょうか。あいにくほかの部屋がふさがっておりますので」

主人は言った。

「結構です」

架山は苦しい思い出のいっぱい詰まっている部屋に案内されたが、別段そこを避けたい気持は持っていなかった。

宿の主人夫婦は、それ以外、七年前の事件についてはいっさい触れなかった。そういうところは、さっぱりしていてよかった。女中も替っていたので、じめじめした気持は起さないですんだ。

宿の部屋に荷物を投げ込んでおいて、すぐくるまで南浜に向かった。佐和山という貸ボート屋の主人を訪ねるためである。この方には手土産を持って来ていた。くるまは何回か往復したことのある道を走った。トラックの多い街道から折れて、広い湖畔の田野の中にはいって行く。やがて川の堤に出る。運転手の言葉で姉川《あねがわ》であることを知った。五、六月頃は四ッ手網で鮎の稚魚を取る漁船で賑わうということであった。七年前の五月、そうした姉川の堤にくるまを走らせたのかも知れないが、もちろんそんなことに眼を留めるゆとりはなかった筈である。

南浜には若い半裸体の男女が溢れており、湖にはたくさんのボートが浮かんでいた。貸ボート屋の小屋掛けも幾つかあり、小屋の羽目板に貸ボート屋の苗字がペンキで大きく書かれてあった。〝佐和山〟というのは見付からなかった。

架山は貸ボート屋の一つで、佐和山のことを訊いてみた。

「佐和山？　そんなボート屋があったかな。聞いたことはない」

若い男が答えた。

「七年前にここで貸ボートをやっていたんですが」

「七年？　七年も昔のことは知らんが、ここ二、三年はそんなボート屋は店を張っていませんよ」

架山はそこを離れて、直接佐和山の家を訪ねてみることにした。一度行ったことがあるだけで、うろ憶えだったが、やがてそれらしい家の前に出た。土間へはいろうとした時、家の横手から目差す佐和山が西瓜を抱えて、のっそり姿を現わした。

「佐和山さん、架山です」

そう言ってから、追いかけて、

「七年前にボートの顚覆事件でお世話になった架山です」

と説明した。すると、

「ああ、あの時の――」

それから、

「これは、これは、ようこそ」

佐和山は土間にはいって行って西瓜を置いて来ると、

「どないしていらっしゃるかと思っていましたが、よう訪ねて下されましたな」

と言った。事件当時感じた不愛想さは今はなかった。佐和山も白髪が多くなっているのが目立った。

「いま浜の方へ行ったんですが、――貸ボートはもうやっていないんですか」

架山が訊くと、

「あの翌年にもう一つ、私のとこのボートがひっくり返って二人死にました。それですっかり嫌気がさして、やめにしました。今は民宿をやってますが、この方が気がらくです」

佐和山は言った。

「その節はいろいろお世話になりました」

「何をおっしゃいます。そう言われると辛いですわ。どうも、あんなことになりまして——。遺体も、ねえ、どこぞ匿れちまったのか。出ん筈はないですが、それが出んですな」

「もう諦めていますよ。七年経ちましたから」

架山が言うと、

「同じようなことを言ってくれますなあ、大三浦さんもこの間、そんなことを言っていました。いや、どうも、いかんことでした」

架山は久しぶりで大三浦という名を耳にしたと思った。

「お会いですか、あの人に」

「大三浦さんですか。会うも、会わぬもありません。いまも、あんた、来ていなさりますが。——ここの離れの方に泊っています。よう来なさります。来なさる度に二日か三日は泊って行かれます。すっかり観音さんに凝《こ》ってしまって、そりゃ、たいへんですが」

「ほう、観音さん?!」

「そうです。このへんの観音さんのお堂を次々に回っていなさります。しかし、見せて貰えることもあるし、見せて貰えないこともあるようです」

「見せて貰えないと言いますと」

「見せてくれんらしいです。わしは不信心で、そのへんのことはかいもく判らんですが、見せてくれ、よっしゃ、というようなものではないらしいです。きょうも、その交渉に行ってなさるんですが、こんどのは脈があるとかで、どうやら、あすは拝めるらしいということでした」

「観音さんの像なんですか」

「そうです」

「ただ拝むんですか」

「そうらしいですわ。あの人も、工場を持っていて、たいへん忙しいようですが、時間を作ってはよう来なさります。——お会いになりませんか」

「そうですねえ」

「悦ぶと思いますよ。仏さんを見て歩いていますが、あの人自体が仏さんみたいな人ですわ。これっぽちも邪心がありません。あれでよく工場なんて持っていられると思いますよ。工場を持っている以上、儲けることも考えるんでしょうが」

佐和山は言った。

佐和山は大三浦に会うように勧めてくれたが、架山ははっきりした返事をしないで、佐和山の家を辞した。佐和山の言うように、大三浦という人物は素朴な善人であるに違いなかった。しかし、格別会いたいという気持はなかった。不思議な縁で、向うは息子を、こちらは娘を、同じ時に同じボートで失っていた。そしておそらく生涯で最も苦しい何日かをお互いに湖畔で過ごし、そして警察署で顔を合わせたり、旅館で顔を合わせたりした。

しかし、架山としては、七年後の今でも、大三浦に対しても、大三浦の息子に対しても、必ずしも釈然としてはいなかった。みはるにとっては、若者は好ましからざる運命であったし、大三浦はその好ましからざる運命の父親であった。

が、すべては七年前の事件であり、今となっては、何もそう気難しく考えるには当らないだろうという考え方もできた。しかも、二つの遺体はあがっていないのであり、架山も、大三浦も、その点では全く同じ立場に立っていた。この七年間、架山が苦しんだように、大三浦は大三浦で苦しんだに違いなかった。観音像を祀《まつ》ってあるお堂を次々に経回《へめぐ》っているというのも、そうした苦しみの果てに行き着いた心境であるに違いないと思われた。おそらく大三浦は観音信仰というものによって、自分の生きる道を発見し、息子の死という事件に対して彼なりの解釈を持つことができたのであろう。

しかし、架山は、この七年間の苦しみと悲しみの履歴を、お互いが見せ合う必要はないと思う。見せ合っても、何も得ることはないのである。お互いにたいへんでしたね、あなたの気持はよく判る、私の気持もあなたには一番よく判るでしょう。二人が顔を合わせたら、そんな会話を交すぐらいのことが関の山である。そんなことを何百遍言い合っても、大切な息子も、娘も戻りはしないのだ。お互いは、お互いに、それぞれの行き方で、勝手に苦しみ、勝手に悲しみ、事件を処理するのがいいのである。そういうことが、容易ならぬあの事件の意味というものである。

架山は、自分が大三浦に対して言う言葉は一つしかないという気持だった。

――確りおやりなさい。あなたは遠い星の一つに生きているもう一人のあなたに対して、責任を持たなければならない。一生苦しむのもいいし、その苦しみを超えるのもいいでしょう。あなたはあなたの方法でやることだ。

おそらくあの事件はそういう意味を持ったものである。神が二人に課した共通の問題なんてものは、どこにもないのである。二人にとって、あれは全く別々の問題なのだ、架山はそういう気持だった。

その夜、架山は宿に大三浦の訪問を受けた。まさか大三浦がわざわざ宿まで訪ねて来ようとは思っていなかったので、女中の口から大三浦という名が出た時、

「ちょっと待ってくれ」

と、架山は言った。部屋に招じ入れるか、入れないか、すぐには気持が決まらなかった。が、考えるまでもなく、わざわざ訪ねて来た以上、部屋に通さないわけにはいかなかった。

部屋にはいってきた大三浦を見た時、架山は別人ではないかと思った。もともと頑健な体格ではなかったが、何となく体がひと回り小さくなっているように見えた。すっかり老けこんで、どう見ても老人の感じであった。

「暫くでございました。一度お訪ねしなければならぬと思いながら、貧乏暇なしで。ついつい失礼のまま日を送ってしまいました。あなたさまには益々御健勝で――」

大三浦はこの前と同じように鄭重に挨拶した。

「いいや、失礼はお互いさまです。少しお痩せになりましたな」

架山が言うと、大三浦は手で頬を撫でるようにして、

「よく人からもそう言われます。甚だ人間ができておりませんで、相変らずくよくよしておりますので、いっこうに肥れないのでございましょう。余り人から痩せた、痩せたと言われますし、家内も心配いたしますので、この春も大学病院で人間ドックと申しますものにはいってみましたが、どこも悪いところはないらしゅうございます。はい、別段異常はないようでございます」

「それは結構でした。やはり、あの時のお疲れが癒らないのでしょう」

「いや、どうも、お互いに七年前はたいへんでございました。私などとは違いまして、ご立派なお嬢さんをお亡くしになりまして――」

「そりゃ、同じことですよ。あなたはあなたでひとり息子さんをお亡くしになったんですから」

「それにいたしましても、この度はよくお出掛け下さいました」

「あれから初めてです」

「初めて？　初めてと申しますと、ここにいらっしゃいましたのが初めてでございますか」

「そうです」

「左様でございますか。それは、それは――。左様でございましょうとも、よほど心を強くいたしませんと、なかなか来られるものではございません。私も同じでございます。しかし、来てしまいますと、やはり来てやってよかったという思いがいたします。ちょっと、失礼いたします」

大三浦はゆっくりとハンカチを出して、眼に当て、

「あれ以来初めてでございます」

と言った。涙を出したのが事件以来初めてであるということらしかった。

架山は大三浦が眼にハンカチを当てている間黙っていた。大三浦は丁寧に眼を拭き、ハンカチを洋服のポケットにしまったが、そのまま暫く顔を仰向けていた。そして、またハンカチを取り出して、仰向けている顔のところに持って行き、やがて顔をもとに戻してから、

「失礼いたしました」

と、改めて言った。

「愚かな者ほど可愛いと申しますが、まことにそのようでございます。写真も一枚だけ残して、ほかはみな友人に配りました。書物とか、手回り品とかは、みな眼につかぬところに片付けました。それでもまだ毎日のように息子のことがちらちらして参ります。七年経ちましてもちらちらするのでございますから、これはもう一生のことでございましょう。他人さまに涙を見せることは金輪際ございませんが、家ではどうもいけません。ふいに思い出すと、気持がきゅうと切なくなりまして、家内から意気地がない、あなたのような男はないと罵られますが、いくら罵られようと、憤られようと、これ

だけはどうすることもできません」

「そういうんでは、たいへんですね。僕の方は、そこへ行くと、まだ始末がいい。そりゃ、思い出せば辛いですよ。ですから、なるべく思い出さないようにします。この長浜という町に来なかったのも、そうした気持からです。でも、こんどはやって来ました。いくら辛くても、一方にやはり来たい気持はありますからね」

「左様でございましょうとも。よく来て下さいました」

「あなたは度々いらっしゃっているようですね」

「私の方は、ここへ来ている時が一番心が休まります。湖を見ておりますと、何と言いますか、安心していられるんでございます」

「ほう」

「家内の方は、あなたさまと同じで琵琶湖を見るのが辛いらしく、いくら誘っても、どうしても来る気にはなれないようでございます。その気持もよく判りますから、この頃ではいっさい誘いの言葉はかけないことにしています。私だけが、じゃ行って来るよと申しまして、ひとりで出掛けて参ります。よくしたもので、この頃は、ここにやって来ますと、波立っている時も、静かな時も、私には湖の面が、ああ、よく来てくれたと悦んでいるように見えます。ですから、ここに居ります限り、辛いことはございません。悲しいこともございません。――よく来て下さいました。あなたさまもこんどそうお感じになると思います。台風の目にはいると静かだと申しますが、きっとそれと同じことでございましょう。子供を湖で失った者は、湖を見ているに限るように思われます。ふしぎに気持がらくになります」

架山は黙って聞いていた。大三浦はおそらく息子と対話をするために、ここに来るのであろうと思った。自分でそのことに気付かないだけの話である。

「佐和山さんから伺いましたが、観音さまを信仰なさっていらっしゃるそうですね」

架山が言うと、

「いや、いっこうに不信心でして、信仰といったようなものではございません。それに観音さまにお頼みするようなこともございません。息子でも生きておりますれば、息子のことをお頼みするということもありましょうが、息子はあんなことになってしまいました。私自身は、もう何の欲《よく》もございません。人間は寿命だと思っておりますので、与えられた寿命だけを生きるつもりでございます。早く死んでも寿命、長く生きても寿命。仕事も、今のままで結構でございます。私と何人かの従業員が食べて行かれれば、それで結構でございます。会社が大きくなればそれに越したことはないでしょうが、そうなればそうなったで、苦労もふえましょう。それよりも、今のままが宜しゅうございます。こういう気持になっておりますと、観音さまにお縋《すが》りすることもありません。お願いしたくても、お願いすることがございません。何もお願いしたり、お縋りしたりしないんですから、どうも、これは信仰とは申せません」

大三浦は言った。

「心の安心ですか」

「いや、心の安心を求めましたら、それはきっと結構なことでありましょうが、特にそういう気持もございません。困ったことでございます。悟るとか、安心の境地を目差すとか、そういうことは、甚だ不得手でございます。これも今のままで結構でございます。一生めそめそして、いつまでも息子の死にこだわって生きて行くことでございましょうが、持って生れた性格で、これも致し方ないと考えております。悟って、息子の死を悲しまないようになりましたら、それこそ息子が可哀そうでございます」

大三浦は言った。架山は黙っていた。言葉をさし挟むより、さし挟まないでおいた方が安全だと思った。すると、大三浦は両手を膝の上に置いて、項垂《うなだ》れるように頭を下げた恰好で、

「すっくりとお立ちになっている十一面観音さまというものは、それはそれは美しく、何とも言えず優しいものでございます。十一面観音をごらんになったことが、おありでございましょうか」

「十一面観音?」

「はい。十一の仏面をお持ちになった観音さまでございます。十の仏面を頭にお載せになって、本当のお顔と合わせて、十一面になるのもありますし、頭に十一の仏面をお載せになってしまっているのもあります。そうした観音さまが、この湖畔にたくさんございます」

「ほう」

「有名なものも一体か、二体ございますが、その多くが余り世間には知られておりません」

大三浦は言った。

「十一面観音ですか。奈良のどこかのお寺で見た記憶はありますが、どうも、――」

架山は言った。どこの寺のどういう十一面観音か、口に出して言うだけの記憶もなかったし、知識も持っていなかった。

「奈良には有名な十一面観音さまがたくさんございます。法華寺《ほっけじ》とか聖林寺《しょうりんじ》とか、そういうお寺のものは有名でございます。が、私の見て回っておりますのは、そういうものではございません。余り知られておりませんし、その観音さまをお守《も》りしている集落の人以外、余り見た人もないようでございます。それと申しますのも、大抵秘仏になっておりまして、一般には見せておりません。一年に一回か二回、お厨子の扉を開けるだけでございますので、これはなかなか見ることができません。拝みたくても拝めません。中には三年に一回というのもあれば、三十年に一回というのもございます。もう十何年も集落の人さえ拝んでいないのもございます」

「ほう」

「それを、拝ませて頂くのですから、なかなかたいへんでございます。でも、これまでに何体かの十一面観音を拝ませて頂いております。眼を瞑りますと、どの観音さまのお顔も瞼に浮かんで参ります。手や足を失ったおいたわしい姿の観音さまもあれば、何とも言えず立派なお姿の観音さまもございます」

「どれも、湖畔のお寺にあるんですか」

「左様でございます。湖畔のお寺か、お堂にございます。無住のお堂が多うございます」

「大体、どのくらいの十一面観音が湖畔にあるんですか」

「見当がつきません。国宝が一体、国家の指定を受けているのが四十一体、それ以外のものとなりますと、さあ、どのくらいになりますか」

「その十一面観音というのだけをごらんになっているんですか」

「はい」

「ほかにもいろいろな仏像があるでしょう」

「それはございます。しかし、私の場合は、十一面さんだけを拝ませて頂いております。もちろん、ほかの仏さまの像もいっしょに拝みますが、こんどはこれと目差して参りますのは十一面さんでございます。十一面観音さまが好きでございます。好きと申しては観音さまに申し訳ないんですが、やはりこの観音さまだけが、私には特別なものでございます」

「特別というのは、どういうことなんでしょう。どういうところが、あなたにとって特別なんでしょう」

「さあ、何と申しましょうか、十一の仏面を戴いて、すっくりとお立ちになったところが好きなんでございます。あなたさまもごらんになったら、きっとお好きになると存じます。どれも湖畔で、湖の方を向いて、お立ちになっていらっしゃいます」

大三浦は言った。

「十一面観音がそんなにたくさん琵琶湖の湖畔にあることは、以前からご存じだったんですか」

「いいえ」

大三浦はとんでもないというように大きく首を振って、

「全然存じませんでした。七年前、あなたさまと長浜の港でお別れいたしましてから、なお暫く佐和山家に厄介になっておりましたが、その折り、近所のおばあさんが、近くの村にあるお堂に観音さまを拝みに行くが、いっしょに行かないかと言って誘ってくれました。私が半病人になっているのを見て、可哀そうに思って誘ってくれたのでございます。その時、初めてあのように十一もの仏面をつけた観音さまのあることを知りました。その時そのおばあさんが、何もくよくよせんでいい、この観音さまが四六時中こうして琵琶湖を見守っていて下さる。お任せしておけばいい、こう申したのでございます。そう言われて観音さまを見ますと、なるほど琵琶湖の方へお顔を向けて立っていらっしゃる。本当に湖に沈んだまま出て来ない二人を守っていらっしゃるように見えたのでございます。これが十一面観音さまへの病みつきでございます。その後この湖畔には、まだほかにもたくさんの十一面観音さまがあることを知り、それではその全部の観音さまに、ご挨拶申しあげようという気になったのでございます」

「全部の観音さまへですか」

「左様でございます」

「なるほど、そうなると、度々出向いていらっしゃらなければなりませんね」

「一生の仕事でございます」

「一生?!」

「はい。貧乏暇なしで、なかなか時間がとれません。春に一回、秋に二回といったような来方をしておりますと、一生かかってしまいます。ただ今申しましたように、すぐ拝めるのもございますし、容易なことでは拝まして頂けないのもございます。七年間に、かぞえるほどでございます」

「何体ぐらい?」

「それでも二十体は拝んでおりましょうか。あすは、どうやら、一体拝むことができます。一昨年来の念願がかないます。あんまり度々足を運びましたので、相手も根負けして、それではということになったのでございます」

「ほう」

「もしお宜しかったら、ごいっしょにいかがですか」

「構いませんか」

「いえ、いえ、ごいっしょに拝んで頂けるなら、それに越したことはございません」

「では、お供させて頂きましょう」

架山は言った。大三浦が血道をあげている湖畔の十一面観音像がどのようなものか、架山もまた見てみたいと思った。

大三浦が帰って行ったあと、架山は七年前に何夜か輾転反側した同じ部屋で、身を寝床に横たえた。みはると久しぶりで話をした。愛人との対話は明るかった。

――とうとう長浜にやって来たよ。

――いらっしゃい、ようこそ。いらしってみたら何でもないでしょう。お父さんたら、琵琶湖が嫌いでしたわね。おかしかったわ。琵琶湖ばかりでなく、湖と名のつくもの全部を敬遠していらっしゃるんですもの。

――一度来てしまえば何でもないよ。これから何度でもやって来る。

――本当かしら。でも、多分もう大丈夫ね。

――あすは大三浦老のお供をして、十一面観音を拝みに行く。

――それは大出来ね。よくそんな気になりましたわね。

――何かよく判らないが、大三浦老に感心したんだ。大三浦老が一生かかって湖畔の十一面観音全部を拝もうとしているのに、こちらも、せめて一体ぐらい拝まないと義理が悪いからね。

――大三浦さんって、お父さんと反対よ。十一面観音を拝みたいことも拝みたいでしょうが、それとは別に、そのために琵琶湖にやって来られることが嬉しいのね。

――なるほど、それは気が付かなかった。

――そうよ。お父さんと違って、大三浦さんの方は、琵琶湖から離れられないんですもの。何カ月も琵琶湖を見ないと心の落着きを失ってしまうんです。でも、何の目的も持たずにはそう度々琵琶湖には来られないでしょう、黙って湖ばかり見ているわけにもいかないし。いい年齢《とし》して恰好がつかないじゃありませんか。

——それはそうだな。

——だから、一生がかりで湖畔の観音さま全部を拝もうという悲願を起したんです。一挙両得よ。観音さまは拝めるし、琵琶湖畔では眠れるし。

——同じように子供を失っているのに、事件に対する対《むか》い方というものは全く正反対だな。お父さんと大三浦老とでは、どっちが本当かな。

——さあ。どちらも本当でしょう。お二人とも、ずいぶん苦しんだけど、今はそれぞれに七年前の心の疼《うず》きはなくなっているんですから。

——そうでもないさ。

——いいえ、皮肉を言っているんじゃないんです。実際にそうじゃありませんか。それぞれが、それぞれの方法で苦しんで、やっとそこを卒業したんです。

——そろそろ寝《やす》もうか。少し眠くなって来た。

——一度、あすでも京都のお母さんに電話してあげて下さい。七年ぶりに琵琶湖に来たんですから、一度くらい電話かけてあげてもいいでしょう。では、お休みなさい。

架山はすぐ眠った。大三浦ではないが、ふしぎに静かな、心足りた湖畔の宿の眠りだった。

翌朝眼覚めると、架山は寝衣のままで、廊下の籐椅子に腰かけ、煙草をくわえて、みはると話した。

——おはよう。ゆうべはよく眠れたよ。

——でしょう。だから、もっと早く湖畔にいらっしゃればよかったのに。

――君は十七歳の筈だが、すっかり大人っぽくなったな。

――わたしだって、七年経てば七つ年齢をとります。

――そうかな。十七歳で停まっている筈ではなかったのか。

――いいえ、今ではお父さんの愛人みたいなものですもの。

――大三浦老の息子さんの方はどうなんだ。

――あの人はあのまま。わたしの方はお父さんの愛人ですけど、あの人は依然として大三浦さんの息子さん。少し頭が悪くて、軽率で、意志薄弱で、でも、可愛くて、可愛くてたまらない息子さん。ですから年齢をとりたくても、とりようがありません。

――愛人か。確かに君は僕の愛人だな。

――愛人的存在です。お父さんも、お母さんと喧嘩していらっしゃる時は、時々浮気をなさったでしょう。でも、わたしを愛人にしてからは浮気なさらなくなったわ。

――娘を愛人にしたら、もうだめだ。ほかの女を愛人にできなくなる。

――わたしを運命というものの落し子みたいにお考えになっていらっしゃるでしょう。運命というようなものを持ち出してしまったら、もう恋愛も、浮気もできませんわ。お気の毒ね。

――おふくろのような言い方をするな。

――京都のお母さんに代って言ってあげているところもあります。お母さんの娘ですもの。お父さんはわたしを自分の味方とばかり思ってはだめよ。時にはお母さんの味方もします。

——運命と言えば、大三浦老はどうなんだろう。

——あの人は口では、何事も運命ですなんて言い方をしますけど、心の中では、これっぽちもそんな考え方はしていないと思います。息子は自分の意志で亡くなったと信じています。信じていると言っていけないんなら、信じようとしています。そういう人よ、大三浦さんという人は。

——そうかな。

——ですから、諦めるということはないんです。悲しみはいつまで経っても消えないんです。

——お父さんが簡単に諦めでもしたような言い方をするじゃないか。

——いいえ、そんなことは考えてはいません。僻《ひが》むものではありません。大三浦さんは悲しみの中で生きています。一生そうだと思います。でも、今はもう悲しみに慣れてしまって、お父さんと同じように、湖畔に来ると、鼾《いびき》をかいて、よく眠ります。

架山は朝の食事をすますと、くるまを頼んで、南浜の佐和山家に向かった。母家の縁側に腰かけて、佐和山と大三浦はお茶を飲んでいた。

架山を見ると、大三浦はすぐ立ちあがって来て、

「さきほどお宿の方に電話いたしましたが、お出掛けになったあとでございました。まことに申し訳ありませんが、朝になって先方の石道寺《しゃくどうじ》の方から連絡がありまして、午後一時に来てくれということでございます。約束は午前十時になっておりましたが、何かの都合で午後一時になったのでございま

す。まことにどうも至らぬことでございます。お早くお出掛け頂きまして、相すまぬ次第でございます」

と言った。大三浦は本当にすまなそうな顔をしている。

「構いませんよ。それまで湖畔でもドライブしておりましょう。折角湖を見に来たんですから」

架山が言うと、

「それで、私考えたのでございますが、この近くに有名な渡岸寺《どうがんじ》の十一面観音さまがいらっしゃいますので、その方を見て頂いて、それから石道寺の方へ回ったらいかがかと存じます。渡岸寺の十一面は国宝にもなっており、立派なものでございます。湖畔ではただ一体の国宝の観音さまでございます。この方はいつでも拝むことができます。これを見て頂いて、その上で石道寺の方へ回ったら、丁度時刻も宜しいかと存じます」

大三浦は言った。

「では、その有名な十一面観音さまというのを、先に見せて頂きましょう」

すると、佐和山が横から口をさし挾んで、

「それが宜しいでしょう。渡岸寺の観音さんなら私でも知っております。あれは立派です。見るからに、拝んだらご利益《りやく》がありそうに思われます」

と言った。佐和山の細君がお茶を運んで来た。架山も縁側に腰かけて、お茶をごちそうになった。

「きょうは暑くなりますよ。浜はまた一日、若い者でごった返しましょう」

佐和山が言うと、

「渡岸寺の十一面観音さまを拝みますと、さあっと暑さが引いてしまいます。ふしぎなものでございます。一昨日はひどく暑うございましたが、観音さまの前に居ります間は全く暑さを忘れておりました」

大三浦は言った。大三浦は一昨日もその有名な十一面観音を拝んでいるらしかった。

お茶をごちそうになると、架山と大三浦は、架山が待たせておいたくるまに乗った。

「渡岸寺というのは字《あざ》の名前でして、渡岸寺という寺があるわけではございません。昔、渡岸寺という大きな寺がありましたが、それが浅井氏と織田氏の合戦の時焼けまして、寺はなくなりましたが、その寺の名前が字の名前になったらしゅうございます。寺が焼けたあと、そこに小さいお堂が建ちまして、それから大正の終りまで四百年ほど、観音さまはその小さいお堂にはいっていらっしゃいました。現在は少し離れたところにある向源寺《こうげんじ》という寺の管理下にはいっておりまして、渡岸寺の観音さんと言わないで、向源寺の観音さんと言う人もございます。この観音さまを信仰する人たちが何とか言う会を作っておりまして、実際にはその会の人たちがお守りしております。今日も誰かが庫裡の方に詰めておりましょう。昔の戦火で焼けた渡岸寺というのはよほど大きい寺だったと思います。七堂伽藍が聳《そび》えていたと申しますから、十一面観音のほかに、たくさんの仏像もあったことでございましょうが、惜しいことに合戦でみな焼けました。その観音さまだけ村の人たちが火の中から救い出したらしゅうございます。救い出すことは救い出しましたが、それを安置しておくお堂がない。それで暫く土の中に埋めておいたと伝えられております」

「たいへんですね、観音さまも」

「このほかに、やはり近くに唐川《からかわ》の観音さまというのがございますが、この方は賤ヶ岳《しずがたけ》の合戦の時、水の中に匿されて、難を避けたと伝えられております。水の中にはいったり、土の中にはいったり、――このへんの観音さまは、それぞれにいろいろな過去を持っていらっしゃいます。いずれにしましても、信心深い村の人たちに守られて、今日に伝えられております」

「いつ頃のものですか」

「渡岸寺の観音さまは平安朝時代の作でございます。ものの本にそう記してございます」

その渡岸寺の観音さまに向かって、くるまは湖畔の原野の中の道を走っていた。いったん敦賀に通じている国道に出て、それから湖とは反対側の小さい丘陵がちらばっている地帯へと向かった。夏の強い陽射しを受けて、丘を埋めている緑は萌え立っている。

暫くくるまは田圃の中の曲りくねった細い道を走って、小さい森の中のお堂の山門の前に着いた。

「ここでございます。向うに見えておりますのが観音堂でございます」

そう言いながら、大三浦は山門の前に立って、正面遠くに見えているお堂を指して言った。

「なかなかちゃんとしたお堂ではないですか」

架山が言うと、

「はい、これは信者たちが大正十四年に建てたもので、お金が集らずそのため三十年もかかったそうでございます。それまでの古いお堂は茅葺きの小さなもので、浅井氏が亡んだ合戦以来ずっと大正の終りまで、観音さまはそこにお住まいだったのでございます。竹藪に包まれたよほど小さいお堂だったらしゅうございます。その頃に較べますと、いまは見違えるほど立派なお住まいになっております」

その本堂に向かって、二人は歩いて行った。境内は鬱蒼と木立が茂っていて、桜や欅など大木が大きく枝を拡げている。左手には小さい池があり、池畔の木陰で子供たちが遊んでいる。

「ここは桜の頃が宜しゅうございます。一度、花見時に参ったことがございます。——ちょっとお待ち下さいまし」

大三浦は右手の観音堂の事務所の方へ行ったが、程なく戻って来ると、

「どうぞ」

と言って、自分から靴を脱いで本堂にあがって行った。架山もそれに続いた。すると、本堂の扉が内側から開かれ、シャツとズボン姿の六十年配の人物が顔を現わした。

「また拝みに来て下されましたか、信心深いことですな。よう来て下さいました」

その口調は心から大三浦が来たことを悦んでいる風であった。見るからに観音さまをお守《も》りしているといった素朴な人物である。

堂内はがらんとしていた。外陣は三十五、六畳の広さで、畳が敷かれ、内陣の方も同じぐらいの広さで、この方はもちろん板敷である。その内陣の正面に大きな黒塗りの須弥壇が据えられ、その上に三体の仏像が置かれてある。中央正面が十一面観音、その両側に大日如来と阿弥陀如来の坐像。二つの大きな如来像の間にすっくりと細身の十一面観音が立っている感じである。体軀のがっちりした如来坐像の頭はいずれも十一面観音の腰のあたりで、そのために観音さまはひどく長身に見える。

架山は初め黒檀か何かで作られた観音さまではないかと思った。肌は黒々とした光沢を持っているように見えた。そしてまた、仏像というより古代エジプトの女帝でも取り扱った近代彫刻でもあるように見えた。もちろんこうしたことは、最初眼を当てた時の印象である。仏像といった抹香臭い感じはみじんもなく、新しい感覚で処理された近代彫刻がそこに置かれてあるような奇妙な思いに打たれたのである。

架山はこれまでに奈良の寺で、幾つかの観音さまなるものの像にお目にかかっているが、それらから受けるものと、いま眼の前に立っている長身の十一面観音から受けるものとは、どこか違っていると思った。一体、どこが違っているのか、すぐには判らなかったが、やがて、

「宝冠ですな、これは。——みごとな宝冠ですな」

思わず、そんな言葉が、架山の口から飛び出した。丈高い十一個の仏面を頭に戴いているところは、まさに宝冠でも戴いているように見える。いずれの仏面も高々と植えつけられてあり、大きな冠りを形成している。架山が口にした宝冠という言葉の意味が判らなかったらしく、

「何でございますって？」

大三浦は訊き返してきた。

「頭の上の十一の仏面が、王冠のように見えますね。外国の天子のかむる王冠に似ていませんか。宝石をちりばめた天子の冠り」

「ああ、王冠ですか、なるほど」

大三浦は言ったが、すぐには反応を示して来なかった。

架山は、しかし、自分の印象を改める気にはならなかった。十一の仏面で飾られた王冠という以外、言いようがないではないかと思った。しかも、とびきり上等な、超一級の王冠である。ヨーロッパの各地の博物館で、金のすかし彫りの王冠や、あらゆる宝石で眩ゆく飾られた宝冠を見ているが、それらは到底いま眼の前に現われている十一面観音の冠りには及ばないと思う。衆生のあらゆる苦難を救う超自然の力を持つ十一の仏の面《マスク》で飾られているのである。すると、

「左様、お冠りと申しますなら、なるほどこれはお冠りでございます。観音さまだけがおかむりになる何とも言えずご立派なお冠りでございます。観音さまのお兜でございます。いかなる敵の刃も歯が立たない観音さまのお兜でございます」

大三浦は大三浦で、自分の考えを述べた。なるほど兜と言ってもよかろうと、架山は思った。いずれにせよ、この多数の仏面で飾られた冠りが、この十一面観音を特殊なものに見せているのである。大きな王冠を支えるにはよほど顔も、首も、胴も、足も確《しっか》りしていなければならぬが、胴のくびれなどひと握りしかないと思われる細身でありながら、ぴくりともしていないのはみごとである。しかも、腰をかすかに捻り、左足は軽く前に踏み出そうとでもしているかのようで、余裕綽々《しゃくしゃく》たるものがある。

大王冠を戴いてすっくりと立った長身の風姿もいいし、顔の表情もまたいい。観音像であるから気品のあるのは当然であるが、どこかに颯爽たるものがあって、凛として辺りを払っている感じである。

金箔はすっかり剝げ落ちて、ところどころその名残りを見せているだけで、殆ど地の漆が黒色を呈している。

「実に、お顔も、お姿も颯爽としていらっしゃる。なるほど有名なだけあって立派な十一面観音ですね。実に威にみちたいいお顔をしていらっしゃる。古代エジプトの王妃さまみたいですよ」

この架山の言葉をどうとったのか、

「いいお顔、いいお姿でございます。それもその筈、十一面観音さまは、頭上に戴いた仏さまたちとごいっしょに、それぞれ手分けして、衆生の悩みや苦しみをお救いになろうとしているお姿でございます。十一の観音さまのお力を一身に具現しているお姿でございます。――観音さまはご承知のように如来さまにおなりになろうとして、まだおなりになれない修行中のお方でございます。菩薩さまでございます。衆生の悩みや苦しみをお救いになることをご自分に課し、そうすることによって、悟りをお開きになろうとしていらっしゃる方でございます。衆生をお救いになることが修行の眼目と申しましょうか、とにかくひたすら衆生の苦しみをお救いになろう、お救いになろうとすることによって、ご自分をお造りになろうとしていらっしゃいます。有難いことでございます」

架山も観音についてこの程度のことは知っていたが、噛んでふくめるような言い方で大三浦に説明されると、また格別なものがあった。確かに衆生を救わずにはおかぬといった必死なもの、凜乎としたものが、その顔にも、姿にも感じられ、それが観る者に颯爽とした印象を与えるのであろう。

いずれにせよ、観音というものがそういうものである以上、観音信仰というものは成立する筈であった。片方はこの世の苦しみや悩みから必死になって脱け出して生きようとしている人間であり、片方はその衆生の苦しみや悩みを救うことを己れに課し、それによって悟りを開こうとしている菩薩である。そうした信仰によって、この像もまた今日に伝えられて来たものであろう。架山は改めて十一面観音に眼を当てた。

「お丈のほどは六尺五寸」

大三浦が言った。多少寺院などで説明する案内人の口調に似ている。

「一木《いちぼく》彫りの観音さまでございます。火をくぐったり、土の中に埋められたりした容易ならぬ過去をお持ちでございますが、到底そのようにはお見受けできません。ただお美しく、立派で、おごそかでございます」

確かに秀麗であり、卓抜であり、森厳であった。腰を僅かに捻っているところ、胸部の肉付きのゆたかなところなどは官能的でさえあるが、仏さまのことであるから性はないのであろう。左手は宝瓶《ほうびょう》を持ち、右手は自然に下に垂れて、掌をこちらに開いている。指と指とが少しずつ間隔を見せているのも美しい。その垂れている右手はひどく長いが、少しも不自然には見えない。両腕それぞれに天衣《てんい》が軽やかにかかっている。

なるほど、大三浦が言ったように、この十一面観音像の前に立っていると、暑さは忘れるだろうと、架山は思った。

渡岸寺の十一面観音を拝んだあと、架山と大三浦は再びくるまに乗った。

「こんど参りますところは石道《いしみち》という字《あざ》にある石道寺《しゃくどうじ》という寺でございます。寺と申しましても、その付近の農家の人々がお守りしておりますお堂でございます。もちろん無住のお堂でございます。そこに十一面観音さまがお住まいになっていらっしゃいます」

「有名な観音さまですか」

「有名とは申せないと思います。石道《いしみち》の観音さん、石道の観音さんと言って、近くの村の人たちの間では誰知らぬ者はありませんが、しかし、そういう観音さまは、この地方にはたくさんございます。みんな集落の人がお守りしております。――この石道の観音さまには、私も苦労いたしました。何回も、そのお堂の鍵を預かっている農家に足を運びましたが、鍵がなくなったとか、鍵を預かっている者がいまは居ないとか、いろいろなことを言われまして、どうしても見せて貰えませんでした。一度は、よし、それではというところまで漕ぎ付けたのでございますが、やはりだめでございました。仲間うちで相談の集りを開くから、あす来なさいということで、大悦びで出掛けましたが、その相談の集りで否決になっておりました」

「たいへんですね」

「それが、こんどは仲に立つ人がありまして、どうにかきょう拝ませて頂く段取りになりました」

「私などが行って、折角見せて頂けるようになったことが、壊れることはありませんか」

「大丈夫でございます」

「危いですね、どうも」

「いや、みんないい人たちです。真剣に十一面観音さまをお守りしているくらいですから、素朴で、信心深い、心のきれいな人たちばかりでございます。いざ見せるということになりましたら、いっしょに誰が参りましょうと、そんなことで文句をつけるような吝《けち》くさい了見は持っていないと思います」

「そうですか。それでは見せて頂きましょう。きのうこちらに来て、きょうその石道の観音さまを拝めるというのは、たいへんな運ですね」

「いや、ご縁でございます。そういうご縁を石道の観音さまに対してお持ちになっていらっしゃるのでございます。そこへ行きますと、私などはてんでなっておりません。何回も足を運んで、やっとのことでお許しがでたのでございます。観音さまが、それでは会ってやろうと、漸くにしてそういうお気持になったのでございましょう」

くるまは湖畔平野の山際の道を走って行く。緑で覆われた丘陵と丘陵との間を分けいって、小さい集落を一つ二つ過ぎる。藁屋根の農家が多い。

「観音さんも、こんな日に、扉をあけて風を入れてやれば悦びますよ。間違いなくご利益がありますよ」

運転手は言った。午刻《ひる》近い陽が夏草の生い茂っている山野に照りつけている。

小さい集落で、くるまは停まった。道の両側に丘が迫っており、狭い地域に十数軒の家が固まっている。集落が大きいのか、小さいのか、くるまを降りた地点では見当がつかなかった。道に沿って、えぐられたような深い川が流れており、その橋の両方の袂は、それぞれ丘に向かって上りになっている。川を真中にして、ひどく不均整な狭い地域に集落が営まれている感じである。

くるまを降りたところに農家とも、商売屋ともつかぬ構えの家があり、大三浦はその中にはいって行ったが、やがて内儀《かみ》さんらしい中年の女の人といっしょに出て来た。大三浦と内儀さんは、そこからだらだら坂になっている道を上って行き、こんどは明らかに農家と思える構えの家にはいって行った。

架山は農家にははいらず、その家の前庭の一隅で待っていた。やがて大三浦が出て来た時は、そのあとに従う女は四人になっていた。四人のうち一人は娘だった。

坂の途中で、大三浦と四人の女たちは立ち停まって何か話していたが、農家の内儀さんらしい女が、そこを離れて、一人だけ小走りに坂を降りて行った。

「では、お堂の方に先に行っていますからね」

大三浦は女たちの方に言ってから、架山に、

「お待ちどおさまでございました。では参りましょう」

と言った。架山が女たちの方に黙って頭を下げると、

「お暑いことでございます。きょうはご苦労さまで」

女の一人が言った。他の一人は黙って笑顔で頭を下げた。

大三浦と架山は坂の降り口にある農家の横手の小道にはいった。そこを脱けると、丘陵の斜面に出た。

「大丈夫ですか」

架山が言うと、

「鍵を持っている老人が、さっき一度やって来たんだそうですが、またどこかへ行ってしまったとい

うことで、農家の内儀さんが今その老人を探しに行ってくれました。こんどはもう心配ありません。女の人たちも、久しぶりで観音さまを拝めるということで悦んでおります。朝からわくわくして、気持が落着かないというようなことを言っておりました」

それから、ちょっと足を停めて、

「そこにお堂が見えましょう。あそこでございます。あそこに十一面観音さまはお住まいでございます」

大三浦は言った。小さい丘の麓にそのお堂は見えていた。寺といった構えではなく、全くのお堂である。そのお堂が一つだけ、木立の中から姿を見せている。

その時気付いたのだが、そのお堂に向かって、だらだら坂を上って行く二人の頭上に、蝉の声が雨のように降っている。何年かぶりで聞く蝉しぐれである。

観音堂の横手で、架山と大三浦は十分ほど鍵を持って来るという老人を待っていた。さっきの三人の女の人たちもやって来、そのほかに夫婦と思われる中年の男女も加わっている。

「石道《いしみち》というのは字《あざ》の名で、同じ字を書きますが、寺の方は〝いしみち寺〟とは言わないで〝じゃくどう寺〟と言います」

大三浦が架山に説明すると、女たちは互いに顔を見合わせるようにして笑って、その通りだというように架山の方に頷いてみせた。そういうところはいい感じであった。

「ああ、来ましたよ。何していただか」

一人が言うと、急に一座は沸き立った感じで、一人は老人の方へ何か連絡に行き、他の者は堂の前の方へ移動した。

やがて、無口な老人の手でお堂が開かれ、一同はその内部にはいった。お堂は粗末な造りで、使われてある材木は素地のままである。内部には天井いっぱいに厨子が置かれてあり、その厨子の両側には大きな持国天、多聞天二体が控えている。ほかに隅の方に小さいお厨子もあれば、小さい不動像、小さい多聞天など、多少雑然とした感じで置かれてある。

老人が鍵を持って厨子の扉の前に進むと、もう一人の男が、開扉の手伝いに立って行った。二人が鍵の音を響かせている間、架山は大三浦と並んで、厨子からかなりの距離のところに坐っていた。大三浦の方は開扉と同時に合掌するつもりらしく、既に両手を合わせて、厨子の方へ顔を向けている。

その時、気付いたのであるが、女の人たちはお堂の隅の方にひと固まりになって坐って、申し合わせたように、顔を厨子の方へ向けている。いかにも今開くか、今開くかと、息をつめて開扉の瞬間を待っているかのような面持ちである。鍵を操作している音が聞えるばかりで、扉はなかなか開かなかった。堂外には烈しい夏の光線が降っていたが、小さいお堂の中は薄暗く、ひんやりしていた。

やがて扉が開かれた。堂内に居る人たちの口から、聞えるか聞えないかぐらいに、経を誦す声が流れたが、すぐやんだ。中年の女の一人だけが、いつまでもそれを続けていた。大三浦は合掌したまま、いつまでも頭を垂れていた。

「どうぞ、近寄って拝んで下さって結構です」

老人の言葉で、架山は立ちあがった。その時、初めて架山の眼に厨子に収められてある三体の十一

面観音の姿がはいって来た。中央の一体は大きく、その両側の二体は小さかった。中央の一体の顔に眼を当てたままで、

「きれいな観音さまですね」

架山は言った。思わず口から出た言葉だった。美人だと思った。観音さまと言うより、美人がひとり立っている。

架山は中央の十一面観音に眼を当てたまま、厨子の前に進んで行った。そこに立っているのは、古代エジプトの威ある美妃でもなければ、頭に戴いているのは王冠でも、宝冠でもなかった。何とも言えず素朴ないい感じの美しい観音さまだった。唇は赤く、半眼を閉じているところは、優しい伏眼としか見えなかった。腰を僅かに捻り、左手は折り曲げて宝瓶を持ち、右手は自然に垂れて、数珠を中指にかけ、軽く人差指を開いている。

「結構でございますな。結構な観音さまでございますな。念願かなって、尊いお姿を拝ませて頂きました。有難いことでございます」

大三浦は厨子の前まで来たと思うと、またそこに坐って、頭を下げた。十一面観音像の足下にひれ伏しているような恰好である。

三体のうち、向かって右手の小さい観音像は、中央の観音像の膝のあたり、左手のはそれよりやや大きいが、やはり中央の観音像の腹部ぐらいの背丈である。この二体はいずれも真黒になっている。まだ小さい方には顔の一部や体の一部に、ごく僅かに金色が残っているが、もう一体の方は全身に煤

が厚く塗られている。

架山は、中央の大きい十一面観音について、自分なりの一つの見方をしていたが、それをいま口に出すのは遠慮しなければならなかった。

——この十一面観音さまは、村の娘さんの姿をお借りになって、ここに現われていらっしゃるのではないか。素朴で、優しくて、惚れ惚れするような魅力をお持ちになっていらっしゃる。野の匂いがぷんぷんする。笑いをふくんでいるように見える口もとから、しもぶくれの頬のあたりへかけては、殊に美しい。ここでは頭に戴いている十一の仏面も、王冠といったいかめしいものではなく、まるで大きな花輪でも戴いているように見える。腕輪も、胸飾りも、ふんわりと纏っている天衣も、なんとよく映っていることか。それでいて、観音さまとしての尊厳さはいささかも失っていない。しかし、近寄り難い尊厳さではない。何でも相談にのって下さる大きくて優しい気持を持っていらっしゃる。恋愛の相談も、兄弟喧嘩の裁きも、嫁と姑の争いの訴えも、村内のもめごとなら何でも引受けて下さりそうなものを、その顔にも、姿態にも示していらっしゃる。

架山は実際に〝石道の観音さん〟から、このような印象を受けたのである。渡岸寺の観音像からも大きい感動を受けたが、ここの観音像からも、それに劣らぬ鮮烈な印象を与えられていた。二つの観音像は全く対蹠的であった。一つは衆生の苦しみを救わずにはおかぬ威に満ちたものであり、一つはどんな相談にものって下さる優しさに溢れている。

「きれいで、優しくて、何とも言えずいい観音さまですね」

相変らずお堂の隅の方にひと固まりになって坐っている女の人たちのところへ行って、架山は言った。自分の今の気持を誰かに伝えたかったのである。すると、

「そうどすか。あんたさんにも、そう見えはりますか」

一人が言って、いかにも嬉しそうに口もとを綻ばせた。と、殆ど同時に、そこにいた何人かの女たちの顔に笑いが浮かんだ。花でも綻びるような、そんな自然な笑いの浮かび方であった。架山が十一面観音を褒めたのに対して、いかにもわが意を得たといったそんな悦び方のように思われた。

「いいですね、この観音さまは」

「そうどすか」

「本当に優しい顔をしていらっしゃる」

「そう思わはりますか」

「だって、そういう顔をしているじゃないですか」

「そう言うてくれはれば、観音さんも満足してはりますわ」

それから、内儀さんは、

「なあ?」

と、周囲の女たちに同意を求めるようにした。それに応じて、

「そうどすな。こういうのを優しいお顔と言うのどすやろ」

一人が言うと、

「なにしろ、お若うおすわ、この観音さんは。——拝む度に若うならはってます。口もとを見なされ。若うのうては、あんな口もとでけしまへんが」

もう一人が言った。観音さまもいいが、この女の人たちもいいと、架山は思った。いかにもみなで、この十一面観音をお守りしている感じである。観音さまを褒められれば、みながわがことのように悦んでいる。

架山はもう一度、その若いと言われる観音像の前に立った。堂内の光線は前の扉からのと、横手の扉からのもので、さして明るくもないが、暗くもない。ほどほどのやわらかい光線が、小さいお堂の内部に漂っている。厨子の内部は、当然そこだけ暗くなっているが、十一面観音像の面には、さいわい正面の扉からの光線が当っている。

観音像の姿は若いが、しかし、造られた年代は、重要文化財の指定を受けているくらいだから古いに違いない。像全体がもとの彩色を失って、古色に包まれており、その中で唇に残る微かな赤さが目立っている。或いはこの唇の紅《べに》は、長い歳月の間に、誰かが観音像に化粧してあげたのであろうか。気やすくそんなことをする気を起させ、また気やすくそんなことをお受けになりそうな観音さまである。

大三浦は扉が開かれた時から、ずっとひとりの思いにはいっているように見えた。一、二度、厨子の内部を覗き込むようにして、十一面観音を拝んだが、そのあとは、女の人たちが坐っているところとは反対側の隅に坐っていた。そして時々膝の上に置いてある手を前に持って行っては掌を合わせていた。

厨子の扉を開けた老人が、架山のところに近寄って来て、堂の由来について話してくれた。

「以前、石道寺はここから八丁ほど山手にありましたが、それが明治二十七年の大水害で流れました。そして観音堂だけがここに移されました。寺の方は廃寺になって今は跡形もありません。お厨子の中に重文の十一面観音さまのほかに、二体の観音さまが祀られてありますが、この二体も古いものらしく、いずれも藤原時代の作だということを聞いております。三体の十一面観音さまがいまは同じお厨子にはいっておりますが、初めからこういうことになっていたのではなく、観音堂がここに移って来る際、他のお寺から来たものもあると、そのようなことを言う人もあります。詳しいことは存じません。何しろ昔は、この近くの己高山《こだかみやま》という山を中心に、山中や山麓にたくさんの大きな寺があって、たいへんな勢力だったらしゅうございます。この三体も、初めはそのどれかのお寺に祀られていたものだろうと思います。仏さまにも、栄枯盛衰というものがあります」

「重文の観音さまは、いつの時代のものですか」

架山が訊くと、

「平安時代の作です。像の高さ一七三センチの彩色像だというようなことが、役所の記録には書かれてあります」

それから、口調を少し変えて、大三浦の方に、

「どうかな、もう宜しいか」

と、言った。

「いや、有難うございました。これで、私も念願かないました。どうぞお厨子を閉めて頂きましょう」

大三浦は立ちあがると、誰にともなく、少し声を大きくして、

「湖畔のほかの十一面観音さまと同じように、この観音さまも琵琶湖の方を向かれて、お立ちになっていらっしゃいます。有難うございます。有難うございます」

と言った。この〝有難うございます〟は、第三者に対して言っているのではなく、明らかに彼自身の十一面観音に対する感謝の心の表現にほかならなかった。

老人が厨子の扉の前に近寄って行くと、それを合図に女たちはそれぞれ合掌した。架山も、大三浦も並んで坐って、同じようにした。内儀さんたちの経を唱える低い声が流れている時、扉は閉められた。美しい十一面観音像は姿を匿し、暫く老人の操作する鍵の音が聞えていた。

堂から出ると、外はひどく明るかった。強い夏の陽光が小さいお堂を包んでいる。暫く、誰も口をきかなかった。口をきくのが妙にもの憂かった。

架山は大三浦が関係者の家に挨拶に回っている間、道路わきのくるまのところで待っていた。さっきお堂でいっしょだった農家の内儀さんが、用足しにでも行くのか小走りにやって来て、架山の横を通り過ぎる時、

「ご苦労さまなことで、さきほどは有難うございました」

と、声をかけてくれた。

「いや、こちらこそ」

架山は言ったが、その時、その内儀さんの表情が、何となくさっきの十一面観音の顔に似ているよ

うに思った。観音像の方は美貌であり、内儀さんの方は美人とは言えなかったが、その表情にはどこかに似通っているものがあるように思われた。

架山はこれに似た経験を持っていた。何年か前にフランスのブルゴーニュ地方を旅行した時、知人に案内されて、その地方に散在しているロマネスク建築の幾つかの古い教会を見せて貰ったことがあった。その時の旅は、今も外国旅行の中での楽しい思い出の一つになっている。

そこで経回った古い教会の多くは、現在も宗教寺院として生きた活動を続けていた。どこの寺院でも、祭壇に額《ぬか》づいている男女の姿が見られた。その寺院を中心として生活している農村の人たちであった。観光客の間を縫って、祭壇に近づいて行く農村の人たちの表情にも、足の運び方にも、妙にひっそりとした真摯なものがあって、それがひどく印象的であった。

こうした寺院の幾つかを、寺院から寺院へと、三泊か四泊の旅で回ったのであるが、そこで興味深く思ったことは、建物のどこかに嵌め込まれてある聖母マリアの彫像や、壁画のマリアの顔が、その地方の女たちのそれに似ていることであった。明らかにその地方独特の女の顔立ちの特徴を具えたマリアであった。

そういう点からいえば、太陽の匂いのする、妙にひなた臭い感じのマリアであり、田園の匂いのするマリアであった。素朴で、健康で、働き者の聖母マリアであった。

架山は、くるまの付近をぶらつきながら、何年か前の異国の旅のことを思い出していた。そしてその旅に於て自分を感動させたと同じものが、この湖畔の集落に於けるきょう一日の中にはあるのではないかと思った。〝石道の観音さん〟の制作者が誰であるか知るべくもないが、往古、一人の仏師はこの地方に発見した一人の美女をモデルにして、その素朴さ、美しさ、優しさを神格化して、あの観音像を刻んだのに違いない。大三浦がハンカチで首すじの汗を拭きながら戻って来るまで、架山はそんな思いに捉われていた。

南浜の佐和山家に向かうくるまの中で、架山は大三浦に礼を言った。

「十一面観音というものを、見ると言えるような見方をしたのは、きょうが初めてでした。おかげさまで、たいへんいい勉強になりました。渡岸寺の観音さまも立派でしたし、石道寺の観音さまも、やはり別な意味で、素朴ないい観音さまだと思いました。有難うございました」

「それは、それは」

大三浦は恐縮して、

「結構なことでございました。おかげさまで私も、念願の石道寺の観音さまを拝むことができました。私の方こそお礼を申しあげなくては」

と言った。架山としては自分の方こそ礼を言わなければならないが、大三浦の方から感謝される筋合はないと思った。

「私の方は割り込んだだけでして、――」

架山が言いかけると、

「いや、あなたさまが同行して下さったので、拝むことができたと思います。初め鍵を持っている老人がどこかへ行って、それを探しに行きましたが、私ひとりでしたら、どうもあのままになったのではないかと思います。あなたさまもいらっしゃったので、それでは見せないわけにもいくまいということになったのでございましょう。それに違いありません。私はそう睨んでおります」

大三浦は言った。

「そんなことがあるでしょうか」

「いや、そうでございます。やはり人品というものが、ものを言います。私ではだめでございます。――それはともかくといたしまして、悦んで頂いて、こんな嬉しいことはありません。――今日は息子たちにとっても、嬉しい日でございましょう。さぞ悦んでくれていると思います」

この大三浦の言葉で、架山は忘れていたものをふいに突き付けられた気持だった。息子たちという言い方も快くはなかった。息子たちという言葉が意味しているものは、紛れもなく息子とみはるのことであった。不幸だった二人の若い者たちのことであった。架山は口を噤《つぐ》んでいた。すると、大三浦は、

「渡岸寺の観音さまも、石道寺の観音さまもちゃんと琵琶湖の方を向いて、お立ちになっていらっしゃいます。湖畔のたくさんの十一面観音さまは、みなあのようにして立っていらっしゃいます。息子たちをお守りになっていらっしゃる。有難いことでございます。今日、そのことをお礼申しあげて、気持がすっきりいたしました。まだまだたくさんお礼申しあげたい十一面観音さまが残っております」

大三浦は言った。

大三浦の口から〝息子たち〟という言葉がとび出してから、架山は自分の気持がみるみるうちに素

直さを失って行くことが判った。架山は自分が、七年前の事件に於て、まだ大三浦をも、大三浦の息子をも許していないことを、今更のように痛感せざるを得なかった。自分の息子も、他人の娘も、全く一つの枠に入れて同じように取り扱おうとする、そういう相手の鈍感さが、どうしても我慢ならなかった。

湖畔の十一面観音が、湖中に眠っている二人を守ってくれているのだという考え方は、少しも嫌ではなかった。そしてその十一面観音に対して、その一体、一体の前に立って礼を言うということも、少しも嫌ではなかった。そうしたことを、大三浦は自分に課しているのであるが、それは大三浦という人間の生き方であった。そういう方法に於て、大三浦はこれからの人生を生きようとしており、それはそれで結構というほかなく、いかなる非難にも当らない。であればこそ、自分はきょう大三浦の勧めに応じて、十一面観音を拝みに出掛けて行ったのである。そのことに於ける限りは、自分にとっても、大三浦にとっても、きょうという日は特別ないい日であった筈である。それなのに、妙な言い方をして、折角のいい日を台なしにして貰っては困ると、架山は言いたかった。十一面観音から得た感動が大きかっただけに、それをそのままにしておいて貰いたかった。しかし、そうした自分の気持を相手に伝えることは難しかった。架山は黙っていた。

「これから私のところで、暫くお休みになりませんか。もしお宜しかったら、ごいっしょに食事をしたいと思います。佐和山のお内儀さんの料理で、お口に合うかどうかは判りませんが、佐和山夫婦も悦ぶと思います」

大三浦は言った。

「折角ですが、きょうは失礼しましょう。夕方、東京の方から連絡の電話もありますので」

架山は言った。実際に会社から連絡の電話がかかって来ることになってはいたが、それはどうにでもなった。ただ架山の今の気持としては、大三浦とこれ以上話を続けて行くことが怖かったのである。

「あすは、まだご滞在になりますか」

「もう一日居たいと思います」

「それは、それは。——では、あすまたお目にかかりましょう。私がこれまで拝みました湖畔の十一面観音のリストでも作って、それを差しあげたいと思います」

大三浦は言った。くるまを佐和山家に回して、そこで大三浦を降ろし、それから架山はひとりになって、長浜の宿に向かった。

——お父さんって、気難しいのね。

ふいに、みはるの声が聞えた。

——いいじゃありませんか、あんなこと、どっちだって。

架山はくるまに揺られていた。夏の一日が終ろうとして、急に暑さを失った夕近い陽光が湖面に落ちている。

その夜、架山は京都の貞代のところへ電話をかけようか、かけまいか、多少思案した。

——折角ここにいらっしゃったんだから、京都のお母さんに電話してあげて下さい。

こういうみはるの声を聞いたのは昨夜のことである。もちろん、これは架山自身の想念の中に於て聞えて来たみはるの声であって、みはるの言葉を借りて、架山自身がそのような思いを持ったのにほかならなかった。七年ぶりで、みはるの遺体が沈んでいる湖へやって来たのであるから、みはるの母親に、その後どのように生きているか、その消息を訊くぐらいの電話はかけて然るべきではないかと思われたのである。貞代にも、苦しい七年間であった筈である。あるいは自分以上に苦しい七年間であったかも知れない。

社会人としての貞代の消息は、新聞や雑誌などで、何となく架山も知っていた。手芸家としての名は七年前より更に大きくなっており、時花手芸学院という名も、今は押しも押されもせぬものになっている。しかし、事件以後、貞代がみはるの死に対してどのように立ち向かい、どのように苦しみ、どのように生きたかとなると、架山は何も知らなかった。

結局、架山は湖底で眠っているみはるのために、電話をかけようと思った。みはるのために何もしていないのだから、せめてこのくらいのことはしてやるべきであろうという気持になったのである。

架山は帳場に頼んで、貞代の住所を調べて貰った。事件の頃は、彼女が経営している学校の建物の一部か、あるいはそれに隣接したところに、貞代の住居があるような感じだったが、今は違っていた。貞代は時花手芸学院とは離れて、郊外のマンションに部屋を持っていた。

初め電話口には弟子らしい若い女が出たが、すぐ貞代が替った。

「いま琵琶湖に来ている。事件以来初めて来たので、みはるの眠っているところから、君に電話をかける気持になった。みはるには何もしてやれなかったから、せめてこんどぐらい、母親に電話でもかけてやらなければという気持になった」

架山は言った。素直な言い方だった。

「それは有難うございます。みはるも悦んでくれるでしょう。父親と母親が話をするんですから――。早いものですね、今年は七年になります」

少し声が曇ったと思ったら、そのまま黙ってしまった。架山は相手に時間を与えるような気持で、受話器を耳にしたまま、架山もまた黙っていた。

「確かに七年経った。僕もどうにか琵琶湖の岸に立てる気になった。来てしまえば、やはり来てよかったと思う」

「わたくしの方は、毎年一回だけ、五月の忌日に、船でお花を捧げに行っております。今年だけは外国旅行にぶつかって、生徒に代って貰いましたが」

「それは有難う。毎年五月に、ね。みはるも悦んでいるだろう」

それには応えないで、

「お体は?」

「僕のか?――健康だ」

「お仕事は?」

「まあ、順調。――君の方はうまく行っているようだね」

「おかげさまで。でも、張り合いというものはありません。みはるが居てくれたらと思います」

「そうだろうね」

「日に一回はあの子のことを思い出します。こちらは年々一つずつ年齢を加えますのに、みはるの方はいつまでも十七歳で、——」

それでまた声は聞えなくなった。

「では、このへんで電話を切ろうか」

架山は言った。

「そうですね。——これだけでもお話しましたから、みはるも悦んでくれるでしょう」

その言葉を合図に、架山は受話器を置いた。


翌朝、架山は大三浦の電話で起された。急に用事ができて大阪へ帰らなければならなくなったので、これから佐和山家を引揚げて、米原駅に向かうが、その途中ちょっと立ち寄っていいかという連絡の電話であった。

「昨日申しあげましたように、私がこれまでに回りました十一面観音さまのリストを差しあげておこうと思います。こちらの方へお出掛けの折りに、その幾つかにお立ち寄り頂けましたら、幸せでございます」

大三浦はそんな言い方をした。すっかり十一面観音の側の人間になっている感じだった。

架山はすぐ洗面して、朝食の膳に向かった。ゆうべ安眠できなかったためか、頭は重く、大三浦に会うのも多少億劫な気持だった。何とか理由をつけて断わった方がよかったかも知れないと、あとで思った。

が、そうこうしているうちに、大三浦はやって来た。列車の時刻の関係で十分ほどしかお邪魔しているわけにはいかないと前置きして、

「これに、私がこれまで拝みました十一面観音のお堂を書いておきました。〇印がついておりますのは、あなたさまがおひとりでふらりとお訪ねになりましても、さして支障なく拝ませて貰えると思います。×印の方は、なかなかやかましいお堂でございます。私がお連れした方がいいかと存じますので、×印の方は直接お運びにならない方が無難でございます」

大三浦は言って、薄いノート一冊を架山の前に置いた。取りあげてみると、ノートの初めの方の数枚に、ぎっしりと十一面観音名と、それが収まっているお堂の所在地が認《したた》められてある。バスとか、自動車とか、駅から徒歩何分とか、そこへ行くための簡単な案内のようなものまで記入されている。

「これは有難いですね。こちらの方に参りました折りは、私もなるべく拝ませて頂きましょう。しかし、不信心ですので、余り当てになりませんが」

架山が言うと、

「そんなことをおっしゃらずに、ぜひ拝んで頂きとうございます。ひとことお礼を申しあげて頂きたいのでございます」

大三浦は言った。幾らかその声に悲しげなものが走ったように思われたので、

「では、こんど機会がありましたら、最初に書かれてあるこの観音さまをお訪ねしてみましょう。——宗正寺《そうしょうじ》十一面観音と言うんですか」

架山が言うと、

「湖畔の観音さまでは、まあ、それが一番北にある観音さまでございます。それ〇印になっておりますか」

「ああ、これは×印の方でした。拝ませて貰えない方ですね」

「拝ませて貰えないというわけではありませんが、お開帳が二十五年に一度でございますので」

大三浦は言った。

「二十五年目に一度、お厨子の扉を開けるんですか」

「左様でございます。この次は確か昭和六十三年になります」

大三浦はそう言ってから、

「と申しましても、年に一回はお厨子の掃除をしなければなりません。その日を訊き出しまして、それに合わせて行く方法がございます。私はそのようにいたしました。で、ございますから、それは×印になっております。湖畔沿いに北に参りまして、小さい山を越し、海津《かいづ》というところに出ます。海津の山裾のお堂がその観音さまのお住居でございます。湖畔の十一面観音さまは大抵立ったお姿でございますが、そこの観音さまは、殆どお体と同じくらいの大きさの蓮の座にお坐りになって、湖の方

を向いていらっしゃいます。それは、それは、端正なお姿でございます。唇にほんのりと朱がかかっておりますが、あとはお顔も、お体もお黒くなっていらっしゃいます。今はお堂ばかりになっていますが、もとは大きなお寺でございました。それが織田氏の兵火にかかりまして焼失いたしました。観音さまだけがお助かりになりました」

大三浦はここで言葉を切って、

「北の方には、そのほかに善隆寺《ぜんりゅうじ》、医王寺《いおうじ》にそれぞれ十一面観音さまがいらっしゃいます。――北の方からお回りになりますか。北の方には固まっております。鶏足寺《けいそくじ》の十一面観音、充満寺《じゅうまんじ》の十一面観音、赤後寺《しゃくごじ》の十一面観音。赤後寺の十一面観音さまは――」

その言葉を押えて、

「列車にお乗りになるんでしょう」

架山は注意した。

「はい。もう遅いと思いますので、次のにいたしましょう。○印の十一面観音さまの中で、さて、どれを先に見て頂くことにいたしましょうか」

大三浦は架山の方に手を差し出して、ノートを受け取ると、

「お運びになるのにご便利なところなら、坂本《さかもと》でございましょうか。京都からも簡単にくるまで参れます。坂本付近にも三体いらっしゃいますし、ちょっと離れますが、守山《もりやま》付近にも三体いらっしゃいます」

いつまでも大三浦の話が切れそうもなかったので、

「いや、ここに書いて頂いてあるのを、別に順番つけずに、その時々で拝ませて貰うことにしましょう」

架山は言った。しかし、大三浦の方はいっこうに頓着しない顔で、

「そうでございますね。そう、守山の福林寺《ふくりんじ》の十一面観音さまが宜しゅうございましょう。ここでしたらお堂のお守りをしている家の人に、私の名前をお告げになれば、すぐ見せてくれます。悦んで見せてくれます。豊麗なお姿でございます。宜しゅうございますな、あのお顔は」

大三浦はそれとなく膝の上で両の掌を合わせ、ほんの短い間、眼を瞑った。

「ずいぶんたくさんの十一面観音を拝んでいらっしゃるんですね」

七年という歳月をかけているので、訪ねて行った十一面観音の数は相当なものに違いないが、何よりそのために費やした労力はたいへんなものだろうと思う。このようにして大三浦という人物は事件後の苦しい時間を過ごして来たのであろうか。

「たいへんでしたね」

「はあ、でも、一つの十一面観音さまを拝んで、お礼を申しあげる度に、何とも言えずほっといたしまして、それだけ肩の荷がおりる気持でございます。朝に、夕に、湖の方をお見守りになっていて下さいますので、お礼だけは申しあげませんと、――」

そう言われると、

「どうも、私の方は――」

と、架山は言わざるを得なかった。

「いいえ、この方は私に受け持たせて頂きます。私が自分で勝手に選んだ仕事でございます。私だけの考えでしていることでございます。ただ、あなたさまにも、そういうお気持が動きました時は、ぜひお詣りして頂きたいと思います。それだけでございます。――それより、一つお願いがございます。実は、このことを申しあげたくて、ただ今、お邪魔させて頂いているんでございますが」

大三浦は言って、顔をあげた。

「なんでしょう」

「この秋、ごいっしょに、湖畔のどこかで月見をさせて頂けないかと思いまして」

「月見？」

「はい。ここの月はなかなか美しゅうございます。湖畔には昔から月見の名所になっているところもございます。毎年、私は会社の者を連れまして、――会社と申しましても小さな会社のことですので、みんな合わせても三十人ほどでございますが、それを連れまして、一泊の観月旅行をいたしております。ここ三年程のことですが、私のところの年中行事になっております。若い連中のことですので、酒を飲んで、歌ったり、跳ねたり、踊ったり、なかなか賑やかでございます。もし、お暇でしたら、それに来て頂けないかと思いまして」

「なるほど。――でも、会社内部の会でしょう」

「そうでございます。では、ございますが、このようなことをするのも、まあ、私の気持といたしましては、法要のようなものでございます。賑やかな集りですので、二人も悦んでくれているのではないかと思います。それに、もし、あなたさまにお越し頂けるなら、こんな嬉しいことはございません。二人の父親が揃ったことを、どんなに二人は悦ぶことでございましょう」

架山は黙っていた。すぐには返事のできかねる思いだった。やはり気持にひっかかるものがあった。何か城をあけ渡すことを迫られているような、そんな鬱陶しさがあった。

架山は、大三浦の申し出に対して、

「さあ、この秋の仕事のスケジュウルがどのようになっておりますか、それを調べてみませんと」

と言った。即答を避けている気持であった。

「そうでございましょうとも、お忙しいお体でございますので」

「いずれ、東京に帰ってから、ご返事いたします。ほかのこととは違いますので、都合さえつきましたら、私もお仲間に入れて頂きますが」

架山は、しかし、自分は大三浦の求めに応ずることはないだろうと思った。大三浦は法要という言葉を使ったが、法要というものはもう少し別の形に於てなすべきもののような気がする。それからまた、大三浦は〝二人の父が揃う〟というような言い方をしたが、みはるはそれを迷惑に思うかも知れないのである。

——お父さん、誤解しないで下さい。わたしたちそんな関係ではないんです。

みはるは言いそうな気がする。

――お父さん、わたし、そんな風に見えまして？　恋愛の相手なら、もっとましな相手を選びますわ。心中?!　おお、いや！　そんな古い考え方は、わたしたちの世代にはありません。何事も、もっとドライです。

そう言われたら、一言も返す言葉はないではないかと、架山は思う。

「では、これでお暇いたしましょう。つい長居をいたしまして」

大三浦は腰をあげた。

「ひと列車遅くなりましたね」

「いまは二十分か三十分ごとに新幹線〝こだま〟が走っております。便利な世の中でございます」

それから鄭重な挨拶の言葉を述べて、大三浦は立ちあがった。架山は玄関まで送って行った。

部屋へ戻ると、架山は籐椅子に腰かけて、暫く月光の照り渡った琵琶湖の光景を瞼に思い描いていた。いい意味でも、悪い意味でも、大三浦が残して行ったものは強烈なものであった。なるほど、月光が白く冴え渡った中で、みはるとの対話の時間を持つことはいいだろうと思う。

――今夜は満月だよ。

――知っています。わたしもいま満月の光を浴びています。

――満月って、いいものだな。こうして君と月見するのは、初めてじゃないか。

――あら、お忘れになりました？　前に一度伊豆のおばあさんのところで、三人でお月見したことがあります。

——そうだったかな。

——あの時も、月光の中に立ったら、肌がちくちくしましたが、今も同じようにちくちくしています。

——少し散歩したいな。

——それはだめ。お父さんは湖の上にいらっしゃるけど、わたしは湖の中。

大三浦といっしょに月見をするのは嫌だが、ひとりなら、琵琶湖の月はいいだろうなと、架山は思った。

架山はきょう一日を湖畔に於て、どのようにして過ごそうかと思った。もともと何の目当てがあって来たわけでもなかった。みはるの眠っている湖の畔りで、三日ほどぼんやりして過ごそうと思ってやって来ただけのことである。遠い星の一つでも、もう一人の自分が、同じように湖畔の宿で、同じことを考えている。そのもう一人の自分に、架山は話しかける。

——どう、来てよかったろう。君はあんなに湖を怖れていたが、とうとうやって来た。思いきってやって来てよかったろう。何事も起りはしなかった。胸がはり裂けもしなければ、狂いもしなかった。そして湖畔の宿で二晩眠った。みはるが眠っている湖の畔りで、君もまた眠ったのだ。事件から七年という歳月が流れている。その七年という歳月が、すべてを遠くに押し流してしまったのだ。

——さて、きょうはどうして過ごそうか。船を出して竹生島あたりまで出向いてもいい。そこで誰にも邪魔されないで、みはると二人だけの対話の時間を持つことはいいことだ。あるいは宿でぼんやりしていたかったら、そうするのもいい。湖の畔りに居るというだけのことで、君のまわりを絶えず特別な時間が流れているだろう。きのうまでは大三浦に会ったおかげで、そうした時間を持つことはできなかった。みはるには気の毒なことをしてしまった。しかし、大三浦はもう帰ってしまった。きょうはあの人物に煩わされることはない。

架山は実像になっていた。虚像である遠い星のもう一人の自分が望むように、架山はきょう一日を過ごしてやろうと思う。十一面観音を見たことはよかったが、しかし十一面観音を見るためにここにやって来たのではない。みはると二人だけで話すためにやって来たのである。本来の目的に添った過ごし方を、今日一日はしなければならぬと思う。架山は大三浦に会ったことを、もう一人の自分に、自分の影に詫びたいような気持だった。

しかし、こうした架山は、それから間もなく、実像から虚像にと変らなければならなかった。女中にコーヒーを運んで貰って、それを飲んでいる時、ふと十一面観音をもう一体、見ることができるなら、見てみたいという思いに捉われた。自分ひとりで、湖の方を向いて立っている十一面観音の前に立つことができたら、――そんな思いがどこからともなく頭を擡げてくると、架山は自分でもふしぎなくらい、その誘惑に無抵抗だった。

大三浦が遺して行ったノートには○印のついた十一面観音がずらりと並んで記されてあった。その中から一点選ぶとなると、結局、架山は守山の福林寺の十一面観音というのを選ぶより仕方なかった。大三浦の名前を出せば、快く見せてくれるということだったので、そこへ行ってみようと思った。こうなると、架山は完全に虚像というほかはなかった。自分の意志に反し、何ものかの力に作用されて、どこかへ連れて行かれるようなものであった。

　架山は大三浦の置いて行ったノートを持って、宿の帳場に出向いて行った。このへんの地理には暗かったので、宿の主人の力を借りようと思ったのである。主人はノートに眼を通していたが、

「鶏足寺とか、充満寺とか、赤後寺とかいうのにしたらどうですか。これらはどれもそう遠くはありませんが、この福林寺というのがある守山は、大津に近いですからね。くるまで行けばたいしたことはないでしょうが、暑いにも暑いし、大体道がたいへんです。今日あたりはさぞくるまが混むことでしょうね」

　と言った。そう言われると、多少気持が怯んだが、暑い中を出掛けて行くのであるから、何より確実に見せて貰えるところを選ぶべきであると思った。そうなると、福林寺の方が安全に思われた。架山は守山方面の地理に明るい運転手を探して、そのくるまを回して貰うように、主人に頼んだ。

　宿を出たのは、午下りの暑い時刻だった。くるまが動き出すと、若い運転手は訊いた。

「私は守山の出ですが、福林寺という寺は知りません。大きな寺ですか」

「何しろ初めてだからね。とにかくそこに十一面観音が祀られている」

「観音さんですか。有名ですか、それ」

「それもよく知らん。しかし、国家の指定を受けているくらいだから、ちゃんとしたものだろうと思う。とにかく、その寺へ連れて行って貰いたい」

「そりゃ、すぐ判りますよ、探せば」

運転手は言った。

「大分遠いらしいね」

「道がいいですから、あっという間ですよ、飛ばせば」

「飛ばさないでやって貰いたいね」

「観音さんにお詣りに行くんですから、飛ばしても大丈夫ですよ。しかし、まあ、安全運転で行きましょう」

くるまは多かったが、ドライブは快適だった。しかし、守山の町へはいった時は、架山は多少疲れていた。運転手は方々で道を訊いた。守山の出であるということだったが、余りよく地理には通じていなかった。

やがて福林寺の前でくるまは停まった。農村の一劃という感じのところだった。道に沿って小さい門があり、その門から二、三間隔たったところに小さいお堂が見えている。

門をくぐった感じは、寺というより、農家の背戸の感じであった。小さい門と小さいお堂。お堂の横手が広場になっていて、その向うに農家風の建物が二つある。そのどちらかの一軒が、お堂を守っている人の家ではないかと思われたが、全く人影はなかった。

運転手がやって来た。観音さんを見物に来たものらしかったが
「誰も居ませんね。留守ですな」

そう言って、煙草に火をつけた。

「あのお堂ですね、どれ、どんな観音さんか見てやろう」

運転手はお堂の方へ歩いて行くと、その内部を覗き込んだ。扉は開けられてあって、自由に内部を覗くことができる。架山もそこへ近寄って行った。

「ありませんよ、観音さんなんて」

「厨子にはいっている」

「厨子なんてものもありませんよ。位牌みたいなものは、そこらに詰まっているようですが」

運転手は言った。架山も覗いてみた。内部は薄暗く、総体に雑然とした感じで、いかなるものが置かれてあるか、よくは判らなかったが、いずれにしても、厨子らしいものは見当らなかった。この中に重文の十一面観音像が置かれてあろうとは思われない。

「変だね」

架山が言った時、

「居ました、居ました、観音さんが」

と、運転手は叫んだ。そして、

「あかん坊が寝ています」

と、架山の方に顔を向けて言った。

「どれ」

再びお堂の中を覗き込んでみると、なるほど、入口のすぐ横に蒲団が敷かれ、その上に二、三歳の幼児が寝かされている。両手を大きく拡げて、いかにも気持よさそうに眠っている。

「驚きましたね。観音さんが居なくて、あかん坊が居る」

「君もこうして育ったんだろう」

それには答えないで、

「考えたもんだな、ここは涼しいですよ。あかん坊の寝室には持ってこいだ」

運転手の言葉を背に聞きながら、架山はもう一度、幼児の寝顔に眼を当てた。色白の可愛い顔をしている。幼い寝息を立て、無心の表情で眠っている。その寝顔を見守っているうちに、

――健康に、仕合わせに。

架山は、そんな祈りに似た思いを持った。そこへ、どこからか、幼児の母親らしい若い女の人がやって来た。

「十一面観音を拝ませて頂きに来たんですが」

架山が言うと、

「ここには居やはりません。去年の三月、裏の収蔵庫の方に引越ししやはりました」

「そうですか、道理で。――その収蔵庫の中の観音さまは見せて貰えるんでしょうか」

「どうぞ」

ひどく簡単だった。

「自由にはいっていいですか」

「鍵がかかっています。いま、開けます」

大三浦の名前を持ち出す必要はなかった。

「簡単に見せて頂けるんですね」

「収蔵庫に移ってからは、お見せしています。それまでは、わたしらでも、なかなか拝めませんでした。三十三年ごとのお開帳ですよって」

相手は言った。

去年造られたという収蔵庫は、お堂のすぐ裏手にあった。架山と運転手がその前に行って待っていると、白衣をまとった若い男の人がさっきの女の人と連れだってやって来た。架山には二人がこの観音堂といかなる関係にある人物か判らなかった。このお堂を管理している寺の人であるか、あるいは堂守りといった立場にある人であるか、見当がつかなかった。

「お厨子を開けますから、どうぞ拝んで頂きましょう」

案内者は言った。もったいぶったところもなく、気難しいところもないのが気持よかった。

「以前は三十三年目にしか開帳しなかったそうですね」

架山が言うと、

「そうです。この前の開帳は三十八年でした。それから、去年三月、この収蔵庫ができまして、ここへお移しする時、初めて開帳しました」

そんなことを言いながら、案内者は収蔵庫の扉を開いた。新しい明るい部屋の中には、新しい須弥壇が置かれ、その上にすっくりと立った十一面観音の姿が見られた。

　架山は収蔵庫の中に厨子が置かれてあり、その厨子の中に観音像は収められてあるとばかり思っていたので、それがいきなり眼の前に現われた時にはっとした。思わず息をのむような気持で、観音像を仰いだ。蓮の台座の上に立ち、頭光《ずこう》を背負うている。

「ご立派な観音さまですね」

　架山は、傍に居る若い案内者たちに倣って、合掌して頭を下げた。

「いいお姿をしておいででしょう。どうぞはいって下さい」

　案内者に促されて、架山は靴を脱いだ。運転手は気押されたのか、すっかり黙ってしまって、

「ここで結構です」

　柄にもなく遠慮して、堂内にははいらなかった。

　架山は、自分たちを案内して来た若い男女が、そのまま合掌の手を解かないでいるのに気付いた。観音像を仰いでいる時も、架山と言葉を交している時も、掌は下の方で軽く合わされている。いかにも信心深い感じで気持よかった。

　顔と、体軀の一部は胡粉でも塗ったように白くなっているが、あとは漆地の黒さで覆われている。天衣はゆったりと長く、宝瓶を持った左腕と、下にさげている右腕にかけられている。顔はゆたかで麗しい。仏さまというより天平時代の貴人でも、そこに立っているような感じを受ける。口もとはきゅっと緊まって、意志的であるが、いささかも威圧感はない。

「いいお姿でしょうが」

女のひとが言った。讃仰というほかない言い方だった。確かに、いい姿だと、架山も思った。豊麗な十一面観音像である。

架山は収蔵庫の中を、あちこちに移動して、美しい十一面観音像を仰いだ。渡岸寺の十一面観音、石道寺の十一面観音、いずれとも異っている。

頭に戴いている十一の仏面はいずれも小さく、そのためか、天冠台から上は本当に冠りを戴いているように見える。そして瑤珞をたくさん胸もとに垂らしているところなどは、やはり咲く花の匂うような天平の貴人が一人、そこに立っている感じである。ひたすらに気品高い観音像である。

「もとは、ここも大きな寺だったようです。織田氏の焼打ちに遇って、寺は焼けてしまい、この観音さまだけが助かりました。誰かが火の中から救い出したのでしょう、背中の方に火傷の跡があります」

その言葉で、架山は観音像の背後に回ってみた。なるほど背中の一部に無慚にも火を浴びた痕が遺っている。渡岸寺の十一面観音は、同じ兵火で、土の中に埋められる悲運を持ったが、ここの観音さまは、焰に包まれたのである。苦難は人間の世界のことばかりではない。

「大抵の観音さまは、下に垂らしている右手が長いんですが、この観音さまの手は自然な感じです」

そう言われてみると、そうだった。渡岸寺の十一面も、石道寺の十一面も、長い手を持っていた筈である。それに較べると、ここの観音像の右手は、ゆるく折り曲げられてあるせいか、自然の長さに見える。

「有難うございました」

架山は、頃合を見はからって言った。

「二、三年程前に伺ったら、到底拝ませて頂くことはできなかったでしょうに、たいへん運がいいことでした」

「そうですね。三十三年目の開帳となると、普通の寿命では一度は拝めても、二度は難しいですからね。一生この観音さまにお目にかかれなかった人もあったでしょう」

青年は言った。供養のために紙幣を置いて、あとは、若い案内者たちに任せて、架山は収蔵庫を出た。くるまのところに戻ったのか、運転手の姿は見えなかった。

お堂の前に出た時、架山はもう一度、去年の三月まで、いま拝んだ観音像が置かれてあったお堂の内部を覗いた。さっきまで無心に眠っていた可愛い幼児の姿はなかった。くるまのところに戻ると、

「観音さんも、時節で、ああいうところに住むようになったんですかね」

運転手は言った。

「火事の心配もないし、湿気も防げるからね」

「でも、やっぱり観音さんはお堂の方がいいですね。あそこにひとりきりでは、淋しいでしょう」

「いや、昔でもひとり厨子の中にはいっていた。こんどの方が明るくて、ゆとりがある」

架山は言った。

長浜へ帰る途中、若い運転手はよく喋った。観音に興味を持ったのか、むやみに質問した。

「観音さんというものは、拝めば、ご利益がありますかね」

「そりゃ、あるだろう。苦しいことも、悩みごとも救って下さる。――勝手なことはだめだよ、金を儲けたいとか、競馬で勝ちたいとか」

「そりゃ、そうでしょう。それにしても、そんな力を持っていますかねえ」

「持っているさ。頭に小さい仏さまをいっぱい付けていたろう。あの仏さまがみな一つずつ大きな力を持っていらっしゃる。みんな合わせたらたいへんなものだ」

「また、奇妙なものを頭に載っけたもんですな。ずいぶん重いでしょう、あれ」

「十一個あるから相当重いだろうね。さっきのは小さい方だが、渡岸寺の観音さんなどは、あの三倍ぐらいの大きさのものを頭に載せていらっしゃる。渡岸寺って、知っているか」

「知りませんな」

「いつか行って、拝ませて貰うといい。立派な十一面観音だ」

「十一面観音っていうんですか」

「きょう拝んだのも、十一面観音だ。十一の面を頭に戴いている観音さまは、みな十一面観音と言うんだ」

「ああいうのは、あんまりないでしょう」

「そうでもない。湖畔にはたくさんあるらしい。きのう、石道寺の十一面観音というのを拝んだ。土地の人は〝いしみちの観音さん、いしみちの観音さん〟と言っているらしい」

「ああ、いしみちの観音さんですか」

「見たことある？」

「いや、見たことはないですが、聞いたことはあります。あれも十一面観音ですか」

「そう」

「じゃ、唐川《からかわ》の観音さんというのはどうですか」

「知らんな」

「これも、よく聞きます。――唐川の観音さん」

架山は座席の上に置いてあった大三浦のノートを取りあげて開いた。それらしいものを探して行くと、高月《たかつき》町唐川というところに赤後寺十一面観音というのがある。〝しゃくごじ〟と仮名がふってある。これかも知れないと思う。

「何という寺だ？」

「さあ」

「高月町唐川の赤後寺という寺に十一面観音があることはあるがね」

「それですよ」

「赤後寺というの？」

「それは知りませんが、唐川なら間違いありません。そうですか、それも十一面観音ですか。こんど見てみましょう」

「簡単には見られんよ」

架山は言った。大三浦のノートでは〝赤後寺十一面観音〟の上に×印が付されている。

「唐川の観音さんと言うのが、赤後寺の十一面観音なら、残念だが、なかなか見せて貰えないと思うね」

「どうしてですか」

運転手はうしろを振り返るようにして言った。

「うしろを向いたりしては危いじゃないか。大体、こうして喋っていることがよくないな。事故のもとだ」

「大丈夫ですよ。十一面観音を拝んで来てありますからね。――とにかく、唐川の観音さんなら、簡単だと思うんです。どうしてだめなんですか」

「それは知らんが、秘仏かも知れない」

「私の兄貴の嫁さんが、あの近くから来ています。嫁さんに口をきいて貰えば、どうにかなりますよ」

「そういうわけにはいくまい」

「お客さんは、方々の十一面観音を拝んでいるんですか」

「まあ、ね」

「それじゃ、唐川のも拝んだらいいですよ。守山あたりまで行くことを思えば、簡単です。いつまで長浜に居るんですか」

「あすは東京へ帰る」

「あすの午前中でもいいんでしたら、今夜交渉して、見せて貰えることになったら、あす宿に伺いましょうか」

「しかし、まあ、多分、だめだろうね」

「見たいことは見たいんですね」

「そりゃ」

「じゃ、頼んでみます」

運転手は言った。

その夜、架山は宿に佐和山を招いて、いっしょに食事をした。佐和山には手土産を持って来てあったが、何となく気持が通じない思いだったので、夕食に招いたのである。その席で、架山が大三浦から月見に誘われたことを話すと、

「大三浦さんは息子さんの葬式をしたくて堪まらないようです。月見にあなたを招《よ》んだのも、そういうことではないですか。まさか、自分の息子さんの葬式だけするわけにいかないでしょうから」

佐和山は言った。

「葬式？」

「葬式と言っても、気持の上だけのことでしょう。別に坊さんを招んだり、経をあげたりすることを考えているのではなくて、ただ父親が二人揃って、月でも見ながら、いっぱいやろうというんではないですか」

「なるほど、ね」

架山は、そういう大三浦の気持が判らないではなかった。しかし、今も実際に遺体はあがっていな

いのであるから、永遠の仮葬でもいいのではないかという気持があった。そうであればこそ、架山はみはると、今も対話の時間を持つことができているのである。みはるは生者でもなかったが、死者でもなかった。そのみはるを、死の世界に追いやってしまうことは、つまり完全な死者と見做すことは、架山としては耐え難いことだった。

翌朝、架山は起きたばかりのところを、若い運転手に襲われた。玄関口へ出て行くと、

「見せて貰えますよ。十時に唐川の観音堂の前で待ち合わせることにしてありますが、いいですか」

運転手は言った。

「驚いたね、見せて貰えるの?」

本当に驚いて、架山が言うと、

「石道の観音さんも拝み、守山の観音さんも拝み、渡岸寺の観音さんも拝んでいる。わざわざ十一面観音を拝みに東京から来ている人だと言ったら、そういう人なら断わるわけにはいくまいということになったらしいです。よくは知らんですが、町の人が交替で堂守りの当番を引受けていて、その当番の人が、みなと相談して、それではということになったらしいです」

「それは申し訳ないことをしたね」

「いいですよ、へるものじゃなし」

「そんなことを言ってはいかん。——じゃ、十時にそのお堂に連れて行って貰おう」

架山は言った。

運転手は九時を少し回った頃、再び宿に姿を現わした。くるまは国道に出て、高月町に向かった。一昨日大三浦といっしょに行った石道寺のある木之本町《きのもと》は高月町の隣である。昔から十一面観音信仰が盛んだった地域なのであろう。

くるまが停まったところは、日吉《ひよし》神社の前だった。

「神社だね」

「神社ですが、この境内の中に観音堂があるらしいんです。私もまだ行ったことはないが、間違いありませんよ」

運転手は案内役に立った。大きな石垣が正面に見えていて、辺りは城址のような感じで、あちこちに老杉が互いに競って天を衝いている。なるほど小高いところに茅葺きの観音堂が見えている。無住の小さいお堂である。その前で、架山と運転手は、鍵を持って来てくれる町の人を待った。

約束の十時きっかりに、背広を着た中年痩身の人物が現われた。架山は鄭重に挨拶し、突然に拝観を申し入れた非礼を詫びた。

「何もそんなにおっしゃらなくても宜しいですよ。毎日、暑い日が続きますな。お堂にも風を入れてやりませんとな」

案内者はお堂の扉を開いた。内部には大きな厨子が置かれてあった。厨子の前で、何分か経が誦まれた。その間、架山は閉じられている厨子の前に坐っていた。運転手は、この場合も、堂にはいらず、外に立っていた。

「このお厨子は桃山時代のものです」

経を誦み終ると、案内者は立ちあがって、厨子の前に進んだ。そして口の中で何かを低く唱えながら扉を開いた。

「一昨年、重文に指定された十一面観音さまでございます」

架山がそこに見たものは、今まで拝んで来た十一面観音とはまるで違ったものであった。

厨子の中には二つの像があった。

「右手が十一面千手観音さま、左手が大日如来さまでございます」

架山は口から、すぐにはいかなる言葉も出すことはできなかった。十一面観音は頭上の仏面全部を失っており、左手七本、右手五本の肘から先の部分を尽く失っている。無慚な姿と言うほかはない。大日如来もまた同じような姿であった。

架山は掌を合わせていた。そして、大三浦がこの席に居たら、そうするであろうように、朝に、夕に、二つの無慚な姿の仏像が湖の方を向いて立っていることに対して、感謝の思いを籠めて、頭を垂れた。

「このようなお姿ですが、お顔はなかなかご立派でございます。先年専門家の人が見えまして、冴えた彫りの美しさを褒めておられました」

案内者は言った。架山もその専門家の言った通りであろうと思った。十一の仏面で頭を飾り、腕の欠けた部分を補ってみたら、すばらしい十一面千手観音ができあがるに違いなかった。

「賤ヶ岳《しずがたけ》の合戦の時お堂に火がかかりまして、その時土地の人が肩に背負って救い出し、近くの赤川《あかがわ》という川の中に沈めて、戦火の鎮まるまで匿しておいたということが伝えられております。そういう過去をお持ちでございます」

その遠い戦乱の日に、十一の仏面も失われ、腕も失われたのであろう。あるいはまた、兵火の難は一回ではなかったかも知れない。今となっては、十一面観音以外、それが通過した長い時間については、誰も知っていないのである。

ただ、現在この十一面観音像がここにあるということは、これを尊信したこの土地の人々の手で、次々に守られ、次々に伝えられて、今日に到ったということであろう。架山は、これまでにこのような思いに打たれたことはなかった。

やがて扉は閉められた。十一面千手観音と大日如来の二つの像は、再び厨子の内部の闇の中に置かれた。経が誦まれている間、架山は厨子の前に坐って、頭を垂れていた。

堂から出ると、向うに煙草をくわえてぶらぶらしている運転手の姿が見えた。架山はその方へ歩いて行った。眩しいほど戸外は明るかった。

「凄いことになっていましたね」

運転手は言った。

「頭の上は全然なくなっていますね」

「だが、あれはあれで立派だよ。人間の苦しみを自分の体一つで引受けて下さっていたので、あの仏さまはあのような姿になってしまったんだ」

架山は言った。架山はくるまのところで、案内者が堂から出て来るのを待っていた。いつの時代の作であるか、そのことも訊ねたかったし、自分のために時間をさいてくれたことに対する礼も言わなければならなかった。漸く日中の暑さを持ち出した陽射しが、木立の間から落ちている。

琵琶湖の旅から帰って四、五日して、架山は家で登山家の岩代からの電話を受け取った。夜の十時を過ぎた時刻だった。

「いま、みんな京都に集っています。いつぞやエベレストの麓の僧院のあるタンボチェという部落で月見をしようという話を、お耳に入れましたが、その旅行の二回目の打ち合わせを開いています。九月の下旬に日本を発ち、タンボチェで月を見て、すぐ帰って来ます。みんなそれぞれ忙しい体ですので、二十日足らずの行程を組んでいます。いかがです、仲間におはいりになりませんか。いま、みんなであなたの話が出て、もう一度、お誘いしてみようということになったんです。いろいろ手続きの関係もあって、もうぎりぎりのところです」

電話線を伝ってくる岩代の声は、酒気がはいっているのか明るく弾んでいる。

「そう、忘れていた。エベレストか、なかなかよさそうだな。それにしても、どうして僕を誘うんだ」

架山が言うと、

「本当の登山ならお誘いしませんよ」

「そりゃ、そうだろう」

「こんどのは観月旅行ですからね。ごいっしょに行ったら楽しいと思うんです。二人ほど素人を入れたいんです。素人に加わって頂くと、僕たちも心が落着きます。そうでないと、気が引けて、ヒマラヤ観月旅行なんてできませんよ。画家の池野さんに声をかけていますが、多分参加すると思います。二、三日中に確定的な返事を貰うことになっています」

画家の池野は架山も知っていた。同郷の関係で、いろいろな集りで顔を合わせて、気心も判っており、年配も大体同じである。

「行きたいね」

「この前も、そうおっしゃいましたよ。行きたいのは判りますが、問題は行くか、行かないかです。でも、いくら仕事が忙しくても、二十日ぐらいどうにかなるでしょう。社長ですから」

「社長だから、やりくりが難しい」

「まあ、二、三日中に返事を下さい。最後の機会を与えます。僕たちがついて行ってあげるので、たとい麓でもエベレストという名の付くところへ行けるんです」

「そりゃ、そうだ」

「恩に着せるわけではありませんが、まあ、そういうものでしょう。本当に、タンボチェの月はいいと思いますよ。では、電話を切ります。夜分遅く失礼いたしました」

いくらか強引なところもあるが、エベレストの旅に誘ってくれているのは親切からであろう。過去に於て、二、三回、ヒマラヤ登山に応援しているので、それに対する礼の気持もはいっている。それからまた岩代が本音を吐いたように、現役から次第に遠く退きつつある山男の悲哀もあってのことであろう。観月旅行はそれにふさわしい顔触れでなければ困るに違いない。

岩代からの電話のあと、架山はそれまで居間で、冬枝や光子と駄弁っていたのを打ち切って、ひとりになるために書斎にはいった。ふいに考えなければならぬことがあるような思いに襲われて、とにかくひとりにならなければと思ったのである。ヒマラヤ観月旅行の話が持ち込まれたのは五月である。その当座少からず心が動き、あちこちでその話を披露したものであったが、いつかまた立ち消えになっていた。

エベレストの麓で月を見るということは楽しいに違いなかった。しかし、実際問題として、いまの架山として、そうしたことのために二十日間をさくということは、なかなかたいへんだった。商売柄どこの国へでも、行けば行ったで、それだけのことはあるに違いなかったが、この前の話ではキャラバンを組んだり、酸素ボンベを持ったりして行くらしかった。そうなると、誰が考えても、仕事とは結びつきそうもなかった。行くなら、堂々と観月旅行を宣言して行くほかはないと思う。そういう実業家もひとりぐらいはあってもいいという考え方はできる。しかし、と架山は思う。仕事をしている人間としては、アノラックや登山靴を鞄に詰めるには、やはり多少の勇気と強引さを必要とすることであろう。妻と娘からも文句が出ないとも限らない。

すると、また京都から電話がかかって来た。電話口に出てみると、前置きなしに、岩代の声が飛び込んで来た。

「さっき言い忘れましたが、今年の満月は十月四日です。その日にはどんなことをしてもタンボチェに着かないと、こんどの旅行は意味をなさないものになります。従って、日本を発つのはいつになさろうと自由ですが、カトマンズに集合する日はきちんとしておかないとなりません。二、三日待ってくれよ、なんておっしゃられては困ります」

「連れて行って貰うなら、日本からみんなといっしょに行動するよ。仕事をかねたり吝《けち》なことはしない」

「それならいいですが、さっきこのことをはっきり申しませんでしたので」

「満月を見るんだね」

「そうです。満月以外の月なら、ヒマラヤでいくらでも見ています」

「よし、それでは明日中に返事をする」

それで二度目の電話は切れた。再び書斎に戻った架山の気持は、さっきとは少し違っていた。エベレストの満月を見るというのであれば、それならば、少し無理をしても行くべきであるという思いが頭を擡げて来ていた。岩代の口から出た満月という言葉が、架山の心の中に急に大きな場所を占めて居坐った恰好であった。

架山は大三浦から琵琶湖の月見に誘われたことを思い出していた。何もそれと張り合う気持はなかったが、よし、それならこちらはエベレストの満月を見ようと思う。大三浦の誘いにはもともと応ずる気持はなかったが、それにしても、エベレスト行きはそれを断わる理由にもなったし、それからまたそこで、みはると二人だけの対話の時間を持つことは、やはり架山には魅力あることであった。

架山はいつか満月の夜の琵琶湖と、それから同じように満月の光の照り渡っているエベレストの山麓とを、共に思い描いて、較べるような気持になっていた。どちらも架山の知らないものであった。

架山は銚子や姥捨の月は知っていたが、琵琶湖の月は知らなかった。〝石山の秋月〟というのが近江八景の一つにかぞえられているが、大三浦が会社の従業員を連れて宴席を張るのは、あるいは、そういう場所であるかも知れない。いずれにしても、その夜の琵琶湖は平生とは少し異った表情を持っているだろうと思われる。たくさんの観月の宴が、湖岸一帯の料亭や旅館では開かれ、観月のための船もたくさん湖面には浮かんでいることであろう。堅田《かたた》、大津、石山、長浜と、長い湖岸線のところどころに、そうした酒宴の賑わいは置かれる。その夜の琵琶湖の月は明るいに違いない。そしてその明るい月光に照り映えた湖面を、人間の営む酒宴のさんざめきが囲んでいる。二つの遺体の沈んでいる湖は、おそらくその夜だけは異った表情を持たなければならないのである。

それに較べると、エベレストの麓の僧院のある集落は、上に満月を置くと、平生よりもっと暗いに違いない。実際に行ってみないと判らないが、決して明るいものではないだろうと思われる。曾て一度穂高で月を見た経験からすれば、エベレストの幾つかの峰も、僧院も、そして月も、その夜はそれぞれに気難しく、不愛想であるに違いないのである。自分はもともと明るいものではないのだ、そんなことを月は主張し、雪を戴いた白い峰々は、自分は太古から一度でも、これ以外の表情をとったことはないのだと、そんなことを主張しているかも知れない。僧院の建物の小さい窓からこぼれている燈火は燈火で、これは人間の生きている灯だ、世を捨てた人間の生きている灯だ、そんなことを囁きかけているかも知れない。その夜そこを流れている時間も、そこに立ち籠めている静けさも、太古から何も変っていないのである。太古の時間が流れ、太古の静けさが立ち籠めているのである。

――みはるよ、そうしたエベレストの麓の集落で、お前と話をしよう。

架山は思った。

――生きている父が、亡くなった娘と話を交す場所としては、これ以上の場所はないかも知れない。みはるよ、そこでお前と話をしよう。永遠に〝もがり(仮葬)〟されているお前と、そこで話をしよう。そのために、その夜、雪を戴いた高い峰の上には、満月がかかるのだ。

架山はいつか昂奮している自分を感じていた。みはるの死への哀惜がこのように烈しく衝き上げて来たことは、ここ二、三年にはないことであった。

架山は久しぶりに、みはると話した。と言っても、みはるに対する自分だけの一方的な呼びかけであった。

――みはるよ、これまでお前とはずいぶん度々対話の時間を持った。が、本当は何一つ話らしい話はしていないかも知れないのだ。お前はいつも、父を慰め、父の心を優しく揺すぶる役ばかり受け持っている。父親を甘やかしてばかりいた。ただ一度も、恨みごとも言わないし、不平もこぼさなかった。

――しかし、こんどこそは、お前と本当に話そう。お前が持った運命というものについて、一体それが何であったか、いっしょに考えよう。子供とは、父とは、一体何であったかについて話そう。人間とは、人間の一生とは、生とは、死とは何であったかについて話そう。こんどこそは、そういう対話を、お互いに持つことができそうな気がする。エベレストの麓で、太古からの満月の、おそらく暗いに違いない光を浴びて、二人で向かい合って立ったら、本当の話らしい話ができるかも知れない。

――みはるよ、お前には生きている時、父親に対して反感も、憎しみもあったに違いない。それを聞こう。また若くして死ぬような運命を持ったことに対する悲しみも、恨みもあったに違いない。それを聞こう。父親として、自分も話すだろう。父親として言うことは詫びしかないかも知れない。が、まだ一度も詫びたことはない。そしてまた父親としての怒りもあるかも知れない。が、それについても言ってはいない。そうしたことを、こんどこそ話すことができるかも知れない。

光子がウイスキーの罎とグラスを盆に載せて運んで来た。ひどく明るいものが闖入して来た感じだった。

「これでいいですか。水は要りません？」

「要らない」

そう答えてから、架山はいやに気が利くと思った。

「何していらっしゃる？」

「何もしていない」

「何もしないで、ウイスキーだけあがるの？」

「ウイスキーは君が勝手に持って来たんじゃないか」

「あら、持って来いとおっしゃったから持って来たんです」

「そうかな」

「いやなお父さん、どうかしているわ。いま廊下から、ウイスキーを持って来るようにおっしゃったじゃありませんか、いやだわ」

「そうかな」

架山は記憶がなかった。しかし、そう言われてみると、そんなこともあったような気がする。みはるのことを思いつめて考えていたので、半ば無意識にウイスキーの注文に行ったかも知れない。

「注ぎます?」

「うん」

架山は自分のためにウイスキーをグラスに満たしている光子の手許に眼を当てていた。

光子はウイスキーのグラスを卓の上に置くと、架山と向かい合うようにして、椅子の一つに腰を降ろした。架山はウイスキーを嘗めながら、光子が退散するのを待っていた。みはるのことを思いつめて考えていた最中だったので、闖入者にはなるべく早く身を引いて貰いたかった。

「エベレスト、どう決まりました?」

ふいに光子は言った。

「聞いていたのか」

「だって、さっき二回も電話をかけていたじゃありませんか。十日ほど前にも、お父さんの留守の時、岩代さんから電話がありました。お母さんが電話を受けて、一時夢中になっていましたが、今は熱が醒めてしまったようですって言っていました。やめるんでしょう」

光子は顔を上げた。

「行こうと思う」

架山は言った。エベレスト行きを口に出した最初だったので、多少決然とした感じの言い方になった。それが自分にも判った。すると、間髪をいれず、

「では、私も連れて行って頂く」

光子は言った。

「行くと言ったって、娘など行けるか」

「お父さんが行くくらいなら、誰でも行けます。前からもしお父さんが行くんでしたら、いっしょに連れて行って貰いなさいって、お母さんも言ってます」

「――――」

「付添いです。一人では危いから」

「何を言っているんだ。とにもかくにもエベレストなんだからな」

「麓なんでしょう」

「麓にしても富士山より大分高い」

それから、

「まあ、無理だが、一応はみんなに相談してみてやる」

「本当にいらっしゃることは、いらっしゃるんですね」

「そう」

「本決まりだ。あす岩代君のところに電話をかける」

架山は言った。

「では、どうしても連れて行って頂きます。これも本決まり」

そんな言葉を残して、光子は、これで大切な用事は一応すませたといったように部屋を出て行った。いつものことであるが、光子が去って行くと、ひどく屈託ない明るいものがふいに消えてしまった感じである。

いま光子と交したような会話は、みはるとは一度も交したことはなかったと、架山は思った。どちらも同じ自分の娘であったが、父と娘の関係はひどく違っていた。このように違っていいものだろうかと思うくらいに違っている。みはるがいまの光子の年齢まで生きていたとしても、いまの光子のようにはならなかったに違いないと思う。

光子が帰って行って暫くすると、冬枝がやって来た。

「本当にいらっしゃるんですか」

いきなり冬枝は訊《き》いた。

「行く」

「それでしたら、あんなに行きたがっているんですから、光子も連れて行ってやって下さい。通訳にもなるし、やはりあなたがひとりでいらっしゃるより——」

「女の子はねえ」

「お友だちと何回か穂高にも登っています。山は好きですし——」

「多勢で行くんだから、みなの考えもあるだろう」

「岩代さんは、構わないとおっしゃっていました」

「口ではそう言うだろうが、——それに、岩代君以外の者が何と言うか、みなにはかってみないと決まらない」

「なるべく連れて行ってやるようにして下さい。あんなに行きたがっているんですから」

「よし、一応相談してみよう。無理だとは思うが」

架山は言った。架山は、共同戦線を張っている母親と娘から、交互に攻撃をしかけられているような気持だった。防戦これつとめているが、たじたじといったところである。

冬枝が戻って行ったあと、よし、最後まで守り抜いてやろう、そんな思いでウイスキーの残りを口にあけた。そして、ふと、それにしても、一体自分は何を守り抜こうとしているのかという思いに打たれた。守り抜かねばならぬものはなかった。ただそれに似たものがあるとすれば、それはみはるであるに違いなかった。

架山は自分の心の内部を窺い見るようにした。みはると二人だけの対話を持つために、自分はヒマラヤ行きを決心したのだ。そこでみはると話をするために、無理をして二十日間という日数を作ろうと思ったのである。いつか同窓会の集りで、ヒマラヤ行きの話をした時、友だちの一人は老いさきの短い男の、最後の浪費だと言った。時間の、金の、エネルギーの最後の浪費、もう何の浪費もできなくなった男の、最後の浪費だと言った。

そんなものではないと、架山は思う。娘に先立たれ、もはやなんの愛情も示すことのできなくなった男の、最後の娘に対する愛情の表出にほかならないのである。

光子には可哀そうであるが、遠慮して貰わなければならぬ。機会さえあればヨーロッパにでも、アメリカにでも連れて行くだろう。いくらでもついて来るがいい。決して拒みはしない。ただ、こんどのヒマラヤ観月旅行だけは困ると、架山は思う。エベレストの麓の僧院のある集落で、自分はみはるといっしょにならなければならぬ、そんな気持だった。

翌日、架山は会社から、福岡で小さい工場を持っている岩代に電話をかけた。

「連れて行って貰うよ」

架山が言うと、

「いらっしゃいますか、それはいいですね。みんな悦ぶでしょう。さっき池野さんからも電話がありました。やはり仲間にはいるそうです」

「それはいいね。それから娘が同行したがって困っている」

「この間、奥さんからもお話がありましたが、行けば行けないことはないですが、二つの問題があります。一つはトイレットです。女の登山家の場合は、トイレット用テントを携帯しているようです。

多少荷物にはなりますが、それはまあいいとして、普通の若い娘さんの場合、それが使えるかどうかです。山には登らないにしても、六、七日はテントで寝ます。寝袋の方はいいんですが、問題は――」

「なるほどね」

「それともう一つは、カトマンズからルクラまでの飛行機ですが、これが六人乗りで、われわれ五人とカトマンズから一人親しいシェルパが乗るので、丁度六人になり、この場合は一台ですみます。お嬢さんが加わると、七人になるので、もう一台チャーターしなければならなくなります。金の方はともかくとして、問題はチャーター・フライトの確保です。チャーターしておいても、その時次第で、甚だ当てにならぬ現地の実情です。一台の確保でも厄介なところを、二台になりますと――」

「なるほど」

「一台確保できても、二台確保できないと同じことです。全員が揃わないと、ルクラからの行動は開始できません」

「それでは、飛行機が二台になるということは、たいへん面倒なことになるんだね」

「そうなんです」

「それなら、そういうことを本人にちゃんと判るように説明して貰わないと困るね。本人はすっかり行く気になっている」

「そうですか。それならやはり行って頂きましょうよ。行けば行けないことはありません。ただ、いま申しあげたような問題があるだけです。何とかなるでしょう」

「何とかならないかも知れない」

「ならない時は、ならない時のことです」

「しかし、飛行機が確保できないで、十月四日の満月に間に合わないようなことになると困るね。ゆうべ、そのことを、二本目の電話で、君自身、念を押して来ていたじゃないか」

「そうなんです」

「登山家のくせに気が弱いんだね」

「観月旅行ですからね。あんまり大威張りで断われないところもあります。お父さんだけを引張り出しておいて、お嬢さんの方は断わるというのは、どうも」

「とにかく、君の方から家へ電話をかけてくれないか。僕が説明してもいいが、僕の方はちょっと弱いところがある」

「そうでしょう、僕だって同じことですよ」

岩代は笑った。一時間ほどして、こんどは岩代から電話があった。

「お嬢さん、お気の毒に、すっかり後込《しりご》みしてしまいました。トイレをかついで行くということだけで、戦意喪失です。この次の機会に連れて行って貰うとおっしゃるんです」

「そう、では仕方ない。娘はやめて、僕だけ連れて行って貰おう」

架山は言った。

「では、そういうことにして、全員五人です。架山さん、池野さん、それに僕たち三人です。僕、伊原、上松」

「いいメンバーだね。僕と池野君は別にして、君、伊原君、上松君。――登山家としては、一級だろう」

「もう、そうは言えません。登山家も老います。次々に新しいのが出ています」

「新人だったのにね」

「若い者が老いるように、新しいものは古くなります。月見を計画するようになってはお仕舞いです。しかし、まあ、楽しくやりましょう。九月の十日前後に、もう一回京都で最後の打ち合わせ会を開きます。その時は来て頂かないと――」

「東京ではだめ？　いくらでも場所は設営するが」

「でも、やはり中間がいいと思うんです。僕と上松君が福岡、伊原君が名古屋、それにあなたと池野さんが東京です。中間の京都で落ち合いましょう」

「なるほど、僕だけ忙しいという気になっているが、君たちは君たちでたいへんだろうね」

「それぞれに、小さいながら一国一城の主人ですから、仕事の整理がたいへんです。伊原君は運動具店の主人ですから、あとは店員に任せればいいんですが、上松君も僕も工場を持っていますから、ヒマラヤに月見に行っているうちに潰れかねないんです」

「まさか」

「いや、この前のジュガール・ヒマールの時、意気揚々として帰ってみたら、半ば潰れかけていました。驚きましたね、あれには」

「こんどはそんなことのないように。奥さんもいることだから」

岩代が細君を迎えたのは去年の春である。今年岩代は四十歳の筈であるから、普通の者に較べると、妻帯は大分遅くなっている。山登りがその最も大きい原因になっていることは言うまでもない。

「では、これで電話を切ります。池野さんとは一度電話で話しておいて下さい。こんどの旅行の手続きの方は全部、僕が受け持ちます。度々、連絡の電話をかけると思いますが、うるさがらないで下さい」

受話器を置くと、架山は秘書を呼んで、九月下旬から十月中旬までの仕事の予定表を持って来るように命じた。きょうから準備を始めなければ、と架山は思った。

八月の暑い最中、架山は十一面観音についてごく初歩的な知識だけを得ようと思って、宗教、美術関係の書物を数冊読んだ。昼間会社では到底そうした時間は捻出できなかったので、家に帰ってからの夜の時間をそれに当てなければならなかった。と言って、毎晩、十一面観音と付合うわけにはいかなかった。宴会もあれば、昼の疲れで、早く寝《しん》に就くこともあった。

しかし、それにしても、十一面観音について、それがいかなるものであるかのごく初歩的な知識だけは、一応、自分のものにすることができた。

十一面観音信仰は古い時代からのもので、日本でも八世紀の初め頃からこの観音像は盛んに造られ始めている。この頃から十一面観音信仰はその時代の人々の生活の中に根を張り出しているのである。この観音信仰の典拠になっているものは「仏説十一面観世音神呪経」とか「十一面神呪経」とか言われるものであって、この経典に、この観音を信仰する者にもたらせられる利益《りやく》の数々が挙げられている。それによると現世に於ては病気から免れるし、財宝には恵まれるし、火難、水難はもちろんのこと、人の恨みも避けることができる。まだ利益はたくさんある。来世では地獄に堕ちることはなく、永遠の生命を保てる無量寿国に生れることができるのである。

また、こうした利益を並べ立てている経典は、十一面観音像がどのようなものでなければならぬかという容儀上の規定をも記している。まず十一面観音たるには、頭上に三つの菩薩面、三つの瞋面、三つの菩薩狗牙出面、一つの大笑面、一つの仏面、全部で十一面を戴かねばならぬことを説いている。静まり返っている面もあれば、忿怒の形相もの凄い面もある。また悪を折伏して大笑している面もある。いずれにしても、これらの十一の面は、人間の災厄に対して、観音がいろいろな形に於て、測り知るべからざる大きい救いの力を発揮することを表現しているものであろう。観音が具えている大きい力を、そのような形に於て示しているのである。

十一面観音信仰が庶民の中に大きく根を張って行ったのは、経典が挙げている数々の利益によるものであるに違いないが、しかし、そうした利益とは別に、その信仰が今日まで長く続き得たのは、頭上に十一面を戴いているその力強い姿ではないかと、架山には思われる。利益に与《あずか》ろうと、与るまいと、人々は十一面観音を尊信し、その前に額《ぬか》づかずにはいられなかったのであろう。そういう魅力を、例外なく十一面観音像は持っている。

架山が僅か四体の湖畔の十一面観音を拝んだだけで、十一面観音についてのごくあらましの知識を得たくなったのも、その像の持つ美しさ、力強さと、それを守っている土地の人々の、それへの帰依の美しさに打たれたからにほかならない。

これまで、架山は殆ど仏像というものに特別な関心を持ったことはなかった。奈良へ行って、大きな寺々で高名な仏像を見ることはあったが、それに向かう気持は全く遠い昔に造られ、長い歳月を経て今日に伝えられている文化遺産の一つとしてであった。もともと信仰の対象として造られたものではあったが、そういう気持ではその前に立てなかった。と言って、純粋な美術作品として見るわけにもいかなかった。合掌している姿態が、よくできているとか、よくできていないとか言っても始まらなかった。それは例外なく、宗教心と美術精神がいっしょになって生み出したふしぎなものであった。美しいものだと言われれば美しいと思い、尊いものだと言われれば、なるほど尊いものだと思う以外仕方ないものであった。

しかし、大三浦に連れられて、渡岸寺の十一面を見てから、架山には、自分でもそれと判る変化が起きていた。観音が人間の悩みや苦しみを救うことを己れに課している修行中の仏さまであると、大三浦に説明された時、初めて自分の心の中に、十一面観音の持つ姿態の美しさを、単に美しいというだけでなく、ほかのもので理解しようという気持が生れたように思う。そうでなかったら頭上の十一の仏面は、架山には異様なもの以外の何ものでもなかった筈である。それが異様なものとしてでなく、力強く、美しく見えたのは、自分がおそらく救われなければならぬ人間として、十一面観音の前に立っていたからであろうと思う。救われねばならぬ人間として、救うことを己れに課した十一面観音像の前に、架山は立っていたのである。そこがみはるが眠っている湖畔であったということも、そしてまた共に子供を失った父として、大三浦といっしょにそこに居たということも、架山を、珍しく素直に、そのような救われねばならぬ人間としての立場に立たせていたのであろう。

架山は短い湖畔の旅で、四体の十一面観音を拝んでいた。渡岸寺と石道寺の二体は、大三浦といっしょに拝んだものであり、ほかの福林寺と赤後寺の二体は、自分ひとりで拝んだものであった。

この四体の十一面観音を拝んだということは、架山にとってはふしぎな経験であった。十一面観音を見たと言うより、拝んだという言い方の方が、架山には自然だった。東京へ帰ってから、架山は湖畔の十一面観音について人に語る時、いつも〝拝む〟という言葉を使った。何の抵抗もなく、それは自然に口から出た。

しかし、大三浦が湖畔の夥しい数の十一面観音のすべてを訪ねて、朝に夕に湖の方を向いて、そこに眠っている者の霊を守っていることに対する礼を述べようという気持は、必ずしも同調できるものではなかった。何となく、ついて行けない不気味さがあった。

十一面観音というものに架山が惹かれたもう一つの理由は、それが集落の人々に守られ、何とも言えぬ素朴な優しい敬愛の心に包まれているということであった。利益にありつこうといったそんな気持は、みじんも十一面観音に奉仕している人々には感じられなかった。

架山には、十一面観音と、それに奉仕している信心深い土地の人々との関係を、どのように言い現わしていいか判らない。きびしく言えば、信仰という言葉を使っていいかどうかさえも判らなかった。

信仰というものはあのようなものであろうか。それに縋《すが》って生きようという烈しいものは感じられない。ただ愛情深く奉仕し、敬愛の心をもって守っているとしか思われない。

架山は東京へ帰ってからも、自分たちが守っている観音さまを褒められた時、お堂の隅に坐っていた女の人たちの顔に現われた優しい笑いを忘れることはできなかった。その笑いのことを思うと、心が何とも言えぬ優しくきよらかなもので満たされるのを感じた。そうした女の人たちの心の中にあるものを、信仰と言っていいか、どうか知らない。信仰であってもいいし、なくてもいいと思う。信仰でなかったら、信仰というものになんの遜色もない別の価値を持ったものであるに違いないのである。

架山はみはると、それについての対話の時間を持ったことがある。

——この間の琵琶湖行きはよかったよ。湖畔の宿で、君と話そうと思って出掛けたが、いっこうに肝心の君とは話さなかった。十一面観音を見るのに忙しかった。

——そうよ、お父さんたら、すぐ感激してしまうんですもの。

——初めて十一面観音というものをいいと思った。

——四体だけしか、ごらんにならないけど、湖畔にはまだたくさんあります。

——大体、十一面観音を守っている土地の人たちがいいね。

——あの人たち、ほんとにいいでしょう。

——素朴で、優しくて。ああいう美しい心を持った人たちが、この世にはまだ居るんだね。

——たくさんおります。お父さんがご存じないだけ。偉くなろうとか、有名になろうとか、お金を儲けようとか、そんな気持を全然持っていない人の中に、優しい心を持った人もあれば、美しい気持を持った人もあります。

――きっと、そうなんだろうね。人間というものがある限り、心のきれいな人はいるんだろうね。

――そうよ、お父さんの回りに少いだけ。

東京へ帰ってから、架山は十一面観音のことばかりを思い出していたわけではない。七年目に顔を合わせた大三浦のことも考えている。

架山は事件の時も、大三浦という人物が判らなかったように、こんどもまた判らなかった。素朴で、人のよさそうな人物であったが、その言うことにも、その表情にも、その仕種《しぐさ》にも、架山は多少の抵抗を感じざるを得なかった。どこかに自分とは異質なものがあるように思われた。

と言って、難ずべき点を取りあげようとすると、何一つ取りあげることはできなかった。非難しようとするものが、その度に純一無垢なものに見えてきた。そういう点では甚だ始末に負えぬ相手であった。

こんど七年目に会った大三浦の中で、最も嫌だったのは、秋の満月の夜、湖畔の酒宴の席に自分を招こうとしたことである。湖に沈んでいる二つの遺体のため、その遺体のそれぞれの父親二人が顔を揃えてやろうではないかという申し出である。こう言われると、正面きって拒否する理由は見付からなかった。しかし、死者には言葉がないから何とも言えなかったが、死者が果してそれを望むかどうかは、誰にも判らないことであった。大三浦の方は、湖中の二人がそれを望んでいると思い込んでおり、架山の方は、そう簡単には断定できないといった気持なのである。そこが食い違っていた。

この場合、そうした大三浦を非難することは簡単であった。しかし、事件後七年になるというのに、未だにいっこうに息子のことを諦めてもいなければ、諦めようともしないところは、哀れでもあり、見上げたものと言うべきでもあった。そして暇さえあれば湖畔にやって来て、湖畔の十一面観音のすべてに、湖を守ってくれていることの礼を言おうとしている。口では礼を言うという言い方をしているが、おそらくは湖中の若い二人の霊を守ってくれるように祈っているに違いないのである。これは彼自身の選んだ生き方であった。人間どのような生き方をしてもよかった。架山はどうやらみはるの事件を、みはるの持った運命と考えることによって、自分を支えることができているが、大三浦の方はそう簡単には諦められないといったところがあった。

大三浦は、彼自身が言ったように、現世の欲望というものは、全部払い落しているのに違いなかった。金にも、仕事にも、なんの野心もなければ、執着もないのである。ただひたすら死んだ息子に執着しているのである。

困った奴だ、と架山は思う。しかし、また大三浦の方が本当かと思うこともある。人間の悲しみというものは、もともと消えたり、薄らいだりするものではないかも知れない。水のように蒸発したりするものではなく、石に刻まれた跡のように、それは永遠に残るものかも知れない。塚も動け！　大三浦の悲しみの中には、そんな烈しいものがある。

八月の下旬にはいった時、架山は電話で打ち合わせて、夕方画家の池野と銀座裏の小さい料亭で会った。池野と架山は同年配ではあったが、池野の方がずっと若く見えた。学生時代ボートの選手もし、山にも登ったということで、体もがっちりしていたが、少しも老いて見えないのは画家という職業のせいかも知れなかった。

「君ならヒマラヤへ行くと言っても通るが、僕の方はね」

架山が言うと、

「大丈夫だよ、月を見に行くんだろう、月を」

池野は言った。

「月を見るにしても歩かねばならない」

「そりゃ、三日や四日は歩くだろう。くるまで乗りつけるというわけにはいくまい。それにしても、忙しいのに、君はよく行く気になったね。――僕の方は仕事だが」

「仕事って、どういう仕事なんだ」

架山が訊くと、

「集落を描きたいんだ。――観月旅行だが、月の方はあまり頂かない。エベレストという山も、それほど興味はない。山岳画家なら話は別だが、僕は大体山というやつは苦手なんだ。山に登るのは好きだが、描くのは、どうもねえ」

そんなことを、池野は言った。

「山を描いたことはないの？」

「スケッチぐらいはあるが、本格的に山の絵を描いたことはないよ」

「月も、だめ?」

「だめだね。日本画家はよく月を描くが、洋画家は余り食指を動かさない。大体、月というものに関心を持つのは、東洋人、特に日本人だけではないのか。日本人はやたらに月が好きだ。こんどの観月旅行なども、日本人だから計画することなんだな。白人に言ったら驚くだろうと思うね。ルーブルでも、月の絵はないんじゃないか。あったとしても、一点か二点じゃないか」

そう言われてみれば、そうかも知れないと、架山は思った。ヨーロッパの美術館で、月を描いた作品を見た記憶があるかと訊かれると、ちょっと返答に困る。

「月も描かない、山も描かないでは、何を描くの」

「だから、集落を描くと言った。エベレストの麓の集落を描きたいんだ。どんな集落か知らないが、特殊な表情を持っていると思うね。もちろん、その背景として山も描かなければなるまいが」

「集落、ねえ」

架山が相手の気持を測りかねたような言い方をすると、

「集落というものは、君、面白いものだよ。僕はここ何年か、集落ばかりを描いている。まだ纏めて発表していないが、こんどの旅行の作品を加えて、集落を取り扱った作品ばかりの個展を開こうかと思っている」

池野は言った。

「村なら村の、全体を描くの?」

「そういう場合もあるが、大抵、十軒か、二十軒、民家の固まっているところを描く。五軒、六軒ぐらいのところもある」

「――――」

「去年、熊野川を遡って、川の集落を描いた。あのへんは今は立派な道ができて、くるまが走っているが、昔は熊野川が唯一の交通の幹線だった。そういう時代は川筋の村が栄えた。どの村も川舟の発着所を持っていて、それを中心に人々は生きていた。そうした名残りが今なら、まだ少しは残っている。実にいい集落があるよ。家は勝手にばらばらに配置されていることはない。別に規則があったわけでもあるまいが、自然に川というものに対して、共同の防備体制を敷いているような、そんな集落のたたずまいなんだ。一つの同じ運命を共同で頒ち持ってでもいるように、家と家とは互いに寄り添っている。そういう集落の表情は何とも言えずいい。みんなが力を合わせて生活しているといった、そんなものが感じられる。これも、去年か、一昨年のことだが、甲府付近の丘から釜無川の磧《かわら》を見下ろしたことがある。その川に沿って二、三十軒の集落があった。これもよかった。上から見たせいもあるが、実によく整頓されて家が配られ、川に沿った方は石の堤防で囲み、山側の空地にはきれいに耕された畑があった。山の麓には寺があった。実に美しい集落だった。僕の生れた伊豆の村なども、最近帰省する度にいいと思うよ。あんまり汚い雑然とした町ばかりを見、その中に住んでいるせいか、田舎に行くと、ああ、ここには人間が共同して生活している村がある、と思う。人間というものは一人では生きられない。やはり固まって住むものだ。固まって住む以上、そこには必ずその集落独特の表情がある。そういうものの美しさに惹かれ出すと、月や山より、こっちの方がいい」

池野は言った。喋っているうちに夢中になってくるところは、架山などの周辺には見出せない、やはり羨ましいという以外ないタイプである。

「シェルパの集落には、シェルパの集落独特の表情があると思うね。山の案内人として一生を過ごす人間が集り住んでいる村だからね。しかし、ナムチェバザールと言ったかな、そのシェルパの村は何人かの画家が描いている。それよりそのシェルパの村から、僕たちが月見をするタンボチェまでの間に、点々と小さい集落があると思うんだ。そういうところを描きたいね。それこそ、何軒かの家がひっそりと身を寄せ合っているだろうと思う。日本の田舎とは違って、大自然の中に小さい点のように置かれてある集落だ。きっといいと思うよ」

池野は勝手に自分で盃をみたしては、口に運んでいる。言葉を切ると、その度に遠いところを見るような眼をする。

「僕ばかり喋っているが、——君の方は、月見か」

「まあ、ね」

「贅沢だね、月見だけに出掛けるとは」

「そこで、遠い昔亡くなった愛人のことでも考えようかと思っている」

すると、池野は顔をあげて、

「そりゃ、たいへんな仕事だ」

と、真顔で言った。こんな言葉をそのまま受けとるのも、池野らしいところである。

「冗談だよ」

架山が言うと、

「冗談でもなさそうだ。いまの君の表情には本当のものがあったと思うね。本当でなかったら、いい年齢《とし》をして、そんな十八、九の若いのが言いそうな青臭いことは口にせんだろう」

「勘ぐるんだね」

「大体、人間という奴は、年齢をとると、ロマンティックになるよ。若い者はロマンティックだなんていうが、あれは本当は嘘だ。若い時は、驚くほど現実的だよ。夢みたいなことを考えることは好きだが、好きだというだけの話で、本当はそんなことは信じていない。その底で実に現実的な計算が行われている。そこへ行くと、年齢をとってからのは、ちょっと手が付けられない。本気なんだな。ロマンティックな考え方を実行に移してしまう」

池野は言った。ロマンティックかどうか知らないが、エベレストの月光の中で、みはると話そう、と架山は思う。瞬間架山は、もし池野が気付いたら再び真顔な表情をとらざるを得ないような、しんとした顔をした。


ヒマラヤに行く連中が京都で集ることになったのは九月の中旬である。それまでに岩代が手続きの方は全部受け持ってくれていて、東京に居る架山と池野は岩代が電話で指図して来たことを黙ってやればよかった。

旅券に貼る写真と同じものを十何枚も送るように言われたのには驚いた。なんでもネパール国内を旅行するのに、それだけの枚数が必要だということだった。普通のビザのほかにトレッキング・ビザなるものが必要で、そうしたことのためにそれだけのものが要るという話だった。

京都ではそれぞれ別々のホテルをとった。架山は行きつけのホテルを選び、池野は池野で別の定宿をとった。岩代たちは岩代たちで馴染みの宿があるらしかった。

みんなが顔を合わせる会場だけは、架山が設営した。加茂川に沿った料亭で、外国の客を招く時よく使っていたので、わがままが利いた。いくら遅い時刻になっても文句を言われる心配はなかった。

当日、六時にそこに集った。架山は岩代、伊原とは親しかったが、上松とは初対面であった。池野の方は伊原とも上松とも初めてである。

「こちら伊原さん。——いつも僕たちは伊原という名前は呼ばないで、社長、社長と言っています。実際に社長なんで、社長といって少しも不都合なことはありません」

岩代は伊原を池野に紹介する時、こういう言い方をした。

「すると、社長が二人になるな」

池野が言うと、

「そうですね。架山さんも社長でしたね。じゃ、架山さんの方は総裁にしたらどうですか。伊原社長に、架山総裁、——それからこちらは上松さん、上松さんのことも、僕たちはニューギニアと呼んでいます。兵隊でニューギニアに長く居て、そこでたいへんな苦労をしています。その経歴に敬意を表して、ニューギニア、ニューギニアと呼んでいます」

岩代は言った。

「では、あなたのことは？」

架山が訊くと、

「邦《くに》ちゃん」

と、社長の伊原が岩代に代って答えた。

「優しいんだね」

池野が言うと、

「邦ちゃんというのがぴったりしているんです。いかにも邦ちゃんと呼ばれるにふさわしい顔をしている。でも、この邦ちゃんが一番大胆で、荒っぽいんですからね。何回死にかけているか判らない」

伊原は言った。岩代が何回も死にかけていることは、架山も知っている。

紹介が終ると、すぐ五人は長方形の卓を囲んだ。

「総裁、どうぞ」

そんな言い方で、架山は床の間を背に坐らせられ、

「画伯は、そのお隣」

池野は架山の隣に坐らせられた。別に誰が言い出したわけでもなかったが、画伯という呼び方は、

ごく自然に生れていた。こういうところは、登山家たちの、いかなる人物をも自分たちの仲間に入れて、忽ちにして窮屈なものを取り除いてしまう不思議な才能でもあり、智慧でもあった。それでいて、相手を立てていないわけでもなかった。架山を総裁と呼び、池野を画伯と呼んでいる。

「お酒が出るまでに、大切なことだけを申しあげておきます。大体、お手許に配るプリントに記してありますが、足りないところは書き込んで頂きます」

岩代は言って、ゼロックスにとった何枚かの紙片をみなに配った。出発日時、飛行機の機種、スケジュウル、携帯品、そんなことが項目別にこまごまと記されている。その一つ一つについて、岩代は説明した。なかなか神経の行き届いた、懇切を極めた説明であった。現地連絡先も記されてあれば、留守宅の連絡先までちゃんと書かれてある。

「一番大切な項は、携帯品のところですが、これはなるべく守って頂きたいと思います。このほかに隊として、薬品類や食糧は遺漏なく持って行きますから、各自はなるべくこの程度で打ち切って頂きたい。隊の荷物はすでに送り出してあります」

すると、伊原が、

「先に持って来た物を分配してしまおう、なあ」

と、上松の方に言うと、上松は黙って立ちあがって行って、床の間に置いてある大きな包みを開いた。サブ・リュックと、寝袋の中に入れる白布がみなに配られた。サブ・リュックには、それぞれのネームが刺繍されてある。

「これ、いつ使うの？」

池野が訊くと、

「山にはいってからです」

「これにはいるだけしか持って行けないの？」

「それ、たくさんはいりますよ。もちろん、画伯の場合は、絵を描くためのいろいろな道具が要るでしょうから、そうしたものはほかの鞄に入れて持って来て下さって結構です」

伊原が言った。

「このサブ・リュックを背負うんですか」

架山が訊くと、

「みんなシェルパが持ちます。手ぶらで歩きますから、心配ありません。ニューギニアみたいに何か背負わないと歩けないのは別ですが」

自分のことが言われているのに、上松は無関心な表情である。何となくニューギニアというニックネームがぴったりしている。

「キャラバン中の衣類ですが、日本の十一月頃を想定して頂いていいかと思います。ズボンはウール。シャツにセーター、ウインド・ヤッケ、このほかにラクダのシャツ上下を持って下さい。それから毛の手袋、マフラー。靴はキャラバン・シューズで結構です。衣類以外では小型の懐中電燈が必要です」

岩代は自分が配った紙片に眼を当てて言った。架山と池野の二人のために説明している恰好である。

「移動中の携行品の部に記してありますが、サングラスは絶対に必要ですから、お忘れなく」

「こんなにたくさん、サブ・リュックにはいるかな」

池野が首を捻ると、

「らくにはいりますよ。それにここに記してあるものの大部分は身に着けることになります」

「雨に降られて濡れた場合を考えると、ズボンも、セーターも、ラクダのシャツも、それぞれ二組は用意しないと」

「その必要はないでしょう。往きに三日、帰りに三日歩くだけのことですから。――まあ、サブ・リュックに詰めてみた上で、なお入れる余地があったら持って下さい。いずれにしても、持ち物は少い方がいいと思います。山に登るわけではないですから」

その池野の言葉を引取って、

「じゃ、ゴルフへ行く時の支度でいいね」

架山が言うと、

「僕はゴルフをやらないので、ゴルフのことは知りませんが、真冬にゴルフをやる時の支度だったら、それでいいでしょう。ただし、ゴルフ靴は困ります」

岩代は言った。

「歩くところは平地ばかりでなく、多少のアップ・ダウンはあるね」

「そりゃ、あります。ゴルフ場のアップ・ダウンとは少し違います。ヒマラヤと名の付くところですから」

「どのくらいかね」

こんどは池野が訊くと、

「本谷の出合から涸沢までぐらいの上りを考えたらいいでしょう。それを毎日一つずつ」

上松が言った。

「じゃ、本当の登山だね」

「そうです」

「ハイキングとは言えないじゃないか」

すると、岩代が、

「ハイキングではありませんが、と言って、本格的な登山とも言えません。まあ、行ってみましょう。たいしたことはありませんよ。馬も持って行きますし、酸素ボンベも持って行きます」

と言った。

「実際に酸素は要るのかね」

「用心です、これも。三九〇〇と言うと、富士山の頂上より大分高いですから」

架山は、初めに聞いた時とは、少し話が違うと思った。

簡単な打ち合わせを終ると、料理が運ばれて来た。五人は一つの卓を囲んで、ビールで乾盃した。

「君、このカトマンズからルクラまでの飛行機というのは、どんな飛行機かね」

架山は紙片に眼を当てながら訊いた。

「チャーター機です。この間電話で申しあげましたように六人乗りです」

「小さいけれど、安全です」

「小さいやつだな」

「君、乗ったことある?」

「乗ったことはありません。登山の連中はみな歩きます。でも、こんどはこれを使いませんとね」

「―――」

「ゆっくり歩くと十五日、普通に歩いても十三日はかかります。そこを飛行機で飛ぶ」

「片道十五日とは驚くね。一体、その間をどのくらいの時間で飛ぶの」

「四十分か四十五分らしいです」

「また、早いんだな」

「山が幾つも重なっているところの上を飛びます。歩くと、たいへんですが、その上を飛ぶとなると、あっという間です」

「その飛行機が、こんどの旅行での山場だと思うんです。時間は短いですが、内容は豊富だと思います」

伊原が横から口を出すと、

「社長、やめとけよ」

上松が言った。

「内容豊富って、それ、どういうこと?」

池野が訊くと、

「相当のスリルはあると思います。乗ってみないと判りませんが」

伊原は言った。

「毎週出ているの?」

「出ています。人は運びません。材木か何か運んでいるらしいです。それをチャーターしたんです。ルクラの滑走路というのが、一五〇メートルの長さで、草地だということです。傾斜になっているんで、着陸の時は自然に停まり、離陸の時は傾斜を利用して、いったん谷に飛び込み、それから舞いあがる。これだけでも爽快だと思いますよ。これが一番面白いんじゃないですか」

伊原は言った。本当に面白がっているのであって、いささかも怖がっているのではないらしい。

「その飛行機で、ローツェとエベレストが撮れると思いますね」

こんどは岩代が言った。

架山は若い登山家たちが醸し出す一種独特の雰囲気にはいっているのが楽しかった。それぞれ現役の登山家ではなく、社会人として一応の地位を築いている、岩代の言い方をかりれば〝一国一城の主人〟であるに違いなかったが、山の話をすると夢中になって、魂をすっかり山に売り渡してしまっている恰好である。

「月を見ようということで始まった計画だから、月だけは見ませんとね」

岩代が言うと、

「雨期はあけているの？」

池野が訊いた。

「あけている筈です。僕は二回、カトマンズの九月を知っていますが、雨は八月いっぱいできれいにあがります」

「丁度境いだね。このスケジュウルによると、一日にカトマンズを発つことになっている」

「大丈夫です。余裕がとってあります」

「余裕といっても、一日だけじゃないの？　一日と二日は何とかいうところに宿営し、三日に目的地のタンボチェに着く。四日が満月。一日だけの余裕だ」

「でも、本当はルクラからタンボチェまでの間に二泊する必要はないんです。一泊でもいいんです。それを二泊にしてあります。そこで一日縮まります」

「ちょっと待った！」

架山が口を挾んだ。

「初めの予定ではルクラから目的地の間に三泊する筈じゃなかったの？　確か四日目にタンボチェに着くという話だった」

「初めはそう申しました。しかし、そうすると間延びがします。三時間か四時間歩いてはテントを張ることになります。いくら架山さんでも、これではあまり気の毒だということで、それで三泊を二泊に変えました」

「それが、時と場合で一泊になる」

「少し無理すれば、途中泊らなくても、行けないことはないと思います」

するると、

「そんなことはしないで貰いたいね。ゆっくりの方がありがたい。途中でスケッチもしなければならん」

池野が言った。

「僕らも写真を撮ります」

伊原が横から言った。

「写真はシャッターを押すだけだが、スケッチの方はそうはいかん」

すると、

「いや、それがシャッターを押すだけではないんです。社長ときたら、ねっちり撮るんです。三脚を据えて、さんざんカメラをねめ回し、シャッターを押すに到るまでが容易なことではありません」

ニューギニアが言った。

「いずれにしても、だね。僕と池野さんは、あんまり早くは歩かんよ」

架山が言うと、

「承知しています」

岩代が言った。

「どんなところか知らないが、一時間に一回は休んでもらわないと」

「五分に一回は休みます」

「そんな必要はないだろうが」

「いや、大ありです。空気が薄いですから、五十の半ばを過ぎると危いんです。ちょっと歩いては休み、ちょっと歩いては休み、——平生お酒をあがっていますから、その点は充分こちらで気を付けます」

「おどかさないでくれよ」

「いや、おどかしてはいません。あんまりのんきに出掛けられると、取り返しの付かぬことになりますからね」

「おどかしているじゃないか」

するとと、伊原が、

「邦ちゃんは去年から少し人間が変りました。嫁さんを貰ったら、性格が複雑になりました。独身の時は山だけでしたが、いまはそれにほかの物がはいって来ました。僕たちも困ったものだと思っています。大体、嫁さんを可愛がりすぎますよ。こんどでも、本当は架山さんでなくて、嫁さんを連れて行きたいんです。尤も、これは、僕やニューギニアが承知しませんがね」

と言った。

「すみません、どうも」

岩代は真顔で言った。

「代用品か、僕たちは」

池野が言うと、

「そういうわけでもないでしょう。僕が証明します。架山さんは時々淋しそうな顔をするから、少し荷厄介だが、こんどのヒマラヤ行きに加えてやろうよと、邦ちゃんが言い出したんです。どうせ連れて行くんなら、一人連れて行くも二人連れて行くも同じことだから、池野さんも連れて行ってあげよう、――こういうことになったんです」

ニューギニアが言った。

「ありがとう」

架山が言うと、

「僕の方は、おまけか」

池野が言った。

「いや、おまけじゃありません。みんな、池野さんのファンです」

「あまり信用できないな」

「いや、本当です」

そんなやりとりを聞きながら、自分は岩代に気付かれるような、そんな淋しい顔をすることがあるだろうかと、架山は自分ひとりの思いの中にはいっていた。いまも、そんな顔をしているかも知れない。そう思った時、架山は席を立って、加茂川の流れの見える廊下に出た。

「月が出ているらしいよ」

架山が言うと、

「やがてエベレストの月をお目にかけます。京都の月と較べて下さい」

岩代の声が背に聞えた。

十一時頃まで、ビールを飲みながらたのしく雑談をした。そろそろ散会しようという頃、

「あす何時頃の列車で帰る？」

池野が訊いて来た。

「あすは夕方になると思う。朝ホテルを発って、琵琶湖の十一面観音を見たいんだ」

架山が言うと、

「十一面観音？　どこにあるんだ」

「湖畔にたくさんある」

「ほう」

池野はふしぎそうな顔をして、

「十一面観音って、奈良の法華寺とか、聖林寺とかにあるあの十一面観音か」

「そう」

「十一面観音でいいものは、もう決まっている。聖林寺、法華寺、室生寺《むろうじ》、それから京都府田辺町の観音寺《かんのんじ》という寺にも、立派なのがある。そのほかでは、そうだな、大阪府の藤井寺の道明寺《どうみょうじ》」

「詳しいんだな」

「別に詳しいわけではないが、いま挙げたのは世評高いものばかりだ」

「ひとつ落している。湖畔の渡岸寺に同じように有名なのがある」

「ああ、そうそう、渡岸寺の十一面観音というのがあったな。それは見ていないんだ。いいものらしいね」

「そのほかにも、湖畔にはたくさんある。石道寺とか、赤後寺とか、——何しろ四十何体あるんだからね。あすはそのうちの一つか二つを見るつもりだ」

「これまでに幾つも見ているの？」

「いや、四体しか見ていない。これから時々見るつもりでいる。この前四体見たら、どうも、あとを引いてね」

「変なものに凝り出したんだね。あす見るというのは、どこの？」

「まだ決めていないが、坂本《さかもと》にあるらしいので、そこへ行くつもりだ。大体、みな秘仏になっていて、そう簡単には見せて貰えないんだが、坂本のは、頼めばどうにかなるんじゃないかと思っている」

「なんという寺？」

「控えがあるんだが、ホテルに置いて来てある」

「一体、どういうところがいいんだ」

「みんな小さい観音堂に収まっていて、どれも古いものだが、一部の信心深い人たちに守られて今日に伝えられている。絶対に有名になんかならんよ。秘仏、あるいは秘仏同様に大切に守られて来ているんだからね」

　すると、岩代が、

「カトマンズに行くと、たくさん仏像がありますよ。仏像がお好きなら、何日居ても倦きませんよ。凄いのがあります」

「凄いのって？」

　架山が訊くと、

「歓喜仏なんだな」

　池野が代って答えた。

「歓喜仏といっしょにされては困るね」

　架山は笑いながら言った。

「歓喜仏は歓喜仏として、近江の十一面観音の方にお供しようかな」

　池野は言った。

「構わないか、僕が行って」

「どうぞ。――連れができて嬉しいが、何だ、こんなものかと言われても困る」

「大丈夫」

「美術家というのは、うるさいからね。――近江の十一面観音は信仰の対象なんだから、純粋な彫刻作品として文句をつけられては困る」

架山は、半ば本気で言って、

「まあ、見合わして貰った方が安全だな。――君に同行されるとなると、自信がなくなる」

架山はふいに臆病になって言った。大三浦にしろ、自分にしろ、琵琶湖とは特別な関係を持っている人間である。大三浦も近江の十一面観音に惹かれ、自分もまた同じように十一面観音に無心ではいられなくなりつつある。だからと言って、画家の池野もまた同様であろうという考え方は成立しなかった。近江の十一面観音に特殊な関心を持つのは、大三浦と自分だけであるかも知れないのである。

「大丈夫。そんな大きい期待は持って行かないよ。ただ暇つぶしに同行させて貰うだけだ。あすは早く東京へ帰ってもすることがないんだ。十一面観音より琵琶湖を見たいんだ。いつにも行ったことがないからね。坂本と聞いた時、坂本の蕎麦も食いたくなった」

「じゃ、いっしょに行こう。十一面観音に付合って貰う代りに、僕の方は蕎麦に付合ってあげる」

架山は言った。そのような気持でいっしょについて来るというのであれば、いささかも気にする必要はなかった。

登山家たちとは、料亭の前で別れた。若い連中はもう一軒どこかに顔出しするところがあるらしかったが、架山と池野はすぐ宿に帰ることにした。

架山と池野は同じくるまに乗った。

「すばらしい連中だね」

くるまが走り出すと、池野は言った。

「あの連中なら、ヒマラヤの旅はたのしくなりそうだ」

「三人三様、性格が違うところがいいね。あの三人は非常に気が合うらしいが、それでいて、性格はまるで違う」

架山が言うと、

「社長もいいし、ニューギニアもいい。邦ちゃんもいい。邦ちゃんがリーダー格かな」

池野は言った。

「さあ、社長かも知れない」

「ニューギニアもいいな。黙々と歩くんだろうね、彼は」

そんなことを話していると、くるまはホテルの前で停まった。

「じゃ、あす、九時に来てくれ」

架山は言って、自分だけくるまから降りた。


翌日、約束通りに、九時に池野はホテルに姿を現わした。すぐくるまで大津に向かった。

「坂本の盛安寺《せいあんじ》というお寺が管理している観音堂に十一面観音があるらしい。それを見に行こうというわけだが、ゆうべ話したように、行ってみないと、見せて貰えるかどうかは判らない」

「心細いんだな。しかし、まあ、見せて貰えなくてもいいよ。蕎麦を食おう。坂本の蕎麦は久しぶりなんだ」

三十分ほどでくるまは湖畔に出た。

「いいじゃないか、秋の琵琶湖は」

池野は言ったが、なるほどこの前来た時とは違って、湖面は急に秋めいて来た陽を浴びて冷たく光っている感じである。

気持のいいドライブだった。やがて、くるまは湖岸から離れると、坂本の日吉神社の方に向かい、日吉神社の山門に突き当ると、その前を右に折れた。

「このへんだよ、蕎麦屋は」

「まだ早いだろう。帰りに付合う」

架山は言った。運転手は二回ほどくるまを停めて、盛安寺なる寺の所在を確かめた。くるまは比叡山《ひえいざん》続きの山の麓に沿って走って行った。道は上ったり、下ったりしている。

やがて、くるまが停まった。

「ここだと思うんです。観音堂というのは」

運転手が言ったので、架山と池野はくるまを降りた。なるほど道に沿って、一段高くなったところにお堂らしい建物がある。

「盛安寺は？」

「この隣らしいです」

「じゃ、僕が交渉に行って来よう」

架山が言うと、

「私が行って来ましょう。大丈夫ですよ。このお堂の扉を開けて、観音さんを見せて貰うだけでしょう。私でだめだったら、その時行って下さい」

運転手が自信ありげに言ったので、架山も運転手に任せてみる気になった。

道から三、四段の石段を上ると、小さな門があり、そしてその門から十歩ほどのところに、その門にふさわしい小さなお堂が建てられている。

門の横手の石の柱に、〝十一面観世音菩薩〟と刻まれてあるところを見ると、このお堂の中に十一面観音が収められていることだけは確かである。

間もなく運転手が帰って来て、

「いま、すぐお堂を開けに来ます」

と言った。

「いやに簡単じゃないか」

池野が言うと、

「東京からわざわざ拝みに来たんですと言ったら、それは、それはと、ひどく恐縮していました」

運転手は言った。

架山と池野は観音堂の前に立っていた。お堂の背後はすぐ藪になっていて、丘の斜面でも背負っている感じである。

年とった女の人がやって来た。隣の盛安寺の人らしいが、詳しくはどういう人かよく判らない。

「ようこそ」

とだけ言って、老婆は堂にはいった。無駄口をきかないで、すぐ堂にはいったところなどは、なかなかいい感じである。

架山と池野も堂にあがった。十畳ほどの広さのお堂で、そのお堂いっぱいに大きな厨子が置かれてある。架山が厨子の前に坐ると、その横に池野も坐った。須弥壇は厨子にくっついて、いっしょに造られてあるが、扉を開けるには、その須弥壇の上にあがらなければならぬ。

架山には、老婆がそこにあがることは危険に思われた。

「大丈夫ですか」

架山が言うと、

「年齢をとりますとな」

そんなことを言いながら、老婆は体を横にして須弥壇に這いあがった。そして暫く鍵で扉をがちゃがちゃ言わせていたが、なかなか扉は開きそうもなかった。

架山は立ちあがって行って、

「私がやってみましょう」

と、老婆から鍵を受けとった。そして老婆に替って壇の上にあがった。

「長いこと開けませんで、鍵が工合悪くなっています。やはり、わたしがやりましょう」

老婆は言ったが、架山はまだ自分がやる方が確かだと思った。しかし、容易に扉は開かなかった。

「よし、俺がやってみよう。こういうことは、俺がうまいんだ」

池野が立ちあがって来た。

架山は鍵を池野に渡した。すると、池野は、難なく扉を開けて、

「ね、観音さまは俺でなくては嫌だと言っていらっしゃるんだ」

そんなことを言った。すると、それがおかしかったのか、老婆は低い声で笑ってから、

「さ、拝んで下されませ」

と言った。架山と池野は再び厨子の前に坐って、頭を下げた。

架山は観音像を仰いだ。微かに笑っているようなふくよかな顔である。眼は殆ど閉じられていて、二本の手は前で合掌し、その両手には天衣がかけられてある。その手とは別にもう二本の手があって、片方は杖を、片方は蓮を持っている。頭に戴いている仏面のうち頂上面だけが高い。以前はもちろん彩色してあったものであろうが、もとの色は判らず、古さだけが像全体を包んでいる。

架山は、いま眼の前にある観音像を、自分がこれまでに見た同じ湖畔の他の四体の像と較べることはできなかった。ほかの四体も、それぞれによかったが、これはこれでまたすばらしいと思った。観音さまの微笑をふくんでいる顔を仰いでいると、自然にこちらも微笑せずにはいられなくなる、そんな感じである。

「いいね」

池野は言った。いいと言われると、架山も嬉しかった。

「いいか」

「いいよ。本当にいい。吝《けち》くさいところはみじんもない」

「そりゃそうだろう。観音さまだからね」

「観音さまにもいろいろある」

池野は失礼なことを言った。

「が、この観音さまはいい。堪まらなくいいな」

「そうだろう。近江の観音さまはみんないいんだ」

「そうはゆくまい」

「いや、どれもいい」

「どれもいいとすれば、こうしたお堂に収まっているからだろうね。確かに十一面観音像はこういうお堂にあるべきなんだろうね。そして、こうして拝むべきものなんだろうね。ほかのたくさんの仏像の中に置かれてあると、こういうよさは出て来ない」

池野は言った。いつかお堂には中年の男とその内儀さんらしい女のひとが坐っていた。いつはいって来たか知らないが、近所の人なのであろう。

「これは、安産の観音さまでしてね」

男が言った。

「安産?!」

「そうです。安産の観音さまとしては有名です」

「昔からここにあるんですか」

架山が訊くと、

「よくは知りませんが、このお堂は桃山時代に造られたと聞いております」

すると、さっきから畳の上に坐っている老婆が、

「もとは崇福寺《すうふくじ》にあったそうです。それが、この観音堂ができた時、ここに移っていらしった、確かそんな話です」

「ほう、すると、古いものですね」

架山が言うと、

「美術史家は何と言うか知らないが、感じから言うと、貞観《じょうがん》というところだな」

池野は言った。

「おや、雨が降って来ました。この前、扉を開けた時も、雨が降りました」

老婆は言った。なるほど雨の音がしている。

「時々、お厨子を開けるんですか」

「年に三回です。二回はお掃除しませんとな」

雨が降って来たのを機に、架山と池野は立ちあがった。扉を閉めるのを手伝おうとしたが、男がそれには及ばないと言ったので、あとは中年の夫婦者に任せることにして、二人は老婆に鄭重に礼を述べて、堂を出た。

日吉神社の傍の蕎麦屋にはいった頃は、雨は烈しくなっていた。架山は池野に付合って、蕎麦を食べた。池野と運転手は、蕎麦が好物だったが、架山はお付合いで箸を取りあげた。生れつき蕎麦はあまり好きではない。

「十一面観音を、もう一つ見せて貰いたいね」

池野は言った。架山は前に大三浦から貰った十一面観音のメモを取り出して、それに眼を当て、

「マキノ町海津《かいづ》というところに宗正寺《そうしょうじ》の観音というのがある。これは見せてくれるかどうか、直接当ってみないと判らないらしい。そのほか守山町の東門院《とうもんいん》、長命寺町の長命寺《ちょうめいじ》、小船木《こぶなき》町の願成就寺《がんじょうじゅじ》、いろいろあるが、どこへ行ったらいいか、見当がつかないね」

と言った。実際にどこを訪ねたらいいか判らなかった。○印も、×印も付いていないところを見ると、直接に当ってみないと判らないということらしい。○印が付いていて、簡単に見せて貰えるらしい寺も幾つかあるが、甲賀《こうか》町とか、甲南《こうなん》町とかの寺で、大分遠いところのようである。

「海津にあると言ったね。そこはどう？」

池野が言った。すると、

「湖北ですね。この雨だと、少し時間がかかります」

運転手が横から口を出した。湖北と聞いて、架山は後込《しりご》みした。

「湖北ではたいへんだ。琵琶湖をぐるりと半周しなければならないだろう。半周するのはいいとして、わざわざ出向いて行っても、無駄になるかも知れない」

架山が言うと、

「僕は二、三年前に海津に半月ほど居たことがある。あのへんの集落をスケッチしたんだ。知り合いもある。よし、ここの電話を借りて訊いてみよう」

池野は言った。

「しかし、この雨ではねえ。もう少し近いといいが」

「もちろん、ほかでもいいんだ。確実に見せて貰えるところがあれば」

架山が言うと、

「それが判らない」

「じゃ、海津の方を当ってみよう。待っててくれ」

池野は一度架山のメモを覗いて寺の名前を確かめてから席を立って、奥へはいって行ったが、なかなか戻って来なかった。その間、架山は運転手と話していた。今は道がよくなっているので、この雨でも、一時間か一時間半かければ海津に行けるだろうという運転手の話であった。それに、帰りは米原に出て、米原から列車に乗るという方法もある。

暫くすると、池野は戻って来て、

「大丈夫らしい。お堂の責任者が区長らしく、その区長さんなる人物に交渉しておくということだった」

誰に依頼したのか判らなかったが、そんなことを言った。

烈しい雨の中を、くるまは湖畔の道を走った。安曇川《あどがわ》の橋を渡る頃は全くの豪雨の様相を呈していた。窓硝子はすっかり雨滴に占領されて、窓外の眺めは利かなかった。

「凄いことになりましたね」

運転手も言った。

「観音堂の扉を開けて貰うんだから、このくらいの雨は仕方ないだろう」

池野は言った。

「宗正寺というお寺は知っているの?」

「いや、知らない。寺ではなくて、小さいお堂らしい。毎日、そこらを歩き回っていたが、お堂には関心がなかったからね。それにしても、どんな十一面観音が出て来るか、——」

「いいに決まっているよ。今まで見たのは、みんなよかった」

「何百年も、湖北の小さいお堂に仕舞われてあるというだけでも、一見の価値はあるだろうからね」

「そんな言い方をするから雨がやまないんだ。——何百年も、ひっそりと湖の北にお住まいになっていらっしゃる、——」

架山が言いかけると、

「すっかり十一面観音ファンになってしまったね」

「ファンじゃない。もっと敬虔な気持だ」

「いや、僕だって敬虔な気持だ。いいよ、確かにいいよ。さっきの盛安寺の観音さんで、すっかり感心してしまった。あのお堂の床はコンクリートで固めてあった。あそこだけが変に思われたので、訊いてみたら、毎年床を破って竹がお堂の中に出て、その始末に困ったので、最近ああしたのだと言っていた」

「誰が言っていた？」

「あそこに、あとからはいって来た夫婦者がいたろう。あの二人の中の内儀さんの方だ。確かにお堂の裏は竹藪になっていたから、さぞあのお堂には竹が生えたことだろうと思うね。もしかしたら、あの観音さんは竹の間に挾まれて立っていた時代もあったかも知れない」

それから、

「そういうことのよさなんだね。湖畔の十一面観音には、きっと例外なく、そういうところがあると思うね。さっきの観音さんなど、本当に拝みたくなる。あのうっすらと笑っている顔を見上げていて、僕は何となくおふくろの前に立っているような気持になった。観音さんには失礼かも知れないが、本当にそういう気持になった。僕は湖畔の十一面には、湖畔の十一面としての、特殊な性格があると思うね。一体だけ見せて貰って、大きなことを言うようだが、きっとそうだと思うんだ。それで、もう一体見せて貰いたくなった」

池野は言った。こんどの湖北の観音さんがすばらしかったら、池野はすっかり十一面観音に血道をあげてしまいそうに、架山には思われた。こういうところも、架山の周辺の人物の持ち合わせていないものである。

烈しい雨の中のドライブが一時間ほど続いて、くるまは海津の集落にはいった。

「宗正寺という寺を聞いて、そこに行って貰いたい。山際の寺らしいが、聞いた方が安全だ」

池野は運転手に言った。相変らず車外は烈しい雨が地面を叩いている。運転手は町角でくるまを停めると、傍の雑貨屋の店先に飛び込んで行った。

くるまは集落をぬけると、水しぶきを飛ばしながら、集落の背後に迫っている山の方に向かった。途中から田圃の中の道になった。

「この突き当りではないかと思います」

運転手は言った。なるほど山を背にして、こんもりとした樹木の茂みがあり、その中にお堂らしい建物の屋根が見えている。建物を取り巻いている樹木は松らしいが、烈しい雨脚に遮られて、よくは判らない。

多少強引だったが、くるまにお堂の近くまではいって貰って、架山と池野はくるまから降りると、お堂の軒下まで走った。すると、

「あいにくひどい雨になりましたねえ」

そんな声が二人を迎えた。老人である。池野がさっき坂本の蕎麦屋から電話をかけた人物であった。

「暫くでした。突然とんだことをお願いして」

「おやすいご用です。それにしても、驚きましたよ。初め、声を聞いて、どうしても、池野さんとは思いませんでした。どうも失礼しました。――さあ、どうぞ、おあがり下さい」

相手は言った。二人はすぐお堂の内部にはいった。外観は壊れかかったような小さいお堂であるが、内部にはいってみると、新しい畳が敷かれて、きれいに掃除されている。正面に厨子があり、厨子の左右は床になっている。そして厨子の前だけ五畳ほどが板敷で、それ以外は畳敷である。

「きれいになっていますね」

池野が言うと、

「時々、ここで集りがあります。去年ですか、畳を換えたので、いまはきれいになっています」

老人は言った。そこへお堂の横手の農家風の家から、中年の女の人がお茶を運んで来た。半農、半堂守といった恰好の家の人らしかった。

「あいにく住職さんが留守でして」

女のひとは言った。住職というのは隣の宝幢院《ほうどういん》という寺の住職のことであった。

「そのお寺がこの観音堂を管理しているんですか」

架山が訊くと、

「寺にはお勤めの方を受け持って貰っています。このお堂の維持は区でやっています。従って、区長の許可がありませんと、お厨子は開けられません」

老人は言った。

架山、池野、老人、堂守の家の女のひと。――四人は畳の上に坐って、お茶を飲みながら、烈しい雨脚に眼をやっていた。

架山は堂内に〝弓光山《きゅうこうざん》〟と書かれた額があるのを見て、

「山号を弓光山と言うんですか」

と訊いてみた。

「そうです。弓光山宗正寺。十一面観音さんも、昔から弓光山宗正寺の十一面と呼ばれています。昔は大きな寺だったようですが、織田氏の兵火で焼けてしまったと聞いています。詳しいことは区長さんから訊いて下さい」

老人は言った。

「お厨子は時々開けますか」

「なんの」

女のひとは言った。

「二十五年目に一回です。この次は確か昭和六十三年になります」

「じゃ、きょうは特別なんですね」

「一年に一回は空気を換えませんとな。今年はまだ掃除してありませんから、さっき区長さんと相談してきょう開けることにしたんです。あした天気になったら、掃除します」

「時々、拝みたいという人が来ますか」

「めったに参りません。土地の人は、毎年掃除しながら拝みますが、他国の人は六十三年まで待って貰いませんと」

そんな話をしている時、区長さんがやって来た。

「すまんことでしたな」

老人が言うと、

「近く掃除することにしていたんで、お厨子を開けるのはいいですが、あいにく雨になっちゃって」

区長さんは言った。長身の、まだ五十になるか、ならぬかの人物である。

「では、どうぞ」

その言葉で、架山は厨子の前の板敷のところに坐った。池野も同じようにした。堂守の女のひとも、老人も、区長さんも坐った。暫く、雨の音に混じって、区長さんの読経の声が聞えていた。やがて、区長さんは口の中で経を誦しながら立ちあがって行った。

厨子の扉が開けられると、殆ど天井に届きそうな大きな光背を背負った十一面観音像が現われた。大きな蓮台の上に載った坐像である。像の高さと、蓮台の高さは同じぐらいであろうか。

像は全体が漆で黒々としている。唇だけが僅かに赤く、眼には玉が嵌められてあって、それがきらりと光っている。

「端正なお顔ですね」

架山は言った。頭上の十一の仏面は小さいが、その割に高々と置かれてある。それがこの観音さまを端正なものに見せている。左手は軽く折って宝瓶《ほうびょう》を、右手はゆったりと膝の上にのびて、掌はこちらに向かって開いている。

「古いものですか」

池野が訊くと、

「よくは知りませんが、室町時代に造られたものではないかと言われております。大体、いまはこの観音堂だけになっておりますが、宗正寺という寺は天平九年の開基でして、一時はなかなか寺運旺盛で、頼朝の時には仏供料が寄進され、建物も豪勢なもののようでした。それが織田氏の兵火で焼かれました。観音さまの方は、幸い無事で、今日に伝わっておりますが、寺の方はあきません。一時、この土地の海津長門守の内室が観音さんに帰依して、やや旧態に復したという記録がありますが、どの程度のものでしたろう」

区長さんは言った。

「この辺の寺は織田時代にみな焼かれているようですね」

架山は言った。

「渡岸寺の観音さまも、石道寺の観音さまも、福林寺の観音さまも、みな火をくぐっている」

「左様、観音さまも、今日まで生き延びるのはたいへんなことです。これからもたいへんです。――しかし、こうしてお厨子に坐っていらっしゃるお姿というものは、何とも言えずいいものですな。今日は雨をごらんになり、雨の音を聞いていらっしゃる」

それから区長さんは、

「お厨子を開ける度に、こちらは年齢をとりますが、観音さまの方はいつもお若いお姿をしていらっしゃる」

と言った。

暫く一同は堂の一隅に坐って、雨の音を聞きながら雑談をした。

架山はいつ果てるとも判らぬみなの話を聞きながら、十一面観音の方へ顔を向けていたが、頃合をみて、

「さあ、そろそろおいとましますか」

と言った。

「では、お厨子の扉を閉めましょう」

区長さんは立ちあがった。また暫く読経の声が雨の音に混じって聞えた。

十一面観音が姿を消すと、架山と池野はみなに礼を言って、お堂を出て、くるまに戻った。雨は相変らず烈しく降り続いている。くるまは米原へ向かって走り出した。

「観音さまのお蔭で、豪雨の中を、琵琶湖をぐるりと回ることになる」

池野は言って、

「米原へ行く途中、まだ見られる観音さんはあるか」

「さあ、ね」

架山は用心して言った。今日はもうこれでやめようと思った。雨の日に慌しく観音さまを拝むのは惜しい気持だった。

海津から米原までの間、くるまの中で池野は眠った。くるまは湖岸に近づいたり、湖岸から離れたりして走った。ひとりで湖の方へ視線を投げている架山に、運転手は話しかけてきた。

「お客さんは、なかなか信心深いですね」

「そんなことはない。どちらかと言えば、不信心の方だろうね」

「いや、お話を聞いていると、観音さんのことをよく知っていらっしゃる。土地の者でも、なかなかお客さんほどは知らないでしょうね。私などは寺ばかりたくさんある京都に住んでいますが、いっこうにだめですわ。観音さんのことなど考えたこともありません」

「そりゃ、君が幸福だからだよ。人間という者は、不幸にぶつかると、いろいろなことを考える。観音さまにも、そういう時に出会うんだろうね」

「お客さんは、いつ観音さんに出会いました？」

「いつということはないが」

「何か不幸なことでも経験なさいましたか」

「僕ぐらいの年齢まで生きていると、いろいろなことがある。人間の力で処理できないこともある」

「そういうものでしょうか。それにしても、昔の人は信心深かったですね。私の父親も、母親も、いま考えると、信心深かった。祖父も、祖母も、やはり信心深かった。それが私の代になると、すっかり変ってしまいました。しかし、私の代はまだいい方で、たまには神社や寺の前で頭を下げたりしますが、私の子供などになると、てんでいけません。神さまとか仏さまとか言うと、笑い出す。学校の先生たちもいかんです」

「時代だからね」

「昔は不幸なことが多かったかというと、必ずしもそうは言えないと思いますよ。死者はいまの方が多い。日本全国ではくるまの事故で死ぬ者は、毎日相当な数でしょう。本来なら信仰が盛んでいい筈ですが、信仰なんて地を払っています」

「神や仏より、科学の方が頼り甲斐があるんだろうね。さっきの観音さんに安産のお願いをするより、妊婦を産院に入れる方が確実だろうからね」

そんなことを話しながら、架山は別のことを考えていた。自分や大三浦が十一面観音を拝むのは、おそらく信仰というものとは別なのであろう。実際に十一面観音の前に立って、何も頼みもしないし、祈りもしない。だが、その前に立って特殊な精神の安定を感ずるということは何なのであろう。

米原で〝こだま〟に乗ると、間もなく窓外には暮色が迫って来た。二人とも、雨の日のドライブの疲れで、小田原を過ぎるまで眠った。架山が眼を覚ました時、池野は煙草を喫んでいた。

「僕もよく眠ったよ。観音疲れというところだね」

池野は言った。

「しかし、おかげで、きょうはいいものを見せて貰った。こんど出掛ける時には声をかけて貰いたい。

湖畔の観音さんを次々にスケッチしてみたい。尤も、邪魔になるようなら遠慮するが」

「邪魔になんかならないよ。僕の方はただ何ということなしに拝むだけなんだからね。ひとりで行くより、連れのあった方がいい」

「四十何体か、あると言ったね」

「そうらしい。詳しい数は、僕も知らないが」

「それを全部拝むの？」

「できたらね。でも、見せて貰えないのもあるらしいから」

「一体、どうしてそういう気になったのか、ちょっと不思議な気がするね。そもそもどういうところから、そういう気になったのかな」

「別に動機なんかない。偶然のことから一、二体拝んだら、なんとなくあとを引いて、ほかのも拝みたくなった」

「君の場合、信仰というものとは、ちょっと違うような気がするんだが」

「そう。信仰とは言えない。こういうのを信仰だと言ったら、観音さまがおこるだろう」

「信仰でなかったら、なに？」

「さあね。――でも、君だって、きょう一日ですっかり湖畔の観音さまの擒《とりこ》になったではないか」

「僕の場合ははっきりしている。あのような庶民的な十一面観音像にお目にかかったのは初めてのことなんだ。君の話からすると、どうも湖畔の十一面観音像は、みんなあのような美しさを持っているのではないかと思う。地方造りのよさなんだな。それで、できるなら、それをスケッチしてみようという気になった」

「君の場合はスケッチする。僕の場合はスケッチしない。ただそれだけの違いだ」

「いや、それだけの違いではないと思うね。惹かれ方の質がちょっと違う。——何かあるという感じだな」

「それではいつか酒を飲みながら言った言い方をしようか。——昔の愛人の冥福でも祈る、そんな気持かな」

架山が言うと、池野はちょっと真剣に眼を光らせて、

「なるほど、ね」

と言った。池野がひとり呑み込みをした様子だったので、架山は笑いながら訂正した。

「冗談だよ。真面目にとられては困る。いい年齢をして、それほどロマンティックではないよ」

「いや、どうもそういうことらしいな。そうでないと解釈がつかない。観音さんを拝んだり、ヒマラヤの月見を思い付いたり」

池野は言った。

ヒマラヤ

京都から帰って四、五日すると、福岡の岩代から、こんどのヒマラヤ行きのスケジュウルが、タイプで打たれて送られて来た。最終決定のスケジュウルで、これに従って現地と交渉するので、もう変更できないことをご承知願いたいというようなことが書き添えられてあった。

出発は九月二十七日、羽田発午後三時十五分のL航空機でニューデリーに飛ぶ。ニューデリーに二泊、二十九日にインド国内航空機でネパールのカトマンズへ。そしてそこに二泊して、十月一日にチャーター機でヒマラヤにはいり、ルクラに降りる。ルクラからヒマラヤの旅を始め、四日にタンボチェで月見、五日に帰路につき、七日あるいは八日にチャーター機でルクラからカトマンズに帰る。カトマンズには一泊乃至四泊、十一日にカトマンズからデリーに、十二日にデリーから香港に、十三日に香港から東京へと、――ざっとこうした日程が記されてあって、飛行機名もホテル名も書き込まれてある。羽田発の飛行機に特にL航空を選んだのは、そこの事務所に登山家が居て、何かと無理が利くからだというようなことが説明されてあった。

この表によると、東京を出るのが九月二十七日で、東京へ帰り着くのが十月十三日であるから、その間十七日ということになる。十七日間ぐらいなら、どうにかできないことはないと、架山は思った。

すると、そのスケジュウルの届いた日の夜、岩代から電話がかかって来て、

「もう五日ほど何とかなりませんか」

と言って来た。

「最終決定だと書いてあったじゃないの」

架山が言うと、

「そうなんです。最終決定のつもりだったんですが、社長がどうせあそこまで行くんなら、何とかしてダージリンに行って、カンチェンジュンガを見たいと言い出したんです」

岩代は言った。

「月見の方はどうなるの？」

「いや、ヒマラヤの月見をしたあとのことなんです。ニューデリーからすぐ帰るのをやめて、ダージリンまで足を伸ばそうというわけです。そうなると、五日余分に見ませんと。十七日が二十二日になります」

「僕の方は難しいね。十七日がぎりぎりというところだ」

架山は言って、

「では、君たちだけで行って来たらいい。僕だけは失礼しよう」

「それはいけません。みんな同一の行動をとりたいです。よし、社長に因果をふくめましょう。僕にしても、ニューギニアにしても、十七日というのがいい線なんです。よし、判りました」

岩代は言った。

その翌日、また岩代から電話があった。

「社長に電話をかけて、ダージリン行きはやめにしました。大体、社長自身がだめなんです。五日はとれないらしいんです。自分で言い出しておいて、二日か三日ならいいが、五日はだめだというんです」

と岩代は言った。

ダージリン行きは収まったが、それから二、三日して、もう一度、スケジュウルのことで、岩代から電話がかかって来た。

「また叱られそうですが、一応事情だけを申しあげます」

そんなことを言う岩代の声が飛び込んで来た。

「スケジュウルの変更？」

架山が訊くと、

「変更というほどの変更ではないんですが、こんどはニューギニアが、ポカラへ行って、アンナプルナを見たいと言って来ましてね。この方はカトマンズから飛行機で一時間ほどのところですから、飛行機さえ予約しておけば、別にどうということはありません」

「――――」

「きれいな湖があって、アンナプルナの一峰から三峰まで見えます。すばらしい眺めです。折角カトマンズまで行くのですから、ポカラに行かないのは勿体ないと、彼は言います。そう言われれば、確かにそうなんです」

「では、行ったらいいね。カトマンズから一時間で行けるのなら」

「それにしても、一泊はしませんと。――その日のうちに帰るというわけにはいきません。このために二日は要ると思います」

「二日だけ？　それぐらいなら」

「そうですか。構いませんか」

「僕は構わない。十七日が十九日になるぐらいのことなら。――画伯の方は知らないが」

「池野さんの方はオー・ケーです。すでに諒解ずみです」

「じゃ、僕もアンナプルナというのを見せて貰おう」

架山は言った。

その夜、社長の伊原から電話がかかって来た。携行品の中で伊原の方で用意したものの報せであった。その時、

「ダージリンの方は残念だったね。折角だったが、五日となるとね」

と、架山が言うと、

「がっかりしていますよ、邦ちゃんは」

と、伊原は言った。

「がっかりしているのは、君の方じゃないの」

「僕ですか、――僕じゃありませんよ。僕は初めから無理だと言っているんです。一日や二日なら何

とかなるが、五日となりますと、ね。それに、絶対に五日ではすまないと思うんです。少くとも七日は要ると思います。ああいうところは、邦ちゃん、強引ですからね」

「それじゃ、話が違う。彼は、君が言い出したと言っていた」

「冗談じゃありませんよ。邦ちゃんの方から言い出したんです。――そうですよ。新婚のくせに、山となると、すぐ夢中になるんです」

「じゃ、ポカラの話は？」

「それも、邦ちゃんです」

伊原は言った。

次に岩代から電話がかかって来た時、架山はダージリン行きのことについて、岩代をからかった。

「伊原君の話だと、ダージリン行きの言い出しっぺは、君だと言うんだがね」

架山が言うと、

「驚きましたね。社長は本当にそんなことを言っていましたか。彼は自分で言い出して、自分で引込めたんです。そりゃあ、終《しま》いには、彼は確かにこの計画は無理だからやめようと言いました。言ったことは事実なんです。七日かかるからやめようと言いました。それで、私は七日はかからない、五日で大丈夫だと言ったんです。その時点に於ては、私は行ける、社長は行けない、と立場が逆になりました。確かに、その時点に於ては、――」

その岩代の言葉を遮って、

「ポカラの方も君が言い出したと言っていた。上松君ではないと言っていた」

「嫌になっちゃうな。ポカラについては、ニューギニアから電話で相談を受けたんです」

「まあ、その方は決まったからいいが」

架山は笑った。こういう話を電話ですることができるのも、ヒマラヤ行きのおかげである、と思った。何年にも、このような罪のない電話をかけたことはない。

岩代からの電話のあと、こんどは上松から電話がかかって来た。上松からの電話を受けたのは初めてのことである。

「いま岩代君から電話を貰いまして、ポカラ行きのことについて、架山さんに電話するようにと言われました。それで、お電話したんですが」

上松は言った。

「そりゃ、わざわざ――、何も電話を貰わなくてもよかったんです。岩代君をからかっただけですよ」

架山が言うと、

「もちろん、そうなんです。岩代君も、面白半分に、俺の冤《えん》を雪《そそ》いでくれと言って来たんです。――でも、ポカラ行きを言い出したのは僕ではないんです。本当は社長なんです。社長があまりポカラ、ポカラと言うんで、それで僕が岩代君に申し入れたんです。そして岩代君はそれに飛びついて、すぐ社長のところへ電話を入れたということになります。ですから、社長は岩代君が言い出したと言いますし、岩代君は僕が言い出したと言います。実際に、形の上では、その通りなんです。が、本当に一番行きたがっているのは社長なんです。その代弁を私がしたということになります」

それから、

「おかしいですよ。みんなダージリンにも、ポカラにも行きたいんです。このほかにもまだ行きたいところはあります。しかし、日数はかけたくない。仕事の方も心配だ。——無理なんですよ、大体」

上松は言った。これが本当のところであろうと思われた。

架山は毎日忙しく日を送っていた。二十日間ほど身柄をあけるだけのことで、会社の方にも、家の方にも、思いがけない仕事がふえた。出発前にやっておかなければならぬことが、次から次へ押しかけて来た。

しかし、架山は何年かぶりで気持の張った毎日を送っていた。仕事のための旅行とは違って、全くの浪費の旅であった。金の浪費でもあり、時間の浪費でもあり、精力の浪費でもあった。

「——へえ、ヒマラヤへ？　して、また、何のために、そんなところにお出掛けになるんですか」

架山は何人かの人からこうした質問を受けた。

「遊びに行くんです。レクリエーションです」

「本当に山にお登りになるんですか」

「山には登りません。登山家ではないので、鯱立ちしても、山には登れません。エベレストの麓まで行くだけのことです」

「それにしても、またとんでもないことを考えたものですね。そりゃ、空気はいいに違いないでしょうが」

こういう言い方をするのはまともであるが、中には、

「そんなところまで、くるまで行けるんですか」

と、とんでもないことを言うのもある。

「くるまでは行けません。いくら麓だと言っても、山の中ですから」

「くるまがだめだとすると、お歩きになるんですか」

「歩きます。全部で七日ほどですが」

すると、

「元気なものですな」

と、感心してくれるのもいるし、

「そりゃ、あなた、いけませんよ。そりゃ、無理だ。七日も歩くのはいけません」

本気になってとめるのもいる。また時には、

「いいですな。ホテルの窓から雪の山が見えるでしょう。あそこまで行けば、温泉もありますよ。羨しいことですな。熱海で湯につかっているのと違って、同じ温泉でも、そりゃ、気持いいですよ」

こんなことを言うのにぶつかる。こういう場合は黙っている。何を言っても無駄だと思うからである。

と言って、架山にしても、ヒマラヤに関する知識を、相手の何倍も持っているというわけではない。温泉ホテルの窓から雪山を眺めるイメージこそ持たないが、果していかなる旅になるかは、架山とて見当はつかない。自分の足で歩かなければならぬことぐらいは判っているが、その歩くということが、

楽しいか、辛いかということになると、それを判断する知識の持ち合わせはない。楽しそうでもあり、辛そうでもある。

これから自分が為そうとしている旅が、堪まらなく楽しいものか、あるいはその反対に予想以上の苦難に充ちたものかは見当つかなかったが、そのために忙しい毎日を送っていることによって、架山は自分の精神も、肉体も、若々しいものに充たされるのを覚えた。

ある銀行の頭取からピッケルを届けられた。このピッケルの措置に関して、架山はすぐ岩代に電話をかけた。

「ピッケルを貰ったんだが、どうしようかね」

架山が言うと、

「困りますね、そんなものを持って行かれては」

「全然、要らないかね」

「要りませんな」

「杖代りに持って行ってみようか」

「邪魔だけですよ、そんなもの」

「じゃ、やめよう」

それから、誰かに懐炉を届けられたのを思い出して、

「懐炉は？　これも貰ったんだが」

「小さいものでしょう」

「そう」

「それなら邪魔にならぬから持っていらしったらどうです」

「君たちは持って行く？」

「持って行きません」

「じゃ、これも置いて行こう」

「いや、僕たちは持って行きませんが、総裁は持っていらしった方がいいでしょう。寒くて眠れないかも知れませんから」

「そんなに寒いかな」

「夜中は冷え込みます。寝袋というのが暖かそうでいて、案外寒いんです。懐炉が役に立つか知れません。懐炉を抱いてお寝みになればいいですよ」

それから、岩代はおかしそうに笑った。

「変な笑い方をするじゃないか。やはり、懐炉はやめよう」

「いいですよ。湯婆《ゆたんぽ》ではありませんから、お持ち下さい。持つことをお勧めします。持った方が安全です」

仲間と、こうした会話を取り交しているのは楽しかった。若い時、兵隊として大陸へ渡ったが、どこか大陸へ渡る前夜に似ていた。同じ見当がつかないにしても、野戦生活を送る大陸に渡るより、ヒマラヤに出掛けて行くことの方が明るかった。

「ご出発までに、もう何日しかございません」

毎朝のように秘書課員は言った。そういう言い方をされると、ひどく気忙《きぜわ》しかった。家でも同じだった。冬枝は毎日のように買物に追われ、自分が出掛けでもするように、時折り溜息をついた。荷物はむやみに多くなった。肌着だけでも、鞄の半分の容積を占領した。

「戴冠式に招《よ》ばれて行くんじゃない。ヒマラヤに行くんだよ」

架山が言うと、

「だから荷物が多くなるんです。お店もないんでしょう。買いたくても買えません。やはり、荷物を谷の底へ落した場合のことも、考えておきませんと」

冬枝は、いかなるヒマラヤ行きを瞼に描いているのか、時折り奇妙なことを言った。

出発の九月二十七日に一週間ほどしか残されていない時、会社へ大三浦から電話がかかって来た。

今年の仲秋の名月は、十月四日であるが、その満月の夜、琵琶湖に船を出したいと思っている。もしお暇だったら、お出で願えないだろうかという、観月の宴への正式の招きの電話であった。例によって、頗る鄭重を極めた言い方で、架山は途中で言葉をさし挾もうと思ったが、その機が摑めなかった。結局のところ、相手の喋るのを、最後まで聞いていなければならなかった。

「いかがなものでございましょうか。お越し頂けますならば、二人ともどのように悦ぶことでございましょうか」

そういう言葉で、相手は長い話を切った。

「たいへん残念なことですが、この二十七日に発ちまして、外国へ旅行することになりましてね」

架山が言いかけると、

「ご旅行？　左様でございますか。それは、それは——。いつもお忙しいことで結構でございます。それでは致し方ございません。来年のことにいたしましょう。来年と申しましても、三百六十五日先のことになるだけでございます。宜しゅうございます。お待ちいたしましょう。来年の月見はぜひごいっしょさせて頂きましょう。二人にも、よくそう申しましょう。待ちなされ、待っていなされ、——嚙んでふめるように、よく言い聞かせましょう」

大三浦は言った。妙に陰にこもった調子で、聞いていて、あまり気持のいいものではなかった。黙って聞いていたら、泣き声にでも変ってしまいそうであった。

「外国の旅行と申しましたが、実はヒマラヤに行こうと思いまして」

「ヒマラヤ？　ヒマラヤと申しますと、あの高い山のヒマラヤでございますか」

「そうです。もちろん山には登りません。麓まで行くだけです。お招き頂いた十月四日は、エベレストの麓のどこかの村に居ります。私は私で、そこで月を見ましょう。琵琶湖の月を見る代りに、そこで月を見ることにいたしましょう」

「ほう」

大きい感歎の声が聞えてきた。

「左様でございますか。エベレストの麓で、満月をごらんになる！　それは、それは、また格別なことでございます。結構なことでございます。どうぞ二人のために、世界的な高山のてっぺんで、――」

「てっぺんではありません」

「いや、麓でも、てっぺんでも同じことでございます。さぞ美しい月でございましょう。有難うございます。有難うございます」

大三浦は言った。

大三浦は、ヒマラヤの月見に関して、なおもくどくどと話していたが、架山は黙って、受話器だけを耳に当てていた。何を勘違いしたのか、相手はひどく昂奮している。何も琵琶湖と、ヒマラヤとで、相呼応して月見をやるわけではなかったが、大三浦の方はどうやらそんな風に受け取っているらしい。

架山は頃合を見て、

「この間、十一面観音を拝みに坂本へ参りましたよ」

と言った。話題を変えるために観音さまのことを持ち出したのである。すると、果して、

「ほう、観音さまを拝みに坂本にいらっしゃいましたか。それは結構なことでございました。さぞ観音さまもお悦びだったことと思います。坂本と申しますと、あの盛安寺の――」

「そうです」

「ほう、盛安寺のあのふくよかなお顔の観音さまを拝んで下さいましたか。有難うございました。あの観音さまは声を出してお笑いになります」

「え？」

「いえ、笑うと申しましても、実際にお笑いになるのではございません。しかし、あの前に立っておりますと、そのような気持になります。どうも、いま、観音さまはお笑いになったのではないか、そんな気持になります」

「それから、湖北の宗正寺の観音さまも見せて貰いました」

「ほう、宗正寺と申しますと、あの海津の山際のお堂でございますか。お立ちにならないで、坐っていらっしゃる観音さまでございますか」

「そうです」

「ほう、それは、それは、さぞお悦びだったことでありましょう。遠いところによくお出掛け下さいました。私からもお礼申しあげます。そういたしますと、渡岸寺の観音さま、石道の観音さま、坂本の観音さま、海津の観音さまと、四体お拝みになったことになります」

大三浦は言った。

「そのほかにも拝んでいますよ。赤後寺の観音さま、それから――」

架山が言いかけると、

「いや、もう結構でございます。有難うございました。二人も、さぞ悦んでいることでございましょう。私も、怠けてはおれません。精を出しまして、まだ拝んでおりませぬ十一面観音さまを拝むことにいたしましょう。もう五、六体の観音さまだけが残っておりますが、なかなか、それが難物でございます。どこにも梃でも動かない気難しいのが一人二人居りまして、首を縦に振りません。もしかしたら、観音さまはお堂の中にいらっしゃらないのではないかと思うくらい頑強でございます」

それから思い出したように、大三浦はまた話をもとに戻して、

「左様でございますか。ヒマラヤにいらっしゃいますか。どうぞ充分お体にお気をつけ下さいまして、――有難うございます。有難うございます」

何か急に用事でもできたのか、あとは慌しく電話を切った。

出発前に一応健康診断を受けておくべきであるという意見が家で持ち出された。言い出したのは冬枝か光子か判らなかったが、反対すべき理由もなかったので、架山もそうしようと思った。

架山は池野に電話をかけて、池野にも健康診断を受けることを勧めた。岩代、伊原、上松の三人はまだ壮年で、現役を外れたばかりの登山家であったので、その心配はなかったが、池野と架山の方は、ヒマラヤに行こうと、行くまいと、いつ体に故障が起きてもふしぎでない年齢であった。すると、池野は、

「僕もこの際人間ドックにはいろうと思っているんだ。親しいのがK病院の内科部長をしているんで、それに話したら、半日ずつ二日来てくれれば、すっかり診てくれると言っている。それで、丁度君を誘おうかと思っていたところだ。君も酒は飲むし、煙草は喫《の》む。一応験べておかないと、危いよ、空気の薄いところに行くんだから」

と言った。

「では、君の方に便乗しよう。日が決まったら連絡して貰いたい」

架山は言った。それから二、三日して、池野から電話があって、病院へ行く日を報せて来たが、あいにくその日は架山の方の都合がつかなかった。池野だけに病院に行って貰い、架山の方は他の日を指定して貰うことにした。

すると、また二日ほどして、池野から電話があって、

「僕も君といっしょに行くことにして、あの日は見合わせたんだ。ところが、さっき病院から連絡があって、あすはどうかと言ってきた。あすとなると、僕の方はだめなんだ」

池野は言った。架山の方は都合できないことはなかったが、それにしても、なるべくならあすでない方がよかった。そのことを池野に伝えると、

「お互いに忙しいものな。よし、病院にもう一回交渉しよう。僕の方の都合を言うと、出発の前日と前々日の二日なら大丈夫なんだ」

「僕の方も、それなら一番安全だが、病院の方の都合もあるだろう」

「いや、無理に頼み込むよ」

そんなことを言って、池野は電話を切ったが、すぐまた電話がかかって来て、

「出発の前日の午後に診てくれるそうだ。何でも三時間ほどの時間でいいらしい。午後一時に病院の玄関口で落ち合うことにしよう」

池野は言った。

「三時間とは簡単だね」

「心臓と血圧だけを診るんじゃないかな。こんどの場合は、それだけで充分らしい。山でひっくり返るのは心臓の異常か血圧関係らしいからね。——それにしても、前日一日で助かった。今となっては二日はさきにくい」

その口振りから察すると、池野の方も仕事に追いまくられているらしかった。

出発の日が迫るにつれ、架山の方は忙しくなった。毎晩のように帰宅は遅くなり、冬枝が一カ所に集めてくれた荷物は、いつまでもそのままになっていた。普通の海外旅行なら、鞄の方は冬枝に任せたが、こんどはそういうわけにはいかなかった。

出発前々日になると、まだ片付けなければならぬ小さい用事が山積していた。その夜、池野から電話があった。

「あすの病院行きは大丈夫?」

「それがね」

と、架山が言いかけると、

「じゃ、やめようや。僕の方も少し無理なんだ。それに今となって、心臓が悪いとか、血圧がどうのこうのと言われたって、ヒマラヤ行きをやめるわけにはいかないだろう。どうせ出掛けて行くんなら、診て貰わないで行った方がいい」

そんなことを池野は言った。多少開き直った言い方だった。

「じゃ、やめよう」

架山も賛成した。考えてみれば、池野の言う通りであった。今になって健康診断を受けても始まらなかった。

「ひっくり返ったら、ひっくり返った時のことだ。まあ、めったなこともあるまい」

架山が言うと、

「山に登るわけではない。麓を歩くだけのことだ。ゆっくり歩けばいい。息が切れたら休めばいい。平生酒を飲んでいるから、どうせ少しぐらいは息切れもするだろうが、そんなこと心配していてはどこへも行けないよ。ヒマラヤでひっくり返るくらいなら、とうに銀座でひっくり返っているよ」

理屈に合っているような、合っていないようなことを、池野は言った。

「そりゃ、そうだ。酒を飲まなければいいだろう。山へはいったら禁酒するよ」

「そう、禁酒すればいい。禁酒さえすれば、どうということはない」

甚だ無責任な会話を交した上で、電話は切れた。その夜もう一度、池野から電話があった。

「医者の方に、あすの健康診断取りやめのことを諒解して貰った。どうしても時間がとれないので堪忍してくれ、酒は飲まないからと言ったら、おどかされてしまったよ。酒を飲まないのは決まりきったことだ。酒を飲んだりしたら、瞬間、おだぶつだと言うんだ。どうも酸素の少いところでは、アルコールはいかんらしいね」

「そりゃ、そうだよ。決まりきったことだ」

「そりゃ、そうだよ、と言っても、君だって、この間の電話では、余りその方の知識は持っていなかったようだ。まあ、そんなことはどうでもいい。もうあす一日だから、お互いに頑張ろう」

池野は言った。架山の方は仕事の目鼻はついていたが、池野の方はまだたいへんらしく、言葉づかいが妙に殺気だっていた。

出発の日、羽田空港には見送りの人が多かった。特別待合室というのを借りたが、そこに人が溢れた。殆ど全部が架山の仕事関係の人たちだった。

「こんどは大変ですね。どうかご無理をなさらんように」

そう言う者もあれば、

「ヒマラヤというところは存じませんが、やはり山の方へ？」

と頼りないことを言うのもあった。料亭のお内儀《かみ》らしい女性の姿も二、三見えた。そのうちの一人は御守を持って来た。

「これを身に着けていらしって下さいまし。この前、メキシコの山の中へいらっしゃる方に差しあげて悦んで頂きました。ピストルでおどされて、たいへん怖い目にあったようですが、時計を奪《と》られただけで、かすり傷ひとつ負わなかったらしゅうございます」

「そう、それは有難う。悪者は出ないと思うが」

架山は御守をポケットに入れた。

架山が見送り人に挨拶しているところへ、池野がやって来て、

「たいへんだね、なかなか」

と言った。

「ヒマラヤに商売しに行くと思っているのが半分ぐらい居る」

「そうだろうね。岩代君が驚いている。ヒマラヤには三回目だが、こんな奇妙な見送りを受けたことはないと言っていた」

「すまんね」

「すまんことはないよ。賑やかでいい」

そこへ上松がやって来て、

「いま見送り人の一人から、架山さんはどこへ行くのかと訊かれましたよ。ヒマラヤだと答えましたら、何しに行くのかと、また訊いて来ました。月見に行くんですと言ったら、本当にしないんです」

と言った。

「まあ、適当に答えておいて下さい。月見でも、仕事でも、何でもいい」

そこへ、こんどは親しくしている保険会社の重役がやって来た。

「忙しい最中に変な気を起したもんだね。アルプスへ行くんだって?」

「アルプスじゃない。ヒマラヤだ」

「どっちだって、同じようなものだろう。歩かない方がいいね」

「歩くなと言っても、無理だよ。山に行くんだから」

「歩かないでも行かれるだろう」

「そういうわけにはいかん」

「尤もゴルフをやっているから、少しは歩けるだろうが、それにしてもアルプス、いやヒマラヤか——、ヒマラヤなんどに、どうして行く気になったのかね」

「雪の山を見てくる」

「余り近寄らん方がいいよ。雪崩がくるから」

「そんなに近くまでは行かない」

架山は次から次へ来る見送り人の応対に忙しかった。

ひどく長く思われた待合室の落着かない時間が終って、漸くにして飛行機に乗り込んで仲間だけになった時、

「いや、どうも、——すまなかった」

架山はみなに詫びを言った。

「僕たちが出掛けるのと違って、架山さんの場合はたいへんですね。いかにも、みんなから架山さんを奪《と》りあげた感じです」

岩代は笑いながら言った。

「別に吹聴したわけではないが、ああいうことになってしまった。家の者にはさよならも言えなかった」

「そうでしょう。でも、奥さんやお嬢さんとは、僕たちがずっと話していました。奥さんはしきりに荷物を持たせないで貰いたいと言っていました」

「めいめい勝手なことを言ってるね」

架山が言うと、

「箸以上重い物は持たせないと言っておきました」

岩代は言った。

飛行機が飛び立った時、架山はこれで漸く東京の生活から離れることができたと思った。全身から力が脱けて行くような気持だった。架山は池野と隣り合わせて坐り、ほかの連中は前の席に三人で坐っていた。

「カメラは持って来たろうね」

池野が訊いた。

「持って来た。だが、撮り方は知らないから、あとで教えて貰おう」

「撮ったことはないの?」

「ないね」

「驚いたな。でも、そんなことではないかと思っていた。湖畔の観音さんを見に行った時、カメラを持っていなかったから」

それから思い出したように、

「あの時の写真はうまく撮れていたよ。しかし、実物のよさは出ないね」

「そりゃ、そうだろう」

「でも、山の方は大丈夫なんだ」

そんな言葉を交したあと、架山はすぐ眼を瞑った。そして再び、これで自分だけの世界にはいれると思った。家庭からも、仕事からも離れた、こうした立場に身を置いたことは、社会に出てから初めてのことである。ずいぶん羽田からも飛び立っているが、いつも行先には仕事が待っていた。それが、こんどは違っていた。仕事とは全く無関係な旅であった。

これから二十日間ほどを、何も考えずに過ごそうと思う。考えるとすれば、みはるのことぐらいである。もともとみはると会話を取り交すために、この行に加わったのである。

——何もかも切り捨てだ。

架山は自分に言った。未解決なまま残してきた仕事もあったが、みはるのためにいっさい切り捨ててしまおうと思う。

ニューデリーでは第一級ホテルとされているアショカ・ホテルに泊った。ヒマラヤに行くというのに、こういう高級ホテルでは気分がでないというのが、池野と架山をのぞいた三人の登山家たちの東京を発つ前からの意見であったが、架山の方はどうせ一生に一回ヒマラヤという贅沢なところに行くのだから、ホテルも第一級を選ぶべきだという考えだった。池野も架山の方の肩を持った。そういうわけでアショカ・ホテルを予約しておいたのであるが、いざそのホテルに落着いてみると、誰も文句

を言う者はなかった。夕食の時、

「贅沢に慣れてはいかん」

そんなことを言いながら、社長の伊原は、一番贅沢なものを注文した。

「こんどは登山ではなくて、月見なんだから、まあ、いいでしょう。まず、葡萄酒で乾盃することにしますか」

口数の少い上松が、むっつりとした言い方で言った。隊の会計を握っている岩代は、役目柄神妙に、

「総裁、いかがですか」

と、架山の意見を訊いた。すると、架山が答えない前に、

「どれ、僕が選んで進ぜよう」

池野が言った。

万事こういう調子であった。その夜、架山は初めて自分の鞄の中の物を点検した。結局のところ全部冬枝と光子に任せざるを得ない結果になっていたので、何がどこに詰まっているか見当がつかなかった。

翌日一日、ホテルで休養した。誰も町には出ないで、自分の部屋でごろごろしていた。多かれ、少かれ、出発前の疲れが全員を襲っていた。

翌々日の朝五時にホテルを出て空港に向かった。七時半に飛行機が離陸すると、架山の隣の席をとっている伊原はすぐカメラを取り出して、

「山が見えると思うんです。よく晴れていますから」

と言った。

「山が見えるの?」

「ダウラ・ギリも、アンナプルナも見えると思います」

「そりゃ、たいへん。——カメラにフィルムを入れて貰わなくては」

架山もまたカメラを取り出した。

「フィルムの入れ方だけは憶えておいた方が便利です。山にはいると、やたらに撮りますから」

岩代が言うと、

「よく教えておいて貰いたいね。いちいち持ち込まれかねないからね」

傍から池野は言った。窓から見ると、下には灰白色の大平原が拡がっており、その中を無数の中洲を抱えた大河が流れている。ところどころに耕地が短冊型に青く見えているが、それはかぞえるほどで、あとは何の緑もない平原の拡がりである。

「大きな川だね。ガンジス川かな」

架山が言うと、

「ガンジス川の支流の、またその支流の上流といったところではないですか。デリーからカトマンズへ飛んでいるんですから、ガンジスの上流地方を西から東へ向かっていることになります」

岩代は言った。支流の、またその支流かも知れないが、それにしても大きな川だと、架山は思った。川筋は千々《ちぢ》に乱れている。大きな中洲もあれば、その中洲を囲んでいる流れの中に、また中洲があったりする。支流かと思っていると、その上《かみ》の方で本流に繋がっていることもある。そのうちにこんどは本当の支流が現われてきた。しかし、川幅も本流と同じくらいの大きな支流で、どちらが本流で、どちらが支流か、ちょっと見分けがつかないくらいである。

そうした乱れに乱れた川筋の地図の上を、時々薄い雲が早いスピードで流れて行く。下界は薄絹を透かして見るようである。

「まだ山は見えませんか」

時折り、岩代は同じ言葉をかけて来る。

「まだ見えんね。大平野が拡がっているだけ」

架山は四十分ほど大河の流れだけを見ていた。が、そのうちに川筋はどこかに行ってしまい、大平野に森か林らしい黒い点が無数に見え出した。

「もう、そろそろ山が現われていい筈ですが」

その岩代の言葉で平原の果ての方に眼をやると、なるほどいつ現われたのか、遠くに雪の山脈が置かれている。

「雪の山が見え出している」

「そうでしょう」

岩代は席を立って、窓を覗き込むと、

「ダウラ・ギリです。きれいですねえ。白い山という名ですが、その名の通りまっ白ですねえ」

その白い山は次第に大きくなって来た。ニューデリーの空港を飛び立ってから丁度一時間ほど経っている。

「高さは八〇〇〇です。去年の秋、同志社隊が二度目に登った山です。あの裏側はチベットになります。あの山のどこかを越えて、チベットとの交易路が通じています」

架山は岩代と席を替ってやった。岩代は窓にカメラを近づけてぱちぱちやり出した。むやみにシャッターを切っている。

それから三十分ほど、岩代は窓から顔を離さなかった。たまに顔を離すこともあるが、それは、

「席を替りましょう」

という言葉を口から出す時である。

「いいよ。見たい時には覗かせて貰うから」

架山は、いつもそう答える。ダウラ・ギリがいかに美しくても、岩代のように、そういつまでも眺めているわけにはいかない。こういうところが登山家と非登山家の違いというものであろうかと思う。

前の席では、池野がひとり窓際に坐っている。伊原と上松はさっきカメラを持って、どこかへ行ってしまったまま帰って来ない。前の方のあいている席にでも移ってしまったのであろう。そのうちに、

「晴れました。一峰から六峰までよく見えます」

岩代が言ったので、架山は横から窓を覗いた。なるほどさっきとはまるで違った眺めである。雪の山脈が白い稜線を長く波打たせてくっきりと見えている。六峰というのであるから、波打っていると

ころをかぞえたら六つあるのであろう。

「きれいだね」

架山が身を引こうとすると、

「ダウラ・ギリの落ち込んでいる、そのすぐ右手にアンナプルナが顔を出しています」

岩代は言った。なるほど新しい山塊が見え出している。

「あれも八〇〇〇の山です。一九五〇年初めてフランス隊が登りました。あの山の麓にポカラがあります」

「ポカラって、こんどのスケジュウルにあとから加えたところだったね」

「そうです」

「あの山の麓に行くの？　驚いたね」

架山はあの山の麓まで行くとなると、たいへんだなと思った。すると、

「アンナプルナの主峰がよく見えます。マチャプチャリも見えています。マチャプチャリというのは魚の尾という意味ですが、いまに正面に来ると、そう見えて来ます。アンナプルナ山塊の一つです。おや、遠くにマナスルも見え出しました。こりゃ、凄いや。こういうのを見ていると、胸がわくわくしてきます。八〇〇〇以上の山を、僕たちはジャイアントと呼んでいますが、ジャイアントともなると、風格がありますね。さあ、僕はよそに引越します。ここで見ていて下さい。こんなによくヒマラヤ連峰が見えることは少いですから」

岩代は立ちあがった。架山がそのあとに坐ると、岩代は何となく心細く思いでもしたのか、もう一度復習でもするように、白い山脈の峰々について、一つ一つその名前を口に出し、

「判りましたね」

「判った」

「マナスルが正面に回って来たら、また説明に来ます」

岩代は席を立って行った。

架山は初めてヒマラヤ連峰というのを眺めた。確かに壮観だった。いつか雪の山脈は機の正面になっている。架山の眼には、ひときわ堂々たる貫禄を見せているダウラ・ギリが一番立派に見えた。まるで大理石の置物のようである。アンナプルナは、細長いテントと、大きな三角のテントを並べて張ったように見える。

眼を下に移すと、相変らず大平原が拡がっている。平原がひどく黒っぽいものに感じられるのは、雪の山脈が白く輝いているからであろうか。岩代がやって来た。

「マナスルが少し大きくなりました。三つの峰が見えているでしょう。一番左がマナスル、次が大阪大学のP29、次が慶応のヒマルチュリ。——いいですか、もう一度言います、左からマナスル、P29、ヒマルチュリ」

それだけ言うと、岩代はまたどこかに行ってしまった。

架山の眼には、そのマナスル山塊の三つの峰は、大洋上の三つの白いヨットに見えた。しかし、そ

れから暫くして再びその方に眼をやると、こんどは白いヨットには見えないで、三つの白いテントに見えた。

ヒマラヤ連峰は、次々に正面に回って来た。アンナプルナは白い大城廓になっている。こうなると、ダウラ・ギリを一番立派だとするわけにはいかなくなる。ダウラ・ギリも立派であるが、アンナプルナも、これはこれで堂々たるものである。

やがて、マナスル山塊が大きく正面に近づいてきた。もう白いヨットでも、白いテントでもない。これも白い殿堂に変りつつある。この頃になって、ヒマラヤ連峰のところどころに雲がかかり始めた。

三人の登山家たちは、それぞれの席に戻って来た。岩代は、

「マナスルの頂きに雲が棚引いているでしょう。あれを見ると、どうもまだモンスーンはあけきっていないようです。マナスルの頂きに雪煙りがあがっているでしょう。見えませんか」

そう言われれば、雪煙りでもあがっているのかも知れないと思う。

「眼がいいんだね」

「あれは間違いなく雪煙りなんです。いまあそこは吹雪いています」

「ほう」

架山としては〝ほう〟とでも言うほかはなかった。

下を覗くと、いつか大平原はなくなって、機は山塊の上を飛んでいる。こちらはこちらで、凄い山が幾つも重なっている。

「下も山になってしまっている」

「そうですか。じゃ、それを越えると、カトマンズ盆地になります」

岩代は言った。

岩代が言ったように、山の重なりを越えると、突然盆地がひらけて来た。カトマンズ盆地である。機上から見る限りでは、丘も、平野も、集落も日本に似ている。日本的風景である。

機が高度を下げて行くに従って、盆地に散らばっている民家が大きく見えて来る。屋根の小さい玩具のような家が、ところどころに固まって見えている。岩代が窓を覗き込んで、

「この盆地には、カトマンズのほかに、パタン、バドガオンという二つの街があります。いま下に見えているのは、そのうちのどちらかでしょう。いずれにしても、もうすぐカトマンズです。——ああ、ヒマルチュリがきれいですね」

と言った。が、架山にはどれがヒマルチュリか見当がつかない。幾つかの尖った山が鋭く雲の上に出ている。

やがて、機は盆地のまっただ中の民家の密集した地域をめがけて、ゆるく旋回しながら降りて行った。まるで獲物を見付けた鳶が舞い降りて行く感じであるが、こうした感じがするのも、盆地が広く、都市が小さく、そしてすべてが澄んだ空気の中に置かれてあるからであろうか。

カトマンズ空港に降り立つと、

「ここはネパールなんだね」

池野が念を押した。空は青く、陽ざしは白く、強く、東京の真夏の暑さである。

「想像していたところとは大分違う。山の麓の斜面にでもある街かと思っていた」

池野ばかりではなく、架山もまた何となく頭に描いていたカトマンズとは違っていると思った。もっと暗い感じの山の街を想像していたのである。

インドとは違って、一行は短い時間で、空港の建物から外に出ることができた。タクシーでホテル・シャンカーに向かう。

池野、上松、伊原の三人は先のくるまに乗り、架山は岩代といっしょに、空港に出迎えていてくれた大使館の水口という若い館員と後のくるまに乗った。

「まだ雨期はあけていません」

若い館員は言った。

「例年ならもうからりとしているんですが、先週などは三日も続けて大雨が降りましてね」

「飛行機のチャーターの方は大丈夫でしょうか」

「大丈夫です。ただ朝になってみないと、飛べるか、飛べないか判りません。週に三回、ほかの仕事で飛んでいるんですが、こちらを飛び立っても、向うに雲があると引き返して来ます。そんなことの方が多いようです」

「あすはどうでしょう」

岩代が言うと、

「さあ、天気次第ですが、パイロットというのが、また気難しい人物でしてね」

館員は心細いことを言っている。

飛行機の問題は岩代の方に任せておいて、架山は初めて見る異国の風物に眼を当てていた。ひと口に言うと、色あせた煉瓦の町である。建物は全部煉瓦造りで、時折り眼にはいって来る塀まで煉瓦で造られてある。白、青、黄、いろいろな色で建物は塗られているが、それがどれも褪色している。

くるまの窓から見ている街は、今まで架山が眼にしたいかなる街とも異っていた。街全体がその色彩のためか古ぼけて見え、それに白く強い陽光が降っている。東洋の古い植民地の町でも見ている感じである。空が青いためか、時たま眼にはいる赤い花が美しく見える。


くるまはやがてホテル・シャンカーの門をくぐった。この町で一番古いホテルだそうであるが、正面から見ると、なかなかしゃれた白い建物である。もとは王族の一人の住居であったと言う。

ホテルにはいって、部屋の割り当てが終ると、すぐ岩代の部屋に集った。若い館員を混じえて、あすのルクラ行きの打ち合わせをしなければならないということで、岩代から召集がかかったのである。

「今日はよく晴れているので、この分では、あすも大丈夫じゃないですか」

伊原が言うと、

「どうも、それが当てにならないんです。問題は朝七時から九時ぐらいの間、晴れているかどうかなんです。九時過ぎると、着陸地のルクラの方に雲がかかって着陸できなくなります。ですから、どうしても七時にはこちらを飛びませんと」

「こちらが晴れていれば飛び立つことができるんですね」

「そういうわけですが、飛び立つも、飛び立たないも、その時の機長の判断で決まります。ルクラの方に雲がかかっていると判断しますと、こちらは晴れていても、見合わせるということになります。――こちらを飛び出しても、向うに着陸できないと、また引返さなければなりません。どうも、このところ、そういうことが多いようです。無線の連絡といったものはありませんから、機長の判断に頼る以外仕方ないわけです。こういう状態ですから、万事、あす空港に行ってみないと判りません。――また、肝心の機長なる人物がなかなか気難しい人物でして、岩代さんに今日のうちに一度会っておいて頂きませんと」

「会いに行きますよ」

岩代は言った。

「もしかすると、六人は乗せられない、五人にしてくれなどと言い出しかねません」

「それは困りますね。僕たち五人と、もう一人シェルパが乗り込むことになっています。――ともと六人乗りなんでしょう?」

岩代は言った。

若い館員の説明によると、チャーター機は確かに六人乗りには違いないが、こんどの場合のように、木材や物資の運搬でなくて、人間を運ぶことになると、ネパール政府の役人がひとり乗り込む規定になっていると言う。

「うっかり国境でも越えて飛行するとたいへんですから、それを監視でもするといった意味でしょうか。とにかく役人がひとり乗ります。ですから、こちらは五人でないと、――」

若い館員は言った。

「それは困りますね。ひとりぐらい、どうにかならんですか」

岩代も表情を真剣なものにしている。

「ならないようですね。――私も、うっかりしていまして、こういうことになっているとは知りませんでした。申し訳ありません」

しかし、もともと館員に責任あることではなかった。こんどのトレッキング・ビザを貰うことも、チャーター機の交渉も、現地に於ける面倒臭い雑用は、いっさいこの館員にやって貰っていた。岩代こそ以前に一度面識があったらしいが、他の者はみな初対面であった。もしこの青年がやってくれなかったら、誰かひとり、こんどのことのために先にやって来なければならなかった筈である。

架山は空港で挨拶した時から、この若い大使館員に好感を持っていた。見るからにおとなしい誠実な人柄であった。カトマンズに来てから一年か、一年半しか経っていないらしかったが、彼自身登山家であるということであったから、そんなことからネパールの日本大使館に勤めるようになったのではないかと、架山は勝手な想像をしていた。

「まあ、何とかして六人乗せて貰うより仕方ありません。僕たちだけだったら、丁度よかったんですが、この町に家を持っている親しいシェルパに、いっしょに飛行機でルクラに行くように手紙を出してあるんです。ルクラで落ち合うようにしておけばよかったんですが、事情が判らなかったもので」

岩代は言った。そして、

「もう直きに、このホテルにやって来ると思うんですが、彼とも相談してみましょう。別にいい智慧も浮かばないでしょうが」

「もし、どうしてもだめだったら、そのシェルパに一日遅れて来て貰うということにしたら」

架山が口を出すと、

「それがそういうわけにはいかないんです。飛行機の方がほかの仕事で予約されています。それも、この天候で、飛んだり、飛ばなかったりしていますから、仕事が皺寄せになっているようです。ですから、機長も自然に気難しくなります」

館員は言った。

「その飛行機はここととルクラ間ばかりを飛んでいるわけではないんですか」

「仕事によって、ほかのところにも飛んでいますが、ルクラに飛ぶことが多いようです。それにしても、定期便という恰好のものではありません」

架山はチャーター機なるものに関して何の知識も持っていなかった。何となく定期便様のものがあって、それとは別にチャーター機が自分たちを運んでくれるぐらいに考えていたが、どうもそういうものでもないらしい。

「それから、機長は荷物に関しても非常にうるさいんです。重いものは困ると言っています。その点、できるだけ荷物は軽くして頂きませんと――。うるさいことばかり申すようで、まことに相すみませんが」

館員は言った。

「でも、必要なものだけは運んで貰わないと困りますね。山で何日か生活するんですから」

横から伊原が言った。思いがけず厄介な問題が次から次へと、前途に顔を出して来る感じだった。

架山は黙っていたが、なるほど、いろいろと面倒なものだなと思った。上松も、池野も、それぞれ浮かない顔をして、成行きを見守っている恰好である。

「とにかく、これから機長に会いに行ってみます。僕ひとりでもなんですから、社長に同行して貰いましょうか」

岩代が言うと、

「よし」

伊原は大きな声で返事してから、

「ここから自分の足で歩き出せば、なんの問題もないんだが、十五日歩くのを倹約して、坐ったまま、いっきに飛んでしまおうというような了見を持つと、こういうことになる」

確かに、その言葉通りであった。すると、今まで黙っていた上松が、

「あんまり面倒だったら、歩くことにするか。半月歩くだけのことだ。往復で一カ月か。――もうこ

こまで来てしまったんだから、一カ月余分にかかろうと、かかるまいと、たいしたことではない」

と言った。半ば冗談のようでもあり、半ば本気のようでもあった。

「本当か」

伊原が、上松の顔を覗き込むようにして、

「今になって、大きなことを言って！　二日でも帰りが遅れると、会社がつぶれそうなことを言っていたじゃないか。ニューギニアさえ異存がなかったら、俺は歩くよ。もともと歩きたいんだ」

「店がつぶれる、つぶれると言っていたのは、社長の方じゃないか」

「そりゃ、俺も確かにそう言っていたが、もう、こうなったら、そんなことはどうだっていいんだ。

——歩くか」

「おい、おい」

池野が口を入れた。

「変なことを言い出されては困る。約束が違うよ。俺たちのことを忘れて貰っては迷惑する」

その池野の言葉を引取って、

「僕の方は、歩いてもいいんだ」

架山もまた軽口をたたいた。うわっという笑声が起った。厄介な問題は押しやられ、何となくみんな明るい表情になっている。

「僕は反対しますよ。もし歩き出すようなことになったら、僕はここから引揚げます。みなさんとは違って、新妻が居ますから」

それから、岩代は、

「では、社長と僕は機長のところに行って来ます。それまで各自、自由にしていて下さい」

と言って、伊原を促して、若い館員といっしょに席を立って行った。

架山は池野と連れだって、ホテルの庭を歩いた。

「やっぱりたいへんなもんだね、山へ行くということは」

池野は感深い言い方をした。架山も同じ気持だった。いろいろと厄介な問題があるようである。その厄介なことは、何もかも岩代たちに任せて、自分は体だけを運んで来たのであったが、ここまで事を運んで来るだけでも、容易なことではなさそうである。

初めてカトマンズというネパールの都へ来たのであるから、街の見物に出てもよかったが、あすのルクラ行きの問題に支障が生じているらしかったので、何となく、二人はそれを遠慮する気持になっていた。

「少しヒマラヤの本でも読んで、ヒマラヤに関する常識を養っておこうかな」

池野はそんな言葉を残して、部屋に引揚げて行った。架山もまた部屋にはいったが、架山の方は寝台の上に寝ころんでいた。東京の疲れがまだ抜けていないのか、むやみに眠かった。

二時間ほど眠った。眼をさますと、窓から異国の青い空が見えた。午睡をとったのは何年かぶりのことである。

夕方近くなって、岩代から召集がかかった。すぐ出向いて行ってみると、池野、伊原、上松、みんな顔を揃えていた。

「飛行機には全員乗れることになりました。ここからいっしょに乗るつもりでいたシェルパは、もうルクラに行って、僕たちを待っているそうです。それで、人員の問題は自然解消です。ただ全員乗れますが、荷物は膝の上に載せることのできるぐらいの大きさに制限されました」

岩代が言った。

「膝の上に載せることのできる大きさというと、ずいぶん小さいじゃないか」

上松が言うと、

「仕方ないよ。まあ機長の言う通りにするんだな。僕もいろいろと掛合ってみたが、だめなんだ。あんまり執拗にねばって、飛ぶのをやめるなどと言い出されると困るからね」

伊原が言った。

「機長というのはそんなに気難しい奴か」

「気難しいには、気難しいが、しかし、実際にだね、あんまり重いものを乗せると、飛べないんじゃないかな」

「心細いんだな」

「どうも、そうらしい。ちいちゃな飛行機だからね。まあ、先方の言うようにして、飛んで貰うんだね」

「じゃ、そうするとして、膝に載せるだけの大きさとなると、サブ・リュック一つか」

すると、岩代が、

「それも、できるだけ軽くして下さい。余分のものはいっさい持たないように」

と、言った。機長の代弁でもしているような言い方であった。

夕食後、みんなそれぞれの部屋でヒマラヤ行きの荷物ごしらえに取りかかった。架山は東京から持って来た大きな鞄二個のうち、山行き用のものばかりを詰め込んである一個を開けて、その内容品を全部床の上にあけた。

サブ・リュック一個となると、どれほどもはいらなかった。寒さの用心のために、セーターだけでも何枚も持って来ていた。雨で濡れてしまった場合のことを考えて、肌着も何組か持って来てあったが、その大部分をこのホテルに残しておかなければならぬことになった。

時々、池野がやって来て、懐中電燈はどうするかとか、レインコートはどうするかとか、携帯品のことで相談を持ちかけた。

「なにしろ、僕の方はスケッチ・ブックも大きいの、小さいのと何冊かあるんだ。これだけは商売道具だからね」

「リュックに詰めないで、肩にかけて行ったら？」

「カメラも肩、スケッチ・ブックも肩、そのほかに肩にかけるものはたくさんあるんだ。凄い恰好になるな」

池野は、来る度に、そんな言葉を残して、また部屋に帰って行った。

みなの荷造りが終った頃を見計らって、岩代が顔を現わした。携行品の検閲にやって来たのである。

「できましたか」

「どうにか」

岩代はリュックを両手で持ちあげてみて、

「なかなか重いですね。しかし、まあ、このくらいならいいでしょう。一つ一つ、重さを計られて、機外に投げ出されたら困りますからね」

「そんなことをするかしら」

「そこまではしないでしょう。でも、なかなか気難しいスイス人です。美貌の若い青年ですが」

「青年?!」

「青年と言っても、三十三、四歳にはなるでしょう。要するに神経質なんですね。神経質なのは、いくら神経質であってもいいと思います。ヒマラヤの山の上を飛ぶんですから」

「危険なことはないだろうね」

「そんなことは、絶対にありませんよ。小さい飛行機ですから、すいすい雲の中を飛んで行きます。あすは、さぞ快適だと思いますね。——それにしても、荷物だけは軽くしないと! これから池野さんのところへ行って、荷物を半分にして貰います。さっき行ったら、サブ・リュックのほかに、小さい鞄と、風呂敷包と、——」

笑いながら、岩代は部屋を出て行った。

荷物ごしらえが終ってから、みなでホテルの近くの小さい中国料理店に行って、ビールを飲んだ。岩代は何年か前に、二カ月ほどカトマンズに滞在したことがあり、中国料理店の主人とは、ある程度親しい間柄らしかった。二人が半ば肩を抱くようにしているのを、架山は気持よく見ていた。

一同が卓を囲んで、ビールを注文した時、

「何か料理をとらなくては悪いんじゃないか」

架山が言うと、

「オードブルを頼んだら、ここの主人がご馳走すると言っています。ご馳走になっていいですよ。いまに何か持って来るでしょう」

岩代はそんなことを言った。

「では、あす無事に飛び立てますように」

伊原の言葉で、みなグラスを取りあげた。上松が、

「きれいな星がたくさん出ていた。この分では大丈夫ですよ」

と言うと、

「どれ」

と、池野が店の戸口まで出て行った。そして帰って来ると、

「なるほど、きれいに晴れ渡っている。雲などひとかけらもない。では、壮途を祝して」

と言った。また、みながグラスを取りあげた。

ビール壜《びん》が四、五本からになり、料理を平らげ終った頃に、

「では、あすは五時半起床、六時にホテル出発。朝食はルクラに行ってから摂《と》ります」

伊原は言った。店にはいってから、一時間ほどしか経っていなかった。

「折角の記念すべき夜だからもう一本、飲みたいね」

架山が言うと、池野も賛成した。

「でも、あすは早いから、もう引揚げましょう。折角の良夜ではありますが」

その伊原の言葉で、みなは席を立った。戸外は、なるほどみごとな星の夜であった。星が降るように光っている。

架山はひとりだけ遅れて店を出て来る岩代を待って、人通りの殆どない静かな通りを、ホテルの方に歩いて行った。先に歩いて行った伊原が、途中に立ち停まっていて、

「月が出ています。タンボチェの僧院で、あの月のまるくなったのを見るわけです。ニューデリーでも月を見ましたが、実に正確に少しずつまるみを帯びて来ています」

と言った。架山も月を仰ぎ、岩代も仰いだ。しかし、架山の眼には皎々《こうこう》と照り輝いている月の周囲に、淡くはあるが、大きな暈《かさ》が置かれてあるのが見えた。月が暈をかぶると、雨になると言われるが、多少そのことが気にならないでもなかった。しかし、言葉には出さなかった。

架山は五時にベッドから出た。飛行機が目差すルクラというところが、暑いのか、寒いのか、全く

見当がつかなかったので、いかなる身支度をしていいか判らなかった。岩代はいずれにしろ、ルクラから歩き出すのであるからすぐ暑くなる、なるべく薄着をして行った方がいいと言うし、伊原は反対に、飛行機では一時間足らずで到着するが、歩けば半月かかる地点である、相当寒いものと思った方が安全であろうと言う。

結局、各自、思い思いの身支度をするほかなかった。架山は日本の十一月頃の気候を想定し、肌シャツを着、薄い毛の合シャツ上下で身を包んだ。そしてゴルフ・ズボンにアノラック、キャラバン・シューズ。帽子は鞄の中から出てきたゴルフ帽。ざっとこういった出立《いでた》ちである。もう一度サブ・リュックの内容品を点検し、要らないものはホテルに残して置く鞄一個に詰め込む。東京から持って来た大部分の山行き用品は、ホテルに残留することになった。

一時間はすぐ経った。架山は久しぶりで中学時代の、修学旅行に出立する朝の慌しい気持を思い出した。六時に階下の集合場所であるフロント前に降りて行くと、ニッカーズに厚手のワイシャツ、それにチロル・ハットといった恰好の上松がひとり立っていた。なかなかしゃれた出立ちであるが、よく見ると、登山家らしく寸分の隙もない感じである。

池野がやって来た。池野は隊が支給したサブ・リュックは用いないで、自分が持って来た少し大型のリュックを右肩にかけ、あとは別段これといった山支度はしていない。靴も普通の靴である。ちょっと一泊のスケッチ旅行へ行って来るといった恰好である。

「やあ、凄い恰好をしているな」

池野は、架山を見て言った。

「君の方こそ、そんな恰好で大丈夫?」

架山が訊くと、

「山へ登るんじゃないから、これでいいだろう。寒くなった時の用心に、着る物だけはたくさん詰めて来た」

と言った。岩代と伊原がいっしょに階段を降りて来た。岩代は普通の旅行者の恰好で、パナマ帽を手に持っており、伊原の方は完全な重装備の感じである。

「ゆうべ、あんなに晴れていたのに、今朝は少し曇っている」

上松が言うと、

「こっちはいくら曇っていてもいいんだ、向うさえ晴れていれば」

伊原が言った。くるまが来ると、それぞれ勝手な恰好をしている一団は、二つに分れて乗り込んだ。

空港に着いた時、架山は時計を見た。六時半である。これと言って手続きもないらしく、建物の横から、十機ほどの機体があちこちに置かれている広場の一隅に出る。

空を仰ぐと、青空は見えていず、完全に曇っている。ルクラ行きの小型機の置いてあるところに、若い大使館員と、こんどのヒマラヤ山地に於ける設営を取りしきってくれた旅行社の、これも若い日本人社員と、もう一人機長らしい人物が姿を見せている。

架山たちはそこに近付いて行った。

「大丈夫ですか」

岩代が最初に声をかけると、

「さあ」

と、日本人二人は、はっきりしない顔で空を仰いだ。

岩代がみなに機長を紹介した。なるほど気難しそうな人物である。長身を少し前屈みにして、手をズボンのポケットに突込み、架山たちの方には眼もくれないで、黙って、そこらをぶらぶら歩き回っている。そして時々立ち停まっては空を仰ぐ。

「飛ぶのか、飛ばないのかな」

伊原が言うと、

「何とも判りませんね。あいにく曇ってしまいましたからね」

館員は言った。

「とにかく、荷物だけはいつでも積み込めるようにしておきましょうよ」

岩代が自分の荷物を機体の搭乗口のところへ持って行ったので、他の者もそれに倣った。何個かのリュックが固まって置かれた。

機長は相変らず、みなから少し離れたところをぶらぶら歩き回っては、時々空を見上げたり、煙草に火をつけたりしている。

いつまでもこうしていても仕方ないので、岩代と館員と旅行社員の三人が機長のところへ行って、様子を訊いてみることにした。

三人が機長を囲んで何か話しているのを、少し離れたところから、架山たちは落着かない思いで見守っていた。

岩代だけが戻って来た。

「天気の具合はどうかと訊いたら、お前、自分の眼で見ろと言いました。――もう少し、そっとしておきましょう。飛べないなら飛べないと言うでしょうが、ああしているところを見ると、実際に空模様と相談しているんでしょう。少しでも、どこかが晴れたら飛ぼうと思っているようです」

岩代は言った。架山は、飛べないなら、無理に飛ばない方がいいという気持だった。小さな竹トンボのような飛行機に乗って、雲の中にはいって行くのは、あまり有難いことではない。池野も同じ思いなのか、

「帰って、出直せばいいじゃないか。そうしようや」

そんなことを言った。

「いや、飛べますよ。このくらいの雲で飛べないことはないですよ。勇敢にやってみればいいのに、あの機長」

上松は言った。ニューギニアの航空隊に居たというだけあって、大胆である。

若い館員がやって来て、

「機長は、もう十分ほど様子を見てから決めると言っています。黙って待っている以外仕方ありませ

ん。それから例の政府の役人のことですが、きょうは乗り込まないようです。ですから、乗るのはみなさん五人だけです。役人が来て六人だったら、荷物を乗せるわけにはいかないが、五人だから、軽い荷物なら乗せてもいいと、機長はそんなことを言っています」

そう言って、苦笑してから、

「飛ぶんじゃないかと思いますね。どうも、飛びそうな気がします」

「なるほど、ね」

架山は言った。甚だ筋道の通らない機長の言い方だと思った。政府の役人が来た場合は、荷物は乗せられないというような言い方はできない筈である。荷物を軽くすれば乗せるというのが、きのうの取極めである。だから、携行品をできるだけ切り詰めて、サブ・リュック一個にしてしまったのである。どうも、その時々で勝手なことを言う奴だと思う。しかし、異国人の機長を相手に文句を言っても始まらなかった。それにまた、考え方を変えれば、この機長のわがままや、気難しさも判らないではないという気持もあった。小さい飛行機を操縦して、ヒマラヤの雲の中にはいって行くのだから、多少は気難しくもなって当然かも知れない。こちらは遊びであるが、向うは仕事なのである。

架山がそんな思いにはいっている時、

「もう大丈夫ですよ、ヒマルチュリが顔を出して来ました。ジュガール・ヒマールも見えて来ました」

岩代の弾んだ声が聞えた。なるほど幾つかの雪の山が、雲の中から顔を出しかけている。

「よし、これで飛べる！」

伊原が言った。そこへ、今まで機長と話していた旅行社員がやって来て、

「あそこに山が見えるでしょう。空港のすぐ向うに小さい山が」

と言って、みなにその山を示して、

「あれはシバプリーという山です。シバプリーが晴れている時は、ルクラも晴れているんだそうですが、いいあんばいに、晴れて来ました」

「あの山が晴れている時は飛ぶんですか」

「どうもそうらしいですね。さっきから、機長はあの山を気にしていましたから」

シバプリーが晴れたためかどうか知らないが、機長の動きは今までとは違ったものになった。機体内に乗り込んだり、そこから出たり、プロペラの具合を確かめたり、操縦席から箱を持ち出したり、何となく忙しく立ち回り始めた。明らかに出発準備であった。

空は一面にまだ重い雲をかぶっていたが、さっきと違うところは、北方に雪の峰の幾つかが、その頭部を鋭く、美しく見せていることであった。上松と伊原はその方にカメラを向けている。みなが機の前に集ると、機長は、すぐ乗れというように軽く手をあげ、それから責任者は自分の隣の席に腰かけるようにと言った。

「社長、乗って下さい」

岩代が言うと、

「だめだ、そんな大役は」

伊原は後込みした。

「一番いい席なんではないのか」

架山が言うと、

「では、総裁お願いします」

岩代が言ったので、架山はまっさきに操縦席の隣に腰を降ろした。と言って、別に仕切りがあるわけではない。同じような椅子が並んでいて、その一番前の席であるというだけのことである。いい席か、悪い席か判らない。なぜ責任者がこの席を与えられるかも、架山には判断がつかなかった。

「そとで見ていて、ずいぶん小さいと思ったが、乗ってみると、もっと小さいな」

池野が言った。池野は岩代と並んでおり、そのうしろに伊原と上松が並んでいる。そのうしろにもう二つ席がある筈であるが、何か段ボール箱のようなものが置いてあって、椅子は取り除かれている。

池野は正直に小さいと口に出して言ったが、誰もそれに対して言葉は出さなかった。小さいことを改めて認識することは、余り気持のよいことではなかった。

一同を乗り込ませてから、機長はまた辺りをぶらぶら歩き出した。長身の背を少し折って、ズボンのポケットに手を突込み、何か考え込んでいるように地面を見て歩いている。そして時々首を捻じ曲げるようにして、空を仰ぐ。これもあまり快適な見ものとは言えない。

「早く飛べばいいのに、ぐずぐずしていると、何とかいう山にまた雲がかかる」

上松が言った。

「まあ、無理はしない方がいい。機長に任せることだね」

架山が言うと、

「飛んでもよし、飛ばないでもよし」

伊原が言った。すると、

「社長、気が弱くなってはいけません」

岩代が言った。

「冗談じゃないよ。気なんて弱くなるか。なんなら俺が操縦してやってもいい。簡単だろう、こんなちいちゃなやつは。俺、小さい時から機械を取り扱うのは好きなんだ」

「そうなったら、僕は降ろして貰います」

池野が言った。そんなことを言い合っているところへ機長は乗り込んで来た。プロペラが回り出した。

「では」

と言うように、機長はうしろの席を振り返った。それまで機体の傍に立っていた若い二人が、

「行っていらっしゃい」

と、手を振っておいて、機体から離れた。その二人に対して、架山たちもまた手を振った。

機は動き出した。スピードを速めたと思う間もなく、地面を離れ、空に舞いあがった。ひどく簡単だった。

架山の隣で機長は煙草をくわえたまま、前方を睨んでおり、時々フロント・グラスを透して空を見上

げている。空を見上げる時は、いかにも首を捻じ曲げるといった感じの、首の捻じ曲げ方をしている。時計を見ると七時である。舞いあがった時、カトマンズの町が美しく見えたが、すぐ雲に遮られてしまった。機内では誰も喋らなかった。神経質な機長を刺戟しない方が安全であった。気分次第では、いつまた空港に舞い戻らないとも限らなかった。それに、誰にも一言も喋らせないだけの緊張したものを、機長は身に付けていた。首を捻じ曲げては空を見上げているが、それは雲の切れ目でも見付けて、その間から機体を上昇させて行こうとでもしているかのように見えた。

架山は煙草をくわえたかったが、隣の機長のために遠慮していた。機長の方は煙草をくわえづめにくわえており、時折り、煙草をもみ消しては、また新しいのにライターで火をつけている。自分は煙草をくわえていても、隣で煙草を喫まれるのは嫌いだと、そんなわがままなところが、この機長にはありそうに思われる。

機は雲の中にはいったり、雲の中から出たりしていた。雲の中から出た時だけ、下界を覗くことができた。機は盆地東方の山岳地帯の上を飛んでいる。無数の山が波のように置かれてあり、その上に雲が真綿を撒きちらしたように散らばっている。山はどれも苔むした感じだが、時折り低い山で山頂まで耕されているのが見えたりする。

次第に山波は大きくなって行く。機は前の高い山に向かって上《のぼ》って行く。それを越えると、新しい山が現われ、機はまたそれに向かって上って行く。山は次々に、際限なく出てくる感じである。機は相変らず雲の中にはいったり、出たりしている。眼下はよく視界が利いているが、機の前に次々に立ちはだかって来る山はどれも、雲のために、その形をぼんやりしたものにしている。

山は更に高くなってくる。機は山の斜面を這い上って行くような感じで飛んでいる。時には山に這い上らないで、山と山との間を飛ぶこともある。飛行機の道かも知れない。

眼下に渓流が見えた。くねくねと渓谷の間を泡立ち流れている。時計を見ると、三十分経っている。

「カム・バック」

突然、機長の顔が架山の方に向けられた。引返す宣言である。これを聞くために、架山は隣の席を与えられていたのである。

機長はまた何か言った。ひどく早口でもあり、ドイツ語なまりの英語で、架山にはよく聞きとれなかった。

しかし、機は相変らず、前に立ち現われて来る山をめがけて這い上って行く。次々に山は現われて来る。煙草をくわえたまま、機長は処置なしといったように首を横に振って見せる。なるほど処置なしであろうと思う。雲は厚く深くなっており、突然機の前方に屏風のように立ち現われて来る山の壁を見るのは、あまり気持いいものではない。

「帰るらしい」

架山はうしろを振り向いて言った。

「そうらしいですね。仕方ないですよ、これでは」

岩代が言った。飛行機に乗り込んでから初めて交した会話だった。

「折角、ここまで来たのに惜しいね。本当なら、もう十五分ほどでルクラに着くんじゃないのかな」

池野も、いかにも残念そうな顔をしている。

「なんとかならないかな」

一番うしろの席から伊原も、そんな言葉を投げてよこした。

そうしている時、機長は、うおっというような短い歓声をあげて、架山の腕を肘で突いた。雲が切れた間から、遠くに大渓谷の一部が見えている。もう前方に山が迫っていないところを見ると、山岳地帯は終ってしまったのかも知れない。

「ルクラの飛行場が見えます、ルクラの」

岩代が叫んだ。どこがルクラの飛行場か架山には判らなかったが、瞬間、あらゆる事情が好転しているに違いないことを感じた。

やがて機は雲の下に出てしまったのか、架山は眼下に、平原とも、高原ともつかぬ、正確な言い方をすれば、地殻の表面とでも言うしか仕方がない地盤の大きな拡がりを見た。谷もあれば、丘陵もあり、断層もあった。大斜面もあった。樹木の茂りもあれば、岩石の地帯もあった。そんなものを全部載せて、地盤が大きく拡がっている。

機はその一劃に近づいて行った。大きい眺望は次第にしぼられて、渓谷と、斜面と、岩石だけが視野に収まって来た。

「右手に青く飛行場が見えています」

岩代の言葉で、架山はその青い部分を探した。なるほど山の裾と渓谷の間に滑走路らしいものが小さく短冊型に嵌め込まれている。

その時、機は機首を下げて、大渓谷の一劃を目差していた。獲物を見付けた鷹の舞い降り方に似ていた。渓谷が近づき、斜面が近づき、青い短冊が近づいてきた。機は渓谷を斜めに切るようにして、いったん近づいた斜面から離れた。地盤が大きく傾いた。そして、それが正常の位置に戻った時、架山は行手に玩具のような小さく青い滑走路が置かれてあるのを見た。機はまっすぐに青い短冊の中にはいって行った。

小さい飛行機から吐き出されると、架山はふらふらと二、三歩よろめいた。機内で両足でも突張っていたのかも知れない。いやに膝の関節ががくがくする。

雨が降っている。いま降り出したといった降り方である。着陸した滑走路は聞いていた通り一五〇メートルほどの長さの草地で、かなりの傾斜があるので、そのおかげで機は停まることができたといった恰好である。

架山たちが一人一人、機長と握手していると、大人やら子供やら十人ほどが駈け寄って来た。その中の一人が岩代の知っているシェルパらしく、岩代と半ば抱き合うようにして再会を悦び合っている。

架山は近寄ってきた少年の一人にサブ・リュックを取りあげられた。池野や岩代たちも、それぞれの荷物をほかの少年たちに渡している。

一同は雨の中を、山裾の家の方に向かって歩き出した。岩代が、いっしょに歩いているシェルパの言葉を、時々、みなに披露した。

「こっちは毎日雨らしいですよ。やっぱり雨期があけていないんですね」

「困るね。月見は大丈夫かな」

伊原が言うと、

「大丈夫だよ。月見までにはまだ三日ある。それまでにはからりと晴れていい月が出る」

上松は言った。架山は、上松とは違って、この分では月見はだめだろうと思った。

「きょう、この雨の中を歩くのかな」

池野は心配そうに言った。それに対して、

「これからシェルパの家に行き、そこで朝飯を食べ、そしてすぐ出発しましょう。まだ八時前ですから、九時半には出発できます。なるべく早く今夜の宿営地まで行って、そこで休んだ方がいいと思います」

岩代が答えている。

「いずれにしても、寒いね。山へはいったら、もっと寒くなるだろうな。セーターを持って来るべきだったかな」

「持って来なかったですか」

「二枚あるうちの、薄い方を持って来た」

「それで、充分でしょう」

「傘はあるかな」

「傘ですか。シェルパの家に一本や二本はあるかも知れません。しかし、雨具は持って来ているでしょうね」

「雨具、ねえ」

池野は心細いことを言っている。架山も、今になってみると、着るものについてはあまり自信がなかった。今朝になってから、防寒用の衣類をホテルに残しておく方の鞄に移している。これから毎日雨に降られたら、ちょっと困るな、と思った。予備の衣類は必ずしも充分とは言えない。飛行機から吐き出されてからいやに心細くなっている。

シェルパの家だという建物の前まで来た時、架山は飛行機の爆音を聞いた。機体は見えなかったが、いま自分たちを運んで来てくれた小型機が飛び立って行ったのである。

「どうぞ」

岩代と親しい中年のシェルパが、日本の言葉で言った。家は石を積みあげて造ってある。屋根だけは板切れで葺いてあるが、あとは石垣で囲ったような家の造りである。道路に面した方に、扉を持った出入口が一つ開いている。

「暗いですから、足許に注意して下さい」

そう言って、岩代が先にはいって行った。架山はそのあとに続いたが、内部は真暗で、眼が慣れるまでは身動きできなかった。岩代もまたそこに立っているらしく、

「このへんの家はどこも、一階が家畜小屋で、二階が人間の住居になっています。そこらに牛が居ると思いますよ」

そう言われると、向うの暗い中に牛でも立っていそうな気がする。

「ここに階段がありますから、気を付けて下さい」

眼が慣れたのか、岩代は階段をあがり始めた。気を付けるように言われても、架山は依然として身動きできぬ状態にあった。すると、上の方から、誰かが懐中電燈の光を投げてくれた。二、三人でがやがや言っているその声から推すと、架山たちの荷物を先に運び込んでくれた少年たちらしかった。なるほど二階にあがる粗末な階段が眼の前に置かれてある。架山はそれに足をかけたが、二段目で足を踏み外した。これから毎日、このようなことをして過ごすのかと、多少暗然たる思いがないでもなかった。

二階にあがってみると、予想していたより立派な居間があった。二十人ぐらいははいれるかなり広い板敷の部屋である。通りに面している方の窓際に大きな竈《かまど》が据えられてあって、そこに赤々と火が燃えていた。竈には大きな鍋や薬罐《やかん》がかけられてあり、この家の人らしい女たちが、三、四人、その傍で立ち働いている。

架山たちは、女たちの間に割り込んで、その火を囲んだ。体はひどく冷え込んでいる。伊原も、池野も、上松も、みな黙って火の方に手をかざしている。少年たちが、お茶を運んで来てくれた。紅茶だった。

岩代が中年のシェルパをみなに紹介した。名前を言ったが、架山にはすぐは憶えられそうもなかった。

「シェルパ、ポーター、炊事係、――みなで十九人が僕等に付添ってくれます。シェルパはみな少年たちで、シェルパの見習といったところです。大人のシェルパはみな登山隊といっしょに山にはいっていて、今はこうした子供たちしか残っていないんだそうです。でも、子供たちの方が純真で、僕たちの一行には却っていいと思います」

岩代は言った。五、六人の少年たちは居間の隅の方に固まって、神妙にしている。女たちの手によって、スープが配られた。架山はひと口吸ってみて、奇妙な味だなと思ったが、これから当分は贅沢を言ってはならぬと、自分に言い聞かせた。パン、卵焼、野菜、最後に馬鈴薯のふかしたのが出た。馬鈴薯が一番美味しかった。

簡単な食事が終ると、岩代が、

「アンタルケはサアダーとしては、こんどのこの僕たちの隊に付くのが最初だそうです」

と、言った。すると、自分の名が岩代の口から出たのを知って、例の中年のシェルパが、みなの方に向かって、ちょっと頭を下げた。サアダーというのは、シェルパ頭のことで、キャラバンを組んでいる時、隊のシェルパたちはサアダーの命令下に置かれねばならなかった。伊原の説明によると、この資格をとるのはなかなか難しいということであった。人間もできていなければならないし、何より多年にわたる登山の経験がなければならない。

「アンタルケ君か、ちょっと憶えにくいね。——ア、ン、タ、ル、ケ」

架山が言うと、

「じゃ、サアダーと呼んで下さい。サアダー、サアダーでいいですよ」

岩代が言った。

「一体、サアダーはいくつぐらい？」

「三十八です、確か」

　それから、

「簡単な英語なら話します。向うの子供たちも、かたことですが、英語は話すと思います」

　岩代は、アンタルケに少年たちが英語を話すかどうか訊いた。アンタルケは笑顔で首を振り、殆ど話せないが、一人だけ話すのがいると言った。その英語を話す少年が呼び出された。眼の澄んだ小柄の少年であった。少年は名前と年齢を言った。名前の方は憶えられなかったが、年齢は十七歳、日本の同年配の少年に較べると、ずっと子供っぽかった。やがて、

「じゃ、このシェルパは、架山さん、どうぞ」

　そんな言い方で、伊原がシェルパの配分に当った。少年は一人ずつみなの前にやって来て、自分がこれから何日か仕える主人の方に頭を下げた。みな十七、八歳の少年たちだが、見るからに純真そうであった。

「ほかにポーターや炊事の係のおっさんや内儀さんがいるようですが、この方は特に紹介しません。自分のシェルパの名前だけは憶えておいて下さい。用事があったら、名前を呼べば、すぐ飛んで来ます」

　伊原は言った。

「では、出発しますか」

　岩代が言った時、

「デハ、ソロソロ、デカケルトスルカ」

少年シェルパの一人の口から、そんな言葉が飛び出した。

「驚いたな」

みな口々に言った。一座の者の注意をひいたことが恥ずかしかったのか、少年は急に下を向いてしまった。架山付きの少年である。

「ほかに、どんな言葉を知っている？」

架山が訊くと、少年は何も知らないというように首を振って、手を頭に持って行った。日本の若い登山家たちが教えた言葉に違いなかったが、いかにもある感じがあった。

「では、そろそろ、出掛けるとするか」

上松は自分付きのシェルパといっしょにまっさきに部屋を出て行った。

架山は自分付きの少年に、もう一度名前を訊いた。

「――ツェリン・ピンジョ」

童顔の少年は、架山のリュックサックを背に負い、カメラを肩にかけた姿で言った。架山は一応その名前をノートに記した。生れはあす架山たちが通過するナムチェバザールという集落、年齢は十七歳。父親はシェルパ、生母は何年か前に亡くなっている。架山は一応これだけの少年に関する知識を頭に入れた。

架山はピンジョと二人で、再び暗い階段を降りて、戸外に出た。依然として雨はぱらついている。さほど烈しくはないが、雨の中の行軍は余り有難くない。

架山はリュックサックからレインコートを取り出して、それをアノラックの上に纏った。池野がホテルを出た時とはまるで異った恰好をして現われた。池野付きのシェルパは〝テッチン〟という名か、池野はテッチン、テッチンと、少年を呼んで、リュックからカメラを出したり、入れたりしている。

サアダーがやって来て、池野が口にしている少年の名を訂正した。

「――プルバ・チッテン。――テッチン、ノー、チッテン」

「ああ、そうか、チッテンか。チッテンでも、テッチンでも、どっちでも同じようなものだが」

池野は言ってから、サアダーの方に、

「――チッテン、チッテン」

と、正しい少年の名を口に出してみせている。そんなやりとりが、架山には面白かった。

「俺の方はチッテンだが、君の方はなに？」

池野が言ったので、

「ピンジョ」

架山は答えた。

「君の方は？」

池野はこんどは上松の方に顔を向けた。

「ドルジー・シェルパ。――僕の方は憶えやすい。シェルパですから。――邦ちゃんの方は厄介ですよ、ナムギャル」

それから手帳を出して、

「邦ちゃんのはパサン・ナムギャル。社長のはリンジー・ノルブ」

上松は言った。

やがて、どこからともなくそれぞれ背に荷物を持ったポーターたちが集って来た。歯が全くなくなっている老人も居れば、若い男も居る。中年の女も、娘も居る。それに馬が三頭。

サアダーが〝出発!〟とでも言ったのか、サアダーの言葉を合図にして、ポーターや炊事係の一団は、雨の中を出発して行った。サアダーのアンタルケも、その一団の中に加わっていた。

辺りが静かになると、

「僕たちは僕たちのペースで行きましょう。ゆっくり歩いて下さい。まだあすも、あさってもありますから、きょう一日で疲れてしまわないように」

岩代は言った。先頭は上松、それに続いて伊原、池野、架山、殿《しんがり》が岩代である。五人はそれぞれポーターの少年を従えて歩き出した。雨はさっきより烈しくなっている。

「どこへ行くのか知らないが、こうして雨の中を歩き出すのは、心細いものだね」

池野が言った。架山も何となく同じ気持だった。天気がよくて、陽でも当っていたら、きっと楽しいに違いないが、雨に濡れそぼって、生れて初めて大きな山に向かって歩いて行くことになると、意気軒昂というわけにはいかない。

キャラバン・シューズというもので歩くのも初めてなら、雨の中を傘をささないで歩くのも初めてである。

「そのレインコートは防水してありますか」

うしろから岩代が声をかけて来た。

「レインコートだから、このくらいの雨なら大丈夫じゃないのかな」

架山が言うと、

「さあ、どうですかね。大体、レインコートというものは雨を通しますよ。雨の日に、傘をさした上で、濡れないように着るものですから」

「そうかな」

架山は言ったが、そんなことはないだろうと思った。レインコートという名が付いている以上、このくらいの雨なら大丈夫ではないかと思った。

岩代はよくゴルフの時に使うビニール製の薄いやつを身に纏っている。なるほど歩くには軽そうだが、雨具としてはひどく頼りなく見える。

「君の方こそ、大丈夫かな」

「大丈夫です。これが一番です。どちらがいいか、験してみましょう」

道は山裾に沿って走っている。小石のごろごろした道である。段落ある平原が拡がっていて、農家が点々と散らばっている。どれも石積みの家で、石積みがあらわになっているのもあれば、その上に土を塗ったのもある。屋根は板葺きで、その上に小さい石を載せている。

道は間もなく山の斜面を這い始めた。かなりの急坂である。

「ゆっくり、休み、休み登って下さい」

岩代は言った。

「すごい坂だね」

「だから、ゆっくり登って下さい」

「この山のてっぺんまで登るのかな」

「心細いことを言わないで下さい。これから何十回も上ったり、下ったりするんですから」

「これでは、まるで、登山だね」

「そりゃ、登山ですよ」

「僕はまた平地ばかり、ぶらぶら歩くのかと思った」

「そういうわけにはいきません」

池野と伊原はそんな会話を交している。架山は黙って足を運んでいた。何年かぶりの山登りである。こんなことを何時間もやらせられたら、到底体は続かないと思う。が、いずれにしても、ヒマラヤの山地にはいって歩き出したのだから、もはや目的地まで行き、そこから引返して来る以外仕方がないだろうと思う。

少年シェルパのピンジョは架山の先を歩いているが、足場の悪いところへ来ると、立ち停まっては、架山の方へ手をのべてくる。

三十分ほど登ると、道は山の尾根近いところを巻き始めた。いつか下は渓谷になっている。

「下は谷だね」

「そうです。ドウトコシの渓谷です」

「いつ、こんな谷が現われたのかな」

架山は驚いた。自分の足許だけしか見て歩かなかったので、四囲の地形が大きく変って来るのに気付かなかったのである。渓谷を隔てて、対岸は山になっていて、その山の中腹に小さい集落が見えている。

路傍にはシャクナゲと松も多い。松の方はどれも丈が低い。

「門松の松にもってこいだな」

道が平らになると、架山も、池野も、多少ほかのことに気を配る余裕ができるが、少し上りになると、二人とも啞になってしまう。

道は、やがて、渓谷に向かって下り始める。雨は依然として降り続いている。時折り、近くの集落の者らしいチベット人の女や子供たちと擦れ違う。みな裸足で、頭から雨に濡れている。

渓谷に下って、ドウトコシの本流にかかっている木橋を渡る。歩き出して一時間か、一時間半しか経っていないのに、すっかり山間部にはいっている感じである。橋の袂で、雨に打たれながら、立ったままで休憩する。

「これからこのドウトコシの流れを、何回も右に渡ったり、左に渡ったりします。氷河から流れ出している川です」

岩代が言った。架山はルクラを出てから、初めて煙草をくわえた。雨はすっかりレインコートを通っている。びしょ濡れのレインコートを脱ぐと、ピンジョが受け取って、それを自分が背負っているリュックサックの上にかけた。

道はドウトコシの岸からすぐ上りになる。このへんから、架山はもう口をきかなかった。急斜面の石ころ道を一歩一歩拾って行くのが精いっぱいであった。

道は上ったり、下ったりしている。アノラックにも雨が通っている。

ガール部落で昼食。部落といっても農家が小さい谷川に沿って一軒あるだけで、ほかに民家らしいものは見当らない。先にルクラを出発して行ったポーターや炊事係の連中が、薄暗い土間の中でひしめき合っている。土間の一隅に竈があって、そこで火が焚かれているのが何より有難かった。ピンジョがしきりにアノラックを脱げというので、架山はその言葉に従った。ピンジョは濡れたアノラックを持って火の傍に行き、それを木の椅子の一つに拡げている。そんなことをしているピンジョ自身はずぶ濡れである。

熱いスープとピラフが運ばれて来た。

「どう？」

架山は池野に言葉をかけた。

「相当なものだね。雨の中をずぶ濡れで歩くのは初めてだ」

「雨具は？」

「商売道具のスケッチ・ブックを包んでいる。こんど来る時は、完全装備で来て、こんなへまはやらん」

傍に居た岩代が、

「みんな、プリントに書いて渡してあるんですがねえ」

と、慨嘆するような言い方をした。

「忙しくて、読まなかった」

池野は言った。架山もプリントは鞄の中に入れて持って来てあるが、結局はそれだけのことで、出発前は眼を通す暇がなかったというのが実情であった。冬枝や光子は読んだ筈であるが、別にそれに従って衣類を調えたわけでもなさそうだ。そういうところが、手抜かりだったと思う。

他の三人は、さすがに登山家だけあって、雨ぐらいで悲鳴をあげたりはしない。よくしたもので、別段衣類にも雨は通っていないらしい。

「キャラバン・シューズというやつもね」

架山は言った。これは岩代が勧めてくれたものであるが、すっかり雨が滲《し》み込んで、靴下まで濡れている。

「なかまで滲みましたか」

「滲みるどころの騒ぎじゃない。なかはプールになっている」

「でも、それが一番いいんですよ。雨が滲みることは滲みるでしょうが、乾くのも早い。ひと晩火の傍におくと乾きますよ。僕たちの革靴はその点、容易に乾きません」

なるほど、そういうものかも知れないと思う。

「大体、これっぽちの雨で、ずぶ濡れになるということがおかしい。日本の雨と、どこか違うんだな」

池野は言った。

ガール部落を出発、相変らず雨の中の行軍である。道は上ったり、下ったり、平地を歩くということは殆どない。上りも石の積み重なった急坂であり、下りも同じような急坂である。

時折り、農家の二、三軒ある集落を過ぎる。そうした集落の入口には、必ず石を積みあげた高さ二間ほどのずんぐりした塔がある。いっしょに歩いている上松がチョルテンというものだと教えてくれる。

「ヒマラヤ登山の本には、大抵このチョルテンの写真が載っています。ラマ教の塔らしいです。魔のが村にはいれないように、村の入口に造ってあります」

しかし、架山はそのチョルテンにも、あまり視線は投げなかった。チョルテンどころではなかった。ひたすら歩くことに夢中だった。

「これもチョルテンです。こういうのを壁チョルテンと言うようです。もちろん、チベット人は別の言い方をしているでしょうが」

見ると、塔ではなくて、高さ一メートル、幅一メートルぐらいの石垣のようなものが、道の真中に造られていて、道を二つに分けている。奇妙な分離帯である。

「この積みあげている石には、どれも経文が彫ってあります」

「なるほど、ね」

一応は返事をするが、別にその方へ眼を向けるわけではない。伊原が引返して来た。

「このチョルテンの右側を歩くことになっているんだそうです。左側を歩くと災難があるらしい」

伊原はご苦労さんにも、十メートルほどの長さの異様な石の分離帯を、改めて回り直して、また先に歩いて行った。

「余力があるね、彼は」

感心して、架山が言うと、

「疲れましたか」

「疲れたというのかな、こんなのを」

「あすは、らくになりますよ。きょうは初日ですから、誰も疲れます。あすになれば慣れて、何でもなくなります」

上松は言った。

「画伯は大丈夫かな」

「邦ちゃんがついています。さっきまで、僕が画伯係でしたが、邦ちゃんと交替しました」

「すると、あなたが僕の係？」

「そういうことになります」

上松は笑った。うしろから、ポーターたちがやって来た。道をあけてやると、みんな重そうな荷物を背負って、同じペースで通り抜けて行く。一番最後に、一見二十歳ぐらいの娘が一番大きい荷物を背負って通って行った。

「なかなか美人ですね、彼女は。——もう一人同じ年配の娘が居るでしょう。二人は姉妹です。いま行ったのが姉さんの方です」

こうなると、否応なしに体力の差というものを感じざるを得ない。余力があるということは怖しいものである。チョルテンにも、チベット人の娘にも、いまの架山としては無関心であらざるを得ない。

夕方、モンジョ部落にはいった時は、架山はくたくたに疲れていた。大きな岩山を背負った平坦な広場に、先に到着しているポーターたちが、サアダーの指揮のもとにテントを張る作業に従事しているのが見えた。

ここもまた、部落と言っても、付近に一、二軒の民家があるだけである。あるいはここから離れたところに集落があるのかとも思うが、両側に山が迫っている地形から推して、どうもそういうことはありそうもない。

架山は池野と二人で、雨の中に立ったまま、テントの張られるのを待っていた。シェルパの少年たちは、テント造りの作業に加わっている。

「ずいぶんきょうは、急な坂を上ったね。上るのはいいが、上ると下らなければならないし、下ると、また上らなければならない。どっち道、助からんよ」

池野は足踏みしながら言っている。架山もまた足踏みしていた。体はすっかり冷え込んでいる。

「でも、やはり下る方がらくだな」

架山が言うと、

「下る方がらくなことはらくだが、しかし、終《しま》いに僕は思ったね。折角、これだけ上ったのに、また下るのかと。――どうも、無駄なことばかりしている」

池野は言った。二人がこんな会話を取り交している間、三人の登山家たちは、雨の中を動き回っていた。何をしているのか判らないが、やはりやるべきことはあるのであろう。

そのうちに岩代がやって来て、

「一番向うに、雨の漏らない上等なテントを張りました。それにお二人ではいって下さい。風邪をひかないように、すぐ着替えをして下さい」

そう言って、またどこかへ行ってしまった。架山と池野は、岩山の裾に張られたテントの方へ歩いて行った。

二人がテントにはいって靴を脱いでいると、二人のシェルパの少年が、それぞれリュックサックを持ってやって来た。

テントというものの中にはいるのは初めてのことである。なるほど一応雨は落ちないようになっており、草地の上に一面に同じ防水布が敷かれ、その上にマットと寝袋が重ねて置かれてある。

「まあ、かかるところで辛抱せずばなるまい」

いきなり池野はうしろにひっくり返った。架山もまた同じようにした。ピンジョが入口で、手真似をして、何か喚いている。着替えをしろということらしい。架山は起きあがって、忠僕の言に従った。雨はすっかり肌着にまで通っている。

やがて夕闇が迫って来た。雨は相変らず降り続いている。ピンジョとチッテンは何回もテントへやって来ては、架山と池野の濡れたものを運んで行ったり、紅茶を運んで来たりしている。どこかに炊事場のテントが張られてあって、少年たちはそこに集っているらしかった。

岩代が顔を出して、テントの具合を調べて行ったあと、上松が少年たちを連れて来て、テントの周囲に溝を掘らせた。雨の水がテントの内部に流れ込まないための措置なのであろう。

それぞれにみな忙しそうだったが、その間、架山と池野は寝袋の上にひっくり返っていた。少年たちが運んで来てくれた紅茶も、腹這ったまま飲んだ。

「外はいかなることに相成っているかな」

池野は一度だけ起きあがって外を覗いて、

「なかなか壮観だな」

と、何が壮観なのか、そんなことを言った。

ピンジョが、夕食の支度が隣のテントにできていることを告げに来た。夕食と聞いて、架山は初めて寝袋の上から起きあがった。何でもいいから、食物を胃の腑に入れたかった。ひどく寒かった。それにしても、どこへ行くにも、靴を履かなければならないということは面倒臭かった。靴は濡れたま

まテントの入口に置かれてある。すると、同じ気持らしく、

「靴というやつは厄介なものだな。こんど来る時は、紐のないやつにするよ。あの、いきなり足を突込めるやつがあるだろう。あの方がよさそうだね、山登りには」

池野もそんなことを言いながら濡れた靴を履いている。

テントを出ると、夕闇の落ちかかっている広場に、いくつかのテントが並んで張られているのが見えた。七つか八つはあるだろう。さっき池野が壮観だと言ったのは、このことかと思った。大きいテントもあれば、小さいテントもある。

「ドウゾ」

ピンジョの口から出た二度目の日本語だった。案内されたのは、隣のテントであった。そこでまた、架山と池野は靴を脱がなければならなかった。もう三人の登山家たちは集っていた。狭い中にくるまる座になるように席が造られている。席につくと、

「どうですか、ヒマラヤの印象は?」

と、笑いながら岩代が言った。

「いや、なかなか——、相当なものだな」

池野は言った。

「あいにく雨でお気の毒でしたが、あすは晴れるでしょう」

「きょうは歩くのに夢中で、どんなところを歩いたか、よく憶えていない」

すると、伊原が、

「架山さん、池野さんがよく歩けたと、僕たち、感心しているんです。飛行機から二四八〇のところに降りて、いきなり歩き出した。しかも雨ときています。いい加減バテますよ」

と言った。

「一体、ここはどのくらいの高さなの？」

架山は訊いた。

「きょう、ルクラを出てからドウトコシを一回右岸に渡ったでしょう。それから、この部落にはいる前に、こんどは左岸に渡っています。その二度目の橋を渡ったところ辺りが二八〇〇メートルです。ここも、大体、同じくらいではないですか」

岩代が言った。

「二八〇〇か、相当高いんだね」

「今夜、いくらか寝苦しいかも知れませんよ。誰も、少しは高山病にかかっていると思います」

そう言われれば、そうかも知れないと思う。自分ながら、きょうはずいぶんだらしない歩き方をしたが、あれも高山病のせいかも知れない。平生ゴルフをやっているので、足は自信のある方であるが、その自信がきょう一日で吹飛んでしまった恰好だった。

「いま、橋を二回渡ったと言ったが、もっと渡っているよ」

池野が言った。

「ドウトコシの橋を渡ったのは二回だけです。初め右岸に渡り、次に左岸に渡っています。いま、僕たちは左岸にいます。ほかにも橋は渡っていますが、どれも支流の橋です」

「支流も、本流も、何が何やら判らなかったな」

そういう池野の方に、

「それ、高山病のせいだよ。僕も歩くのに精いっぱいで、幾つ橋を渡ったかなどということは、さっぱり念頭になかった」

架山は言った。シェルパの少年が蠟燭を三本持って来て、食卓代りの板の上に立ててくれた。外は真暗になっている。料理が運ばれて来た。雑炊のようなものと、カツレツまがいのものである。

食事中は、食べるのに忙しくて、誰も話さなかった。食べ終ると、上松がコーヒーをいれてくると言って、立って行った。

暫くすると、少年たちがコーヒー茶碗を運んで来、そのあとから上松がコーヒーをわかした土瓶を持って来た。

「インスタントではないですよ」

そんなことを言って、上松は五つの茶碗をそれで充たした。

その夜、架山は寝苦しかった。雨がテントを打つ音を聞きながら、夜半まで目覚めていた。池野も同じように、寝袋の中で、寝返りばかり打っていた。

「ずいぶん前から山へはいっているような気がしているが、考えてみると、今朝来たばかりなんだね」

暗い中で、一度、池野は話しかけて来た。架山はスイス人の機長の神経質な顔を思い出し、今頃彼はどこで眠っているのであろうか、と思った。

暁方、架山は小用を足すために、懐中電燈を持って外に出た。雨は落ちていなかった。

六時半に、ピンジョとチッテンが、モーニング・ティーを持って来た。ゆうべ六時半に起床すると言っておいたが、時計を見ると、きっかり六時半である。驚くべき正確さである。

寝袋の中に腹這ったまま、架山も、池野も、あつい紅茶を飲んだ。

「洗面所はどこにあるのかな」

架山が言うと、

「そんなものはないだろう。まあ、諦めるんだね。またいくつも川を渡るだろうから、その時顔を洗えばいい」

池野は言った。きのうより大分逞しくなっている感じである。有難いことに、曇ってはいるが、雨はやんでいる。

身支度して外に出ると、伊原があちこち飛び回って、カメラのシャッターを切っている。

「顔は洗ったの？」

架山は洗顔にこだわっていた。

「いいえ。ドウトコシの磧《かわら》まで降りて行けばいいんですが、ちょっとあります。途中の川で歯を磨きましょう」

伊原もまた、池野と同じようなことを言っている。

ゆうべ夕食を食べたテントに集って、簡単に朝食をすました。テントを出てみると、そのテントだけを残して、他のテントは全部畳まれている。テントを取り払ってみると、宿営地にはもってこいのなかなかいい広場である。その広場の一隅に近くの農家の内儀さんや子供たちが立って、シェルパたちの宿営の後片付けの作業を見ている。粗末な着物を纏って、みな裸足である。傍に近寄って行ってみると、気の毒なほど薄着をしている。内儀さんが抱いている嬰児まで、ほんの二、三枚の衣類で体を包んでいるにすぎない。

架山は、広場に漂っている朝の大気に日本の真冬の寒さを感じているが、大人も子供も、いっこうにそんなことに頓着している様子は見受けられない。シェルパの少年たちもまた同じである。着ぶくれている者など一人もない。

サアダーのアンタルケの率いる先発隊が出発して行くと、広場は急にがらんとしたものになった。

「どこか、やはり日本にはない風景だね」

池野は言った。さっきからカメラを構えたり、スケッチ・ブックに鉛筆を走らせたりしていたが、池野は架山の方に近付いて来た。手拭を首に巻き付けているところは、画家の池野には見えない。

出発。宿営地を出ると間もなく、道はドウトコシの流れに沿う。きのうは気付かなかった渓流の音が高く聞えている。雨が落ちていないので、架山は初めて四辺の風景に視線を投げて歩くゆとりを持つことができた。日本の山間部の風景とさして変りはない。

「今日は午後ナムチェにはいります」

岩代が言った。ナムチェというのはナムチェバザールという集落のことで、シェルパの集落として、登山家の間では有名なところである。岩代も、伊原も、上松も、ナムチェにはいることはよほど楽しいらしく、ゆうべの食事の時も、それぞれが何回もナムチェという名を口から出していた。カトマンズから歩き出すと、十五、六日目にこの部落にはいるので、登山隊にとっては、一つの目標でもあり、懐しい集落でもあるらしかった。

道はずっとドウトコシの川岸を這っている。一、二回川岸を離れて、ぽつんと一軒だけ立っている農家の横から、その背戸に回って行ったりしたが、暫くすると、道はまた川岸に戻った。ドウトコシに流れ込んでいる支流を、橋とは名ばかりの粗末な木橋で渡る。きのうとは異って、一歩一歩、深山に分けいって行く感じである。

架山も、池野も、きのうのように他の者に遅れることなく、きょうはいっしょに歩いて行く。二人ともシェルパの少年たちに言葉をかけるぐらいの余裕はできている。やはり空気の薄いことに馴れて来たのかも知れない。

「ナムチェ、ナムチェと草木もなびく。ナムチェ居よいか、住みよいか」

伊原は一度歌ったことがあった。伊原のあとに続いている架山も、そういう歌を聞いていると、どういう集落か見当はつかないが、そこに一歩一歩近づいて行くことに楽しさを覚えた。

やがて、ドウトコシを木橋で右岸に渡る。そして一時間ほど経って、また左岸に渡る。この辺りのドウトコシには大きな石がごろごろしており、その間を泡立っている水がほとばしり流れている。まさに大渓流である。

集落は全くない。左岸から、もう一回右岸に渡るところで、大休止をとった。釣橋の袂で、思い思いそこらにある石の上に腰を降ろした。

「ヒラリーのプル」

ピンジョが言った。プルと言うのは釣橋のことらしかった。

「エベレストの最初の登攀者のヒラリーが造った釣橋なんです」

岩代が説明した。架山はその釣橋の上に乗って、ドウトコシの流れを見下ろした。流れの両岸には大岩壁が迫っている。歩いている時は気付かなかったが、いつか四辺の眺めは全く異ったものになっていた。

架山は釣橋の上から、両岸に迫っている大岩石の峭壁を見上げていた。さっきまでさして日本の風景と変らないと思っていたのに、いつ自分を取り巻く世界がこのようなものになったか、ちょっと信じられぬ思いであった。

ドウトコシの急湍は、さながら陣太鼓でも打ち出すように、四辺の静けさをどよもし、どよもし流れている。上流に眼をやっても、下流に眼をやっても、さして遠くないところで折れ曲っているので見通しは利かない。釣橋は、ドウトコシがS字型に折れ曲っているところにかかっているのである。

磧での休憩を打ち切って、この釣橋を渡って、再び右岸に出る。道は川筋に従って折れ曲って行くが、間もなく、二本の川が烈しい勢いでぶつかり合っている合流点に出た。一つは他の川筋に殆ど直角にぶつかっている。どちらが本流で、どちらが支流か、川幅からみても、水量からみても、見当がつかない。地図で見ると、まっすぐな川筋を見せている方がドウトコシの本流であり、その横腹に直角にぶつかっている方が支流のボウテコシである。

道は本流を離れて、支流のボウテコシに沿い始めたが、何程も行かないうちに、また木橋でその流れを渡る。このボウテコシの木橋上から見る眺めも大きかった。ここもまた両岸には大岩石の屏風が立っており、下流に眼をやると、すぐそこに合流点が置かれてあるが、どうしても合流点には見えず、ボウテコシの流れが正面の大岩壁にぶつかって、さながら直角に折れ曲っているかのようである。

ドウトコシも、ボウテコシも、どちらも見るからにひどく荒荒しい気性の川である。その二つの荒川がぶつかり合う地点は、すっかり四囲を大岩石の壁で囲まれているが、さしずめ神様もこのようにする以外、二つの川の出会いを処理することはできなかったのであろう。

そのボウテコシの木橋を渡ると、道は対岸の岩山に這い上っている。

架山がシェルパの少年たちに橋の名を訊くと、口々に、

「サンバ、サンバ」

と言っている。そこへカメラを抱えた岩代がやって来て、

「シェルパは、サンバ、サンバと呼んでいますが、ネパール語のサンゴ、つまり木橋の意味らしいで

す。前の釣橋をプルと言っていたでしょう。プルというのはウッド・アンド・ワイヤの意味らしいです。こちらは木の橋、さっきのは木と針金の橋、つまり釣橋ということになります」

と言った。シェルパの少年たちの言い方で言えば、ドウトコシをプルで渡り、次にボウテコシをサンバで渡り、そして岩山の急坂に取りつくということになる。

上松、伊原、池野、架山、岩代の順に、岩石のごろごろしている急坂を上って行く。この辺りは架山も知っている穂高の本谷の出合に似ている。ドウトコシとボウテコシの合流点付近の大渓谷はすぐ眼の下になり、やがてそれも視野から消えて行く。

架山は頻繁に足を停めて休んだ。その度にピンジョも足を停めて、いっしょに休んでくれる。

――心臓は苦しくないか？

と言うように、ピンジョは両手を自分の胸に当てて、苦しそうな顔をしてみせる。大丈夫だと架山が言うと、

――それでは、安心！

と言ったように、安堵の表情をしてみせる。一番殿《しんがり》の岩代も先にやり、架山とピンジョの二人が、みなより遅れて、二人だけで歩いて行くと、時々池野とチッテンが並んで腰を降ろしているのにぶつかる。この二人もなかなかいい主従に見える。

急坂を上りつめると、道は尾根を巻き出す。この頃から左手にボウテコシの大渓谷が現われ出す。岩代と伊原は到るところで、カメラのシャッターを切っているが、架山にはその余裕はない。ゆっく

りとそうした連中の横を歩いて行く。時々スケッチ・ブックを開いている池野を見かける。そんな時、必ずその傍で、忠僕のチッテンが、池野の手許を熱心に覗き込んでいる。

尾根を巻いている時、路傍で休憩している女を混じえた数人の白人のパーティに会う。カトマンズを出て十七日目だという。

「もうすぐナムチェだ」

一人はいかにも嬉しそうな顔をして、半裸体の恰好で、煙草をくわえている。登山家ではなくて、植物学をやっている一行らしかった。

「あなたたちは、いかなる目的を持っているか」

一人が訊いて来た。

「タンボチェの僧院で、十月の満月を見るためだ」

岩代が答えると、一人が大袈裟な表情で驚いてみせて、

「月は大丈夫か」

「おそらく、今夜から月が出る」

「それはすばらしい。自分たちもそれをどんなに望んでいることか」

架山はそういう会話を聞いていて、いま自分たちはヒマラヤの山地にはいっているのだという思いを持った。白人たちは毎日雨に降られて、すっかり雨には閉口しているのだろう。

白人のパーティと別れたあと、道はまた急坂になり、そこを上りつめると、ふたたび尾根近いとこ

ろを巻いて行く。ピンジョが、ふいに立ち停まった。

「ナムチェ」

その言葉で前方を見ると、向うの山の頂き近いところに、白い石でも置かれているように人家の散らばっているのが見えた。おそろしく高いところにある集落だなというのが、架山のナムチェバザールに対する最初の印象であった。

架山がピンジョと二人で歩いて行くと、ナムチェの集落は、次第にその全貌を大きく現わして来た。こちらの山の尾根を巻いて行くに従って、こちらの山に続いたもう一つ向うの山の大斜面の頂き近いところに、三百戸ほどの人家が、今にもこぼれ落ちそうな危さでくっついているのが、眼にはいって来たというわけである。

村全体を見渡せる地点まで行くと、他の連中も、そこに休んでいた。路傍に巨大な岩石が、恰もこの集落への入口の表示ででもあるかのように置かれてある。

この地点から見ると、あっと声をたてたいほど美しい、ふしぎな集落のたたずまいであった。架山たちが立っているところもボウテコシの大渓谷に沿った山の尾根近い高処であったが、ナムチェもまた同じボウテコシの渓谷に落ち込んでいる山の頂き近いところにある集落であった。

ナムチェの全集落を眼に収めるには、いま架山たちが立っているところが、一番いい地点であるに違いなかった。自然の恰好な展望台をなしてもおり、またその集落にはいって行くただ一本の道の、その村への入口といったところでもあった。道はそのままナムチェをすぐそこに見ながら、ナムチェの背後の山へと回って行っているのであるが、それとは別に、その近くからナムチェの集落へとはいって行く道が一本別れている。

「ねえ、たいへんなところに村があるものだね」

架山が言うと、

「僕は平地の村かと思っていた」

と、伊原も言った。伊原や上松にとっても、ナムチェは初めて見る集落だった。ナムチェを載せている大斜面は大きく抉《えぐ》られていて、その東斜面から南斜面にかけて集落が形成されている。斜面の下の方は急に地盤が断ち切られて、ボウテコシの渓谷に落ち込んでいるのであるが、おそらく誰もそこから渓谷を覗き込むことはできないであろうと思われた。いまは、そのへん一帯を霧が巻いている。

それにしても石の多い斜面である。斜面には夥しい数の大小の石が顔を出していて、その間に人家がばら撒かれている。大きい石も、小さい石もあるが、大きいのは家の二倍、三倍ぐらいの大きさを持っている。そして石と人家のある地帯を、紅葉した草と灌木の絨毯が包んでいる。

「描きようがないな、この村は。——高さが出ない」

池野は言ったが、なるほどこの集落のある位置は絵でもカメラでも捉えられないだろうと思う。

架山はナムチェの集落を倦かず見下ろしていた。ヒマラヤの山地にはいって見る初めての集落らしい集落であった。

「何かの本に、三百戸、八百人とあったと記憶していますが、大体そのくらいの集落なんでしょうね」

岩代は言った。ちょっと見る限りでは三百戸あろうとは思われない。この付近の他の小さい集落でも合わせての上のことではないかと、架山は思った。

「高度は？」

「三四五〇メートル」

いつそんな高さのところまで来たのか。支流ボウテコシの木橋を渡ってから、ずっと急坂が続いたが、なるほど急坂が続いていた筈だと思う。

ナムチェを載せている斜面は、擂鉢《すりばち》を半分に縦に割ったような形をしていて、その上部に家はばら撒かれ、下部になるに従って、家は少くなり、擂鉢の底の部分には耕地と放牧地があるが、それもごく僅かで、あとはボウテコシの大渓谷に落ち込んでいる。その落ち込みの深さは誰にも判らない。おそらくナムチェの人たちも、自分の集落の外れの断崖を覗いた者はないであろうと思われる。いまその断崖から霧が湧いていると思っていたのに、次にそこに眼をやってみると、霧はそこから溢れて、集落のある斜面を這い上り始めている。霧の中から大きなチョルテンが頭を出している。

大斜面に散らばっている家は、ここから眺めている限りに於ては、白い煉瓦でも並べたようにしか見えない。同じ長方形の煉瓦の一片一片が、いずれも擂鉢の底部を覗き込むように建っており、どの建物にも眼窩のように二つか三つの窓が開いている。

三、四人のポーターが迎えに来た。この集落のどこかの家で、先着の連中が食事の用意をしているということであった。架山たちは、遅い昼食を摂るために、その集落へと坂道を降りて行った。

部落へはいって行くと、極めて当然なことながら、道もあれば、路地もあった。斜面の集落のこと故、むやみに石段があった。家はいずれも石を積んで造られてあり、屋根には板が敷かれ、その上に小石が載せられている。今まで見てきたチベット人の家と同じ造りであるが、石積みの上を白い土で固めたのが多いので、遠くから見た時、家それぞれが白い煉瓦のひときれに見えたのである。家と家との間は低い石垣で境いがしてあり、家の横手の狭い畑なども石垣で囲まれている。急な斜面に階段状に造られた集落なので、家も、畑も、道も、何もかもが滑り落ちないように、石垣で支えがしてあるといった恰好である。

「あそこにあるのが僕の家です」

英語でピンジョは言った。全く同じような家なので、あそこと言われても、架山にはどれがピンジョの家か判らなかった。

路地にはいり、石段を上り、また石段を上る。そんなことをして導かれたのは、集落では高処に属する地帯の一軒の比較的大きな造りの家の前であった。三頭の馬が繋がれており、ポーターたちが家にはいったり出たりしている。

ヒマラヤ山地のどの家もそうであるように、階下は家畜小屋、二階が人間の住居になっている。ラマ教の経文を刷られた紙片が入口の木の扉にも、その周辺にもむやみに貼り付けられている。小石を積んで造られている家にしては、入口の扉だけはがっちりした木で造られて立派だが、これはどの家でも同じである。悪魔がはいり込まないように、念を入れて入口の扉を造ってあるのかも知れない。

「暗いですよ」

ピンジョの声をたよりに、手探りで二階への階段に辿り着く。二階はルクラではいった家と全く同じ造りだが、こちらの方が少し広い。竈には火が燃え、この家の女たちが二、三人立ち働いている。部屋はすぐ満員になった。道路に面した方に硝子を嵌め込んだ窓が三つあるが、光線はそこからはいって来るだけなので、部屋の内部は薄暗い。窓と反対側は一面に棚になっていて、大きな銅《あかがね》の湯沸かし釜が十個ほど並べられてある。

「家の財産なんです。娘を嫁にやる時は、あの湯沸かし釜を一つずつ持たせてやります」

アンタルケが説明してくれた。

「どこで買ってくるの？」

「チベットからです。この村からチベットに道がついています」

すると、岩代が、

「昔からのチベットへの交易路があります。だから、チベットの物が、たくさんこの村にはいって来ています」

「山を越えて行くのはたいへんだろうね」

「職業がシェルパですから、何でもないんでしょう。郷里に帰るようなものですよ。同じチベットの種族ですから」

確かにその通りだと思う。カトマンズまで買いものに行くには片道半月かかる。それよりヒマラヤのどこかの尾根を越えて、チベットに行く方がずっと簡単であるに違いない。今は国籍は異っていても、もともと同じ系統の種族である。そもそもシェルパという名は、チベット族系の高地住民シェルパ族からきており、その大部分が現在ドウトコシ上流地域に住んでいるのである。そしてナムチェバザールがその中心集落というわけである。

めいめい勝手なところに陣どって、昼食を摂った。シェルパの少年たちは、ほかで弁当を食べるらしく、みなどこかへ引揚げて行った。サアダーのアンタルケの言うところによると、この家の娘が一人、この一行に加わって働いているということであったが、どの娘か架山には判らなかった。

ナムチェバザールを出発する時になって、また雨が降り出した。

「今夜はだめでも、あすは晴れます。あさっての夜は皎々《こうこう》たる満月をお目にかけますよ」

伊原は月に関しては、あくまで強気だった。架山は月見が目当てのこんどの旅ではあったが、ここまで来てみると、月が出ようと出まいと、たいしたことではないという気がする。それより今夜の宿営のことの方が気掛りだった。一晩中、テントに当る雨の音を聞きながら眠るのは有難くないと思う。靴ひとつ履くのも億劫になるし、濡れたものを乾かすのも容易ではない。

「晴れてくれよ、晴れて！」

思わず声に出して言うと、

「だめですな、これは。――雨期があけていないんだから仕方ありませんよ」

上松はすっかり諦めている口調だった。ナムチェから道は急な上りになる。その急坂を上りつめると、あとは山の斜面を巻いて行く。上りではあるが、ゆるやかな上りである。この頃になって、雨はあがった。

「晴れましたよ、晴れました。こいつぁ、すばらしい!」

少し先の方で、伊原の昂ぶった声が聞えている。なるほど、空の一方に青いところが見えている。ヒマラヤの山地にはいってから、初めて見る青空である。

みんな伊原の立っているところまで行って、そこで足を停めた。下はいつかまた姿を現わして来たドウトコシの大渓谷である。

「ルクラ方面が見えています」

シェルパの少年たちが教えてくれた。青空の見えているのは一部であるが、その方角にかけて、幾つかの山脈が重なっているのがはっきり見え、その山脈の向うに一枚の板のように原野が置かれているのを望むことができる。その平原のどこかに、架山たちが小型機で運ばれて来たルクラがあるのかも知れない。

「あんなところから歩いて来たのかな。それにしても、人間というものは、よく歩くものだね」

架山は感心して言った。到底自分が、いま見えているあの遠い平原の一劃から歩いて来たとは信じられなかった。また雨が降って来た。

「大丈夫、すぐやみますよ」

と誰かが言ったが、架山は当てにならぬと思った。ルクラ地方が晴れているからと言って、こちらも晴れるとは決まっていないのである。

尾根を巻いて行くと、将来空港ができるという予定地があった。そこを過ぎる辺りから樹木は殆どなくなって、高原風の風景になってくる。足許の草はみな紅葉している。

アンタルケが引返して来て、

「この近くに建設中のホテルがあります。今夜はそこに泊ることにします。屋根だけはありますから、雨が降っても、きのうのようなことはありません」

と言った。架山はほっとした。屋根の下に眠れるというのは、何と有難いことであろうかと思った。

「屋根があるか、有難いね、それは」

池野も、また言った。

四辺は全く高原の風景である。草地を歩いていると、高山の尾根を巻いているような気はしない。地図で調べると、大体三八〇〇メートル地帯である。ナムチェバザールが三四五〇メートルであったから、あれから三五〇メートルも上ったのであろうか。雨はまたあがった。草地の一劃で小休止をとる。

「架山さんも、池野さんも、富士山にさえ登っていないのに達者なものですね。普通なら、この辺りまで来ると、頭痛を訴えるんですがね」

岩代が言うと、

「僕は少しやられている」

と、上松が言った。

「今朝からずっと頭痛がしている。前に富士山のてっぺんで頭痛がして困ったことがあるが、このへんはもっと高いからね。二、三日すれば癒るんだけど」

「登山家でもそんなことがあるの？」

架山が訊くと、

「どんな登山家でも、高さに弱いのはいます」

すると、伊原が言った。

「僕も少しはやられている。十六、七日目に来るところへ二日目に来てしまったんですからね。邦ちゃんはどうだ」

「僕か、僕はいまのところ平気だ」

すると、

「頭が痛いと言えば、僕も後頭部が多少変なんだ。肩がこった時、よくこうしたことがある。高山病かな」

池野が言った。

「それ、明らかに高山病ですよ。そういうのを高山病と言うんです」

嬉しそうな伊原の言い方だった。

「そうか、高山病か」

池野は両手を後頭部に持って行き、

「みんな、それぞれにやられているんだね。邦ちゃんと総裁だけか、鈍感なのは」

「僕は生れ付き、高さには平気なんです。この前も、とうとう僕ひとり何でもなかった。僕はともかくとして、架山さんは強いですね。何でもないんですか」

「何でもないね。頭痛なんて、これっぽっちもない。何とも言えず快適だ。むしろ眠くさえある」

架山は言った。

「眠い？　本当に眠いですか」

上松が眼を光らせた。

「眠いね。歩いていても眠いくらいだ」

架山は本当にさっきから睡気に襲われていた。横になったら、すぐ眠ってしまいそうである。ナムチェを出た時からずっとそんな状態が続いている。慣れない山歩きの疲労と、ゆうべの寝不足のためだと、架山は思っていた。

伊原が、急ににやにやして、

「架山さん、それ高山病ですよ。頭痛がするか、でなかったら、眠くなるんです」

と言った。

「そうかな」

「そうですよ。——やっぱりねえ」

伊原は笑った。上松も、池野も、岩代も笑った。

先に歩いて行ったシェルパの少年たちの中の二人が引返して来て、すぐそこにホテルの工事場があることを伝えた。少年たちがから身になっているところを見ると、すでに今夜の宿泊地に行って、そこに荷物を置いて来たものと思われた。

高原風の草地を這っていた道は、また渓谷に沿って、丘を巻き出した。渓谷を挾んで向うには大きな山が迫っているが、上の方は霧が包んでいて、いかなる山か判らない。

道が再びその渓谷から離れて、丘の尾根へと伸び始めた時、架山は行手の低地に工事場らしい小屋掛けが二つ造られているのを見た。少し離れてテントも一つ張ってある。そしてその低地の向うは小高くなっていて、そこに背の低い長方形の建物が建っているのを見た。ホテルというのが、それであろうと思った。

宿泊地に着いたことで、架山はほっとした。いったん低地に降り、小屋掛けの前を通って、半造りの建物へと、急な坂を上って行く。最後の上りだと思うと、ふいに足が重くなるからふしぎである。二回休んで、半造りの建物の中にはいって行く。

アンタルケと工事関係の人らしい日本人が、一同をそれぞれの部屋に案内してくれる。長い廊下に沿って同じ大きさの部屋が幾つか並んでいる。部屋にはまだ扉も付いていていないし、トイレットもできていないが、寝台だけは備え付けられてある。

「天国だね」

架山は言った。本当に天国だと思った。雨は何回目かにまた降り出している。雨の中にテントを張って眠ることを思うと、殆ど信じられぬほどの贅沢さである。

工事場のところまで降りて行くと、水があるということだったが、洗顔は諦めて、架山は寝台の上に仰向けに倒れた。歩いている時は眠かったが、いまは眠くはなかった。ただ仰向けに倒れていたいのである。

ピンジョがやって来て、架山の足から靴を取りあげて行った。どこかへ持って行って乾かしてくれるのであろう。

暫くすると、忠僕ピンジョはまたやって来て、寝台の上に寝袋を拡げてくれたり、枕許に板切れの蠟燭台を備えてくれたりした。

「エベレスト、タボツェ、クンビーラ」

しきりに山の名を口から出しては、外へ出て見るように勧めてくれる。架山は寒くもあり、疲れてもいたので、そこにいかなる山があろうと、いまはたいして見たくはなかった。あとで見ればいい、山は逃げはしないと思った。

しかし、山は逃げたのであった。岩代がやって来て、

「いま、ほんのちょっとの間、エベレストが頭を出しましたが、すぐまた匿れてしまいました。タボツェも出ていましたが、もう見えません」

と言った。

岩代の部屋で夕食を摂った。卓の上に蠟燭を三本立て、その光でフォークとナイフを動かした。戸外は真暗で、部屋の前の露台を雨が叩いている。

「豪華ですな、今夜の晩餐は」

上松が言うと、岩代も、伊原も、中学生の頃から山に登っているが、このような豪華な夕食を摂ったことはないと言う。

「クリスマスみたいだ」

蠟燭の光にさえ、伊原は満足していた。そうしたみなのはしゃぎ方に、初めは架山は同調できなかった。顔も洗わず、手も洗わないで食卓に向かっている。なるほどフォークとナイフを動かして、シェルパの少年たちが運んで来てくれる料理を食べてはいるが、架山の場合は、食欲がなかった。風呂にでもはいっていれば、気持もさっぱりするだろうが、昼間と違うところは靴がスリッパになり、アノラックがセーターになっているだけの話である。

時々、岩代たちは交替に席を立っては、外を覗いている。何回目かに、

「しめ、しめ、雨がやんで来た」

伊原が帰って来て言うと、

「本当か」

と、上松が立って行った。

「完全にはやんでいないが、小降りになっている。タボツェの辺が明るくなっている。月が出るかも

知れない」

そんな声が聞えると、

「どれ」

と池野も、席を立って行った。食卓はいっこうに落着かなかった。立ったり坐ったりしている。

「ここは何というところ?」

「シャンボチェという丘です。三八〇〇です」

岩代は言って、

「いよいよ、あすは目的の僧院のある台地を踏めます。途中にクムジュンという、やはりシェルパの出る部落があります。ナムチェより高いところにある村で、クムジュン出のシェルパの方が、ナムチェ出のシェルパより強いと言われています」

「高いところで育っているから?」

「やはり、そういうことだと思います」

それから、

「それはそうと、睡気の方はどうです?」

「そうだね」

架山は自分を振り返ってみて、また幾らか眠くなっていることに気付いた。

「幾らか眠いようだが、いまの睡気は高山病の睡気ではなくて、本当に眠いのかも知れない」

「まあ、今夜はぐっすり眠って下さい。月が出たら起してあげます」

こんな会話を交しているうちに、架山はなるほど、これは豪華な晩餐かも知れないと思った。三八〇〇メートルの高処で、蠟燭の光で食事をし、エベレストが月光の中に浮かび上がるのを待っている。到底月が出ようとは思われぬが、それをあくまで期待している。架山はシャンボチェの丘の上に立ち籠めている闇に眼を当てながら、今夜はこの闇に包まれて死んだように眠るだろうと思った。

夕食をすませると、架山はすぐ自分の部屋に引揚げて、寝台の上の寝袋の中にもぐり込んだ。枕許の蠟燭の光で煙草を喫《の》んでいると、上松が気持が悪かったら、酸素ボンベを運んで来るが、どうするかと訊きに来た。酸素を吸った方が疲れが癒るということであったが、それより眠らせて貰う方が有難いと、架山は思った。

「あした吸わせて貰いますよ。今夜はまだ大丈夫」

架山は言った。上松が去って行くと、すぐ蠟燭の火を吹き消した。真暗になると、雨の音が高く聞えて来た。残念だが、月見は諦めなければなるまいと思った。工事場の人の話では、この台地を取り巻いているエベレスト、タボツェ、クンビーラ、タムセルクの山々が全部見えたのは八カ月前のことで、それ以来一度もそんなことはないと言う。例年なら半月ほど前から全部の山が見え出すのであるが、今年はどういうものか、今もって雨期があけないということであった。

架山は眠った。夜半に一度眼を覚ました。部屋の外の露台で岩代たちの声が聞えていた。

「これだけ明るいんだから、ちょっと雲が動けば、すぐ月が出ると思うんだがね」

岩代の声である。

「出るとすれば、タムセルクの肩だが、肝心のタムセルクが雲の中では見当がつかん」

これは上松の声である。

「今夜は、お月さまもお休みか。あすに備えて、お休みというところだ」

それから大きな嚔《くさめ》、これは伊原のようである。

「風邪をひくぞ、寝よう、寝よう」

誰かの声で、みんな引揚げて行く。そんな戸外の会話を夢うつつで聞いて、架山はまた眠った。

翌朝は早く眼覚めた。疲労はすっかりなくなっている。架山はセーターの上にマフラーを巻き付けて、ここへ来て初めて、部屋から露台に出た。凍りつくようなひどい寒さである。雨はあがっている。

架山はホテルを載せている台地が大きい渓谷に臨んでいるのを、この時知った。このようなところで、自分は眠ったのかと思った。

岩代が二つ三つ向うの部屋から姿を現わした。

「やあ、晴れましたね。エベレストがきれいに見えています」

「どれ？」

「正面の山です。きれいだな。凄いですね」

それから岩代は、

「社長、晴れました。見えてますよ」

大声で呶鳴《どな》った。すると、架山の隣の部屋から伊原が姿を現わして、

「うえっ、凄えなあ。画伯とニューギニアを起してやろう」

そんなことを言って、また顔を引込めた。

ホテルのある台地は大渓谷に臨んでおり、その渓谷を抱くように正面にエベレスト連峰が、その手前の左寄りにタボツェが、更にその手前にクンビーラが、それぞれくっきりと白い稜線を見せている。エベレストの右手にアマダブラムが、更に少し離れてタムセルクがまっ白い姿を天に衝き上げている。陽は出ていないが、薄藍色の空が拡がり、白い真綿のような雲が点々と置かれ、その下に重なり合った雪山が白く輝いている。

岩代たちは、申し合わせたように〝凄えなあ〟という感嘆の叫びを口から出したが、確かに凄いと言うほかはなかった。

伊原と池野は着ぶくれて、上松は寒そうな恰好で、それぞれ露台に飛び出して来た。

「これで雨期はあけました。今日初めてあけました」

伊原は力をこめた口調で言った。確かに雨期があけたとするなら、それは今日であろうと思われた。空のどこを仰いでも、快晴と言うほかはなかった。

いつかサアダーのアンタルケも姿を見せていた。アンタルケと話していた岩代が、

「あそこに僧院が見えています。今日僕たちが行くタンボチェの僧院です」

みな岩代が指し示す方を見た。渓谷を挾んでタボツェと向かい合う位置に雪のない山があり、その頂

き近いところに、小さく建物らしいものが置かれている。僧院と言われれば、なるほど僧院かと思う。

「タボツェの中腹に部落が見えるでしょう。ホルシェという部落で、やはり強いシェルパの出る村です」

そのホルシェという部落は、渓谷を挾んで、僧院とほぼ同じぐらいの高さに位置していた。全くのタボツェの中腹で、そこだけがやや平らにならされた斜面になっていて、そこに数十戸の家がばら撒かれている。肉眼では見落してしまいそうであるが、上松が持って来てくれた双眼鏡で覗くと、はっきりと部落であることが判る。集落の周辺に、形ばかりの小さい耕地が置かれている。

岩代も、上松も、伊原も、それぞれカメラを持ち出して来て、カメラマンとしての活躍に忙しくなった。

「ホルシェの部落に水煙りがあがっています」

岩代が、カメラを覗きながら叫んでいる。なるほど水煙りがあがっている。水蒸気が山腹の集落を包んでいるのであろうか。

そうしているうちに陽が当り出して、暖くなった。丁度降雪の翌日の陽光の暖さに似ている。タンボチェの僧院にも陽が当り、ホルシェの集落にも陽が当った。正面のエベレストの幾つかの峰は、それぞれ白銀色に輝いている。周囲の山が一つ残らず見えるのは四月以来のことだと言う。

池野は白い毛糸の出目帽《でめぼう》をかむって、一人だけ少し離れたところに立って、スケッチ・ブックを拡げていた。表情が真剣である。

八時、出発。ホテルの丘を降りて、ホテルの露台から見えていたタンボチェの僧院に向かう。

丘を降りると、道の両側はすぐ岩山になる。落石が多い地帯なのか、道と言わず、道に沿っている谷川と言わず、辺り一面に石がごろごろしている。大きな石もあれば、小さい石もある。その石の磧を一歩一歩拾って行く。

ルクラを出発して三日目のこの日は、シェルパも、ポーターも、炊事係の老人や女たちも、みんないっしょになり、後になったり、先になったりして歩いて行く。娘たちは何がはいっているのか、それぞれ大きな荷物を背負っている。大きな酸素ボンベを背負わされた馬が動かないで、少年たちは手をやいている。

「どの馬も酸素ボンベは嫌がるようです。重いのか、運びにくいのか、とにかくふしぎに嫌がりますね」

上松は言った。

途中、小川の畔りで休憩して、みんな洗顔したり、剃刀を頬に当てたりした。架山は大きな石の上に上って、そこに腰を降ろしていたが、その石にラマ教の経文らしいものが刻まれていることを発見して、その石から降りた。誰が刻んだのか知らないが、彫りは深く、鋭く、いかにも一劃一劃心を籠めて正確に彫ったといった文字が何十も並んでいた。架山はきのうも、一昨日も、ドウトコシの河畔で、同じような石を見ていた。路傍の大きな石の面が、ぎっしり経文の文字で埋められているのを見たこともあった。いずれも行路の難渋を避けるための、祈りの心を表現したものであろうが、ヒマラヤ山地に住む人たちは、こうしなければ生きて行かれないであろうと思う。自分一人のために祈っているのではない。自分と同じ立場にある多勢の人たちのために祈っているのである。

架山はこの石に文字を刻んだ人のことを考えた。いつ刻んだのか、いかなる人が刻んだのか知らないが、判っていることは、これが自分一人のための祈りではないということである。この落石が多い岩石地帯を往来する自分たちの仲間全部のために、彼はここを往来する度に一字一字刻んで行ったのかも知れない。あるいは、ここで肉親の者が難を受け、その供養のために、そしてまた再びそうしたことが他の者の身の上に起らないように、何日もここに通って、このたくさんの文字を刻んだのかも知れない。

確かに、こうしたところに生きて行く人たちには、自分一人の幸福ということは考えられないだろう。洪水も、雪崩も、饑饉も、みな共同の運命なのである。みなが幸福にならなければ、自分も幸福にはならない。自分の難渋は他人の難渋であり、他人の難渋はまたそのまま自分の難渋なのである。

依然として両側を岩山に挾まれた道が続いていたが、それがかなり急な下りになった時、架山は行手に集落のあるのを見た。長い間、岩石地帯を突切って来た道は漸くにして、そこを脱けて、今や周囲を岩山に囲まれた小盆地へ出ようとしていた。

まず大きな山が眼にはいってきた。クンビーラであった。山の上半分は霧に包まれているが、その裾に人家がばら撒かれている。クムジュンの集落である。ナムチェの集落は山の頂き近いところに営まれていたが、クムジュンはシェルパたちが崇めている神の名をそのままその名としている山の裾に造られてあった。文字通り背にクンビーラを背負い、その山裾の斜面に造られている集落であった。ナムチェは三四五〇メートルであるが、クムジュンの方は三七六〇メートルで、ナムチェより大分高くなっている。

部落の入口には石を積んで造った四角な石の門があった。周囲を石で囲まれた真四角な部屋の一方に入口があり、一方に出口があるようなものである。遠くから見ると、普通の門に見えるが、そこをくぐろうとして初めて、内部が四角な部屋になっているのに気付く。

その門をくぐると、道は両側を低い石垣で縁どられて、まっすぐに盆地へと伸びているが、道の右手は大きな広場になっている。その道を歩いて行くと、巨大なチョルテンがあった。それに続いて壁チョルテンがかなりの距離造られてあり、それが切れるところにまた大きなチョルテンがあった。二つのチョルテンは全く異った形をしている。このチョルテン区域で、悪魔はすっかり取り除かれてしまい、人々は初めて集落の中にはいることを許されるといった恰好である。道もそこで、道としての形を失い、あとは盆地が拡がっているだけである。低地は耕地になっており、ゆるい斜面には人家がばら撒かれている。

その小さい盆地の一劃に立った時、架山はまず盆地を取り巻いている周囲の山々を仰いだ。山の上半分を霧に包まれているクンビーラは、いかなる山容をなしているか判らないが、集落に向かって右手にはタムセルクとアマダブラムの白い峰が鋭い感じで聳え立っている。そしてそれ以外は全部岩山で、それが盆地をぐるりと屏風のように取り囲んでいるのである。

「凄えなあ」

伊原は言った。凄いというほかはなかった。気の遠くなるような美しい盆地であり、美しい集落であった。しかし、同時にまた、自然の条件一つでは、いつでもきびしい盆地になり、きびしい集落になるであろうと思われる。もし吹雪がこの盆地を取り巻いたら、――架山はクンビーラとの怒号と、岩山の叫び声と、アマダブラム、タムセルクの咆哮がふいに自分を包んで来るのを感じた。

クムジュンの集落のある盆地にはいってから、誰も余り喋らなかった。みんなばらばらになって、思い思いの方角にカメラを向けていた。

集落の中にはいってみた。ナムチェと同じ石積みの家である。ここも石積みの上に白い土を塗っているので、遠くから見ると白い家に見え、白い家の集落に見える。どの家の屋敷も低い石垣で囲まれている。畑も、路地も、みな低い石垣で縁どられているところは、ナムチェと同じである。ただ一つ異っているところは、どの家の板葺きの屋根にも、ラマ教の祈りの文字を捺した布片《ぬのきれ》を結び付けた棒切れが立っていることである。布片は紅、白、黄、黒、色とりどりである。シェルパの少年たちに訊くと、口々に〝タルチョ〟と言う。ラマ教の祈りの旗である。村は巨大な二つのチョルテンで護られ、家々は更にタルチョによって護られているのである。

部落の中の路地を歩く。到るところに犛牛《ヤク》がうろついている。海抜四〇〇〇以上のところにしか住まないと聞いていたが、なるほど、このへんは犛牛地帯なのだと思った。この黒色の、見るからに重そうな鈍重な生きものにとっては、クムジュンは住みよい場所なのであろう。

低い石垣で囲まれた畑では、老人や女たちが働いている。平和な眺めである。

アンタルケの案内で、ヒラリーが寄付したという小学校を見に行く。小学校は村の入口の石の門に近いところにあるので、もう一度盆地を突切って行かなければならなかったが、架山はそれがいっこうに苦にはならなかった。

小学校は小さい校舎、と言うより、小さい教室が二棟になって建てられてあった。アンタルケが一つの教室の扉を開けてくれたので、架山は内部を覗いた。すると、それまで授業を受けていた十歳前後の子供たち二十人ほどが、いっせいに立ちあがって、架山の方に手を合わせ、そしてまた坐った。胸の前で手を合わせることが挨拶であることは、架山もシェルパの少年たちによって知っていたが、しかし、突然のことだったので、架山は驚いた。たくさんの小さい手の合掌もさることながら、問題はその小さい眼の黒さであった。

架山のあとから、岩代がはいって来ると、子供たちはまた同じことをした。参観人があったら、いつでもそうするように命じられているに違いなかったが、しかし、その小さいたくさんの眼の持っているものは、そうしたこととは無関係であった。純真と言っても当らないし、清純と言っても当らなかった。クンビーラの山麓で生れ、育った子供たちだけが持っているものであった。電話も、電燈も、自動車も、列車も、レストランも、玩具屋も、米も、ジュースも知らない子供たちだけの持っているものであった。

架山は涙ぐましい思いで、その小さい教室を出た。子供たちは英語を教わっていた。男の子はシェルパになるために、女の子供たちはシェルパの内儀さんになるために、異国の言葉を覚えようとしていたのである。

クムジュンの集落を出発。村外れに雪男の頭蓋なるものを収めているというラマ寺があるが、そこには寄らないで、その前を通って行く。

「なるほど、このへんなら雪男も出そうだね」

池野は言う。

「出ても、ふしぎはないね」

と、架山も言う。雪男がいかなるものか知らないが、何ものが出ようとさしてふしぎはないと思う。渓谷へ降りて行く。周辺の草と灌木はみな紅葉している。大きい岩山の中腹にテシナという小さな集落があり、その下を通って行く。下から見ると、テシナは大岩石の山を背負っていて、いつも落石の危険にさらされている感じである。こういう集落での毎夜の眠りはどのようなものであろうかと、架山は思う。

道はまた山の中腹を巻き始めている。片側は大渓谷で、底の方に小さく針金の切れ端でも置いたように流れが見えている。ナムチェ以来暫く眼にしなかったドウトコシの奔湍がまた現われて来たのである。やがて道はいっきにその渓谷に向かって下り始める。急降下である。三十分ほどで川の岸に出る。ピンジョが、

「魚が居ない」

と教えてくれる。ドウトコシもここまで溯ると、魚も住めない冷たさになっているのであろう。しかし、流れは烈しい。奔騰する流れの上に掛けられている木橋を渡って左岸に出る。そこからまた急

の上りになると言うので大休止をとって、磧で弁当を使う。

「おや、この子供はどこから来たんだ」

伊原の声で振り向くと、磧の石の上に七、八歳の子供が一人坐っている。アンタルケの話では、近くのフンジ・サンゴというところに人家が三軒ほどあるので、そこの子供ではないだろうかと言う。子供は自分が話題になったと思ったのか、少し離れたところの石に移動して行って、そこで石を積んだり、壊したりしている。

「くるまの心配はないが、川が危いな」

上松はそんなことを言いながら、子供をカメラに収めている。

その子供を一人残して、出発。そこから急坂を上って行く。シェルパもポーターも入り混じって、いっせいに上って行く。架山は自分の前を、大きな荷物を背負って行く老人に、その年齢を訊いてみた。七十歳近いと思っていたが、四十九歳ということだった。歯は全部脱けてしまって、前歯が一本だけである。

急坂をじぐざぐに上って、そこを上りつめると、あとは山の中腹を巻いて行く。

「タンボチェ、タンボチェ」

ピンジョは時々、タンボチェが近いことを告げに来てくれる。しかし、なかなかタンボチェには着かなかった。架山は重い足を引きずって、眼のさめるように美しく紅葉した草地を歩いて行く。多少夢心地だった。高処の紅葉のためか、黄も、赤も、褐色も、濡れたように艶を帯びて光っている。岩

代がやって来て、

「さあ、僧院に着きました。門が見えています。三時四十分です」

と言った。

長い間、山の斜面を巻いて来た道は尾根にとりつこうとしており、その上りつめたところに石の門が見えている。

「最後の上りだな」

架山は急に重くなった脚を引きずって、短い坂を登った。クムジュンの集落の入口にあった門と同じ石積みの四角な門で、石の面は苔むしている。

その古く小さい門をくぐると、思いがけず、そこには広い台地が拡がっており、その一劃に僧院の建物が置かれてあった。広場を隔てて、僧院と向かい合う位置に、大きなチョルテンが二つ立っている。

「さあ、着きましたよ」

岩代は言って、カメラの三脚を立てる作業に取り掛っている。架山はいま自分がいかなる場所に立っているか、それを見定めようとした。どこへ眼をやっても、ふしぎな眺めであった。

僧院の建物はどこが入口か判らなかった。たくさんの独立した建物が牡蠣殻のように小さい丘の斜面にくっついている。一番高処に見えているのがおそらく廟で、その他はそれに付属した僧房の建物であろうと思われた。ただそれがみんなくっついていて、一カ所を持ちあげたら、一群の建物全部が持ちあがって来そうに思われる。

その僧院の背後には雪の峰が迫っている。

「きれいですね、カングテが」

岩代の言葉で、架山はそれがカングテであることを知った。

架山は僧院とそのカングテを背景にして、岩代のカメラの中にはいっているのである。

カメラを構えている岩代の背には、それぞれ形の異った大きなチョルテンが立っているが、そのチョルテンもまた雪の山を背負っている。

「チョルテンのうしろの山は？」

架山が訊くと、

「タムセルクとカンテガです」

岩代は答え、

「カンテガは鞍の峰という意味です。馬の鞍に見えるでしょう」

馬の鞍にしたら、大きな馬の鞍である。架山にはただ白い大きな団塊がのしかかっているとしか見えない。

ピンジョが迎えに来た。台地のあちこちでカメラを構えている伊原や上松の姿が見えている。

「とにかく、ひと休みしましょう。仕事はそれからです」

岩代は言った。広場の突き当りに小さい建物が立っている。今夜の宿泊所のゲスト・ハウスだということであった。その小さい建物の背景もまた雪の山である。

「アマダブラム、ローツェ、エベレスト」

ピンジョが言った。

「あれがエベレストか」

「今朝、ホテルの丘から見えたでしょう」

そう言われても、見る場所によって形が変るので、架山には簡単には憶えられない。要するにここはエベレスト連峰の白い屏風にぐるりと囲まれた台地なのである。

一同はゲスト・ハウスにはいり、床の上にくるま座になって、シェルパの少年たちが運んで来てくれたお茶を飲んだ。とにかく目的の僧院のある台地に着いたということで、誰の顔にもほっとしたものがあった。

「総裁も、画伯も、とうとう落伍しないで来ましたね」

伊原が感深そうな言い方をした。

「来ることは来たがね」

池野は、冴えない顔をしている。後頭部が痛いと言う。

「酸素を吸ったら癒りますよ。僕たちも頭痛がしています」

しかし、架山は別段、頭痛は感じていなかった。頭痛のかわりに、またさっきから睡気に襲われている。うしろにひっくり返ったら、そのまま眠ってしまいそうである。

「月は出るかね」

「大丈夫でしょう。いつも夕方から霧が出るそうですが、今日は大丈夫じゃないですか。今のところはまだ霧は出ていません」

上松が言った。

「十四日の月だね」

「そうです。あすが満月です。あすでも、今夜でも、どちらでもいいですよ、月さえ出てくれれば」

月のことは、架山はあまり当てにしていなかった。月を見るためにはるばるやって来たのであるが、ここまで来てみると、月を見られるか、見られないかということは、全くの運次第であった。このところ毎晩のように霧が出るというのであれば、今夜もまた霧が出るだろうと思う。雪を戴いたエベレスト連山をまのあたりに見たのであるから、それで満足すべきだという気持である。

「まあ、月の方はどうでもいいさ。ここまで来られたのだから」

架山が言うと、

「気が弱いことを言っては困ります。月を見に来たんですから、月を見ないと帰れませんよ。月が出るまで、何日でもここで頑張りましょう」

伊原が言うと、

「冗談じゃないよ」

と、池野が真顔で言った。確かに何日も頑張れるところではなかった。ゲスト・ハウスと言っても、石積みの山小屋であるに過ぎず、内部が三つか四つに仕切られてはいるが、別段扉があるわけでもない。窓硝子も何枚か飛んでいる。テントの布片かレインコートなどで補修しない限りは眠れないだろう。

アンタルケがやって来て、火にあたりたかったら、戸外の炊事場に来るように言った。窓から覗いてみると、ゲスト・ハウスの裏手には幾つかのテントが張られ、その一劃に設けられてある石の竈に、シェルパやポーターたちはたかっていた。戸外の冷たい空気の中で火に手をかざしている方がいいか、火の気はなくても家の中に居る方がいいか、誰にもちょっと判断はつかなかった。

ひと休みすると、みんなカメラを持って、戸外に飛び出して行った。夕食までの時間を有効に使おうという算段であった。雪の山も、撮り得る時に撮っておかないと、いつまた撮れなくなるか判らなかった。あすという日は全く当てにならなかった。

架山は着ぶくれた格好で、僧院のある台地を歩いた。カンテガ支稜とタボツェ支稜、クンビーラに、それぞれ大渓谷を隔てて囲まれた小さい台地であった。これほどいいエベレストの展望台はないに違いなかった。

台地は平板ではなく、総体に軽い傾斜を見せていて、あるところは抉られたように大きく落ち込んだりしている。こうした不整形の台地の端の丘に僧院は建てられている。

一番高いところに礼拝堂のある建物があり、それに密着して、寺院の付属建造物が七つか八つ、三段から四段に丘の斜面に沿って建てられている。その多くは僧房であろうと思われた。ヒマラヤ山地の民家のすべてがそうであるように、この寺院の建物のどれもが石を積んで造られてあり、石積みの露出してある部分もあれば、その上に白壁を置いた部分もある。屋根は板葺きで、その上に小石が並べられ、建物に長方形の窓が幾つか眼のように開いているところも、架山がこれまで見て来た家と少しも変らない。ただ一つ異っているところは、それぞれが単独の建物で、石垣の仕切りまであるのに、それが一個の石にくっついた牡蠣殻のように、ひと固まりになって見えていることである。

この僧院のある丘と対角線をなしているカンテガ側の地点に、もう一つ丘があるが、この方は樹木で覆われている。この二つの丘を除いて、台地の他の部分は全部草地になっている。

架山はその草地の部分を、ぐるりとひと周りした。クンビーラ側の台地の端にも立ってみた。下はドウトコシの渓谷になっているが、もちろん流れを眼に入れることはできなかった。ただその流れの音は殷々《いんいん》と、下から立ち上って聞えていた。宛ら例の陣太鼓でも打ち出すような盛んな轟き方であった。

架山はまたゲスト・ハウスの裏手に回ってみた。シェルパや炊事係たちが立ち働いている一劃をぬけると、すぐ台地の端に出た。ここもまた断崖をなしていて、下は覗けないが、周囲を山で囲まれた台地に於て、この方面だけがやや開けた感じで、ドウトコシの渓谷が、正面のエベレストに向かって伸びており、その細い流れがくっきりと一本置かれてあるのが見られた。ドウトコシの最上流の姿である。そしてその行き着く果てに、ローツェとエベレストのきびしい姿がくっきりと白い稜線を見せている。

架山が台地を歩き回っている間に、どこからともなく霧が流れ始めてきた。あっという間に霧に包まれて身動きできなくなるが、そのまま立ち停まっていると、また霧は流れ去って行き、遠くでカメラの三脚を立てている岩代や伊原の姿が見える。霧は次々にやって来た。いつも夕方になると霧が来るということであったが、その霧が来たのである。ひどく正確な感じであった。

架山は霧の中を僧院の前まで行き、寒くなったのでゲスト・ハウスへ引返そうとした時、僧房の一つから四人の若い白人が出て来るのにぶつかった。みんなカメラを持っていた。アメリカの地質学者の小さいパーティであった。いま到着したばかりだが、霧が流れ出したので、あわててカメラを持って飛び出したという恰好だった。カトマンズを出て十五日目であるということだった。

「何日で歩いて来たのか」

一人が訊いて来た。自分たちが十五日目にここに到着したことが自慢らしかった。普通ルクラまで十五日かかると言われているので、それから推して考えると、健脚揃いの若い学者たちであるに違いなかった。

「飛行機を使ったので、自分たちは、三日目の今日、ここにはいった」

架山が答えると、白人の一人は処置なしといった風に、両手を拡げてみせた。

忽ちにして、また一同を霧が包んだ。架山はその霧の中を、何回も立ち停まった果てに宿所に引揚げた。岩代たちも次々に引揚げて来た。

月のことは、誰も口に出さなかった。伊原だけが時々窓を覗いては、霧が薄くなったとか、流れが早くなったとか、そんなことを言った。彼だけが諦めていなかった。

やがて夜が来た。時計を見ると、五時になったばかりであったが、宿所はすっかり夕闇と霧にふかぶかと包まれてしまった。

くるま座になり、三本の蠟燭を真中にして、夕食を摂った。ひどく寒かった。架山はありったけの衣類で体を包んだ。

丁度食事を終った時、アンタルケが飛び込んで来た。

「月が出た！」

と言った。その言葉でまっさきに伊原が立ちあがり、続いて岩代が立ちあがった。

「月が出る筈はないが」

上松はそんなことを言いながらも、カメラを手にして出て行った。

「霧の中の月か」

池野と架山はもういっぱい紅茶を飲んでいた。すると、

「月が出ますよ。早くいらっしゃい」

岩代が報せて来た。

戸外へ出てみると、カンテガの支稜の肩から、今まさに月は出ようとしていた。カンテガの支稜は雪がないので、真黒に見えているが、その肩の部分が際立って明るくなっている。やがて月が顔を出し始めた。

「五時五十五分」

岩代が言った。月が完全にあがってしまうには何程もかからなかった。

「五時五十七分」

二分で月はそのまるい姿全部を現わしたのであった。と同時に、右手のアマダブラムが霧の中から白い姿を現わし始めた。ほかの山は全く霧に包まれている。

岩代も、伊原も、上松も、池野も、みんな黙って月を仰いでいた。申し合わせたようにズボンのポケットに両手を突込み、背をまるくして、月を仰いでいる。ヒマラヤの月を見るためにはるばるやって来、その月がいまあがり、それを仰いでいるのであるが、誰もひとことも口から出さなかった。暫くしてから、伊原が、

「とうとう出たな」

と言った。それだけが、確かにその場に居る全部の者の正直な感懐であった。とうとう月は出たのである。

「何十日めかの月だそうですよ」

アンタルケと並んで月を仰いでいた岩代が、アンタルケが口から出したと思われる言葉をみなに披露した。

「えらいものだね、やっぱり出たね。月もわれわれの来るのを待っていたんだな。――ああ、やっと着いた。よし、それでは顔を見せてやろう、そういうことで、お月さまはカンテガの肩の上にお出ましになった」

伊原が言うと、

「社長の一念ですよ。ひとりで息まいていたが、とうとう月を引張り出しちゃった」

上松が言った。

アマダブラムとカンテガの二つの雪の山が銀色に輝いている。月は二つの雪山だけに照明を当てている感じで、この台地を囲んでいる他の山はどれも霧の中である。神々しいとも、美しいとも言えぬ異様な月の出であった。

「さあ、凍り付かないうちに小屋にはいろう」

岩代の言葉でみな引揚げることにした。凍り付きかねなかった。上松がゲスト・ハウスの方へ走り出すと、ほかの者も小走りに駆けた。

架山は、その夜、寝袋の中に横たわったままで、池野の方から回ってきた酸素ボンベのマスクを口に当てた。寒さは烈しかったが、酸素マスクを口に当てていると、何とも言えず安穏な思いであった。実際に呼吸もらくになり、疲労も引いて行くに違いなかったが、それとは別に一種独特の安穏な思いがあった。酒を飲んでいるのでも、煙草を喫んでいるのでもなかった。酸素を吸っているのである。

ゲスト・ハウスの裏手で、少年たちは火を焚いて、それを囲んでいるらしく、時々合唱の歌声が聞えて来た。耳を澄ませて聞いていると、しあわせなら何とかという日本の歌である。登山家たちから教わった異国の歌を、このヒマラヤ山地で生い育った少年たちは、いま歌っているのである。〝しあわせ〟という言葉が、何回も何回も聞えている。一体、しあわせとは、人間の幸福とは何であろう。架山はヒマラヤ山地に踏み入ってから初めてこの時、人間の問題に思いを馳せるゆとりを持った。歩くのが精いっぱいで、何一つ考えないで、ここまでやって来たが、酸素のおかげで、架山はひとなみの人間に立ち返った恰好であった。

架山はいったん眠ったが、すぐまた眼を覚ました。時計を見ると十時である。部屋には幾つかの寝息が重なって聞えている。みんな正体なく眠り込んでいるのである。架山は小用を足すために、懐中電燈の光をたよりに、小屋を出た。凍り付くような冷たい空気の中に、月光が散っている。

月はさっき見た時よりずっと高いところにあるが、台地を囲んでいる山々はみな暗い。さっき白銀色に光っていたアマダブラムも、カンテガも、みな黒々とした姿に変っている。

そうした中で、僧院の建物だけが月光に白く浮き出している。壁は真白で、窓だけ暗い。身を寄せ合った一群の建物の輪廓もくっきりと見え、月はいかにも僧院の建物だけに照明を当てている感じである。カングテも、クンビーラも、エベレストも、ローツェも、アマダブラムも、カンテガも、みな黒々と不機嫌に台地を押し包み、台地の上の僧院だけがひとり月光を独占している。二つのチョルテンもまた白く輝いている。

永劫、――そんな思いが、ふいに架山を捉えた。ほかにいかなる感懐も起らなかった。地球の一劃には、永劫に変らないものがあるといった思いであった。何千年も、何万年も昔から、少しも変らず、月はこのようにこの台地を照して来たのである。その台地では草も眠り、木も眠り、生きとし生けるものはみな眠っている。さっき〝しあわせ〟の歌を、異国の言葉で歌っていた少年たちも、娘も、老人も、みな眠っている。

架山は小屋に戻ると、また寝袋の中にもぐり込み、すべてのものが眠っているように自分も眠ろうと思った。何か考えなければならぬことがあるように思ったが、その思いを向うに押しやった。月がただ一つ照明を当てているその台地の上で、自分もまた眠らなければならぬ。架山は足を縮め、両手で胸を抱くようにして、できるだけ身を小さくして眼を瞑った。そしてすぐ眠った。

どれだけ眠ったろう。架山はまた眼を覚ました。岩代が枕許に立っていた。

「月が凄いですよ。ちょっと出て見ませんか」

その言葉で、架山は起きあがった。

「何時？」

「二時です」

「みんなは？」

「起してみたんですが、起きそうもないので、そうっとしておいてやります」

岩代は小屋を出て行った。架山はありったけのものを身に着けて、そのあとに随った。

なるほど凄かった。台地はさっきとは全く異ったものになっていた。僧院も、二つのチョルテンも、すっかり黒々としたものに変り、雪山だけがいっせいに白銀色に輝いていた。雪のない山は暗く、雪山だけがその暗い山の上に白く輝いた姿を載せている。エベレストも輝き、ローツェも輝き、アマダブラムも輝いている。月は台地の真上にあり、そこから雪山だけに照明を当てているのである。

架山は煙草をくわえて、深夜の台地に立っていた。月はその時々で、照明をあてる対象を変えているとしか思えなかった。この前の十時の時は、台地の上の僧院の建物が選ばれ、深夜の今はエベレスト、ローツェが選ばれている。選ばれた対象だけが生き、あとのものは死んでいる。

この時もまた、架山は永劫という思いに捉われた。太古から、月の夜は、いつもこうして台地の一劃が白い月光を浴びたり、替ってエベレストが月光に照されたりして来たのである。おそらく少しも変らぬ夜々が、太古から今日まで繰り返されて来ているのであろう。

「一体、この僧院はいつ建てられたんだろうね」

「アンタルケの話では、百二十年前に全シェルパ族が協力して建てたんだそうです。尤も、五十六年前に一度焼けて、今のは再建の建物らしいです。ただチョルテンは二つとも最初の時のものだと言っていました」

それから、

「やはり、みんなを起してやりましょう。この月を見ないで寝ているてはありませんよ」

岩代は言って、小屋の方へ歩いて行った。

寒くはあったが、架山は立ち去り難い思いだった。そもそもこんなところにやって来たのは、みはると二人だけの会話を交すためであったが、いまの架山はそうした気持にはなれなかった。生き残っている父親と、死んでいる娘との会話は、この台地に立っている限りに於ては成立しなかった。人は生れ、人は死んで行く。ただそれだけのことである。生れる意味もなければ、死んで行く意味もなさそうであった。そんなことを、いま台地の真上に掛っている月は言っているようである。

さきに岩代が戻って来、暫くしてから、伊原も、池野も、上松もやって来た。

「寒いね、ヒマラヤの月は」

池野が言うと、

「眠いね、ヒマラヤの月は」

伊原が言った。確かに寒くも、眠くもあるヒマラヤの月であった。それでも伊原は月のエベレストを撮ると言って、三脚を立て始めた。

架山はさきに宿舎に引返して、また寝袋の中にもぐり込んだ。東京では、夜半眼覚めると、容易なことでは寝付かれなかったが、ここではすぐ眠ることができた。

次に眼覚めたのは六時だった。宿舎の外に出ると、カングテの真白い山容を背景に、僧院の建物がくっきりと浮かびあがっていた。夜はすっかり明けていた。

六時半に、少年たちが朝のコーヒーを運んで来た。みんなでくるま座になってコーヒーを飲みながら、今夜の満月をどこで見るかということについて相談した。

「ここの月はゆうべ見てしまったから、こんどはドウトコシの磧で月見をしましょう」

その岩代の提案に、みなが同意した。

朝食をすますと、みなカメラを持って、宿舎を飛び出した。九時半に、ここを出発して、帰路に就くということになっていたので、カメラの仕事は、それまでに果さなければならなかった。架山もカメラは持って出たが、二、三枚、お義理にぱちぱちやっただけで、あとはピンジョに渡して、手ぶらで台地を歩いた。

七時五分に、僧院の建物に陽が当った。太陽はどこにも出ていないが、陽だけが建物の一部に当っている。何とも言えず、暖い感じだった。その方に歩いて行くと、クンビーラの鋭い鋸の刃が見えて来る。

僧院の前に立って、宿舎の方を振り返ると、遠くにエベレスト、ローツェの白い峰が見え、その手前にアマダブラムの二つの峰が、堂々たる貫禄で天を衝いている。いずれも真白である。僧院を背景にして立つと、タムセルク、カンテガ、これも真白い姿でのしかかっている。

七時半に、すぐそこに迫っているカンテガの支稜の肩から太陽があがった。きのう月が出たところである。

台地は急に暖くなった。シェルパやポーターたちも、あちこちに散らばり出した。遊んでいるのも、用事をしているのもあるが、何となく台地は校庭の感じを持って来た。きのう霧の中で会った白人のパーティも、一昨日ナムチェバザールの近くで会った白人のパーティも、それぞれ台地に姿を見せている。全部で七、八人の白人たちが陽の当り出した台地のあちこちを思い思いに歩き回っている。暗く寒かった長い夜は終って、暖く明るい昼がやって来たという感じである。

白人たちは交互にチョルテンの前に立っては、記念撮影をしている。架山が傍に近寄って行くと、白人の一人が、

「下界では、新しい戦争は起っていないか」

と、声をかけて来た。

「起っているかも知れないし、起っていないかも知れない」

架山が答えると、

「まあ、どちらでもいい。ここに居る限りは無関係だ」

他の白人の一人が言った。その傍で長身の若い女が体操をしている。

チョルテンは、ナムチェ、クムジュンのチョルテンよりも古くて素朴な造りであった。しかし、いかにもこの台地の鎮めといった必死なものをその姿に持っていた。到るところ苔むし、石と石との間には草が生えていた。チョルテンは見るものでも、僧院の装飾物でもなかった。それ自身が、祈り、呼吸し、生きていた。

出発前に、僧院の内部を見せて貰った。現在二十二名の僧侶が居るということであったが、架山たちを案内してくれた若い僧以外、その姿は見えなかった。礼拝堂にはいると、シェルパの少年たちは、何回も何回も、上半身を折り曲げて礼拝した。真剣な表情だった。

みんなが台地の一劃に集って、いよいよ出発しようという時になって、岩代はもう一度ドウトコシの源近い姿をカメラに収めて来ると言って、ひとりだけ宿舎の裏手へ回って行った。

架山も、岩代のあとに続いた。もう再びこの台地に来ることがあろうとは思われなかったので、架山の方はカメラにではなく、自分の眼にドウトコシの最上流の姿を入れて来ようと思ったのである。

エベレストも、ローツェも、僅かの間にもう頭を霧の中に匿していた。しかし、その方面に伸びているドウトコシの渓谷には陽が当っていた。そしてカンテガ支稜の裾の斜面に小さい集落が二つ見えている。二十戸か三十戸の小さい集落らしいが、樹木に埋まるようにして、幾つかの屋根が辛うじてその存在を示している。

「まだあんなところに村があるね」

架山が言うと、

「手前のがパンボチェ、あそこにも雪男の頭蓋のある寺があります。その向うがディンボチェ。――さっきアンタルケから聞いたんですが、やはりここより少し高いです。パンボチェが三九一〇メートル、ディンボチェが四三四〇メートル。最後の部落だそうです」

「たいして遠くないね」

「でも、いったん渓へ降りなければならないので、四、五時間はみませんと。――やはり一日行程でしょうか」

「一日で行けるんなら、行ってみたいね。折角ここまで来たんだから、最後の部落というのを見ておきたいね」

「そうは言いますがね、――」

岩代はカメラのレンズに蓋をしてから、

「ここから更に奥に踏み込むとなると、部隊を編成し直さないとなりません。シェルパ、ポーター全部で少くとも百人ぐらいにはなります。ここからは本格的な登山隊の編成でないといけません」

「百人?!」

「百五十人でしょうか。架山さん、池野さんを連れて行くとなると、そのくらいの人数がほしいですよ。いったんカトマンズに帰って、準備万端整えてやりますか」

「なるほど、ねえ」

架山は驚いた。登山家の考え方というものはきびしいものだなと思った。

「社長とニューギニアに誘いをかけたら、二人とも、うわっと言うと思いますよ。ゆうべ、ここまで来て、山に登らないで帰ったとあっては、羽田で飛行機から降りられない、そんなことを話し合っていました」

「まあ、黙っておくんだね」

架山は笑いながら言った。伊原も、上松も、さぞ登りたいことであろうと思った。


九時三十分に僧院のある台地を出発した。きのう通って来た同じ道を歩くわけであったが、架山にはどうしても、同じ道とは思われなかった。ドウトコシの大渓谷を左手に見ながら、山の中腹の細い道を、二十五人の隊員が一列に並んで行く。

「こんなところを、きのう歩いたかな」

池野も架山と同じことを思っているらしかった。少し行くと、真白いカングテの鋭い峰を背景にホテルのある台地が渓谷を隔てて遠くに見えている。

「ホテルのある台地の中腹を道が走っているでしょう。今日はホテルには寄らないで、あの道を通って一路ナムチェを目差します」

上松が説明してくれた。

「あれがナムチェに行く道？」

「そうです。ナムチェ街道です」

「クムジュンは？」

「クムジュンにもはいりません」

「惜しいね。もう一回、クムジュンの部落にはいってみたかった」

「この次に来た時、立ち寄ることですね」

「そうしよう、残念だが」

架山は言った。しかし、再び来るということは考えられなかった。ヒラリーの小学校で、いっせいに立ちあがったあの純真可憐な子供たちに、再び相会うことはないだろう。犛牛《ヤク》にも会うこともないだろうし、あのすばらしい二つのチョルテンを眼にすることもないだろう。

ピンジョが、路傍に咲いている花を見付けると、その度に足を停めて、架山の注意を促した。白いエーデルワイスが咲いていたり、竜胆《りんどう》に似た小さい青い花が咲いていたりする。紫の花もあるが、どれもみな小さい。

道は上ったり、下ったりしているが、架山はきのうまでの疲れは感じなかった。帰路に就いているということが、気持をらくにしてもいたし、空気のうすいのに馴れたということもあるに違いなかった。

「さて、今夜の満月をどこで見ますかね」

伊原が話しかけて来た。

「大丈夫かな、月は」

「もう大丈夫です。雨期はきのうであけたんです。これからヒマラヤは当分の間月夜が続きます。滞在しますか、どこかに」

「僕の方はいいが、社長の方は困るだろう」

「もうここまで来れば、同じですよ。店が焼けようと、地震で潰れようと、たいしたことはありません。歩きますか、カトマンズまで」

「歩くのは困る。ナムチェあたりに滞在するんなら、考えてもいい」

「本当ですか」

「本当だよ」

もちろん冗談ではあるが、その何分の一かは本気でないことはなかった。伊原も同じだろうと思う。半月や一カ月、日本に帰るのが遅くなっても、ふしぎにたいしたことではなくなっている。みんなそんな顔をして歩いている。

急坂を下り始める。この急坂もまた架山の記憶にはなかった。きのうこんなところを登ったのかと思う。石がごろごろしている急斜面を降りると、あとはまた山の中腹を巻いて行く。

やがてクムジュンの方へ行く道と、直接ナムチェバザールを目差す道との分岐点に到着する。そこで休憩して、ナムチェへの道をとる。ここからナムチェまでは、きのう通らなかった初めての道である。

休憩を打ち切って、みなが腰をあげかけると、

「デハ、ボツボツ、デカケルトスルカ」

ピンジョは言った。ピンジョは時折り出発の時に、このような日本語を口から出すが、実に口から出すべき瞬間を心得ている感じである。遅過ぎもしないし、早過ぎもしない。

「お前は、日本へ連れて行っても、一級の馬子になれる。では、兄貴、ぼつぼつ出掛けるとするか。兄貴を入れろよ。いいか、――では、兄貴、ぼつぼつ出掛けるとするか」

ピンジョに判ろう筈はないが、伊原はそんな軽口を叩いている。

道は紅葉した山の斜面を巻いて行く。見晴るかす限り、赤、青、黄、褐色の濡れ光った色彩で織りなされた絨毯である。その上を二十五人の隊員が一列になって歩いて行く。

「天国だね」

前を歩いて行く池野が振り返って言った。確かに天国だと、架山も思う。

次々に幾つかの山の斜面を巻いて行く。新しい山に移る度に、幾らか樹種が違うのか、黄色が多くなったり、朱色が多くなったりする。

ポーターたちは重い荷物を背負ったまま、路傍に腰を降ろしていることがある。架山たちはそうした前を通って行くが、また程なくあとから来るポーターたちに追い抜かれてしまう。互いに抜いたり、

抜かれたりしながら歩いて行く。美しい紅葉の斜面を歩いているためか、さして疲れは感じない。ルクラから歩き出した最初の日に較べると、たいへんな違いである。

四時間ほどでナムチェにはいる。こんどは村にははいらないで、村を見下ろせる地点で大休止をとることにした。少年たちはそれぞれ自分の主人を自分の家に連れて行きたがっているが、ピンジョだけはそういう態度は示さない。母親がないので、架山を連れて行っても持成《もてな》すことができないと考えているのであろうか。そう思って見ると、心なしか架山の眼にはピンジョという十七歳の少年の顔が淋しげに映っている。

架山はピンジョと並んで地面に腰を降ろして、村を見下ろしていた。少年の家へ行くのであろうか、少年と並んで歩いて行く伊原や上松たちの姿が小さく、斜面の集落の路地に見えている。

辺りは静かだった。池野はスケッチに出掛けていたし、岩代は岩代で、誰か会わねばならぬ者でも思い出したらしく、アンタルケと二人で、村への斜面の道を降りて行った。

あとに残っているのは架山とピンジョ、それからポーターの老人や娘たち、全部で五、六人である。残っているのはナムチェとは別の集落の出の者たちであろうと思われた。

と言って、大休止地点が淋しくなっているわけではなかった。いつか村の子供たちや内儀さんたちがそこらに多勢集っていた。

架山は、自分ひとり家へは帰らず、自分の家のある集落を見下ろしているピンジョに付合ってやる気持になっていた。

――しあわせなら……

と、ゆうべ少年たちが歌っていた歌詞を架山が口にすると、すぐピンジョはそれを受けとって、大きな声で歌った。よく意味も判らぬ異国の歌を、たのしそうに歌うこともまた、架山には哀れに思われた。

三十分ほど経つと、休憩地点を離れていた連中が次々に戻って来た。最初に帰って来たのは上松で、

「驚きましたよ。ザンブーという荷を運んでいる少年が居るでしょう。あの子の家を覗いたら、兄さんが山で死んで、その葬式をやっていました」

「葬式？」

「いや驚きましたね。多勢家の中に人が集っているので、何事かと思ったら、葬式でした」

「その少年は知らなかったの？」

「そうらしいです」

「じゃ、ポーターが一人減るね」

「ところが、ザンブーは後から来るらしいです。やはりルクラまでついて行くと言っています」

「でも、兄さんの葬式ではね」

「家に残るように、アンタルケにも言って貰ったんですが、どうも家には残らんようです。却って家に居たら悲しいのかも知れません。何分、そういうところの人情は判りません。言うようにさせるほか仕方ありません」

上松は言った。やがて、上松が言っていたように、そのザンブーという少年はやって来た。仲間のシェルパやポーターたちに取り巻かれて何か話しているところを見ると、兄の死について語っているのかも知れなかった。

架山はザンブーという少年に眼を当てていた。小柄で、敏捷そうな少年だった。多少真剣な表情をしているが、別段悲しんでいるふうにも見えず、出発時刻になると、自分が背負う荷物の紐を締め直している。

「今夜の満月を見る場所ですが、ボウテコシとドウトコシの合流点付近はどうでしょうか。僕はあそこが一番いいと思うんですが」

岩代がみなの意見を訊いた。誰も異存はなかった。出発！　アンタルケが日本語で呶鳴った。

ナムチェバザールをあとにする。村を出る時、巨岩のある地点で架山は多少の感懐をもって再び訪れることのないシェルパの村を振り返った。

——さよなら。

この平凡な別離の思いが、この時ほど架山に生き生きと、しかし切なく感じられたことはなかった。集落とも、そこに生きる人たちとも、チョルテンともさよならであった。もう再び眼にすることはないだろう。ボウテコシの大渓谷には、この時も霧が湧いていた。やがて、集落の斜面を霧は這い上って行くだろう。

道は暫くボウテコシの大渓谷に沿った山の斜面を巻いたあと、一本の支流が流れ込んでいる合流点に向かっていっきに急坂を下る。その合流点付近でボウテコシを木橋で渡って、右岸に出、再び急坂を上る。そして新しい山の中腹を巻いて、次に急坂を下って、再びボウテコシの磧に出る。

これから先の地帯については、架山もよく憶えている。ボウテコシの木橋、ドウトコシとの合流点、ドウトコシの釣橋、大岩壁。そしてもう一つ木橋を渡って、右岸を少し行ったところが、岩代が選んだこの日の宿泊地であった。大岩壁の下の広場である。シェルパに地名を訊くと、

——ラルチャ・タンガ。

と答える。タンボチェの僧院の近くにフンギ・タンガと言うところがあり、そこを通る時、アンタルケが、

——フンギは村、タンガは河畔。

と説明してくれたことを、架山は思い出した。従って、ラルチャ・タンガは、河畔の広場とでもいう意味であろうかと思った。全くのドウトコシの岸で、磧を覆っている草や灌木の茂みで青い流れは見えないが、例の陣太鼓を打ち出すような流れの音は高く聞えている。

広場ではすぐテントを張る作業が開始された。山峡の早い夕闇がシェルパの少年たちを包み始めている。

一日晴れていたので、月が出ることは確実であるにしても、渓谷だけに、月が顔を出すのはかなり遅い時間であろうと思われる。

テントが張られ、広場の一隅の炊事場で火が焚かれると、みなそこに集った。架山ひとりはテント

の中に仰向けに倒れていた。寒くはあったが、身を横たえている方がらくだった。まだヒマラヤの山地であるに違いなかったが、何となく低いところに居る気持だった。地図を拡げて調べると二八〇〇メートルと記してある。僧院のある台地が三八六〇メートルであるから、今日一日で一〇〇〇メートルほど下ったことになる。

観月の宴席は一番大きいテントに設けられた。

「満月ですな、今夜は」

伊原は言ったが、テントの外は漆黒の闇で、川の音だけが高く聞えている。

「何時頃月が出るだろう」

「夜半じゃないか」

「それまで眠るんだな」

しかし、眠ってしまったらもう起きられないだろうと、架山は思った。

夕食が終ると、架山は池野と二人で、広場の一番下手のテントにはいった。時刻は早かったが、寝袋にはいるより仕方がなかった。テントの外でシェルパの少年たちの騒いでいる声が聞えていたが、それも流れの音に包まれて、遠く幽かだった。

「あすはルクラ、あさってはカトマンズ」

池野はそんなことを言っていたが、間もなく寝息に変った。架山も同じことだった。流れの音に打たれながら眼を瞑っていると、体全体が眠りの沼の中に引き込まれて行った。

夜半眼を覚ました。テントの隙間から冷たい月光が流れ込んでいる。架山はそのまま身を横たえていたが、睡気はなかった。懐中電燈の光で時計を見ると、一時だった。寝袋の中から脱け出して、ズボンを履き、アノラックを着、マフラーで首を包んだ。テントを出ると、広場は仄明るくなっていて、山向うの大岩壁の肌が白く輝いている。月はキャンプ地の真上に掛っていた。間違いなく満月であった。

架山はほかの連中を起してやろうと思ったが、どのテントに居るか判らなかった。架山は、自分のテントの隣のテントの前に立って、仲間の名を呼んだ。

――社長。

と呼んだり、

――邦ちゃん。

と呼んだり、

――ニューギニア。

と呼んだりした。

テントを二つ三つ、仲間の名を呼びながら移動した。すると、アンタルケが姿を現わして、何事が起ったのかというような顔をした。架山が月を示すと、なんだというような顔をして、岩代たちのはいっているテントに案内してくれた。架山のテントのまうしろにあるテントであった。伊原が顔を出し、

「よう、出ましたな、月が」

と、夜空を仰ぎ、それからまた顔をテントの中に引込めた。架山は自分のテントに戻り、池野を起した。

「月が出た」

「寒いだろうな、外は。折角だが、まあ、眠らせて貰おう」

架山はまたテントを出た。岩代と伊原がやって来た。

「ニューギニアは？」

「ゆうべ寒気がすると言っていましたから、出て来ないと思います。——とうとう満月にお目にかかりましたね。三笠の山に出でし月かも、ですね」

伊原は月を仰ぎながら言った。そこへ、来ないであろうと思われていた上松がやって来て、

「僕の場合は、ニューギニアの山に出でし月かも、ですよ」

と言った。その言い方には、しみじみとしたものが感じられた。

「少し歩きますか」

岩代が言ったので、みなそれに従った。五分も歩かないうちに橋の袂に出た。

橋の上から見るドウトコシの眺めは凄かった。上流はすぐ折れ曲って見通しはきかないが、下流の方はどこまでも川筋がまっすぐに伸びている。上流も、下流も、磊々《らいらい》たる石の原で、石と石との間を、烈しい勢いで水が迸り流れている。月は真上にある。月光に石も輝き、奔騰する水も輝いている。そして一刻の休みもなく陣太鼓は打ち出され、地軸を揺がすような流れの音が、深夜の山峡を押し包ん

でいる。

流れの両岸には大岩壁が迫っているが、その岩の屏風もまた、ある個所は月光に輝き、ある個所は陰になって黒々と押し黙っている。

ひどく寒かった。長くは橋の上には居られなかった。引返そうとすると、

「向うに渡って、少し行くと、雪山が見えたな。あそこまで行ってみよう」

伊原は言った。伊原が歩き出したので、みなそれに続いた。対岸に渡って、少し歩いて行くと、なるほど下流に向かって、左手の方に雪山の山頂が見えた。天の一角に白銀の欠片が置かれてある。

「何という山かな」

架山が訊くと、

「クスム・サガ。——三つの神の山という意味だそうです」

岩代が答えた。僧院の台地で見た雪山のように、クスム・サガもまた、月光に白く照り輝いていた。ただ、この場合は、山の頂きが見えているだけなので、白く輝いている部分はごく少く、白銀の欠片とでも言うほかかない。

「プル（釣橋）まで行ってみるか」

上松が言ったが、こんどは架山は応じなかった。

「風邪をひくよ。やめよう」

黙っていると、どこまで行くか判らなかった。プルまで行ったら、誰かがボウテコシの流れ込んで

いる合流点まで行こうと言い出すであろうし、合流点まで行くと、また誰かがボウテコシの木橋まで行こうと言い出すに決まっている。

「帰ろう。まだあすがある」

架山が言うと、

「そうですね。これで月見は打ち切りましょう。無事なうちにテントに引揚げましょう」

伊原は言った。すると、

「まあ、その方が無難でしょうね」

岩代も応じた。二人の言葉には妙に実感があった。架山は、瞬間言い知れぬ畏怖感に襲われた。深夜こんなところをうろついていると、何となく一人一人、消えて行きそうな気がする。ここはみなが必死に神に祈って生きているヒマラヤ山地なのである。深夜うろつき歩くような場所ではないに違いなかった。

テントへ引揚げると、体は氷のように冷え込んでいた。寝袋にはいったが、容易に暖まらなかった。架山は体を小さくし、眼を瞑っていたが、睡気はいっこうにやって来なかった。夕食後すぐ寝ていたので、疲れも癒っていたし、月見騒ぎですっかり眼が覚めてしまった恰好であった。

架山は、この夜、こんどの旅で初めて、亡き娘みはるの面輪《おもわ》を瞼の上に載せた。

——歩くのに夢中で、君どころではなかったよ。

——えらいわ。よく歩けましたね。心臓麻痺でばったりなんてことになるんじゃないかと思ってましたが、そんなこともなかったし、――でも、まだあすがあります。

――もう大丈夫だ。一歩一歩、空気は濃くなって行く。満月の夜、君と話そうと思って、はるばるこんなところまでやって来たんだが、来てみると、あまり話すことも思い付かない。

――だって、そんな遠いところにいらっしゃるんですもの、お話したくたって、お話できませんわ。ずいぶん、お父さんとは遠くに離れていますわ。時間的にもずいぶん離れてしまったし、空間的にもずいぶん遠くに離れてしまいました。

――そうだね。君は時間的にも手の届かないところに行ってしまったし、空間的にも、ヒマラヤの山の中と琵琶湖ではね。

架山は眼を瞑っていた。日本という国が遠く、小さく思えた。海の中に横たわっている小さい島である。北から南へと、小さい島が幾つか並んでいる。その島の一つに小さい水溜りがある。それが琵琶湖である。

――大三浦老人は、満月の夜、琵琶湖に船を浮かべると言っていた。いっしょに月を見ようと言っていた。時差の関係で、すでにもう見てしまったのか、これから見るのか知らないけれど、ね。

――丁度、いま、見ていらっしゃいますのよ。わたしたちが横たわっているところへ船を近づけて、お月見をしています。ヒマラヤの月に劣らず、琵琶湖の月もきれいです。そのきれいな琵琶湖の月を大三浦さんは見ています。さあ、三人で月を見よう、そんなことを私たちに言いながら、その実、一人だけで月を見ています。

架山は、大三浦が半身を船縁《ふなべり》から乗り出して、湖面に顔を近付け、ぼそぼそとひとり言を言っている姿を眼に浮かべていた。青い月光を浴びているそんな大三浦の姿もまた遠く、小さかった。架山は息を詰めていた。息を詰めて、その小さく遠い大三浦の姿を見守っていた。

翌朝は七時起床。一分の違いもなく、ピンジョとチッテンが、モーニング・コーヒーを運んで来た。こうしたコーヒーをテントに運んで貰うのも、今日が最後になるだろう。

「さあ、今夜はルクラ、あすはカトマンズ」

池野はコーヒーを飲みながら言った。帰心矢の如しといった恰好である。

「さあ、あすの朝、飛行機が来るか、来ないか、それだけが問題だ」

「大丈夫だろう。少し曇っては来ているが」

確かに曇って来ていた。ゆうべの満月はあんなにすばらしかったが、朝になってみると、曇天が覆いかぶさり、対岸の大岩壁の上の方を霧が流れている。

朝食後、みな合流点付近に写真を撮りに行く。ゆうべ白銀色に輝いて見えていたクスム・サガも、その前山も、すっかり雲に包まれていて見えない。

八時出発。右岸を下流に向かって歩いて行く。相変らずアップ・ダウンが続いている。木橋で左岸に渡る。時々ぽつんと一軒だけ農家が建っているのを見掛ける。そんなところは里に近付いた感じである。

そうした農家の屋根にも、路傍の石にも、タルシン（祈り旗）が立てられてある。小さい何軒かの集落の入口には小さいチョルテンが造られてある。壁チョルテンもある。

農家の前を通ると、入口から幼児と驢馬が顔を出したりする。時には老婆が裸足で戸口に腰かけていることもある。その老婆の背の扉にはラマ教の経文を刷った紙片がたくさん貼り付けられてある。みんな祈って生きている。朝が来ると祈り、夕方が来ると祈り、祈りの呪文で固められた石の部屋の中で、不自由で不足勝ちな明け暮れを送っているのである。

架山は老人に会うと、老人のために祈り、幼児に会うと、幼児のために祈りたい気持になっていた。老人も幼児も、顔を合わせると、機械的なしぐさで合掌してくれる。それに応えて、架山の方もまた前で両の掌を合わせる。池野も、岩代も、伊原も、上松も、同じようにしている。向うが恙《つつが》なくと祈ってくれるので、こちらも相手のために恙なくと祈ってやっているのである。

「いいね、こういう挨拶の仕方は」

架山が言うと、

「小さい子に手を合わせられると、胸が痛む。生れてこの方、合掌されるなんてことはなかったからね。——拝まれることも、拝むこともいいな。合掌するということは、相手のために祈ってやっているということなんだろうね」

池野は言った。しかし、いくら祈っても、祈られても、災害や不幸はやって来るだろう。ポーターのザンブーの兄に死が見舞ったように。

木橋を渡って、ドウトコシの左岸に出ると、往きには気付かなかったが、経文の刻まれた石があちこちにあるのが眼に付いた。路傍の石の場合もあれば、磧に転がっている石の場合もあった。小さい石もあれば、大きい石もあった。

やがて往きの第一宿泊地であったモンジョ部落を過ぎる。人影が全くないので無人の集落といった感じである。

モンジョを過ぎて、少し行ったところで、路傍の巨石にぎっしりと経文の文字の彫られてあるのを見た。凸凹のある石の面に確りした彫りで刻まれてある。しかもその同じ石の面には木版刷りの経文まで貼られてあった。雨のために文字は消えたり、紙片の大部分はなくなったりしているが、それでも執拗に石の面にしがみついている感じである。

相変らず急坂を上ったり、急坂を下ったりして、支流モンジョ川の岸に出て、そこを渡り、再びドウトコシの大渓谷に沿って、尾根を巻いて行く。そして幾度目かの急坂を降りたところで、木橋を渡って右岸に出る。暫く白樺の生えている美しい河岸の道が続き、そこで山羊の大群にぶつかる。何となく里近い感じである。

水の美しい支流を合流点付近で越える。このへんまで来ると、ドウトコシの流れは白濁していて、支流の流れは澄んで青く見える。橋の袂にタルシンの立てられてある磧で昼食。

急坂を上り、急坂を下る。坂という坂には石が堆積していて、ひどく歩きにくい。また支流の岸に出て、木橋で左岸に渡り、再びドウトコシの渓谷に沿って行く。烈しいアップ・ダウンが続き、二本の支流を渡る。そして本流の岸に出たり、離れたり、そんなことを繰り返しているうちに、いつか次第に本流ドウトコシの大渓谷から離れて行く。漸く四辺は高原の様相を呈して来て、眺望は大きく開けてくる。

高原のあちこちに、大集落が点々と置かれているのが見える。塔チョルテンも壁チョルテンも多くなる。どれも小型のものばかりで、集落のものと言うより、私家製のチョルテンといった恰好である。

やがて大急坂を上り、大急坂を下る。

「ドウトコシはどこへ行った？」

架山が訊くと、それには答えないで、ピンジョは左手の方を示して、

「滑走路が見える」

と言った。なるほど小さい渓谷を隔てた向うの台地に短冊型の青い滑走路が置かれている。高原のあちこちには霧が流れ、小雨が落ち、いつか薄暮が迫ろうとしている。

霧雨に濡れながら、滑走路横の小屋にはいる。窓には扉も、硝子も嵌まっていないので、先着のポーターたちが、その小屋の中にテントを張る作業に従事している。

「やれ、やれ」

架山が床に腰を降ろすと、

「ヤレ、ヤレ」

ピンジョは荷物を背から下ろした。注意すると、少年シェルパたちは、口々に〝ヤレ、ヤレ〟を連

発している。出発点に帰着した時に口にする挨拶とでも思っているのかも知れない。

早く夜がやって来た。夕食は戸口の右手の部屋で摂った。そこだけに囲炉裏風のものが造られてあり、一同そこで火を囲んだ。シェルパの少年たちはほかに宿舎があるらしく、夜になると、サアダーのアンタルケと二人の娘たちだけを残して、あとはみな引揚げて行った。アンタルケと二人の娘は馬鈴薯を焼いたり、紅茶を入れたり、それぞれに忙しかったが、架山たちは妙に口数少くなって、火を囲んでいた。

「今夜が最後だね」

「あすの朝、迎えの飛行機が来ればね」

しかし、あの神経質なスイス人の操縦する小型機が飛んで来るか、来ないかは、誰にも判らなかった。夜になってから、雨は本降りになっていた。誰にとっても、今や飛行機が来るか、来ないかが、残されているただ一つの問題だった。

架山とて、そのことに変りはない筈であったが、しかし、架山は小型機が来なければ来ないでもいいような気持になっていた。はっきりとは自分でも判らなかったが、何となくこのままカトマンズに運ばれてしまっては困るといった思いが、心のどこかにあった。もう少し、このままにして置いて貰った方がいいのではないか、そんな気持であった。

一体、この思いは何であろうか。架山は火を見守りながら、われとわが心の中を覗き込むようにしていた。

「エベレストの月も見た。ドウトコシの月も見た。もう思い残すことはないね」

池野が言うと、

「万事ふしぎにうまく行きましたね。目的地に着いたその夜、八カ月ぶりの月が出たとは驚きましたね」

岩代が言った。

アンタルケがどこかへ出て行ったと思ったら、やがて小さい甕に酒を入れて持って来た。近くの農家へ行って買って来たということだった。

「ここは二四八〇メートルだったね。もう大丈夫だろう。ひっくり返ることはあるまい」

上松が言うと、

「強いですよ、チャンは」

用心深く岩代は言った。

「大丈夫、大丈夫」

池野は茶碗を探しに席を立った。酒を飲めない伊原は、さっきから馬鈴薯を焼く仕事をひと手に引受けていた。ひどく小さい馬鈴薯である。

架山にとって、ヒマラヤ山地における最後の夜は、ひどく安穏な、しかし、何とも言えず淋しいものであった。なぜ淋しいか判らなかったが、とにかく淋しかった。みなが火を囲んで、日本の濁酒に似た酒を飲み始めた時、アンタルケが、

「みなさんをここに運んでから、そのあと、きのうまで飛行機は来なかったようです。きのう初めて

来たと言っていました。山の方は雨期があけたようでしたが、このへんはまだ天気がぐずついているそうです」

と言った。岩代がそれを通訳すると、

「うわっ！」

と、伊原は悲鳴をあげ、上松はうしろにひっくり返った。

「じゃ、あすもだめだな」

池野もうんざりした顔で言った。

「大丈夫ですよ。来ますよ」

岩代は言ったが、来るということにいかなる根拠があるわけでもなかった。架山は、飛行機が来なければ来ないでもいいという気持だった。もう二、三日、このままここに置いて貰いたかった。が、そのことは口に出さなかった。

「この雨ではね」

とか、

「まあ、諦めるんだな」

とか、そんなことを暫く言い合っていたが、

「さあ、みんな寝ましょう。あすは四時起床。飛行機が来るまでに荷作りします。そして要らないものはシェルパたちにやって下さい。ただし、やり方ですが、勝手にやらないで、みんな一カ所に集め

て、公平に分配したいと思います。誰も自分のものは、自分のシェルパにやりたいと思いますが、そうしないで下さい。不公平になりますから」

岩代は言った。そして、

「五時半に食事、六時にはいつでも飛行機に乗ることができるようにしておいて下さい。飛行機が来たら、すぐそれに乗り込みます」

岩代の言葉で、誰もが何となくあすここを出発できそうな気持になった。火の傍の団欒《だんらん》を解くと、それぞれ自分の寝所に引揚げた。

架山は池野と、同じテントにはいった。テントを張るだけあって、どこからか雨が漏って、テントの周囲は濡れている。

「帰ると、また忙しくなるな」

暗い中で池野が言った。この時もまた、架山は余り帰りたくない自分の心につき当った。忙しい仕事の中にはいって行くためではなかった。みはるの死体が沈んでいる湖のある国へ戻るのが、何となく気になっているのである。そこへ戻って行く用意ができていない気持なのである。心の中で整理しておかなければならぬものがあるが、それが整理できていない気持なのである。

架山は眠れなかった。ヒマラヤ山地にはいってからは、いつも寝袋にもぐり込むとすぐ睡魔に襲われたが、この夜は違っていた。あすの朝は四時に起きなければならないので、早く眠りに就こうと思うのであるが、いつまで経っても眼は冴えていた。

架山はみはると二人だけの会話を持とうと思った。もともとみはると、そうした会話を取り交すために、このようなヒマラヤの山の中までやって来たのである。

——みはるよ、君と本当の話を、一組の父と娘としての本当の話をするために、こんなところまで来たんだが、とうとう話さなかったな。タンボチェの僧院の台地でも、ホテルの丘でも、ドウトコシの河岸でも、とうとう君とは話さなかったな。

——そうですわね。わたしのことなど、ちっとも思い出して下さらなかったわ。ゆうべほんのちょっぴり、琵琶湖のお月見のことを考えて下さったけど、すぐお眠りになりました。

——やっぱり疲れていたんだな。いい年齢をして、エベレストの麓くんだりまでやって来たんだからね。歩くのが精いっぱいで、君のことなど思い出すゆとりがなかった。

——お疲れになったことは本当ね。でも、わたしのことを思い出して下さらなかったのは、疲れていらしったためではないと思いますわ。もっとほかのこと。

——なんだ?

——永劫。お父さんは夜半に僧院の台地の上をお歩きになって、月や、月に照されている雪の山をごらんになった時、永劫といった思いをお持ちになったでしょう。

——そう。それ以外、何も感じようがなかった。あの台地の夜には太古からの時間が流れていた。月も、雪の山も、太古と少しも変らない姿で、あそこにあった。

——でしょう。永劫という思いにお触れになってしまった。ああいう思いをお持ちになってしまったら、もう、わたしなどの坐る場所などありませんわ。永劫の前には、人間のことなど、どうすることもできないほど小さいんですもの。人間はただ生れて、死んで行くだけ。太古からそれを繰り返しているだけ。永劫という時間の中では、生きたことの意味も、死んだことの意味も、忽ちにして消えてしまいます。

——そういうことだろうね。

——月は照っているだけ、時間は流れているだけ。

——いやに悟ってしまったね。

——でも、そういうものでしょう。地球上では、いまこの時間も、たくさんの人が死に呑まれています。そして次々に永劫という時間に繰り入れられています。生の意味も、死の意味も、その瞬間に消えてしまいますのね。そして、あとにはただ月が照っており、時間が流れているだけです。

しかし、人間が死んだあと、月が照り、時間が流れているだけであろうかと、架山は思った。

——人間が死んで、永劫の時間に繰り入れられてしまうと、それでその人の生きた意味も、死んだ意味も消えてしまうと、君は言ったが、果してそうだろうか。君が亡くなって、七年経ったが、君が生き、死んだ意味は、まだ消えていない。父親の心の中に消えないで残っている。

——そうです。だから、悲しいんです。大三浦さんも、お父さんも可哀そうなんです。いつまで経っても大三浦さんは息子さんのことを、お父さんはわたしのことを忘れることができないで、悲しんだり、悔んだりしています。もう肝心の私たちは死んでしまって、何も考えられなくなってしまっているというのに。——お父さんは、ヒマラヤに来たおかげで、暫くわたしのことを思い出さないでいらしったけど、また、だめね。そろそろ、くよくよし始めていらっしゃる。——永劫、永劫、永劫、この言葉を忘れないで覚えていらっしゃらないと。

——東京の生活に戻ると、永劫なんてものに触れることはなくなるだろう。しかし、考えると、おかしなことだね。君たちは亡くなって、永劫の時間に繰り込まれてしまっているのに、父親の心の中にだけ悲しみとして生きている。悲しみを起させるものとして生きている、君たちは——。

——あら、君たちとおっしゃいましたね。初めてですわ。わたしと、わたしといっしょに亡くなった青年を複数にお呼びになったのは。

——そうかな。

——そうですわ。今までは決していっしょにはなさらなかった。あの青年は青年、娘は娘として、別々に考えていらしった。

——そうかな。そう言われてみれば、そうだったかも知れない。

——やはり、それ、永劫というものにお触れになったためね。

架山ははっとした。みはると、みはるといっしょに亡くなった青年を、別々に取り扱っていない自分の心に気付いたからである。

架山はテントから出、建てつけの悪い扉を開けた。戸外は凍り付くような寒さだったが、いつか雨はあがり、夜空にはたくさんの星がばら撒かれていた。架山は滑走路を斜めに突切って行き、小用を足すと、暫く星空を仰いでいた。ここにも永劫の時間が流れていると思った。この小さい飛行場を一部に嵌め込んだ高原様の地殻の表面には、太古から少しも変らぬ夜の静寂が置かれているのである。

架山はその静けさの中に立っていた。みはると青年の死の真相が何であるか知るべくもないが、永劫の時間の中に置いてみると、そうしたことは意味を失い、そこにはただ若い男女の悲しい死があるだけであった。

暁方二、三時間眠って、四時に起きた。六時まで荷造りに忙しかった。不用になったものは、全部シェルパたちのために残しておくことにした。アノラック、ズボン、レインコート、靴下、肌シャツ、襟巻、セーター、そういった身に着ける物から、懐中電燈、ボールペン、サン・グラス、洗面道具の余分なもの、薬品類、要らないと思うものは全部一カ所に集めた。

それをシェルパの少年たちやポーターたちに分配し、朝食を終った時は六時で、高原を取り巻いている山々には陽が当り始めていた。

「万事うまく行くな。ゆうべは雨でも、朝になると、ちゃんと晴れている」

伊原は言った。しかし、誰もがまだ幸運には酔っていなかった。飛行機が来るかどうか、判らなかったからである。

七時に爆音が聞えたと思うと、やけに小さく見える飛行機が渓谷の霧の中から舞いあがって来て、器用に滑走路にはいった。シェルパの少年たちの間から歓声があがった。

機から例の神経質のスイス人の機長は降りて来ると、近寄って行った岩代の方に首を横に振って見せた。あまりいい状態ではないと言うのである。

「とにかく乗ってしまうことだね」

上松が言った。確かに、何はともあれ、乗ってしまう方がいいと思われた。

しかし、すぐ乗るわけにはいかなかった。どこからともなく数人のネパール人が現われて来て、機内から、積んで来た木材を下ろし始めた。その作業が二十分ほどの時間を要した。その間に、架山たちはシェルパの少年たちと何回も別れの挨拶を交した。握手したり、抱き合ったりした。架山は母のないピンジョに手袋でも、万年筆でも何でも与えたくなったが、その思いに耐えた。不公平になってはいけなかったし、それに大体この山地の少年たちに見境いなく物を与えることは、確かにいいことではないに違いなかった。材木の最後の一本が下ろされると、一同はすぐ飛行機に乗り込んだ。しかし、機長は乗り込まないで、この前と同じように長身を前屈みにして、そこらを歩き回っては空模様を窺っていたが、やがて、

「十分ほど様子を見よう」

と言った。その十分が十五分になり、二十分になった。いつか陽はかげり、滑走路には、渓間から這い上って来た霧が流れ始めていた。誰の眼にもいい状態とは思えなかった。

「いったん降りてくれ。――僕はきょう、午後カトマンズで大切な用事があるんだ」

機長は不機嫌に言った。大切な用事があるのに、もし飛び立てなかったら、責任はお前たちにある

と言わんばかりの言い方だった。甚だ道理に合わなかった。

架山たちはいったん乗った飛行機から降りた。滑走路には霧が流れているが、機長が相変らず霧の中に立ったまま、時々空を見上げているところを見ると、満更望みがないわけでもなさそうであった。揃ってゆうべ厄介になった小屋に引揚げ、また火を囲んだ。アンタルケが機長を呼びに行ったが、機長は小屋にはやって来ないで、飛行機に乗ったと言う。

「飛行機に乗ったとはぶっそうだな。自分だけ乗って飛び立たんものでもない」

伊原は真顔で言った。

「まさか。――とにかく紅茶でも持って行ってやろうじゃないか」

上松が提案した。アンタルケはその通りにした。それでなくても気難しい機長である。この際機嫌でも損じられては、万事終りであった。

午前中は霧が立ち籠めていたが、午後になると、霧がなくなって、滑走路全部が現われ、遠い山の一部に陽の当っているのが見えた。

機長は時折り機から降りた。滑走路に機長の姿が見えると、その度に架山たちは小屋を出て、機長のところに近寄って行った。機長はいつも煙草をくわえては、空を仰いでいる。

「どんな具合か」

誰かが訊くと、その度に、

「お前自身の眼で見ろ」

機長は言った。そしてしきりに腕時計を覗いている。

「夕方までには発てるか」

「発てないと、僕が困る」

「君も困るだろうが、こちらも困る」

架山が言うと、その時だけ機長は笑った。

「笑った、笑った」

伊原が珍しいものでも発見したように言うと、それをどう解釈したのか、機長は伊原のところに近寄って行って、腕時計を示しながら、

「五時になるのを待て」

と言った。五時までには空模様がよくなるという意味であろうと思われた。

一同はまた小屋にはいった。火を囲みながらその五時の来るのを待つことにした。

二時に、アンタルケはサンドウィッチとコーヒーを機長のところに運んで行ったが、帰って来ると、

「有難うと言っていましたよ」

と、アンタルケは報告した。

「機長だって、腹はへるだろうからね」

池野は言った。

二時頃、シェルパの少年たちは、もう一度別れの言葉を言いに来た。これからドウトコシ沿いのそ

れぞれの村に帰って行くので、別れを告げにやって来たのである。こんどの挨拶はひどく慌しかった。少年たちは小屋に飛び込んで来ると、五人の日本人たちに一人一人握手し、そしてそれが終ると、また慌しく走り去って行った。寸暇を得て、別れにやって来たといったそんな感じだった。

帰る時、ピンジョは入口で、もう一度架山の方に手をあげて、頭を下げた。そうした仕種《しぐさ》は、母親のない子供らしくていじらしかった。少年たちの中には、成人して世界に名を知られるようなシェルパになる者が居るかも知れなかった。ピンジョ、チッテン、ノルブ、ナムギャル、ドルジー、それからポーターのザンブー、キッチンボーイのムソリー、ほかにまだ架山が名前を覚えなかったたくさんの少年たちが居た。そうした少年たちに、架山は言葉には出さなかったが、

――丈夫で生きろ。

と、一人一人に心の中で言った。丈夫で生きるということは、ここで生い育って行く少年たちにとっては、たいへんなことであった。

少年たちが帰って行ったあと、アンタルケと女たちは、再び小屋の中にテントを張り出した。戸外には小雨が落ち出していた。テントが張られると、架山はゆうべ寝不足だったので、寝袋の中にはいった。二時間ほど眠って、テントから出ると、すっかり夜になっていた。とうとう飛行機は発てなかったのである。火の燃えているところへ行ってみると、機長の顔もあった。戸外にひとりで頑張っているわけにもいかず、仲間に入れて貰いに来たのであろう。機長は馬鈴薯を頬張ったり、お茶を飲んだりしながら、みなとけっこう楽しそうに話している。

「あすは五時に飛び立つそうです。大丈夫かと訊いたら、絶対に大丈夫だと言うんです。僕たちより機長自身が帰りたがっています」

岩代は笑いながら言った。若いスイス人にしたら、こんなところで一夜を明かすことはやりきれないに違いなかった。しかし、こうしたことは度々経験しないわけにはいかないであろう。多少わがままで、気難しくなっても、仕方のないことかも知れない。

「今夜ここに寝た方がいいんではないかな。飛行機の中は寒いだろう」

架山が言うと、

「触らないでおきましょう。好きなようにさせておきましょう」

岩代は言った。九時頃、機長はアンタルケが出してくれた毛布を抱えて、自分の飛行機に帰って行った。

「やっぱり根性はあるな」

伊原は言ったが、確かに自分の飛行機に戻って行ったところは天晴れと言うべきだった。

夜半二回眼覚めたが、二回とも雨の音が聞えていた。

全員六時に起床。滑走路に出てみると、もう空を見上げているパイロットの姿が見られた。雨はやんでいるが、雲は深く、南方の山の一角だけが姿を現わしているだけである。

機長をも混じえて、火を囲んで、朝食を摂った。

「今日は大丈夫か」

「大丈夫」

「雲が深いではないか」

「やってみる。やってできないことはないと思う」

若いスイス人は、しきりに〝トライ〟という言葉を口に出している。

「無理しない方がいい」

池野が言うと、

「大丈夫だ」

パイロットは言う。

「君は独身かも知れないが、俺たちは女房子供もあるんだからな」

伊原の言葉を、岩代が英語に直してやると、

「僕にだって愛人はある」

機長は言って、笑った。その笑い顔は初々しく若かった。愛人はあると言ったが、愛人を作ろうと思ったら、何人の愛人でもできるだろうと思う。美貌でもあれば、度胸もある。気難しいところも、やはり魅力であろう。

食事が終ると、それぞれアンタルケに礼を言って滑走路に出て、飛行機に乗り込んだ。

「きのうよりもっと空の状態は悪いのではないか」

機にはいる時、岩代が、相変らず空を仰いでいるパイロットに言うと、

に亡くなった青年のことも考えなかったが、大三浦の顔だけが、何となく瞼に浮かんで来た。多少鬱陶しい気持もあったが、その半面ある懐しさもあった。

こんど大三浦に会ったら、何か話すことがあるような気がした。いかなることか、その話すことの内容は、架山自身検討していなかったが、とにかく何か話すことがあるように思った。

架山は刻一刻日本に近づきつつある飛行機の中で、大三浦との会話を考えていた。

——どんなところでございましょうか、ヒマラヤというところは。

——いいところです。あなたなどが生れそうなところですよ。

ふいに、そんな会話が成立した時、架山ははっとした。確かにヒマラヤ山地の集落はどれも、大三浦が生れ、育ったところと言ってもおかしくはないだろうと思う。大三浦の郷里については知らないが、きっとあんなところではないかと思う。でなかったら、大三浦のような人間は育とう筈はないのである。

架山が大三浦という人間に対して、ある親しさを感じたのは、この飛行機の中に於てが初めてであった。これまで架山は、大三浦に対して、いつも釈然としないものを持っていた。素朴と言えば素朴だが、その素朴さもやり切れなかったし、謙譲と言えば謙譲だが、その謙譲さも我慢できなかった。架山には、時に、そのいずれもが胡散《うさん》臭く感じられた。取りようによっては、素朴なところも、謙譲なところも、図々しさに変じた。どこかに人を喰った図々しさを匿し持っている人間のように感じられた。

しかし、この飛行機の中に於て、大三浦のことを思い出した時、架山はひどく自分が素直になっているのを感じた。大三浦は素朴な人間であり、謙譲な人間であり、人のいい人間であり、それ以外の何ものでもなく思われた。架山は、ドウトコシの河岸の宿営地で、満月の夜、琵琶湖に舟を出している大三浦の姿を思い浮かべたことがあったが、この時もまたその満月の夜と同じ大三浦の姿を瞼の上に思い描いていた。その姿には、どこにも非難すべきものはなかった。七年前に亡くなった二人の若い男女の死を悲しんで、毎年のように湖心に舟を浮かべている一人の老人の姿があるだけであった。その老人が、亡くなった二人の、どちらの父親であろうと、今やそんなことはどうでもよく思われた。不幸だった二人の若い男女と、それを未だに悲しみ悼んでいる一人の老人がそこには居るだけであった。

架山は今まで、自分が大三浦という人間に対して素直になれなかったことが、ふしぎに思われた。どうして、こんなことが判らなかったろうという気持だった。

架山は帰国して、ヒマラヤ疲れが癒ったら、琵琶湖へ出掛けてみようと思った。渡岸寺のあの颯爽たる十一面観音にも、もう一度会いたかったし、まだ見ていない湖畔のたくさんの十一面観音も、できるなら、それを拝みたいと思った。十一面観音を拝みたいという気持は以前からであるが、大三浦という人間に対する見方の変化は、こんどのヒマラヤの旅によって新しく得たものと言うことができた。みはると話すことはできなかったが、しかし、今の架山には、そのことはたいして問題になっていなかった。

羽田空港に着いて、税関から吐き出されると、一行それぞれに出迎えの者が待っていた。架山の場合は、出立の時の見送り人よりずっと多い人たちが集っていた。

「いずれ打揚式は改めてやることにして、今日はこれで別れたら?」

池野が言ったので、みなそれに同意した。架山と池野は東京であるが、あと三人はそれぞれ行先きを異にしており、否応なしに別行動を取らざるを得なかった。

架山はみなと別れて、会社で用意してあった小さい待合室にはいった。そして出迎えてくれた人たちを前にして、形ばかりの挨拶をし、出迎えに対する礼を述べた。

「あんまり黒くなっていないじゃないか」

と言うのもあれば、

「前より肥《ふと》ったよ。本当にヒマラヤに行ったのか」

そんなことを言うのもあった。また、

「ご無事でご帰還なさいまして。——雪男は出ませんでしたか。怖いところにお行きになりましたなあ」

そんな挨拶にもぶつかった。料亭のお内儀である。

やがて、一人ずつ待合室から出て行って、少し静かになった頃、顔見知りの若い新聞記者が近寄って来た。

「いかがでした、月見は?」

「いい月が出た」

「きれいでしたか」

「まあ、きれいというんだろうね。エベレストを始め、雪をかぶっている山々が銀色に輝いて」

「月光皎々《こうこう》」

「そういう感じはないね。永劫というか、何か人間という存在を小さく見せる神秘的なものを感じた」

「レクリエーションにはなったでしょう」

「まあ、ね」

「改めて、東京という町のことを考えましたか。――たとえば公害とか、道路事情とか」

「全然考えない。考えたらレクリエーションにならないよ」

「なるほど、そりゃそうですね。しかし、何かを考えたでしょう、実業家として」

「甚だ申し訳ないが、何も考えなかった。ただヒマラヤ山地の人々の生活を見て、どんなに生きにくい条件があっても、なおそこから離れないで、そこに定着している人間があるということを知った。生きにくい条件の中で、神に祈って生きている。打たれたね」

「どういうところに打たれたんですか」

架山は記者の顔を見た。しかし、記者の質問を咎めるわけにはいかなかった。

「それが、僕自身にも判らないんだ。どういう点に感動したか、これから東京の生活の中で考えてみたいと思っている」

架山は言った。実際そう思っていたのである。

帰国して一週間ほど経った頃、架山は会社で大三浦からの電話を受けとった。

「お帰りなさいませ。ご苦労さまでした。さぞお疲れになりましたことでございましょう」

「有難う。多少は疲れましたが、まあ元気です。あなたの方はお変りありませんか」

「私の方は相変らずでございます。貧乏暇なし、しかし、体は至って元気でございます。新聞でご帰国のことを知りました。エベレストの満月はすばらしかったようでございますね。あの夜、私は私で湖に舟を出しまして、供養いたしました。エベレストの月には遠く及びませんが、琵琶湖は琵琶湖で、なかなかいい月でございました。よく二人に申しました。いま月光の中で二人のことを考えているのは、この私だけではない。エベレストの月を見ながら、私以上に二人の冥福を祈っていらっしゃるお方がある」

「いや、有難う。それは、有難う。さぞ二人は悦んだことでしょう」

架山は、事件以来初めて大三浦の前で、この時、みはると青年をいっしょにした〝二人〟という言い方を口から出した。二人の死の真相が何であれ、それは永遠に判らないことである。ボートにいっしょに乗ったという事実だけを認める以外仕方なかった。それだけがただ一つの確かなことであった。ボートを顚覆させたものが突風であったか、相手の青年のボートを操る技術の拙さにあったか、それを今更問うても始まらなかった。どちらであろうと、事故は起きてしまったのである。それからまた青年の自殺事件に、みはるは巻き込まれてしまったのではないかと、いつか架山の頭を掠めたことのある疑いも、またそれとは違って、二人は心中したかも知れないという大三浦の勝手な想定も、共に今となっては意味をなさなくなっている。永遠に解決できない問題は、どこへも行きようはなく、永遠に同じところに置かれているだけである。そんなことはどちらでもいいではないか。おそらくどちと言った。

「あす、あさってと、もう二泊ほどしたいんですが、お宅にご厄介になれますか」

「私のところですか。――来なさることは結構ですが、お構いできませんでな」

それから、

「ともかく、これから、そちらに伺いましょう」

佐和山は言った。

一時間ほどすると、佐和山はやって来た。とっくり首の毛糸のシャツの上に上着を羽織っている。

「あんたさまも、諦められんと見えますな。こうやって琵琶湖を見に来なさるところを見ると」

佐和山は言った。

「まあ、ねえ、娘ですから。――しかし、もう娘のために涙を出すことはありませんよ。前にはよく涙が出ました。人前ではそういうことはありませんが、夜中などに眼を覚し、寝床の中で娘のことなど考えていますと、ふいに涙が出て来ました。が、いまは、もうそういうことはありません」

架山が言うと、

「そうでしょうねえ。やはり歳月ですわ。そりゃ、悲しみの薄らぐ筈はないでしょうが、当然涙は出なくなりましょう。人間、そういつまでも、めそめそしているわけには参りません。そこへ行くと、あの大三浦の老人は、変っておりますな。変っておりますとも。えら変りや。ああめそめそ、死んだ息子のことばかり言っててはいけません。みっともないし、じじむさい。私は一度、あの老人に言ってやりました。辛い、辛いと言うのはいいが、私の前で言うな。まるで面当てに言っているように聞える！――そうしましたら、怒りましたな。えらい怒り方でしたわ。いや、大喧嘩しました。私も敗けてはいませんでした。そりゃ、私のところのボートで顚覆したことは事実です。だから、ずうっと、肩身狭い思いをして来ています。それなのに、大きな顔をして、人に何かと言い付けて、それが思うようにならんと、難しい顔をしよる。もう、ああなったらだめですわ。ぼけました。ぼける年齢ではないのに、とうとうぼけてしまった」

佐和山は言った。

「この間、大三浦さんと電話で話しましたら、あなたが自分の見た観音さんのことを匿しているというようなことを言っていました」

架山が笑いながら言うと、

「そうですか、そんなことを言っておりましたか」

佐和山も笑って、

「あのひと、もうあと五体か、六体しか残っていないと思うんです。湖畔の観音さまという観音さまは、みんな押しのひと手で見てしまいました。あとに残っているのは難物ばかりです。お堂の管理をしている人が頑固だったり、堂守がいっこく者だったりして、なかなか拝ませてくれません。その中の一つを私がひとりで拝みましたので、そのことを恨んでいるのでございましょう」

「一体、それはどこの観音さまのことですか」

「医王寺《いおうじ》の十一面観音さまです。これは、また何とも言えずいいお姿をしていらっしゃる観音さまです。山の中の無住のお堂にお住まいで、村の人が管理しておりますが、お堂を開けて貰うのは、容易ではありません。みんなが集って相談した上で、それでは拝んで貰おうと言うことになります。私は、祖父がその村から出ている関係で、いろいろつてがあって拝ませて貰えます。もしお望みなら、あすにでも、ご案内いたしましょう」

「拝めますか」

「大丈夫です。あすの朝、先方に電話して、誰かに鍵を持ってお堂の前に待っていて貰います」

「そうですか。では、拝ませて頂きましょう。――大三浦さんはまだ拝んでいないんですね」

「そうです。うるさいですからね、あのひとは」

「でも、可哀そうですよ」

「いや、年が改まったら見ることができます。お堂を開く日が一月何日かに決まっていて、大三浦老人も、それを知っています。その日でいいですよ。何も一日を争うことはありません。それにうっかり紹介しますと、あとで村の方から文句を言われます。最近は、あなた、長々とお経をあげたりしまして、手間がかかります」

「ほう、お経をよみますか」

「いや、もう達者なものです。二つも、三つもお経をあげます。そういうところは見境いがありません。堂守の方は迷惑します」

佐和山は言った。

「すると、大三浦さんは、その医王寺の観音さまのことで、あなたを怒っているんですね」

「それもありますが、長命寺《ちょうめいじ》の観音さまのこともあります。この方は三十三年目に一回の開扉で、普通にはなかなか拝めません。一年に一回お厨子の掃除がありますが、その折りを覘《ねら》う以外仕方ありません。先月、そうして拝んだんですが、恨まれましたね、これには」

「教えてあげなかったんですか」

「教えるも、教えないもありません。当日の朝、知ったんです。大三浦老人に報せてやりたくても報せてやりようがありません。それでやむなく、私だけ拝んだんですが、怒りましたね、あの時は。烈火のように怒りました」

「――」

「そういうのを、げすの根性だと言いました。貸ボート屋の根性でもあり、民宿屋の根性だとぬかしました。私も腹を立てました。腹は立てましたが、我慢していました。何しろ、私のとこのボートで事件を起していますので、こういう場合は、じっと我慢する以外仕方ありません」

「――」

「私のとこのボートで遭難し、今も死体があがっていないので、私もボート屋をやめて、観音さま回《めぐ》りなどを始める気持になったんです。それなのに、あの老人は私を何だと思っているんでしょう。やたらに威張るんです。交渉ができていないと言っては怒り、話の持って行き方が下手だと言っては怒ります。ばかにしていますよ。何回お前さん出て行ってくれと言いかけたか判りません。こちらは商売で泊めているんです。あんまりうるさいことを言えば断わりますよ。でも、ねえ、夕方など裏の浜に出て、ぼんやり竹生島の方角を見ていられると、何とも言えなくなります。大抵の人が、七年も経てば傷口はいくらかでも塞がります。それなのに、あのひとは違います。先月などは、あなた、寝言で子供の名前を呼んでいるんです」

「ほう」

「いい加減にしてくれと言いたくなりますよ。私にしてみたら、まるで面当てとしか思えないんです。そんなに諦められないんなら観音さま回りなどやめて、自分で飛び込んだ方が早いと言ってやったことがあります、そうしましたら考え込みましてね。——あの時は困りました。自殺でもしかねないと思いまして、家内と交替で見張りですわ」

佐和山は佐和山、大三浦は大三浦で、いろいろなことをやっていると、架山は思った。

翌日、九時に佐和山がくるまを持って迎えに来てくれた。架山は宿の勘定をすまして、佐和山のくるまに乗った。

「これから、このまま高月《たかつき》町の充満寺《じゅうまんじ》という寺に参ります。ここに、私もまだ見たことのない十一面観音があります。いつか折りがあったら拝みたいと思っておりましたが、丁度いい機会ですので今朝ほど電話で交渉してみました。すぐには拝めないようなことを、大三浦老人が言っておりましたので、なかなか難しいのではないかと思っておりましたが、なんの、あなた、二つ返事で気持よく拝ませて貰えますがな」

佐和山は言った。

「大三浦さんは拝んでいるんですね」

「あのひとは、確か一昨年の秋、見せて貰ったと思います。まあ、これで、私も新しい十一面観音さんを一つ拝むことができます」

「有名なんですか」

「そういうことになりますと、とんと知識がございませんが、よく充満寺の観音さま、充満寺の観音さまというのを耳にしますので、やはり名のある観音さまではないかと思います」

くるまは国道八号線を高月町に向かっている。長浜の町を出ると、右手に山脈が重なって見え、左手には田圃が拡がって来る。湖との間の平坦地がみごとな耕地になっている。

やがて右手前方に山が五つほど重なって見えて来た。

「ゆうべお話申しあげました医王寺というのは、向うに見えている山と山との間にあります」

「ずいぶん遠いんだね」

「くるまでしたら、たいしたことはありません。さきに充満寺に行き、それから医王寺に向かいます」

そんなことを話している時、架山はくるまが渡岸寺へのはいり口を通過して行くのに気付いた。

「渡岸寺はここから曲るんだったね」

「そうです」

暫くすると、架山はまた言った。

「石道寺へ行くのは、ここを曲るんじゃなかったかな」

「そうです。よくご存じですね」

「大三浦さんと行ったものね。――あなたは？」

「私の方はまだ拝んでおりません。大三浦老人がいつか連れて行ってやると言いましたので、それを当てにしているんですが、どうも、ね」

佐和山は言った。

「いい観音さまだから、機会があったら拝むことですね。だが、なかなか簡単に拝まして貰えないことも事実です」

架山は言った。村娘に似た十一面観音の面輪《おもわ》が、何とも言えぬ懐しさで、架山の眼に浮かんで来た。

やがて、くるまは国道から左に折れて、湖畔の平原の中にはいって行く。山に突き当ったり、山裾を回ったり、山を越えたりする。そして最後にくるまが停まったのは山裾の小さい集落の中の寺の前であった。大きな山門のある立派な寺であった。時計を見ると、長浜の宿からこの充満寺という寺まで四十分ほどかかっている。

佐和山は自分だけ山門をくぐって、庫裡の方へ行ったが、暫くすると戻って来て、

「この近くに薬師堂があって、観音さまはそこにはいっているそうです。いま寺の人が案内してくれ

ます」

と言った。間もなくこの寺の住職らしい人と、酒屋の前掛けをした人物の二人がやって来た。

「この人が総代さんでして、鍵を持って来てくれました」

住職は、佐和山にとも、架山にともなく、前掛けの人物を紹介した。

架山と佐和山は総代さんのあとについて歩いて行った。寺からごく近いところに広場があり、そこに小さいお堂が二つあった。一つは阿弥陀堂、一つは薬師堂で、十一面観音は薬師堂の方にはいっているということであった。二つのお堂はいずれも雪を防ぐためか薦《こも》で囲いがしてある。

総代さんがお堂を開けてくれたので、佐和山と架山は内部にはいった。正面にお厨子が見えている。総代さんはまたお厨子の扉を開けてくれる。二体の仏像が並んで立っている。いずれも等身大である。

「右は薬師如来、左は十一面観音です」

住職が説明してくれる。

架山はさきに薬師如来立像を拝んでから、十一面観音像の前に立った。がっちりした体格の観音さまである。頭の仏面は小さく、しかも煤けて真黒になっており、殆ど彫りや刻みは判らない。いつか体だけに漆が塗られたらしく、体だけが黒く光っている。顔も堂々としており、胸のあたりも、僅かに捻った腰も堂々としている。

「なかなか立派な観音さまですね」

架山が言うと、

「この観音さまをお守《も》りしていますと、ほかの観音さまが貧弱に見えてきて困ります。何しろ、胸も厚いし、腰回りもみごとです」

「いつの頃のものですか」

「藤原時代の作だということです。大正十五年に重文に指定されています」

「琵琶湖の方を向いて立っておられますか」

「いや、琵琶湖は背になります。琵琶湖に背を向けてお立ちになっていらっしゃいます」

総代さんは言った。

総代さんがお堂を閉める間、架山と佐和山はお堂を出て、冬枯れた田圃の拡がりに眼を当てていた。晩秋と言うより、もう完全に冬の眺めである。遠く正面に山が重なって見えている。

「左手のが己高山《こだかみやま》、右が小谷山《おだにやま》、遠くに伊吹《いぶき》が見えています」

住職が説明してくれる。

「琵琶湖は?」

「反対側になります。この裏の山を西野山《にしのやま》と言いますが、西野山の向う側が琵琶湖になります」

「なるほど、そうなると、観音さまは琵琶湖に背を向けていらっしゃることになりますね。以前からこうしてお立ちだったんでしょうか」

架山は訊いた。

「さあ、昔のことは判りません。この二体の仏像ももとは泉明寺《せんみょうじ》という大きな寺にあったものらしゅうございます。何でも己高山一帯に大きな伽藍があり、たくさんの寺があったと言われていますので、泉明寺もそうした寺の一つであったろうと思われます」

「——」

「その寺が、浅井時代に兵火にかかり、建物は焼けましたが、仏像だけは救い出され、在所の人の手でお堂が造られ、ずっとそこにはいっていました。いまのお堂は、それを造りかえたものです。そうですね、このお堂を造ってから、もう二十五年ほどになりましょうか」

架山たちは、住職の勧めで充満寺に戻り、庫裡でお茶をご馳走になってから、そこを辞した。

「これから医王寺に参ります」

くるまに乗ると、佐和山は言った。

「さっき見えた山の向うだと言いましたね」

「そうです。しかし、たいしたことはありません。小さい山を一つか二つ越します」

「十一面観音を拝むのもたいへんですね」

「まことに。——でも、拝んだあとは気持のいいものですね。大三浦老人が夢中になるのも判りますよ。夏頃、あの人に連れられて、二、三体拝んでいるうちに、とうとう病みつきになってしまいました」

「僕も同じだな。大三浦さんのおかげですよ。あのひとに連れられて渡岸寺の観音さまを見せられ、石道寺の観音さまを見せられ——」

「それはそうと、山へ行くと少し寒いかも知れませんよ」

佐和山は言った。架山も、寒くなるかも知れないと思った。気温は落ちている。秋はゆうべのうちに終り、きょうは完全に冬になっているのである。

くるまは木之本町《きのもと》にはいり、そこから山間部にはいって行く。道は谷間に沿って走っていて、全くの山の中の感じである。

やがて峠を越える。湖畔の観音さんを見に行く感じではない。道は次第に下って、高時川《たかとき》という川を渡り、川合《かわい》という集落にはいる。そしてそこを抜けて、高時川に沿って上流へと遡って行く。山奥へ、山奥へと、はいって行く感じである。杉林が続いている。

「このへんは、冬になると、雪が深いですよ」

運転手が言う。

「これから行くお寺は、この川の上流なんですね」

架山が言うと、

「そうです。もう近いと思います」

それから運転手の方へ、

「もう少し行くと、橋があるから、その袂で降ろしてくれ。橋の向うに観音堂があるが、そこまではくるまははいれまい」

佐和山は言った。

やがて、橋の袂でくるまは停まった。付近に農家が点々としているが、集落といった感じはない。

農家はどこも軒まで薪を積みあげている。

くるまを降りた時、架山は淋しいところへ来たといった思いを持った。付近には何軒か家もあり、くるまの走る道もあり、別に人跡稀れな土地へはいったわけではなかったが、何となくひどく淋しいところに来たような気持になった。どうしてそういう気持になったか、すぐには判らなかったが、橋を渡って、観音堂のある方へ歩いて行く時、

「あれ、野分の音でしょう」

架山は足を停めた。遠くに風の渡る音が聞えていて、こんなところに淋しさの原因はあるかも知れないと、その時架山は思った。

「いつか風が出ているんですね。凄い音ですな」

佐和山もまた足を停めて、風の音に耳を傾けている。二人が立っている道の両側には大きな薄《すすき》が密生していて、その枯れた茎がいっせいに風に揺れ動いており、何となく茫々《ぼうぼう》としたとりとめない感じである。

間もなく、その薄の道の左手に、観音堂の建物が見えた。傍に「国宝十一面観世音菩薩」と大きな文字を刻んだ石の碑が立っている。こうした碑が立っているところから見ると、誰でもはいって簡単に拝めそうに思われる。

「自由にはいれるんじゃないの？」

架山が訊くと、めっそうなというふうに佐和山は大きく首を振り、

「この観音堂も無住ですし、このお堂を管理していることになっている医王寺という寺も無住です」

「その医王寺という寺は遠いの？」

「いや、このお堂の横手に見えていますが」

なるほど、観音堂から一段下がった隣接台地に寺らしい建物が見えている。

「ここで待ち合わせることになっているんだが、誰も居らんな」

佐和山はそんなことを言いながら、寺の方へ歩いて行った。架山は小さいお堂の前に立っていた。相変らず時折り野分の通って行く音が聞えている。どのような観音さまか知らないが、このような山奥の無住のお堂にひとりで住んでいることはたいへんだと思う。これから当分の間、付近の山野を二つに割って行く野分の音ばかりを聞くことであろうし、野分の音が聞えなくなると、そのあとは雪である。お堂はすっかり雪に包まれて、内部は冷蔵庫のようになってしまうことであろう。

佐和山が洋服姿の中年の男のひと二人といっしょにやって来た。いずれも見るからに朴訥そうな人物である。

「よく拝みに来て下さいました」

一人が言った。

「お忙しい中を」

架山が言いかけると、

「なんの、お安いことです。私たちも、こうした機会がないと、観音さんを拝めません。特に拝みたいという人があれば、いつでも悦んで扉を開けますが、なかなかそんなことを言って来る人はありません」

もう一人の人物が言った。こんなことを言うところからみると、秘仏にはなっていないようである。

やがてお堂の扉が開けられ、みんな堂内にはいった。正面に須弥壇が設けられてあり、その前は畳敷になっていて、十七、八枚の畳が敷かれてある。

腰ぐらいの高さの須弥壇の上に、お厨子が置かれてあり、すぐその扉が開かれた。

「ほう」

架山が思わず感歎の声をあげると、

「きれいな観音さまでしょうが」

と、厨子の扉を開けてくれた人物が言った。

「若くて、きれいですわ。きれいなくらいですから、おしゃれです」

「いいお顔をしていらっしゃる」

架山が言うと、傍に居た佐和山が、

「人間にはありませんな、これだけの美人は」

と、言った。確かに端麗な顔の十一面観音である。等身大よりやや小さいが、全身をいろいろな飾りもので飾っている。胸飾りも多いし、頭飾りも多い。歩き出したら、あらゆる飾りが鳴り出しそうである。

胸のふくらみは殆どなく、総体にきりっとした体つきで、清純な乙女の体がモデルに使われてでもいそうに思われる。以前は全身金色に輝いていたのであろうが、いまは大部分が剝げて黒くなっている。あるいは護摩の煙で黒くなったのかも知れない。

観音堂は昭和五、六年に建てられたものらしく、それ以前は十一面観音は医王寺の方に祀《まつ》られてあったと言う。

「その頃は無住のお寺ではなかったんですね」

架山が訊くと、

「昔はかなりの寺だったらしいです」

「観音さまは、ずっとこの寺にあったんですか」

「いや、長浜の古い鋳物屋の店先にあったのを、この寺の坊さんが持って来て、ここにお祀りしたと言うことです。栄観とかいう名の坊さんです。その栄観が持ってきてお祀りした。明治二十七、八年頃のことだと伝えられております」

架山は改めて、美しい十一面観音の面に視線を当てた。

「いつ頃のものですか」

「藤原時代のもので、一本の木で造られているということです。——どうです、向うの寺の方で休んで頂きましょうか」

その言葉で、

「有難うございました。おかげさまで、きれいな十一面観音を拝むことができました」

架山は礼を言った。厨子の扉が閉められ、堂の扉が閉められた。

医王寺に案内される。寺は大きい構えを見せているが、いまはすっかり荒れてしまっている。玄関も、長い縁側も、みな戸締りされてあって、庫裡の入口だけが開いていた。

内部へはいると、広い土間があって、あがり口の広い板敷の間の一隅に炉が切ってある。大きな薪がくべられて、赤い焔を見せている。みんなでその囲炉裏を囲んだ。

「もったいないですね、このお寺は」

架山は言った。

「もったいないですが、と言って、誰も住み手はありません。すっかり荒れていますし、冬は一メートル以上の雪が積ります。人家から離れていますので、何かと不便です。まあ、観音さんぐらいしか住めませんわ」

一人が言った。それにしても、美しい観音さまではあるが、なかなかたいへんな過去を持っていると、架山は思った。長浜の鋳物屋からこの山奥の寺へ、そして観音堂へと、判っているだけでも三度、居を変えている。長浜の鋳物屋以前の歴史は不明である。この土地で造られたのか、あるいは他国で造られ、湖畔に移って来る運命を持ったのか、そうしたことは何も判っていない。

「春になったら、もう一度来ませんか。このへんも春はのどかでいいです」

「来たいですね」

架山は言った。たくさんの装身具を頭や胸につけた乙女の観音さまを拝むのは、春光と春風のもとが一番いいに違いないと思われた。

医王寺を辞して、架山と佐和山は再び枯薄の荒れた道を通って、橋を渡り、くるまのところに戻った。

「こんどは西浅井《にしあざい》の山門《やまかど》へ行ってくれや」

佐和山が運転手に言うと、

「腹に何か詰め込まんとな」

運転手は言った。

「腹がへっているのはお前ばかりではない。木之本の町にはいったら、よさそうなところへ着けろや」

「よし」

それから、

「おそい飯食って、山門まで行くと、帰りは暮れるぞ」

「暮れることはあるまい」

「いや、暮れるな」

「暮れるなら暮れても構わんが」

佐和山と運転手はそんな会話を交して、煙草をくわえている。

「では、出発しますか」

佐和山の言葉で、架山はくるまに乗った。

木之本の町中の食堂で遅い昼食を摂った。架山は饂飩《うどん》を、佐和山と運転手は何かどんぶりものを注文した。

くるまは木之本町から、敦賀に向かう国道に出る。賤ヶ岳《しずがたけ》トンネルを出ると、道は暫く湖に沿い、正面に竹生島が見えている。

架山は竹生島を見ても、気持がさほど揺れないことを確かめるような気持になっていた。大三浦なら、きっと息子への言葉を、声に出して言うのではないかと思った。

架山は警察署のモーターボートで、竹生島の周辺を回った時のことを思い出していた。昼間のこともあれば、暮れ方のこともあった。水の色も、水の騒ぎも、水の面への陽の散り方も、夕明りの漂いも、その時その時で、架山はよく思い出すことができた。あの何日かは、自分の生涯の中で最も辛い時だったと思う。

架山は七年前の湖上の出来事を、遠い一枚の絵として眺めることができるようになっていた。その一枚の絵の中には、自分も居れば、大三浦も居る。もちろんみはるも居れば、大三浦の息子も居る。歳月というものが、自分をこのように変えてしまったと、架山は思う。しかし、あらゆる物が風化して行くように、自分たちの事件もまた風化して行くのである。静かに風化せしめよ。愛も、憎しみも、悲しみも、怒りも、みな風化せしめよ。架山はそんな気持になっている。

暫くくるまは入江のようにはいりこんでいる湖の縁を走っていたが、やがて湖岸から離れて山間部に向かった。

長いトンネルを抜けて、盆地に下ったり、また山へはいったりする。大浦《おおうら》という集落の入口から再び山にはいる。辺りは全くの田舎の風景である。

やがて山門という集落にはいった。目差す善隆寺《ぜんりゅうじ》という寺は山際にあって、付近には藁屋根の農家が点々としている。寺の境内は幼稚園にでもなっているのか、すべり台やブランコが設けられてあり、それを取り巻くように本堂、鐘楼、庫裡などが並んでいた。収蔵庫と思われる建物もあるので、十一面観音像はそれに収められているのかも知れない。

佐和山が庫裡の方へ顔を出している間、架山は近所の農家の内儀さんらしい女性と立ち話していた。

「幼稚園ですか、ここは」

「農繁期の託児所です。その時は賑やかですが、いまは静かです」

「あれは観音さまの収蔵庫ですね」

「そうです。四十年にできました。観音さんも、とうとうあんなところへ入れられてしまいました」

「立派な収蔵庫じゃないですか」

「そりゃ、あそこに居なされば、火の心配も、水の心配もありません。でも、息苦しいでしょうね。拝みたいという人が来たら、寺でもせいぜい拝んで貰うようにしておりますが、そうでもしてやりませんと、観音さんも堪まりませんが」

そんな会話を交している時、住職がやって来て、収蔵庫の扉を開いてくれた。

身長一メートルの小振りの観音像である。頂上仏は大きい。住職の説明によると、平安時代の檜材一木《いちぼく》造り、頭部に戴いている仏面の一つは欠けており、重文の指定は大正十五年であるという。決してすらりとした感じの観音さまではない。ずんぐりして、がっちりした体付きである。横手に回ると、これこそ日本で、しかもこの地方で造られた観音さまだという気がする。顔も健やかで福々しい。

「腰は殆んど捻っていませんね」

架山が言うと、

「腰を捻るなんてことは嫌いなんでしょうな。この観音さんは」

佐和山が言った。そう言われてみれば、そうかも知れないと思う。飾り気というものの全くない質実な美しい女体を、この観音さまは持っておられる。

「この収蔵庫にはいる前は、どこにおられたんですか」

架山が訊くと、

「ここから二〇〇メートルほど北の山際に神社がありますが、その神社の隣に観音堂がありまして、長くそこにはいっておりました。が、そのお堂が雨もりがひどくなって、棄てておけなくなりましたので、ここに収蔵庫を作りました」

住職は言った。

「この集落全部でお守りしているんですか」

「いや、そうだといいんですが、――この観音さまをお守りする講ができていて、それが管理したり、お祀りしたりしているんですが、その講をつくっていますのが、なにぶん今は五軒だけでして。――

その五軒が交替でお守りしています。講の名は和蔵講《わくら》と言いますが、昔、隣の庄《しょう》村の和蔵というところにお堂があって、そこに観音さんははいっておりました。そんなところから和蔵講と呼んでいます。大正十五年の重文指定の書付には〝和蔵堂旧蔵〟と記してあります。和蔵堂にはいっている頃は、この善隆寺も庄村にありましたが、江戸末期になって、天台から真宗に宗旨替えしまして、こちらに移って来ました。その時観音さまだけはそのまま和蔵堂に置いて来たらしいんですが、何か夢のお告げがあって、こちらに移すことになったと聞いています。堂守の新三郎という者がそのいきさつを書いた文書《もんじょ》が、いまも寺に残っております。文化十四年の日付があります」

「和蔵堂以前のことは？」

「何も判っていないようですね。大昔から、このへんの土地の者がお守りして今日に到っているんでしょう」

架山と佐和山は、収蔵庫を出てから、庫裡に行って、お茶をご馳走になった。そして、そこを辞した時は、すっかり暗くなっていた。運転手が言ったように、帰りは夜になってしまったのである。

帰りのくるまの中で、佐和山も眠り、架山も眠った。充満寺、医王寺、善隆寺と三つの十一面観音を拝んだその疲れであった。まさに観音疲れであった。架山はうとうとすると、医王寺の観音像の顔が瞼に浮かんだ。はっとして眼を開くと消えるが、眠りにはいると、また現われた。幼い感じの美しい観音さまの顔であった。

架山はその夜佐和山家で厄介になった。いつも大三浦が泊るという同じ離れの六畳間に落着き、夕食の時は母家に行って、囲炉裏の傍で佐和山と二人でビールを飲んだ。

「こんなところに泊って頂くのも、ふしぎなご縁というものです。ごいっしょに観音さんを見て歩くのもご縁、ごいっしょにビールを飲みますのもご縁」

佐和山は言った。佐和山は十一面観音回りのためか、以前とは多少人間が変ってしまった感じだった。言うことが抹香臭くなっている。

縁と言えば、確かに縁であるに違いなかった。大三浦という人間を知ったのも、佐和山という人間を知ったのも、みはるの事件のためであった。二人の若者が佐和山のボートに乗ったというだけのことで、三人の間にふしぎな人間関係が成立してしまったのである。それまでは誰も、湖畔の十一面観音像などにはいささかの関心も持っていなかった筈である。それがいまは、どうやら三人共、十一面観音に血道をあげている恰好である。

「あすは長命寺《ちょうめいじ》にご案内いたしましょう。私の持ち駒はもう三つしかありません。長命寺、円満寺《えんまんじ》、蓮長寺《れんちょうじ》、――この三つ以外は、あなたさまもご存じのものばかりです。いかがでしょう、あすはひとつ、この三つをぐるりと回ってみましょうか」

佐和山は言った。

「三つとなると、なかなかたいへんですね。きょうもかなりの強行軍でしたが、あすもう一回、これを繰り返すことになると、お互いにばててしまいませんか」

架山は言った。

「いや、長命寺、円満寺の二つは、どちらも近江八幡市《おうみはちまん》にあります。蓮長寺だけが中主町《ちゅうず》というところにあって、少しだけ離れていますが、たいしたことはありません。しかし、何も三つ回らなければならぬわけのものでもありません」

「どれか一つ見せて頂きましょう。あすは東京にも帰らなければなりませんから」

「と言うことになりますと、長命寺ですね。大三浦老人も見ていないのを、お目にかけましょう」

佐和山は言った。

長命寺と聞いて、架山は後込みする気持になった。大三浦の見ていない十一面観音像を、医王寺以外に更にもう一つ先回りして見るのもどうかと思われた。

「大三浦さんより先に見るのは、どうも、ね」

架山が言うと、

「構いませんよ。あの人はあの人で、来年見せてやります。見せないというわけではない。来年、ちゃんと見せてやります」

「じゃ、僕の方も、来年にして貰いましょう。大三浦さんといっしょに見せて貰う、その方がいいですよ」

「そうですか。まあ、そうおっしゃるなら、そうしましょう。では、蓮長寺の十一面を拝みに参りますか」

「それは、簡単に見せてもらえますか」

「確か年に三回の開帳だったと思います。大三浦老人が、行っても見せては貰えない、行くだけ無駄だと、私にくどく言っておりました。ところが、行ってみましたら、ちゃあんと見せてくれました。秘仏ではあるが、わざわざ遠いところから拝みに来た人には拝ませないわけにはいかない、そう言って、拝ませてくれました。これが、本当だと思うんです。——どうも、大三浦老人は、自分のものでもないのに、見せ惜しみしていけません。二言目には、秘仏だ、秘仏だと言って、なるべく私などを近付けないようにします。どういう了見か、そういうところはよく判りません」

「僕などには、そういうところは見せませんがね」

「ふしぎに十一面観音のことになると、とたんに意地悪くなります。なるべく私に見せまい、見せまいとする。なにも自分だけ独占しないで、見せたらいいじゃありませんか。自分が見に行く時は、こちらにも声ひとつ掛けてくれたら、どんなに気持いいか。私の方も協力しますよ。あの人は他国者ですが、私は土地の者です。土地の者だけにできることだってあります」

「そりゃあ、そうでしょう」

「少しぼけました。息子を亡くして、苦労して、可哀そうにぼけてしまいました。観音さんも迷惑です、あんなのに食いつかれたら」

架山は、ふと大三浦に会いたくなった。佐和山に言わせると、ぼけたということになるが、まさか短期間にぼける筈はないと思う。佐和山の眼にぼけて見える、そんな大三浦に、架山は急に堪まらなく会ってみたくなったのである。

「大三浦さんのところへ電話はかかりますか」

「ええ、いつでも」

「どんなぼけ方をしたか、心配だから、電話をかけてみましょうか」

架山は言った。

「では、呼び出してみましょう」

佐和山は席を立って行った。間もなく、大三浦が電話口に出たことを、内儀さんが報せに来た。

架山は奥の間にはいって行って、佐和山に代って、受話器を取りあげた。

「医王寺にいらしったそうですね。宜しいでしょう、あそこの観音さまは。――あなたさまが来ておいでしたら、私もそちらにお伺いしたんですが、とんと存じませんで、残念なことをいたしました。あすはどうなさいます」

「あすですか。さっきからその相談をしていたんです。多分、佐和山さんに蓮長寺というお寺に連れて行って貰うことになりそうです」

架山が言うと、

「蓮長寺の観音さまも結構でございます。あすいらっしゃいましたら、どうぞ宜しくお伝え下さいませ。もう、かれこれ二年ほどごぶさたしております。長命寺にはいらっしゃいましたか」

「いや、まだです」

「それなら、この次の機会に長命寺の方をご紹介いたしましょう。三十三年目の開帳で、普通なら容易なことでは拝めませんが、時々、住職がお厨子の掃除をいたします。その折りを覗って参りますと、簡単に拝むことができます」

大三浦は言った。五分ほどで架山が受話器を置いて、囲炉裏端に戻ると、

「どうでした、大三浦老人は？」

と、佐和山が訊いた。

「普通でした。ぼけているとも思いませんよ。この次に長命寺を紹介すると言っていました」

「本当ですか」

「本当です」

「変だな」

佐和山は立ちあがりかけたが、すぐまた坐ると、

「とうとう、あの老人は長命寺の観音さまも見ましたか。ああなると敵いませんわ、見せてくれるまでは通いますからね」

佐和山は浮かない顔で言った。

翌日、佐和山の案内で、架山はくるまで蓮長寺という寺に向かった。寺のある中主町は近江八幡の町から三十分ほどのところにあり、近江平野のほぼ中央に位置していた。

この日も、晴れてはいたが、時折り、平原を野分が吹き渡って行った。秋と冬の、二つの季節の間

を吹き抜けて行く風であった。きのう医王寺に行った時は、山野を二つに割る何とも言えず淋しい風の音であったが、平野で聞く限りは、そうした淋しさはなかった。しかし、野分であることは同じであった。この平野にも秋に替って、冬がやって来ようとしていた。

十一面観音が収められてある観音堂は、それを管理している蓮長寺という寺から少し離れたところにあった。

観音堂にはいると、正面奥にお厨子があり、その前は畳が二十枚ほど敷かれた部屋になっていた。寺の人の手で厨子の扉が開けられるのを、架山は観音堂の縁側に立って待っていた。

厨子の中から現われて来たものは、思いきって大きく腰を捻った観音さまだった。胸も、腰も、肉付きはゆたかで、目も、鼻も、口許も、彫りは深くはっきりしていた。姿態も、表情も、できるだけ単純化してあり、その点いかにも余分なところは棄ててしまったといった感じの観音像だった。

光背はなく、頭飾りも、胸飾りもなかった。頭に戴いている十一の高い仏面は、単純な造りではあるが、それぞれの表情までが読みとれるほどはっきりと刻まれてあった。ひと口に言うと、陰翳のない観音像で、表情、姿態から受けるものは、それだけに意志的であった。

寺の人の説明によると、平安前期の作で、一木造り。初めは金箔で全身が塗られていたが、いまはすっかり落ちてしまって、地の漆が黒々と光っている。この観音さまも、昔は高福寺《こうふくじ》という大きい寺に祀られていたが、その寺が火事で焼け、この観音像だけが残ったと言う。現在の観音堂は、明治中頃の新しいものである。

蓮長寺を辞すと、米原に引返し、午後の列車に乗った。列車の中で、架山はできたら年内にもう一度、まだ見ていない十一面観音を拝むために近江の寺々を訪ねたいものだと思った。

自分がその気になれば、大三浦は長命寺は勿論のこと、なお幾つかの観音像を拝むことができるように取り計らってくれるだろうし、佐和山に頼んでも、二体や三体の十一面観音なら拝めそうな気がする。

それにしても、大三浦、佐和山、自分と、七年前の事件に直接関係を持った三人が、揃いも揃って、いま十一面観音というものの擒《とりこ》になっていることは、奇妙なことだと思う。佐和山はふしぎな縁だと言ったが、さしずめ縁とでも言うほかなさそうである。

大三浦の場合は、亡き者への供養といった気持から始めたことであり、いまもそれは変っていない。湖中にある二つの遺体を、湖畔の観音さまにお預けしているのである、そんな気持から、大三浦は湖畔のすべての十一面観音を拝もうとしている。大三浦自身の言い方で言うと、〝一体、一体、親しくお目にかかって、お礼を申しあげなければ気がすまない〟と言うことになる。

自分の場合はと、架山は思う。そうした大三浦に誘われて、渡岸寺の十一面観音像を拝んだのが最初であり、それ以後今日までに、短い期間ではあるが、何体か湖畔の十一面観音像を拝んで来ている。大三浦同様死者に対する供養といった気持もないわけではないが、それより自分を動かしているものは別のもののような気がする。

きのう医王寺に行った時のことである。あの野分に包まれた無住の小さいお堂の中で、幼く清純な、という言い方はおかしいが、しかし、そんな感じの、あの美しい十一面観音を拝んだ時、やっとのことでみはるに似た観音さまにめぐり会えた。とうとうめぐり会えた、そんな気持だった。

自分はもしかしたらいつも、十一面観音の面に亡きみはるの面影を探していたのではないか。それぞれまるで異った表情と姿態を持っている十一面観音像ではあるが、そのどれにも、みはるの面輪を感じようとすれば、そうできないことはないような気がする。

十一面観音というものは、娘を失った父親に対して、そのくらいの大きい心を示して下さっているに違いない。どの十一面観音像にも、どこかに理想化されたみはるが嵌め込まれてあるような気がする。ある時は幼いみはるを、ある時は清純なみはるを、ある時は豊麗なみはるを、自分はその時々で、自分がその前に立っている十一面観音像の面のどこかに感じていたかも知れないのである。

自分はみはるとは無関係に、十一面観音というものに惹かれていたように思っていたが、実はやはりそこにはみはるが関係していたと考えるべきであるかも知れない。大三浦と自分とでは、十一面観音というものへの惹かれ方は違うが、しかし、やはり二人とも、自分の子供の死と無関係ではあり得ないようである。

自分は、現在、みはるの遺体の沈んでいる湖の岸に立ったり、湖の面に視線を投げたりすることができるようになっているが、これも考えてみると、十一面観音のおかげかも知れない。十一面観音によって救われているのかも知れない。信仰というものには無関心であると考えるのはこちらの小さい計らいで、十一面観音はそんなことには頓着なく、自分を大きい掌の上に載せて下さっているのかも知れないのである。

桃と李

大晦日《おおみそか》の夜、架山は池野を誘って、銀座の小料理屋で夕食を摂った。ゆっくり話をするのは、ヒマラヤから帰って初めてであった。

「俺たちの行ったところは、今頃どんなになっているのかな。雪で真白かな」

池野は言ったが、

「さあ」

と、架山も言うしか仕方なかった。どんなになっているか見当はつかなかった。

「多分、ナムチェも雪に塗《まみ》れ、クムジュンも雪に塗れているんじゃないか。ああいう山の村のことを思うと、気持がしいんとするね」

二人は、専らヒマラヤ山地のことを話題にして、越年の酒を飲んだ。途中で、池野は九州の岩代のところへ電話をかけた。何を話しているのか、池野の笑い声が時折り座敷まで聞えていたが、やがて戻って来ると、

「総裁の声を聞きたいそうだ」

と、池野は言った。架山は廊下に出て、受話器を取った。久しぶりで耳にする岩代の声であった。

「いま池野さんと話したんですが、三月の終りか、四月の初めに集りませんか。なるべくなら、また

京都のこの前のところに設営して頂くと有難いですが。――こんどは、割勘で行きましょう」

「割勘でなくてもいい。僕の方で持つ。まだ何かと借りがそのままになっている」

架山は言った。実際にそんな気持だった。登山家たちには、みんな借りがあると思う。

「三月でも、四月でも、架山さんのご都合のいい時に合わせます。関西にご用事のある時を選んで下さい」

「その頃なら暖くなっているから、いつでも用事は作れる。そちらで日を決めてくれたら、それで結構。ヒマラヤ式でやってくれ、それに従うよ」

架山は言った。その頃なら、もう寒くないので、いつでも琵琶湖へ行けると思う。みなと京都で顔を合わせるのも楽しいし、そのあとか前に、琵琶湖へ行って、まだ拝んでいない十一面観音の前に立つのも楽しいであろう。席に戻って、

「ヒマラヤから帰ってから、例の湖畔の十一面観音を四体見ている」

架山が言うと、

「そうか。たいへんだね」

池野は言った。

「別にたいへんではないが」

「いや、僕はうっかりしていて、君のお嬢さんのことは知らなかった。最近知った」

池野は低い声で言った。

「まあ、ね、観音さまというものは、それを見ていると、こちらの気持を楽にしてくれるからね。が、娘の事件の打撃からは、もう回復している。そのために十一面観音像を見て回っているわけではないが、琵琶湖の岸に平気で立てるようになったのは、観音像回《めぐ》りのおかげかも知れない」

架山は言った。

「君はヒマラヤの月光の中で、愛人のことを考えたいと言ったことがあったが、愛人というのは、亡くなったお嬢さんのことだったんだね」

「まあ、そういうことではあるがね。だが、ご存じのように、そういうわけにはいかなかったね。それどころではなかった」

架山は笑った。そして、

「でも、これも、行ってよかった。あの僧院のある台地で、深夜の月を見ながら永劫といったものを感じたね。娘の事件も、それに対する自分の苦しみや、悲しみも、みなその前では小さく思われた。実際に、また小さいものね」

と、言った。

年が改まって、松が取れたばかりの一月半ばに、架山は会社の用事で大阪に行き、その帰りに大津市内の湖畔のホテルに一泊して、翌日近江八幡市多賀《たが》町の円満寺《えんまんじ》を訪ねた。

同じ近江八幡に例の、大三浦も、佐和山も紹介しようと言ってくれている長命寺があったが、ここは春になってから大三浦に案内して貰うことにして、こんどは円満寺という寺の十一面観音を拝むことにしたのであった。この前、佐和山の口から聞いた寺だったので、大津のホテルから佐和山のところに電話をかけ、円満寺への連絡を頼み、その上で出掛けて行ったのである。

くるまは堅田《かたた》へ出、琵琶湖大橋を渡り、守山《もりやま》、野洲《やす》といった町を経て、近江八幡の町にはいり、町を抜け、再び田野の中に道を取る。この前来たのは野分の頃であったが、今は冬の真中である。湖畔の田圃はすっかり霜枯れていて、大根畑が僅かに青さを見せているぐらいのものである。

やがて、くるまは八幡山《はちまんやま》という山に突き当り、その山の裾を回って行くと、小さい集落があり、その集落の入口に円満寺という寺はあった。門をくぐると正面に本堂があり、それに庫裡がくっついている。門は小さいが二層である。

中年の上品な感じの女性が出て来て、主人は出張中で留守であるが、厨子の扉を開けてあるので、自由に十一面観音を拝んでくれるようにと言った。訊いてみると御主人は市役所に勤め、息子さんは学校の先生であると言う。

「檀家は六軒きりですから、主人も、子供も、どこかに勤めておりませんと」

檀家が六軒では、なるほど寺としての収入はないであろうと思われた。

陽当りのいい庫裡のあがり口に腰を降ろして、靴を脱がせて貰う。庭は手入れが行き届いていて、山茶花の花が美しい。

庫裡から本堂にはいる。本堂は外陣に当るところには十六枚の畳が敷かれ、その奥の内陣は板の間になっていて、左右には八体ずつの羅漢像が置かれている。正面には腰ぐらいの高さの須弥壇が設けられ、その上に小さい厨子が載っていて、その厨子の左右にはたくさんの小さい仏像が置かれている。厨子は小さい仏像で取り巻かれている感じである。外陣の、表からの入口は硝子戸になっていて、光線はそこからはいっている。

正面の厨子の前に行って、その内部に収められてある十一面観音像の前に立つ。

「像高八十センチ、二尺七寸五分、昭和二十五年に重文の指定を受けております。一木彫りで、藤原時代の作だそうでございます」

夫人が説明してくれた。総体にまっ黒に古びてしまって、顔かたちもはっきりしなくなっている。頭に戴いている十一個の仏面は小さく、頭飾りのかげに匿れて見えにくい。

「古い感じがよく出ていて、結構ですね」

架山は言った。これまでに湖畔で拝んだ何体かの十一面観音像の中で、この小さい観音さまが一番古さを素直に身に付けているかも知れない。言い方をかえれば、それだけ、この観音像が経て来た過去の歳月というものは、容易ならぬものであるかも知れなかった。

「この観音さまは、ずっとこのお寺にあったんですか」

「そうだろうと思います。この寺は現在臨済宗ですが、もとは天台でして、建物は二百年ぐらいだと聞いております」

「観音さまは琵琶湖の方を向いて、立っておられますか」

「いいえ。――そうですね、右手とうしろが琵琶湖になりましょうか。完全に背を向けてはおられません。横眼をなさると、琵琶湖の一部が眼にはいって来るのではないでしょうか」

夫人は言った。架山はもう一度小さい十一面観音像に眼を当てた。いかなる顔立ちであるかはっきりしていないが、何とも言えず静かで、いい感じである。自分の過去にどれだけの時間が降り積んでいるか知らない。何事が起ったか、いかなる事があったか、いっさい知らない。自分はただこうしていつもひとりで立っていただけである。——小さい十一面観音像はそう言っているかのようである。

架山は、この十一面観音像にも、やはりみはるを感じていた。みはるもまたこのようにして、どこかに静かに立っているだろうと思った。そしてみはるの上に休みなく時間は降り積って行く。みはるは何も考えないで、何も見ないで、ただ立っているだけである。ひとりで、静かに立っている。死とは、おそらくそのようなものであろうと思う。

架山は本堂を出ると、明るい庫裡でお茶のご馳走になった。陽当りのいい部屋で、ここで観音さまのお守りをしながら、読書でもしていたら、さぞいいだろうと思った。


二月にはいると、さして広くない庭に一本ずつある白梅と、紅梅が同時に咲いた。いつもは半月ほど白梅の方が早く、白梅の盛りが過ぎてから紅梅が咲き出すのであるが、それが今年はいっしょになった。

架山は自分の部屋の縁側の籐椅子に腰を降ろして、毎朝のように白と赤の早春の花を見ながらお茶を飲んだ。二本の梅が咲き盛っている時、二回雪が降った。翌日になると跡形もなく消えてしまうが、それでも雪が降っている時は、庭の芝生の上が白くなった。雪の白さの中に置いてみると、白梅の白さは微かに黄色を帯びて見え、紅梅の赤さの方はどういうものか桃色がかって見えた。雪がなくなると、白梅も紅梅も、それぞれまたもとの色を取り戻した。

架山は、毎朝のように、梅の花に眼を当てながら、ヒマラヤの山地のシェルパの村々へ思いを馳せた。そこでは、日本の早春のように、花が咲こうとは思われなかった。人々はただひたすら陽光の春めくのを待ちながら、相変らず朝に夕に、神に祈って生きているのであろう。

架山はヒマラヤ山地の人たちの生き方が、何となく気になっていた。毎朝そのような人たちのことに思いを馳せるということは、気になっている証拠であった。と、同時に、架山はまた毎朝のように大三浦のことをも考えた。ヒマラヤ山地に大三浦という人物を置いてみると、どのようなことになるであろうか。時に、架山はそのような空想を馳せることがあった。

ドウトコシの渓谷に沿った斜面を、大三浦は歩いて行く。壁チョルテンのある道を、大三浦は歩いて行く。石を積みあげて造った家の並んでいる集落の中を、大三浦は歩いて行く。いつも俯向いて、祈りながら歩いて行く。

ヒマラヤ山地の人々は、毎日毎日を生きるために神に祈っているのであるが、大三浦の場合は、何のために、何を祈っているのであろうか。いずれにしても、ヒマラヤ山地の自然や風物の中に嵌め込んで、大三浦ほどぴったりする人物はなかった。

二月の中頃に、大三浦から長命寺行きの日を打ち合わせるための電話がかかって来た。二月下旬で都合のいい日を選んでくれということであった。

「二月も終りになりましたら、寒さも薄らぎましょうから、お約束の長命寺へご案内申しあげましょう。お厨子の中の三体の仏像が立派なことは申すまでもございませんが、塔も、本堂の建物も、これはこれで、また格別でございます。また寺からの琵琶湖の眺望も宜しゅうございます。長命寺のほかに、もう一つ、鶏足寺《けいそくじ》へご案内いたしたいと存じます。ここの観音さまも宜しゅうございます。長命寺の方は近江八幡市でございますが、鶏足寺の方はずっと北になります。いつぞやごいっしょに参りました石道《いしみち》の観音さまの方でございます。長命寺と鶏足寺は少し離れておりますが、二つだけでしたら、一日でお回りになれましょう」

大三浦は言った。架山は二月下旬の日曜日を選んだ。二月の終りは珍しく用事が重なっていて、日曜日しか都合がつかなかった。もっと先に延期して貰ってもよかったが、大三浦には大三浦としての都合もあることだろうし、延期したからと言って、二人がうまく落ち合える日ができるかどうか判らなかった。それで、架山は大三浦の指示に従って、忙しい二月下旬の一日をさくことにしたのである。新しい十一面観音も拝みたかったし、また大三浦にも会いたかった。あるいは大三浦に会いたいという気持の方が強かったかも知れない。ヒマラヤへ出掛ける前は、彼を避けこそすれ、惹かれる気持はみじんもなかったのであるが、いまは違っていた。何がどのように作用したのか判らないが、とにかく、架山は大三浦という人物が気になっていた。会って、ゆっくりと話し合ってみなければならぬものがあるような気がした。しきりにそんな気がしていたのである。

しかし、この二月下旬の長命寺行きは、その前日になって支障を生じるに到った。大三浦が風邪をひいて発熱したからである。大三浦は、長命寺にも、鶏足寺にも、自分に代って佐和山を連れて、予定通り出掛けて行ってくれと言った。電話口に出た大三浦は完全に声が涸れてしまっていた。

架山は、琵琶湖行きは延期して、いっこう構わなかったが、そのために大三浦が気を遣うといけないと思って、

「では、佐和山さんに案内して貰いましょう。ただ私の方もなるべくなら日帰りの方がいいので、こんどは鶏足寺だけにしましょう。長命寺の方は春になってからでも、あなたに連れて行って頂くことにして」

と言った。

「そうですか。それでしたら、長浜の町中に、坐像ですが、知善院《ちぜんいん》の十一面観音さまがいらっしゃいます。これは、佐和山のおっさんもよく知っておりますから、それでもごらんになって頂きましょうか。これはこれで立派な観音さまでございます。それから、――」

大三浦は、時々大きな息使いをしている。それが受話器の奥から聞えて来る。

「もう、それで結構です。電話を切りますよ。すぐおやすみなさい」

架山は言って、受話器を置いた。

翌日、架山は日帰りの予定で、東京を発った。そして正午少し前に南浜の佐和山家にはいった。

「大三浦の老人も風邪をひいたようですね。風邪もひきますよ。年齢《とし》も考えないで、むちゃくちゃなことをしますからね」

と、佐和山は言った。聞いてみると、大三浦は半月ほど前に、船を出して、七年前の事件の現場へ行って来たらしいということであった。

「本人は匿していますが、どうもそうらしいんです。息子のことを夢にでも見て、急に行きたくなったのかも知れませんが、寒中に船を出すばかはありませんよ。湖の上に出てごらんなさい。凍りつきますよ。大方、その時ひいた風邪でもぶりかえしたんでしょう」

佐和山は言った。そういう話を聞くと、架山には大三浦という人物が哀れに思われた。以前は、不気味でもあり、哀れでもあったが、いまは不気味といった気持はなく、ただひたすらに哀れであった。

「あの人はもう七年も、十一面観音さんばかり拝んでいますが、いっこうに救われません。私の睨むところでは、あの人、観音さんの前で愚痴ばかり言っていると思いますよ。観音さんとしても、いちゃもんつけられているようなもので、救いようがないんでしょうな」

佐和山は言った。

その日、架山は佐和山と二人で、くるまで木之本町の鶏足寺の十一面観音を見に行った。

架山は木之本町に鶏足寺という寺があって、そこに十一面観音が祀られてあるものとばかり思っていたが、そうではなかった。古橋《ふるはし》という小さな集落の高台に與志漏《よしろ》神社という神社があって、その前でくるまを降りた。鳥居をくぐって、高台へ上ると、二本の参道が並木で分けられて、平行して走っている。一つは神社の社殿への参道であり、一つは社殿の横前方に造られている薬師堂への参道であった。

その薬師堂へ通じている参道を歩いて行くと、広場があり、そこに大きな収蔵庫の建物があった。

「十一面観音は、ほかの仏像といっしょに、この中に収められています。私にはよく判りませんが、ここの観音さまは宜しいと思います。立派です」

佐和山は言って、

「いまに誰か開けに来ると思います。電話で頼んでありますから」

「鶏足寺という寺ではないんですね」

「鶏足寺という寺は、どうも、あの山にあったようですね」

その山を見るために、二人は広場を少し移動した。いつか充満寺《じゅうまんじ》という寺へ行った時、小谷山《おだにやま》といっしょに遠望したことのある己高山《こだかみやま》という山であった。

「何でも、昔、あの己高山という山にたくさんの寺があり、それを総称して鶏足寺と呼んでいたようです。鶏足寺という寺も実際にあったらしいですが、古い書きものにはたくさんの寺をひっくるめて鶏足寺と書いてあるようです」

「歴史にも、大分詳しくなりましたね」

架山が言うと、

「観音さんを見て歩いていると、否応なしに、いろいろなことが耳にはいって来ますからね。大三浦老の物知りに、初めは驚きましたが、いまはもう驚きません。あれも、みんな耳学問ですわ」

佐和山は言った。何を話しても、とかく大三浦に対する批判がはいっている。

集落の人らしい中年の人物が、収蔵庫の鍵を持ってやって来た。

「あの己高山というのは、どのくらいの高さです」

架山が訊くと、

「九〇〇メートルぐらいの高さではないですか。あそこに百二十幾つの伽藍があって、それを己高山《ここうざん》鶏足寺と言っていました。明治四十一年に廃寺になり、仏像をみんな下ろして来ました」

その仏像が、これから開ける収蔵庫に収まっているということであった。

収蔵庫の中にはいると、どれが十一面観音かすぐには判らないほど、たくさんの仏像が正面と左右に並んでいた。

正面の台の上に薬師如来立像、堂々たる一木造りの薬師如来像である。そしてその傍に三軀の十二神将像。

まず薬師さまを拝んでから、右側の方に眼を移す。やはり台の上に三体の仏像が置かれている。真中が十一面観音、右手が不動明王、左手に毘沙門天が並んでいる。いずれも等身大の同じ大きさであるが、このほかに十一面観音の両脇に小さい仏像が置かれている。阿弥陀如来と十一面観音である。

反対の左側の方に眼を向けると、七仏薬師像がずらりと置かれてあって、壮観である。

「これ、みんな鶏足寺にあった仏像ですか」

「そうです。これだけのものがあるんですから、立派な寺だったと思いますよ。尤も、鶏足寺という一つの寺にあったわけではなく、古文書には己高山五箇寺なんて名が記されてありますから、いろんな寺にあったようです。だが、昔のことは判らないので、みんな鶏足寺の仏さんということにしてあります。どれも、みんな立派なものですよ」

案内の人は言った。

架山は十一面観音像の前に立った。そして高い仏面を戴いたその面を仰いだ瞬間、いつか大三浦といっしょに見た石道寺の十一面観音に似ていると思った。これもどことなくこの地方の人の面輪《おもわ》を持っている感じで、素朴で、美しかった。石道寺の観音さまのモデルを村の娘とするなら、この方は村の内儀さんということになる。みはるに似ているところを探すとなると、笑いを含んでいるようなその口許であろうか。

「いい観音さまですね」

架山が言うと、

「そうでしょう」

案内の人が言った。すると、それに続いて、

「めったにこれだけの観音さまは」

と、佐和山が言った。

「全くね」

「そうでしょう」

佐和山はいつかすっかりこの地方の、十一面観音を守っている一団の人々の口調にもなり、表情にもなっている。

十一面観音は彩色が殆ど落ちており、像高は五尺六寸八分というから、大体石道寺の観音像と同じ大きさである。大きな舟型の光背を背負っているところも似ている。

「石道寺の観音さまに似ていますね」

架山が言うと、

「あの観音さまよりこの方が百年ほど古いですよ」

案内の人は言った。多少身贔屓《みびいき》の感じである。

鶏足寺の十一面観音を拝んだあと、架山はどこへも行く気持にはなれなかった。美しく、優しく、貴いものに接したあとの満ち足りた思いを、そのままの形でそっとしておきたかった。

架山は佐和山を誘って、長浜に行って、湖畔の料亭にはいった。大三浦が勧めてくれた長浜の町中の知善院の十一面観音の方は、次の機会に回した。

夕食には少し早い時刻であったが、架山は料理を頼んでおいて、佐和山と二人でビールを飲んだ。このところ、ずっと佐和山に案内して貰っているので、その労を犒《ねぎら》う気持もあった。

「おかげで、たくさんの観音さまを拝ませて貰いました」

架山が言うと、

「私の持ち駒は、もう長命寺一つになりました。また少し仕入れておかなければなりませんが、あとはもう秘仏ばかりで、私の手には負えません。大三浦老人の、あの粘りでも何年かかかっているくらいですから」

佐和山は言った。

「大三浦さんはもう湖畔の十一面は殆ど見てしまったのではないですか」

「残っていても二体か三体でしょう。例の医王寺の観音さまも拝んだようです。みんな拝んでしまったら、あの老人はどうなるんでしょう。それが心配です」

そう言われると、架山もまたそうした大三浦のことが心配でないことはなかった。

「もう間もなく春になりますが、一回大三浦さんと三人で会いましょうか。大三浦さんを囲んで、観音さまのことでも話しましょう」

「そうできるといいんですが、あの老人は、またそめそするんではないですかね。いずれにしても、もう事件から離れないといけませんよ。こうして架山さんと話していても、何ということはありませんが、これが大三浦の老人になると、急に陰気なものと顔を突き合わせているような気持になってしまいます。ひとり言をいいますからね」

架山は黙っていたが、自分もまた大三浦と同じかも知れないと思った。自分の場合は声に出さないだけである。みはるとの対話が、全くなくなっているわけではなかった。

東京へ帰って二、三日経った頃、岩代から電話があって、ヒマラヤへ行った連中だけで集るのを三月の下旬の日曜日にしたいが、そちらの都合はどうだろうかと訊いて来た。

「僕の方は構わない。池野画伯の方は知らないが」

架山が言うと、

「池野さんの方のオー・ケーはとってあります。では、三月の最後の日曜日に京都で集ることにしましょう。去年の九月の時のように、ホテルは各自自分の好きなところを選び、夕食だけをいっしょにすることにします。夕食の会場は、申しかねますが、この前の加茂川沿いの料亭をとって頂きたいんです。そこで写真の交換もしたいです」

「写真の交換と言っても、僕の方は貰うばかりだ。少しはカメラのシャッターも切ったが、まあ、知れたものだ」

「写るだけは写っていましたか」

「さあ、ねえ」

「全然だめでしたか」

「どうかね。こんど持って行く。見て貰おう。まだ現像はしてない」

「現像してないんですか。驚いたな。――じゃ、こんど、フィルムを全部持って来て下さい」

岩代は言った。架山は、その三月の末のヒマラヤの集りのあと、琵琶湖畔の長命寺を訪ねたいと思った。そしてそのことを、その日、電話で大三浦に伝えた。

「宜しゅうございましょう。私の方は何とでもいたします。三月の終り、結構でございます。悦んでお供いたします。四月にはいりますと、湖畔は埃っぽくなりますから、三月が宜しゅうございましょう。長命寺の方には私から連絡して、間違いないようにしておきます」

大三浦は言った。三月にはいると、架山は楽しいことが先に控えているような気持になった。ヒマラヤの仲間と顔を合わせるのも楽しかったし、そのあとで大三浦と顔を合わせることも、何となく楽しそうだった。

三月の初めに、庭の白梅は殆ど花を落してしまったが、紅梅の方は中頃まで薄紅色の花をまばらに残していた。その紅梅と入れ替りに、沈丁花が小さい花を、まるく刈り込んだ株いっぱいに持った。

架山は、毎朝のように庭に降り立って、散りぎわの悪い紅梅の花を見上げたり、沈丁花の株に近寄って行って、鼻をくんくんさせたりした。

「お父さんも、年齢をとったのかしら。これまでめったに朝ごはん前に庭に降りることなんかなかったのに、今年は毎朝、そこらを歩いていらっしゃる」

光子が母親にそんなことを言っているのを、架山は聞くともなしに聞いたことがある。確かに光子の言う通りであると思う。去年まで庭へ降り立って、沈丁花の花のところへ顔を近づけるような仕種はしたことはなかった。白梅や紅梅についても、いつ花をつけて、いつ散ったかというような関心は、どうも今年初めてのことのようである。

しかし、架山はそうした娘の光子の眼にまでとまる自分の変化を、年齢によるものであろうとは思わなかった。自分は実際は庭を歩くことも、庭の花を見ることも、花壇の傍に立つことも、決してそんなことを嫌がる性格ではないのである。そうしたことに必ずしも無関心には生れ付いているわけではないのである。

ただこの七、八年、庭に降り立つことにも、庭の花を見ることにも、何となく気が進まなかっただけのことである。庭を歩いても、梅の花を見ても、花壇の傍に行っても、――そんなことをしても、何にもならないではないか、いつもそのような思いに捉われていたのである。そうした自分の気持の正体を、とことんまで追いつめて考えたことはないが、しかし、そうした気持に、みはるの死が関係なかったとは言えないと思う。何をしても、何となく張り合いというものがなかったのである。

朝庭に降り立って、梅の花や沈丁花の花を見ることに限っているのではない。なべてあらゆることに億劫になっているが、すべて何となく張り合いというものがなかったからである。

そうした気持が多少でも改まったのは、光子に指摘されたように、確かに今年になってからのことであろう。登山家たちとヒマラヤの山地にはいったことが、架山を変えたと思うほかなかった。ヒマラヤの月を見たことか、あるいはシェルパたちの祈って生きている姿を見たことか、とにかくそうしたことが、架山のみはるの事件に対する向かい方を前とは変ったものにしたのである。

架山が京都の時花貞代から電話を貰ったのは、三月の中頃であった。社長室の机に向かったままで、受話器を取りあげた架山の耳に、

「――こちら、時花貞代ですけれど」

いきなりそんな言葉が飛び込んで来た。

「ああ、――僕です、架山」

「突然、お電話いたしましたが、こんど南禅寺の近くのH院というお寺に、みはるのお墓を造りました。戸籍にはまだそのまま名前が残っておりますが、やはりお墓がありませんと恰好がつきませんので、H院のご住職と相談して、お墓を造ることにいたしました」

「なるほど、ね」

「ご異存ありませんでしょうか」

「僕の方には、なんの異存もない。そりゃ、有難う。僕も、そのことを考えないでもなかったが、ついそのままになっていた」

「それで、形だけですが、五月の亡くなりました日に、ささやかな法要をしてやるつもりでおります。京都へいらしった折り、一度お墓を見てやって頂きたいと思いまして」

「いつできるの?」

「実は、もうできております。石の面には〝時花みはるの墓〟とだけ刻みました」

「――――」

「場所をお報せしておきましょう」

「いや、判っている。南禅寺のH院なら、一度行ったことがある。あなたの叔父さんに当る人が眠っていたところだね」

「ああ、そうでした。ごいっしょにH院に行ったことがありました。あそこです。山の裾から斜面へと墓地ができていますが、みはるのところは山の裾でして、南を受けて、陽当りのいい、気持のいい場所です」

「それは、みはるも悦ぶだろう。こんど京都へ行ったら、H院に行って、見せて貰いましょう。五月の法要の時も、行けたら行くが」

「法要というような大袈裟なものではありません。あの子のお友だちだった人二、三人に立ち会って貰うだけのことです」

貞代は言った。

「墓石の下には、みはるが使っていた身の回りのものを入れたいと思います。何かお入れになりたいものをお持ちでしたら、わたくしの方へお送り頂いても結構ですし、直接H院の方へお届け頂いても結構です」

貞代は言った。未だに遺体はあがっていないのであるから、身の回りの物を祀る以外仕方ないわけであった。

「そちらには、入れるものがあるね」

「あります。万年筆、櫛、バックル、そういったこまごました物ばかりですが」

「僕の方にも何か適当なものがあったら送ります」

架山は言ったが、そういう物が残っていようとは思われなかった。父親の方には何も残さないで、娘は他界してしまったのである。

大体、こんなことだけを話して、電話は切れたが、架山は受話器を置いたあと、暫くぼんやりしていた。貞代も終始事務的な話し方であったが、自分の方も同じだったたと思う。

八年という歳月は、父親と母親を、そのようなものにしていたのである。架山は、自分がここに来るまでは、なかなかたいへんだったが、貞代の方も、その点は同じことであろうと思った。いや、己が腹を痛めた子供であるから、父親の架山などが知らない苦しみがあったに違いない。

受話器の奥から聞えて来た声は、いかにも社会の一線で働いている女にふさわしく、一種の張りのある若々しいものであったが、しかし、実際に会ってみると、年齢相応に、あるいはそれ以上に老けているのではないかと思う。架山がこのような思いを持つのは根も葉もないことではなかった。

去年の暮のことであるが、どこからか会社に送ってきた大きなカレンダーに、一流の美容師とか、デザイナーとかいった人たちと並んで、貞代の顔が大きく取り扱われてあるのを見たことがあった。架山はその時、すぐそこから眼を反《そ》らした。架山には貞代の顔が痛ましく見えた。年齢も匿せなかったし、何となく暗く、疲れて見えた。夫とは別れ、その間にできた娘の方はボートの事故で失っている。決して幸福だとは言えない女の顔であった。八年という歳月の間に、貞代はみはるという名を冷静に、事務的に口から出せるようになっていたが、その代り自分の顔を疲れ、老いた、暗いものにしているに違いないのであった。

三月下旬の日曜日に、夕方京都へ着くように、架山は午後の新幹線に乗った。沿線には桃や李《すもも》の花が咲いていた。咲いていると言っても、もとの東海道線とは異って、列車は新しく切り開いた山間部を走っていることが多いので、桃とか李とかいった里の花は、いつも遠くに小さく見えた。

京都へ着くと、すぐ町中のホテルに向かった。花の季節がもうそこに迫っている日曜日のせいか、町は人で賑わっていた。

「きょうはたいへんな人出だね」

「いまはまだいいんですが、四月の声を聞くとたいへんです。この次の日曜日などは、こんなわけにはいきません」

運転手は言った。ホテルの部屋に荷物を投げ入れておいて、すぐみなが集ることになっている加茂川沿いの料亭に向かった。伊原、上松、岩代の三人はすでに姿を見せており、架山が部屋へはいって行くと、いっせいに立ちあがって来た。

「いやに他人行儀なんだね」

架山が言うと、

「ここは山ではありませんから、里のしきたりに従います」

伊原は言って、

「総裁、お肥《ふと》りになりましたね」

ほかの二人も、口々に架山が肥ったと言った。

「肥ったんではなくて、あの時が痩せていたんだろうね」

架山は言った。

「総裁、もう一度いらっしゃいますか」

岩代が言った。

「どこへ」

「やはりヒマラヤですが、去年よりはもう少し高いところまで行きます。出発は多分九月の初めになります。こんどは現役の若いのが、この顔ぶれのほかに五人加わります」

「高いって、どのくらい」

「かなり高いです。総裁は第一キャンプでのんびりしていて頂きます」

「本格的に登るの？」

「そういうわけではありませんが、もう少し高いところまで行ったら、山も、月も変って来ます。でも、楽な状態でお連れします。酸素ボンベのマスクを口に当てながら歩くようにします」

「――――」

「去年は結局雨期に於ての行動でしたが、今年は大丈夫です。去年が特別なんです。あんなことはめったにないんですが、十月にはいっても雨期があけなかった。こんどは、本当のヒマラヤの美しい空をお目にかけます」

岩代は言った。

「やはり、こんども架山さんを総裁に戴きたいんです。画伯もお連れしたいんですが、秋の展覧会がひっかかるか何かで、画伯の方は難しいんではないかと思います」

伊原は言った。

「池野画伯にもう交渉したの？」

「いや、何となく打診してみただけです」

「驚いたね」

架山は言った。本当に驚いたのである。

「僕は、ね」

「何ですか、総裁」

「総裁なんて言っても、だめだよ。とにかく九月から十月へかけては、僕はだめだ」

「じゃ、十月、十一月」

「だめだね、それも」

架山は言った。うっかり返事をすると、引込みのつかぬことになりかねなかった。そこへ、池野がやって来た。

「また、悪い相談でもしているんじゃないか。あとで考えたんだが、この間の社長からの電話はただじゃないね」

池野は言って、笑った。

「あなたを打診してみたらしい」

架山が言うと、

「そうなんだ。どうも、そうらしい。僕たちを連れて行って、ベース・キャンプかどこかで荷物の番をさせるつもりらしい。うっかりのると、たいへんなことになる」

池野は言った。料理とビールが運ばれて来ると、一座は賑やかになった。伊原が小型機の機長の空を見上げる時の身振りをすると、

「いや、それなら僕の方がうまい」

と言って、上松が立ちあがったりした。

やがて岩代と上松は、スライドを映す支度を始めた。壁に映写幕を垂らしたり、食卓をずらして、映写機を部屋の真中に据えたりした。架山と池野はビールを飲みながら、曾てのヒマラヤの仲間たちの作業を見ていた。

「ヒマラヤでも、僕たちはいつもこうだった。何もしなかった」

池野は言った。確かに、そうだったと、架山も思った。何もかも登山家たちに任せて、二人は何もしないでいたのである。

「シェルパたちはどうしているかな」

池野は、その時だけ遠い眼をして言った。

何十枚かのスライド写真を見た。架山は、自分が現われて来る度に、よくもあのようなところを、あのような恰好をして歩いていたものだと思った。

雪を戴いた山が出て来ると、必ず誰かが歓声をあげた。よおとか、凄いなあとか言った。そんなと

ころは、みんないい年齢の男ばかりなのに、ひどく他愛がなかった。

スライドの映写が終って、部屋が明るくなると、改めてビールやウイスキーを飲み、ヒマラヤの月見の旅のことばかり話した。シェルパたちの話をし、ヒマラヤ山地に散らばっている集落の話をした。

「ナムチェバザールは、今頃、雪かな」

と誰かが言うと、一瞬みなしんとした思いを持った。ボウテコシの渓谷に落ち込んでいる大斜面、その大斜面の上の方に危っかしく置かれている三百戸ほどの集落。そこへ白い細片を散らしてみると、誰もしんとした思いにならざるを得なかった。

「ああいうところの雪はどんな降り方をするのかな」

池野が訊いたが、誰も答える者はなかった。

「山の雪なら知っていますが、あのへんまで下った里の雪は、ねえ」

岩代はそんな言い方をした。架山は、雪に烟《けむ》っているナムチェやクムジュンの集落を倦かず眼に描いていた。ナムチェも、クムジュンも遠く、小さく見えた。ヒマラヤ山地で考えた琵琶湖が遠く、小さかったように、今はナムチェやクムジュンが、果しなく遠く、果しなく小さく見えた。そしてその遠く、小さい集落に雪がこやみなく落ちているのである。

あそこでは、みんな祈って生きている！

架山は改めて思った。ヒマラヤの旅から帰ってから、何回も何回も架山の胸に来た思いではあったが、ヒマラヤ山地に於ての生きることの厳しさが、この時ほど強く迫って来たことはなかった。架山に付いたピンジョも祈り、池野のチッテンも祈り、岩代のパサン・ナムギャルも祈っていると思った。そして姉妹のポーターたちも祈り、サアダーのアンタルケも祈っていると思った。災難なく生きることができるように、みんな雪に降り籠められたヒマラヤ奥地の小さい集落の中で祈っているのである。

十二時を回ってから散会した。料亭の玄関先で、それぞれのくるまに乗る時は、多少みな酔っていた。架山も自分で足許の危いのが判った。

「あすはどうする？ すぐ東京へ帰る？」

別のくるまに乗る池野が声をかけてきた。

「いや、あすは京都で用事をすませてから大阪へ行く」

架山は答えた。明日はH院に造られたというみはるの墓なるものを見なければならぬと思った。

翌日、朝食後、ホテルのフロントでくるまを呼んで貰って、架山はH院に向かった。貞代の手で造られたみはるの墓が、どのようなものか見ておきたかったのである。街には明るい春の陽光が降って、もうどこにも冬の気配は残っていなかった。

H院の前で、くるまを降りて、山裾の寺の中へはいって行く。山門をくぐって左手へ行くと、本堂や寺務所のある一劃に出られるが、架山は反対に右手の道をとった。そして木立に挟まれただらだら坂を降りて行って、墓地のある低地の一隅に出た。ここはH院の第二墓地といったところで、もともと敷地に余裕がなく、広い墓地には造られていない。

架山は見当をつけて、墓地の中を走っている道を山裾の方に歩いて行った。新しい墓が造られるとすると、その山裾の一カ所しか考えられなかった。ずっと以前、貞代といっしょに、貞代の親戚の人の墓参に来たことがあったが、その時に較べると、墓地は少しだけ広くなっているようであった。山の裾が少し削られて、幾つかの墓ができているのである。

時花みはると刻まれた墓石はすぐ判った。五、六坪ほどのところが一尺ぐらいの高さの石で囲まれ、その一隅に真新しい墓石が一つ立てられてあった。石の面《おもて》には〝時花みはるの墓〟と刻まれてあり、裏には亡くなった日と年齢が刻まれてある。〝享年十七歳〟の十七歳が、架山の眼に滲《し》みた。生れて十七年経っただけの短い人生であるが、当然なことながら、それを十七という若い数が示している。架山は、みはるの年齢を、この時ほど若く幼いものに感じたことはなかった。石に刻まれた十七歳という文字を見て、初めて、その文字が言い現わしている若さに思い当ったような気持であった。

架山はその墓石の前に立った。墓石には、確かに〝時花みはるの墓〟と刻まれてあったが、そこにみはるが眠っていようとは思われなかった。これを造った母親の貞代も同じ気持ではないかと思う。しかし、貞代は、五月の末の事件のあった日、つまり故人の命日に法要を営もうとしている。そうしたことをすることによって、貞代はここにみはるが眠っていると、自分自身に思い込ませようとしているのであろう。

架山は、みはるも哀れに、また貞代も哀れに思われた。こうした墓を造られたみはるも哀れであったし、こうした墓を造らねばならなかった貞代も哀れであった。架山は墓石の前で頭を下げた。そこにみはるの墓と刻まれてある以上、そうしなければならなかったが、空虚な思いはどうすることもできなかった。

架山は、Ｈ院から帰ると、すぐホテルを引払って、大阪へ向かった。大阪では行きつけのホテルに部屋をとってあったので、そこにはいった。

午後、大阪の文社へ顔を出し、夕食には街中の料亭に人を招いた。ホテルに戻ったのは十時近い時刻であった。少し遅いとは思ったが、大三浦に電話をかけた。

「これは、これは、いま大阪でございますか。左様でございますか。さぞお忙しいことでございましょう」

大三浦はいつもの言い方をした。

「実は、この三、四日中に、もし大三浦さんの方にお暇な日がありましたら、――」

架山が言いかけると、

「長命寺でございますか」

「そうです」

「宜しゅうございます。いつでも、お供いたしましょう」

「いつでもと言っても、一番ご都合のよろしい日は」

「いや、この三、四日なら、本当にいつでも宜しゅうございます。あすでも、あさってでも」

「そうですか、では明後日にということにしましょうか」

「承知いたしました」

「何時に、どこへ出向きましょう」

架山が訊くと、

「それでは正午に長命寺でお待ちしておりましょう。長命寺は大津駅からくるまが宜しゅうございましょう。その晩はお泊りになれますか」

「泊れます。その翌日の夕方までに東京に戻ればいいんです」

「ほう、左様でございますか。それなら佐和山の宿にごいっしょに泊って頂くことにいたしましょう。宿とは言えないような宿でございますが」

「この前、あそこに厄介になりましたよ」

「ああ、左様でございました。宜しゅうございます。電話して、特別にお口に合うものを用意させておきましょう。それは結構でございます。有難いことでございます。もう寒さもとれましたので、その気になれば、湖に出ることもできましょう。もし、そんなことにでもなりましたら、二人はどんなに悦びますことか」

大三浦は言った。架山は用心して、それに対しては返事をしなかった。佐和山のところに泊ると返事をしてしまったので、泊らないわけにはいかなかったが、佐和山と大三浦の関係を考えると、多少鬱陶しく思われないこともなかった。

大三浦と長命寺で落ち合う約束になっている日、架山は列車で大津まで行き、そこからくるまで長命寺に向かうことにした。大三浦が勧めてくれた通りにしたのである。

大阪、大津間の列車の窓から見る沿線の風景は、のどかで明るかった。山崎付近の丘には竹叢が多く、雑木の中でそこだけが濡れたように輝いて見えた。幾つかの集落がばら撒かれている平原には、点々と桃の花が配され、ところどころに白い李の花も見られた。

大津駅で降りると、駅前でタクシーを拾った。

「長命寺という寺へ行きたいんだが」

「近江八幡の長命寺ですね」

「そう」

「上まではくるまが行きませんよ」

「大分歩くの」

「石段だけですが」

「それでは、大丈夫」

「八百八段と言いますから大分きついです」

「八百八段?」

「もしかしたら途中までくるまが行くかも知れません。前には行けたんですが、この前行った時はだめでした」

運転手は言った。八百八段というとかなり高い石段だろうが、ヒマラヤ山地の大斜面を上ったり下ったりしたことを思えば、たいしたことはあるまいと思われた。

くるまの往来の烈しい道を通って、近江八幡の町にはいる。この一月、円満寺へ行く時通った同じ道を、くるまは走って行く。この前は幾らか暗いものを町のたたずまいに感じていたが、今は新開地でも持ちそうな埃っぽい明るさである。

くるまは町をはずれ、田園地帯を突切り、八幡山をぐるりと回って行く。この八幡山の裾のどこかに円満寺という古い十一面観音を祀ったお寺があったが、正確な地理の記憶はない。

八幡山を回って行くと、また広い田園地帯がひらけて来た。くるまはその田園地帯を斜めに突切って、向うに見えている小さい山の裾に取り付く。

「この山の向うは琵琶湖になっていて、この山のてっぺんに長命寺があります」

運転手は言った。車窓から覗いてみると、かなり高い山である。なるほど八百八段の石段を上らなければ山頂に達しないであろうと思う。やがてくるまの前方に湖面が見えて来た。

「湖の岸にある山なんだね」

「昔はこのへんは湖の中で、この山は島だったそうです。だからこの山の名は奥島山《おくしまやま》と言うんです。尤もいまでは長命寺山と呼んでいますが」

「詳しいんだね」

「このへんはおふくろの在所なんです」

くるまは湖側に出ると、すぐ停まった。

「待っていて下さい。途中まで登れるかどうか訊いてきます」

運転手は湖岸の土産物屋風の家にはいって行った。架山もくるまを降りてみた。道路からいきなり長命寺の石段が急斜面を這い上がっている。上を仰ぐと、長く伸びている石段道は途中で折れ曲っていて、その最上部を眼に収めることはできない。なるほどこの石段を登って行くのは容易なことではないと思った。

「途中までくるまで行けます」

戻ってきた運転手が言った。

「それは有難いね」

「こんなところを登ったらたいへんですよ。そのかわりご利益《りやく》は半分ぐらいになります」

架山は再びくるまに乗った。道はじぐざぐに折れ曲って、長命寺のある山巓へと向かっている。全くの九十九折《つづら》りである。雑木で埋められた山の斜面をくるまは這い上って行く。湖面が見下ろせるが、それが右になったり、左になったりする。ところどころに竹叢があり、風に揺れ動いている。

殆ど山巓に登りつめたのではないかと思われるところで、くるまは停まった。

「ここまでです」

運転手が言ったので、架山はくるまから降りた。湖を見下ろせる台地である。

「正面に見えるのが三上山《みかみやま》で、その右手は鈴鹿山脈ですが、ぼんやりしています」

なるほど湖の一部と、その向うの田野を隔てて大きい山脈が霞んで見えている。

運転手に待っていて貰って、架山は向うに見えている石段道にはいった。下を見ると、急な石段道が老杉の間に落ち込んでいて凄い眺めである。

架山は石段を一つずつかぞえながら登って行った。丁度百段登ったところで小台地に出、そこに門があった。門をくぐると右手に手洗場、左手に本坊らしい建物が見えている。本堂や塔などの寺の主要な建物は、もう一段上の台地にあるらしい。

本坊の玄関にはいろうとすると、恰もどこかで見張りでもしていたかのように、奥から大三浦が姿を現わして来て、

「ようこそ、——お疲れになりましたでしょう。さあ、どうぞ、どうぞ」

まるで自分の家にでも招じ入れるような言い方をした。

架山は大三浦のあとに続いた。立派な座敷である。方丈の書院とでも言うべきところであろう。障子を開けて縁側に出、更にもう一つの障子を開けると、眼下に湖の拡がっているのが見えた。

座敷には卓が出ており、それに対《むか》って坐る。架山と大三浦がお互いに挨拶を取り交していると、住職がやって来た。今まで大三浦と話をしていたが、何かの用事で座を立って行ったといった感じで、架山の方へ顔を向けて、

「おや、お着きになりましたか。いっこうに気が付きませんで」

「たいへん無理なお願いをいたしまして」

「いや、前に大三浦さんからも、佐和山さんからもお電話を頂いておりましたが、何分秘仏になっておりますので」

「それは、そうでしょう」

「そんなわけで、きょうまで待って頂きました。きょうは、今年初めてのお掃除をいたします。お厨子の扉を少々開きますので、そこから拝んで頂きましょう」

住職は言った。今年最初の掃除を、大三浦の懇願で、きょうという日に割り振ったのではないかと思われた。何となくそんな気がする。

「何しろ三十三年目ごとの御開帳でして、年に一回か二回のお掃除の日に運よく回り合わせる以外、誰も拝むことはできません」

大三浦が言うと、

「この前のご開帳は三十四年前でした。従って、この次は六十七年で、二十年先のことになります」

住職は言った。お茶をご馳走になって、暫く雑談したあと、

「では、ご案内いたしましょう。先にお堂の方にいらしって下さい。私は掃除の道具を持って参りますので」

住職は立ちあがった。架山は大三浦と連れ立って、本坊から出ると、塔や本堂の建物のある上の台地へと、急な石段を登って行った。石段は途中で折れ曲っており、そこで顔を上げると、前方に堂々たる三重塔が見えていた。

石段を登りきると、高低のある台地の上に出る。本堂の前は平坦な広場をなしているが、塔は低地を隔てて向うの高処にあり、鐘楼は鐘楼で、また別の高処の茂みの中に、その建物の一部を覗かせて

いる。

架山と大三浦は、三重塔のある台地に上って、塔の下に立ってみた。

「寺の話では三十八年に解体修理して、四十年四月にできあがったそうでございます。三重の塔としては大きいものらしゅうございます」

大三浦が説明してくれた。なるほど建物に塗られている朱は新しい。しかし、けばけばしい感じはなかった。

塔の下で、暫く時間を消して、二人は本堂のある台地に戻って行った。そろそろお厨子の掃除が始まっている頃ではないかと思われたからである。石段を登ったところで、大三浦はもう一度塔を振り返って言った。

「ここから眺めます塔が一番宜しいようでございます。本堂の屋根の反りが、塔の左側に置かれまして、なかなか結構でございます」

架山は事件当時の大三浦のことを思うと、大三浦という人物はすっかり変ってしまったと思った。素朴なところ、ばか丁寧なところ、それでいて言い出したら諾《き》かない頑固なところなどは、そのまま今も身に付けているらしいが、何と言うか、人間が一段も、二段も上等になってしまった感じである。

「なるほど、ここからの塔はいいですね。塔にも、やはり見る場所があるんですね」

「左様でございます。何回も来ておりますと、自然に見る場所が判って参ります」

「そんな何回も、ここにお出でになっているんですか」

「はい、ここへ一番たくさん来ております。観音さまを拝むのは今日が二回目でございますが、この地方に出て参りますと、どうもここに足が向いてしまいます。このようにお住居も高いところにあって、琵琶湖を見下ろすことができます。湖に向かって、朝に晩に祈って下さるために、このようなところにお住居を構えたのではないかと、思いたいくらいでございます。有難いことでございます。ここに参りますと、何とも言えず安心を覚えます」

大三浦は言った。

「なかなか、たいへんですね」

いっこうに心の傷が癒っていそうもない大三浦という人間を、架山は痛ましい思いで眺めた。これはたいへんんだ、そんな他人事でない気持だった。

「どうぞ」

その声で振り向くと、本堂の回廊に住職が姿を見せていた。

架山と大三浦はすぐ回廊に上がり、本堂の外陣にはいった。弁慶障子によって内陣と分けられてある。更に内陣に進むと、正面に礼壇が置かれ、その向うに胸ぐらいの高さの須弥壇が設けられてある。そしてその前に金色に輝いた小さい十一面千手観音が置かれてあった。

「なかなか美しいお姿をしていらっしゃいますね」

架山が言うと、大三浦は、

「これはこれでご立派でございます。ご本尊はうしろのお厨子の中にはいっていらっしゃいますが、そのご本尊の前に立っておられるので〝お前立ちの観音さま〟と申しあげます」

それから、

「おや、もうお厨子の扉が開けられているようでございます」

そう言って、急に表情を改めると、すぐその方に向かって深く頭を垂れた。架山もそれに倣った。

「どうぞ、もっとお傍に近づいて拝んで下さい」

厨子の横手の闇の中から住職の声が聞えた。架山は大三浦のあとに従って、礼壇の横を回って、お厨子の前に立った。お厨子の載っている須弥壇そのものが胸くらいの高さなので、当然お厨子の中の仏さまたちは下から見上げることになる。住職が持っている蠟燭の光が辛うじて厨子の内部に届いて、そこに三体の仏像が置かれてあることを示している。

「中央が千手観音、右が十一面観音、左手が聖観音、いずれも藤原の初期の作で、重文に指定されております」

住職が説明してくれた。架山の眼に最初にはいって来たのは、中央の千手観音である。頭上に十一面を戴いているに違いないが、首から上の部分は暗くてよく見えない。腰を捻り、右膝を少し前に出している。そうした姿勢をとっている体軀を押し包むように、体の左右から無数の手が出ている。そしてその一本一本の手に握られている物だけは光っているが、あとはどこも黒くなっている。顔も黒いし、体も黒い。

その右手の十一面観音は五、六十センチぐらいの大きさ。この方は金箔が僅かに残り、顔は瞑想的である。

「千手、十一面、聖観音三尊一体のご本尊ということで、昔からこの三像を同じお厨子にお祀りしております」

住職が言うと、

「いや、有難うございました。なかなか拝むことのできない観音さまを、二回も拝めましたとは、何という果報なことでございましょう。三尊とも、こんな高いところから、湖の方に顔をお向けになっていらっしゃる。有難いことでございます。湖の底に眠っている者たちの眠りも、安らかでない筈はございません。湖の中が天国のように居心地が宜しいので、若い者たちも湖の中から出て来ることを忘れたのでございましょう」

大三浦は言った。


長命寺を辞すと、架山と大三浦は、待たせておいたくるまで南浜の佐和山家へ向かった。そのくるまの中で、架山は訊かれるままに、ヒマラヤの満月について語った。〝ほう、ほう〟と、大三浦はいかにも感じ入るといった相鎚の打ち方をしていたが、突然運転手の方に、

「それはそうと、今夜は満月と違うかいな」

と言った。

「知らんな」

「どこかで、くるま停めて訊いて来てくれ」

「どこで訊くんや」

「どこでも訊けるが」

「今夜は満月かどうかって訊くんかい」

「そう」

「月が円くなるとか、ならんとか、そんなこと気にかけてる奴はおらんぞ、今頃」

運転手の返事は余り捗々《はかばか》しくなかった。

「よし、では、どこかそこらの家でくるまを停めてくれ。わしが訊いて来る」

大三浦が言うと、

「訊くのはいいが、そんなことを訊いて、何にするんや」

「何にしようと、おおきにお世話だ。とにかく、そこらで停めてくれ」

すると、

「仕様がないな、それじゃ、まあ、わしが訊いてやろう。もう少し行ったところに親戚の家がある。そこで暦を借りて来てやるから、それを見なされ」

運転手は言った。運転手にそういうことを言わせるものを、大三浦は持っていたのかも知れない。

「左様か、それは有難い。では、そうして下され」

大三浦も語調を穏やかにして言った。

運転手は小さい集落でくるまを停めた。農家の前だった。

「では、ちょっと、待っていて貰いますわ」

運転手はそんな言葉を残して行ったが、なかなか戻って来なかった。いい加減二人が待ちくたびれた頃になって、漸くにして運転手はやって来た。

「長かったね」

架山が言うと、

「暦というものはなかなか持っていませんわ。持っていても、どこに仕舞ってあるか判らんもんらしい」

運転手は〝開運暦〟という題のついた冊子を大三浦の方に渡し、

「それは要らんそうです。それから間違いなく今夜が満月だそうですよ」

と、言った。くるまは再び走り出した。

「そう、満月です。月の出は六時四十五分、月の入りが五時十四分。——ふしぎですね、今夜が満月とは」

大三浦は多少昂ぶった声で言った。

今夜が満月の夜であると聞いて、架山も驚いた。月のことなどこれっぽちも考えてはいなかったのに、たまたま大三浦といっしょに湖畔で過ごす夜が、満月の夜にぶつかってしまったのである。

「満月ですか。——きれいでしょうね、琵琶湖で見たら」

架山が言うと、

「春の月でございますから、秋の月のように澄んではいないと思いますが、おぼろ月はおぼろ月で、また格別でございましょう。見る場所にもよりますが」

それから、少し間を置いて、大三浦は運転手の方に、

「寒いかな、夜、船を出したら」

と、声をかけた。

「そうさなあ、この陽気ではもうさして寒いことはあるまい」

運転手は言った。すると、大三浦は急に声を弾ませて、

「いかがなものでございましょう。今夜船を出しましては。——めったにごいっしょになることはありませんので、二人で詣でてやりましたら、若い者たちもさぞ悦ぶことでございましょう。これ以上の供養はございません」

と、架山に言った。

「船は頼めますか」

「佐和山に言えば、何とか手配してくれましょう」

「南浜から船を出すんですか」

「いや、南浜からでは距離がございます。もう少し北へ参りますと、船を出すにしましても、簡単でございます」

「そういうことでしたら、どうぞ、——お供しましょう」

架山は言った。

「ご賛同下さいますか、それは、それは。——二人はさぞ悦んだり、驚いたりすることでございましょう」

それから、電話で佐和山に連絡するために、大三浦は次の集落でくるまを降りて行った。この頃になって、運転手は自分のくるまに乗せている二人の客が、普通の客ではないことに気付いたらしく、

「子供さんですか」

と、いきなり訊いてきた。

「そう、突風でボートがひっくり返ってね」

架山は言った。心中事件にでもとられてはいやだった。

「いけませんでしたね。気持がたいへんでしょう」

「もう、八年経っているからね」

「何年経っても、親御さんとしましてはね」

運転手は言った。架山は相手の青年を必ずしも許しているわけではなかったが、その青年の親の方は、いつか許す気持になっていた。

くるまが南浜の佐和山家に着いたのは、春の白っぽい薄暮が湖の面に垂れ下がり始めた頃であった。

佐和山の内儀さんが出迎えてくれた。二人は母家には寄らないで、すぐ離れの方に案内された。壁で仕切られた隣り合った部屋を当てがわれた。

「向うに食事の支度ができておりますので、いつでも、どうぞ。——夕ご飯をあがって頂いて、それ

から船にお乗せするんだと、おっさん駈け回っております」

内儀さんは言った。

母家の囲炉裏ばたに設けられた夕食の膳についた時、佐和山がどこからか帰ってきた。土間に立ったまま、挨拶ぬきで、

「釣りに使う発動機船を借りることにしました。警察署の警備艇と同じぐらいの大きさです。寒ければ部屋にはいればいいし、月を見たければ甲板に出ればよろしい。この浜から出られます。あっという間に竹生島に行ってしまいますが」

佐和山は言った。

「それはご苦労さん」

大三浦が言うと、

「あんたも、これを最後に、もうめそめそするのはやめるんだね。いくらめそめそしたって、死んだ者が生き返るわけでもあるまいし」

「めそめそして悪かったな」

「八年も、顔を合わせる度に愚痴を言われて来ましたものね。いい加減うんざりしますよ。さあ、今夜は架山さんもごいっしょだ。わしも入れて貰って、三人で船を出し、手打ちをするんだね」

「手打ちとは何だ！　ばかなことを言うものじゃない」

大三浦が口を尖らせた。

「まあ、いいじゃないですか。確かに、あなたにしても、僕にしても、いつまで経っても、気持の整理はできない。確かにいつか一度、ここでこの問題を打ち切ろうと言うように申し合わせでもしないといけませんよ。そりゃ、一生、心の傷は癒りませんが、それにしても、もう、このへんで、お互いに」

架山が言うと、

「判りました。よく判りました。宜しゅうございます。今夜の月見を最後にいたしましょう」

大三浦は言った。内儀さんが銚子を運んで来た。

「私も、お仲間に入れて貰います。言いかけたことだから、少し言わせて貰いましょう」

佐和山は自分の席について、架山と大三浦の盃を充たした上で、

「事件から八年になりますが、あの時以来、お二人が同じ船で、現場へ行くのは今夜が初めてでしょう。とうにこうなればよかったと、私は思うとります」

しんみりしたとも言えるし、ひらき直ったとも言える口調だった。

「私はこういう見方をしております。架山さんは大三浦さんの息子さんのためにこんな事件が起きた、責任はいっさい息子さんにある、そう思っておられたでしょう。いや、今もそう思っておられるかも知れない。な、そうでしょうが、私はそう睨んでおります。しかし、まあ、八年経ちましたが、何もかも消えてしまいましょう。子供を亡くしたという点では同じですわ」

佐和山は言った。

「確かに、おっしゃる通りです。私は長い間、そうした意固地な気持をなくせませんでしたが、去年

の秋ヒマラヤに出掛けてから、いくらか素直になれたようです。そこへゆくと、大三浦さんの方はずっと立派です。八年間、息子さんのことを思いきれず泣いて来られた。それが本当ですね。私などは変なことにこだわって、なっていませんよ」

架山が言うと、

「大三浦さんだって同じようなもんですわ。いつか、私のことを、お前が貸ボート屋なんてくだらんことをやっていたから、あんなことになってしまったと言ったことがあります。まるで事件の責任は私にあるような言い方です。そう言われれば、私としても腹に据えかねるというものです」

佐和山が言った。すると、

「まあ、いいがな」

大三浦は佐和山を制して、

「そりゃ、佐和山のおっさんを恨んだこともあります。貸ボート屋の主人でさえ恨むくらいですから、もちろん、架山さんのお嬢さんも恨んでおりますよ。この世であのお嬢さんに出会いさえしなかったら、うちの息子もこんなことにはならなかった、そう思いました」

「なるほど、そりゃ、そうでしょう、ねえ」

架山は言って、何と迂闊なことだったろうと思った。自分が相手の青年を許さなかったように、大三浦は大三浦でみはるを許さなかったに違いないのである。ただ、そのことを大三浦は自分に気付かせなかっただけのことなのである。

「いや、全く、私は自分本位に考えて、大三浦さんの立場には一度も立ちませんでした。申し訳ありません。確かに、あなたとしたら、息子さんが娘にさえ会わなかったらと、そうお思いだったでしょう」

「でも、いまは少しもお嬢さんを恨んではおりません。湖畔のたくさんの十一面観音さまに、二人の身柄を預けてしまってからは心は平らかでございます」

するど、佐和山が、

「とにかく、お二人がいっしょに、息子さん、娘さんの眠っている場所に行ってやることですよ。今夜、やっとそういう運びになったから、まあ、いいようなものの、呆れたことですわ」

と言った。架山にしても、大三浦にしても、こう言われると一言もなかった。


八時を過ぎてから、三人は寒くないように着ぶくれた恰好で家を出た。架山は佐和山の内儀さんが出してくれたマフラーを首に巻き付け、その上にやはり内儀さんが出してくれたレインコートを羽織った。

外へ出ると、夜気は少しも寒くなかった。湖岸だというのに、生暖い風の吹いている春の宵であった。佐和山が貸ボート小屋を持っていたところから少し離れたところに、小さい突堤があり、そこに発動機船は繫がれてあった。夜釣りに使う船だということであった。

三人が船のところへ行くと、青年が二人出て来て、

「月を見るんだって？　酔狂だな」

と、馴れ馴れしい口調で、佐和山の方に言った。

「そや、大丈夫か、月は」

「どうかなあ、今は雲の中にはいっているが、そのうちに顔を見せるだろう」

「今夜は満月だから、出てくれさえすれば、いい月見ができる」

すると、もう一人の青年が夜空を仰いで、

「星もまばらだな。でも、これは晴れるよ」

と言った。自信のある言い方だった。

「甲板に出ていたら寒いか」

「たいしたことはあるまい。それにゆっくり走らせる。月が出ないことには始まらんからな」

突堤で十分ほどの時間を過ごした。何となく月を待っているといった恰好だった。そのうちに、

「よし、出よう」

青年の一人が煙草を足許で踏みつぶした。それを合図にもう一人が、

「さあ、乗ってくれ。前もって言っておくが落ちないでくれよ」

と、呶鳴《どな》った。佐和山、架山、大三浦の順で船に乗った。警備艇と同じような造りである。佐和山が甲板に席をつくった。架山としては湖上に浮かぶのは事件の時以来、八年ぶりのことであった。

船はゆっくりと動き出したが、すぐ速力が加わった。湖岸の燈火がまたたく間に遠くになって行く。

「寒くはありませんか」

佐和山が訊いた。

「いや」

「大三浦さんは？」

「大丈夫」

あとはみな押し黙っていた。それぞれに感慨はある筈であった。暫くすると、大三浦が、

「悦んでおりましょう。両方の父親が揃って出掛けて来てくれた。こんな嬉しいことはない。そう申しておりましょう」

と言った。その時、恰もその言葉が合図ででもあるかのように、最初の月光が湖面に降った。船尾の波のうねりが銀色の帯のように見えている。

満月が船の進んで行く背後に、ほぼ中天といっていい高さのところに輝いている。今まで月を匿していた雲は、月の周辺でゆっくり移動しつつある。雲と雲との間には星をちりばめた薄青い夜空が置かれている。雲も幾つかの集団になって動いているが、夜空の部分の方が多そうである。

月は、やがて、また雲の中にはいった。しかし、うす絹を通したような感じで、月光は淡く湖面に漂っている。

「なるほど琵琶湖の月はいいですね」

架山が言うと、

「宜しゅうございますね。毎年仲秋の名月は見ておりますが、春の月は初めてでございます。これは

これで、また格別、――昼間拝みました長命寺の三体の仏さまも、いまこちらをごらんになっておられましょう。昼間来た二人が、湖心の子供たちのところに出掛けて行っている、そう思っておいでてございましょう」

大三浦は言った。すると、佐和山が、

「坊さんはおらんが、いい供養や。いつも別々に詣ったり、花を捧げたりはしているが、あれから二人が揃って現場に来たことは初めてでしょう。いっしょに死んだんだから、いっしょに霊を慰めてやらんことには。――葬式にしたら宜しいが、これを」

と言った。

「そうだな」

大三浦は言って、暫く考えていたが、

「架山さん、確かに私たちは二人のために葬式はしてやっていません。私は息子のために二、三年前に墓は造りましたが、どうも墓という気がしません。からっぽの墓です。その墓に詣るよりは、琵琶湖に来てしまいます。しかし、たとえ形だけでも葬式をしたら、魂は墓にはいりましょう」

架山は言って、

「そうでしょうね」

「宜しいでしょう、坊さんは居なくても、読経はなくても、私たちだけで二人を葬ってやりましょう。私の方も、大三浦さんと同じです。娘の母親がつい最近京都に墓を造りました。私も、墓を造った母親のために、そこに娘の霊を入れてやりたいと思います」

架山は言った。そして真実、それがいいと思った。これを葬式にしようと思った。見ると、大三浦は左手の掌で眼を覆っている。これから二人の葬式をしようという感動が、低い嗚咽になろうとしている。架山は大三浦にも、佐和山にも言わなかったが、長かった〝殯（仮葬）〟の期間はいま終ろうとしていると思った。架山もまた心の底からこみ上げて来るもののあるのを覚えた。父親と娘の対話の時期は終らなければならないが、それはそれでいいと思った。

――娘よ、みはるよ、ずいぶん君とは話したな。考えてみれば、もう話すことは何も残っていない。こんなにたくさん話した親子はそうたくさんはないだろう。さあ、今夜から、君は本当の死者になれ、鬼籍にはいれ。静かに眠れ。そして君を生んでくれたお母さんのもとに還れ。これからは君はお母さんを静かに見守って上げなければならぬ。

船は暗い湖面に銀色の帯を引きながら進んで行った。行手に黒い固まりとして竹生島が見えて来た時、

「このへんでしたね」

佐和山が言った。

「そうです。この辺りです」

大三浦が答えた。架山もまた、自分が何年か前に花を投じたのは、このへんに違いなかったと思った。

佐和山が操縦室へ行くと、船は間もなく停まった。月はまた匿れた。

佐和山は青年たちに買わせておいたという花束を持って来て、架山と大三浦に渡し、その一部を自

分の手許に置き、やがて操縦室から出て来た若者の方に、

「お前さんたちも、花を捧げてくれよ」

と言った。

「電話で、花を買って来いと言われた時、多少変だなとは思ったが、——そうですか。遭難ですか。ここが遭難場所なんですね。一体、いつの遭難ですか」

若者は訊いた。

「八年前」

「ずいぶん昔のことなんですね。月見かと思ったら、月見どころじゃないんだな」

また月光が降って来た。月光が降ると湖面は全く異ったものになるが、すぐまた雲に遮られてしまう。

「花を捧げるにしても、もう少し待った方がいいですよ。いまに完全に月が顔を出します。雲が流れてしまうまで待った方がいい」

雲が動くにしても、月が移るにしても、皎々《こうこう》たる満月の光が照り渡るには、まだ大分時間がかかりそうである。しかし、一応その若者の言葉に従うことにした。

「一体、月はいつもどのへんから出るの」

架山が訊くと、

「このへんだと、伊吹《いぶき》の上に出るんじゃないのかな。なあ？」

若者はもう一人の若者の方を振り返った。

「きのうは七時か、七時半頃、伊吹の右肩から出た」

「真上に来るのは?」

「そうさ、なあ。夜中じゃないのかな、よくは知らんが。——去年四月の初めに、夜中の十二時頃、このへんを走ったことがあるが、その時竹生島が月の光を真上から浴びて、きれいだった。竹生島があんなきれいに見えたことはなかった」

若者は言った。

「夜中まで待つこともないでしょうが、月が完全に顔を出すまで待っていましょう。折角のお葬式ですから、その方がいいですよ」

佐和山は言って、

「こうしていると、琵琶湖も夜は静かなもんです」

「釣船も出ていないね。今は何も釣れないんですか」

架山が訊いた。

「これから、四月から五月にかけて、もろことはすの時季です。もう漁は始まっていますが、明るいうちの漁です。四、五人乗りの、発動機船がたくさん出ますが、みなもろこかはす目あてです。——おや、月が照って来る!」

佐和山の言葉で、架山も大三浦も夜空を見上げた。満月が何回目かに顔を現わそうとしている。もう当分の間、雲の心配はなさそうである。間もなく月光が降って来た。湖の面はとたんに銀粉でも撒いたようになった。

「では、架山さんから花を捧げて下さい」

佐和山が言ったので、

「そうですか。では、お先に失礼します」

架山は大三浦の方に会釈して、

「息子さんと、娘とに、一本ずつ花を捧げましょう。大三浦さんにも、ほかの方にも、同じようにして頂きましょう。ふしぎなご縁で、うちの娘は大三浦さんの息子さんといっしょに、短い生涯を終りました。亡くなってからも、一人ではないので、お互いに淋しくなくてよかったことでありましょう」

そう言って、花の方へ手をのばすと、

「ちょっと待って下さい」

大三浦は言った。

「二人の若い者たちの葬儀でございます。月も雲から出まして、まことに結構な満月の夜となりました。寒いことも、暑いこともございません。春宵一刻直《あたい》千金、真実そのような夜でございます。ご異存がなければ、この葬儀に、十一面観音さまたちにお立ち会い頂きたいと思うのでございますが、いかがなものでございましょう」

架山はすぐには返事をしなかった。大三浦の言っていることの意味がよく判らなかった。十一面観音に立ち会って貰うということはどういうことであろうか。

「結構だと思います」

架山はただそのように答えた。すると、

「では、私にお任せ頂きます。架山さんのご存じない十一面観音さまもあれば、佐和山さんのまだ拝んでいない観音さまもおられます。そういう観音さまにも、みなお立ち会い頂きましょう。私たちの子供の葬儀でもございますし、私たちの存じませぬこの湖で生命を棄てた人たち全部の供養でもございます」

架山は大三浦の顔に眼を当てた。月光を浴びて石の面のように無表情で白い大三浦の顔は不気味だった。眼は軽く閉じられている。

大三浦の青白い顔の中で、突然口もとの筋肉が動いた。眼は閉じられたままであった。

「ああ、いま湖北の中でも、一番北にいらっしゃる山門《やまかど》の善隆寺《ぜんりゅうじ》の十一面観音さまがお姿をお現わしになりました。何とも言えずきよらかでお健やかなお顔をこちらに向けて、山を背にしてすっくりとお立ちになっていらっしゃる。小柄で、全身お黒く、お腰の捻りは少い」

恰も、実際に善隆寺の十一面観音を遠くに望んでいるような、そんな大三浦の言い方であった。

「おや、その左手に、海津《かいづ》の宗正寺《そうしょうじ》の十一面観音さまのお姿があります。いつお現われになったのでございましょう。大きな蓮台の上に、ゆったりとお坐りになっていらっしゃいます。端麗なお顔、高く結いあげた十一の頭上仏。——おお、こんどは右手の方に、医王寺《いおうじ》の十一面観音さまがお立ちでございます。医王寺の観音さまでございます。いつもは南面して、こちらに横顔を見せていらっしゃいますが、今夜は特別に、いまこちらをお向きになって下さいました」

架山は、ふいに去年の秋、野分に包まれた湖北山間部の無住のお堂の中で拝んだ清純な乙女の観音さまの、たくさんの頭飾りや胸飾りの音を耳にしたように思った。大三浦が、こちらをお向きになったと言ったので、架山の耳におしゃれな観音さまの装身具の揺れる音が聞えたのである。湖北では最も雪の多い地方だと聞いたが、お堂の周辺の雪はもう消えているのであろうか。

山門の観音さまは、医王寺の観音さまを拝んだ同じ日に訪ねて行き、宗正寺の観音さまは、ヒマラヤに行く前に、池野と二人で、豪雨の中を訪ねて行った観音さまである。

「湖北の御三尊に続いて、ああ、次々に、尊いお姿がお立ち下さいます。ああ、次々にお立ち下さいます。有難いことでございます。もったいないことでございます。このようなことがあっていいものでございましょうか。鶏足寺《けいそくじ》の観音さまが、石道寺《しゃくどうじ》の観音さまが、渡岸寺《どうがんじ》の観音さまが、充満寺《じゅうまんじ》の観音さまが、赤後寺《しゃくごじ》の観音さまが、知善院《ちぜんいん》の観音さまが、――」

ここで大三浦は言葉を切った。瞑目している顔は、月光の加減で盲いているように見えた。

そうした大三浦を真似たわけではなかったが、架山もまた眼を閉じた。瞼の上には、架山が想像したこともなかった世界があった。湖の北から東へかけて何体かの十一面観音像が、湖を取り巻くように配されているではないか。いずれも十一の仏面を頭に戴き、宗正寺は坐像、他はいずれも立像である。知善院の十一面観音像だけは、架山のまだ見ていないものであった。

大三浦は、今いっきに口から出したたくさんの十一面観音の名を、こんどは復唱でもするように、改めて一体、一体、ゆっくりと口から出して行った。

——鶏足寺の観音さま。

——石道寺の観音さま。

——渡岸寺の観音さま。

——充満寺の観音さま。

——赤後寺の観音さま。

——知善院の観音さま。

それにつれて、架山は架山で、自分も知っている湖北、湖東の十一面観音像の姿を、改めてまた次々に瞼に浮かべて行った。

村一番の美しい内儀さんをモデルにしたのではないかと思われるような鶏足寺の観音さま。同じ言い方をするなら、内儀さんでなくて、村一番の娘さんをモデルにしたかのような石道寺の観音さま。共に地方色豊かな、素朴な美しさに輝いている観音さまである。が、この二体とはまるで違った凛としてあたりを払っている威ある美しい女王は渡岸寺の十一面観音。高々と結いあげた頭上仏は世界一の宝冠であろう。

一体だけ背を見せて立っている筈の充満寺の観音さまもこちらを向いていらっしゃる。大三浦がお頼みして、こちらを向いて頂いたことであろうが、医王寺の観音さまとは違って、頭飾りの音も、胸飾りの音も聞えない。胸も厚く、腰回りも大きく、ひどく体格のいい観音さま。物音ひとつたてず、こちらに体をお回しになったのであろう。

十一面千手は赤後寺の観音さま。しかし、十一の仏面と左手七本、右手五本の肘から先の部分のことごとくを失った無慚な、しかし、尊いお姿である。

そうしているうちに、大三浦は憑かれたように次々に十一面観音の名を挙げ始めた。

——またお立ちになりました。

とか、

——お現われになりました。

とか、そんな言葉が次々に大三浦の口から出ている。たくさんの観音さまの名が、次々に呼び上げられている。一体、また一体、湖岸にお立ち下さっている。架山の拝んだことのない観音像であっても、今の架山にはそれのお立ちになるのが判った。湖岸の闇が次々にめくられて行く。ところどころに架山も拝んだことのある十一面観音の名も挟まれている。すると、その度に架山の瞼の上にはくっきりと架山の知っている観音像の姿が浮かび上がる。大三浦はしきりに、お立ちになったという言い方をしていたが、確かに十一面観音像が次々にすっくりと立ち、そして並んで行く感じであった。拝んだことのない観音像は貴い光のようなものとして、一度でも拝んだことのある十一面観音像は不思議と思われるくらいの正確な姿で、架山の瞼の上に立ち現われて来る。

長命寺《ちょうめいじ》、福林寺《ふくりんじ》、蓮長寺《れんちょうじ》、円満寺《えんまんじ》、盛安寺《せいあんじ》、そうした寺々の十一面観音像もみなお立ちになっている。二本の手を前で合わせ、他の二本で蓮の花の宝杖を持った美貌の盛安寺の観音さまも居れば、腰を殆ど捻らずに、真直ぐに立っている同じように美貌な福林寺の観音さまも居た。眼に浮かべただけで心のきよまる十一面観音であった。大三浦の言葉が途切れた時、

「では、そろそろ花を捧げたらどうですかな」

佐和山が言った。佐和山も、二人の若者も、大三浦の口から言葉が出ている間は黙っていた。周囲の者を黙らせるだけの気魄のようなものが、月光を浴びて口だけを動かしている大三浦の姿にはあったのである。すると、また大三浦は口を開いた。

「ああ、ここ何年か京都の博物館の方にお移りになっていらしった園城寺《おんじょうじ》の十一面観音さまが、わざわざお住居にお戻りになってお立ち下さいました。信じられないようなことでございます。有難いことでございます。ああ、それから今また、聖衆来迎寺《しょうじゅらいこうじ》の観音さまもお立ち下さいました」

それからまた、しばらく瞑目していたが、やがて眼を開くと、少し居住まいを改めて、

「どうぞ、では、お花を架山さんから」

大三浦は言った。架山は言われるままに大三浦の息子とみはるの二人の冥福を心に念じながら、花を月光の散っている湖面の上に投げた。そして次に同じようにこの湖で生命をなくした多数の人たちのために、同じように花を捧げた。

続いて大三浦、そのあとに佐和山、それから二人の若者、みな同じように湖中の霊に花を供えた。

その間、架山はそれぞれの人の動きを眼に収めながら、これを儀式と言うなら、すばらしい儀式であると思った。湖は月光に上から照され、その周辺をたくさんの十一面観音像で飾られていた。これ

以上の豪華に荘厳された儀式というものは考えられなかった。

「有難うございました。これでお宅の息子さんも、うちの娘も、ちょっとこれ以上考えることのできないほどの手厚さで葬られたと思います」

架山が言うと、

「いや、こちらこそお礼を申しあげなければなりません。ごいっしょに葬儀を営んで頂いて、息子も悦んでおりましょう。有難うございました」

それから大三浦は改まった口調で、

「では、これで、観音さまにもお引取り頂きましょうか」

と言った。

「結構でございます」

架山が言うと、すぐ大三浦は経を誦し始めた。みな頭を垂れていた。読経はかなり長く続いたが、それが終った時、架山は実際に湖岸に並んでいたたくさんの十一面観音が、すっかり姿を消してしまったような思いを持った。湖面を縁取っていた妖しい光は消え、湖は本来の姿に戻ったのである。

「もうこれで、私も気持を変えることができます。ずいぶん、佐和山さんにも迷惑をかけた。失礼なことも言った。かんべんして下され」

大三浦は言った。

「なんの」

佐和山はそれを遮って、

「お二人の葬儀に、そしてここで生命をなくした多勢の人たちの供養に立ち会わせて貰って、私も気持がすっとしました。それにしても、人間一人死ぬと、まわりの人の悲しみというものはたいへんなものですな」

と言った。

「そろそろ帰るとしますか」

若者の一人が言った。それを受けて、

「帰っていいですかな」

と、佐和山が改めて大三浦の方に訊いた。

「観音さまたちにも、それぞれお引取り頂いたので、私たちも帰るといたしましょう。いつまでここに居ても詮ないことでございます」

大三浦は誰にともなく言った。湖上にはさっきと同じように月光が降っていたが、何となく暗く淋しく感じられた。大三浦が言ったように、湖を取り巻いてたくさんの十一面観音が立ち並んだ壮んな眺めが消えてしまったからであろうか。

それにしても夢とも、現実ともつかぬ奇妙な幻覚の中に、自分は居たと、架山は思った。自分ばかりでなく、大三浦もまた同じ幻覚の中に居たのであろう。

燦《さん》として列星の如し。——そんな言葉を、今になって架山は思い出していた。つらなる星のように、十一面観音は湖を取り巻いて置かれ、一人の若者と一人の少女の霊は祀られたのである。

若者の父親も、少女の父親も、愛する者を失ったという問題を解決できず、その悲しみをどうすることもできなかったが、ともかく霊を祀るという形で、それぞれが今やどうにか自分の気持を納得させることができたようであった。

——みはるよ。

しかし、架山の呼びかけに対するみはるの声はなかった。その時、恰もそれに答えでもするかのように、

「もう二人は、この湖の中にはおりません。神になりました。仏になりました。もしかしたら天に上って、星になったかも知れません」

大三浦は言った。

いつか、船はエンジンの音を響かせて、湖面を滑り出していた。

大三浦の口から出た星という言葉で、架山は自分がもう一つの星の中の自分の影であると思い込もうとしたことがあったのを思い出した。自分の一番苦しい時期であったと思う。あの頃は湖が怖かった。

そうした自分に較べると、大三浦は終始若い二人が眠っている琵琶湖から離れなかったのである。たえず湖にやって来て、泣いたり、愚痴をこぼしたり、湖畔の十一面観音に訴えたりして今日まで過ごして来たのである。そして結局のところは、架山は大三浦によって、愛する者の死を処理する方法

を教えられたような気がする。悲しむこと、祀ること、おそらくこの二つ以外、いかなる愛する者の死への対い方もないに違いないのである。

「今日はめそめそせなんだろうが。うまくできている。丁度今日あたりで涙の方も涸れてしまったし、湖畔の観音さまも大方拝みつくしてしまいましたが」

そんなことを佐和山に言っている大三浦の声が、急に高くなったエンジンの音の中から聞えている。長かったみはるの〝殯《もがり》〟の期間は終ったと、改めて架山は思った。

〈完〉

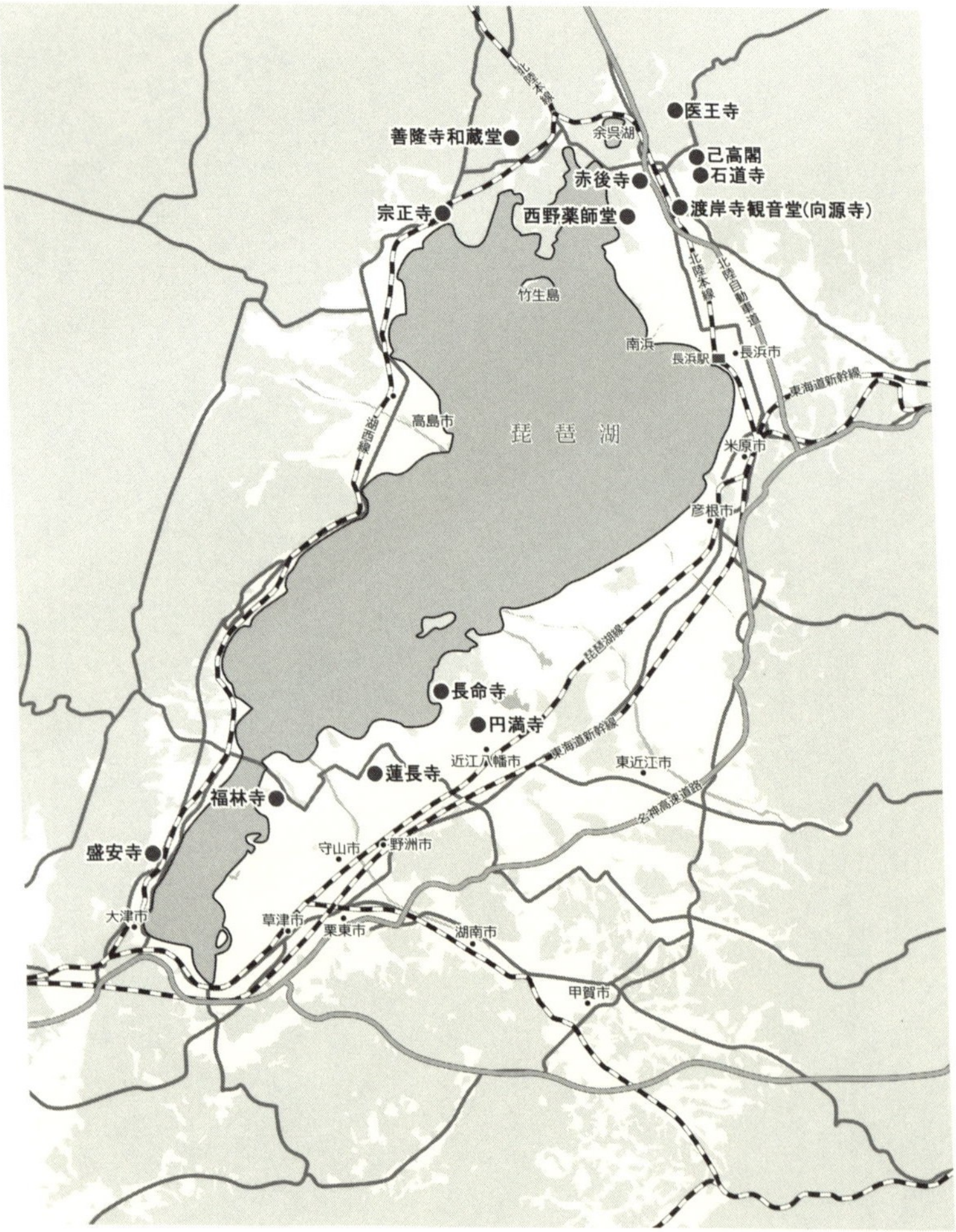
医王寺
善隆寺和蔵堂
余呉湖
己高閣
石道寺
赤後寺
宗正寺
西野薬師堂
渡岸寺観音堂(向源寺)
北陸本線
北陸自動車道
竹生島
南浜
長浜駅
長浜市
東海道新幹線
湖西線
高島市
琵琶湖
米原市
彦根市
琵琶湖線
長命寺
円満寺
近江八幡市
東近江市
蓮長寺
福林寺
名神高速道路
守山市
野洲市
盛安寺
大津市
草津市
栗東市
湖南市
甲賀市

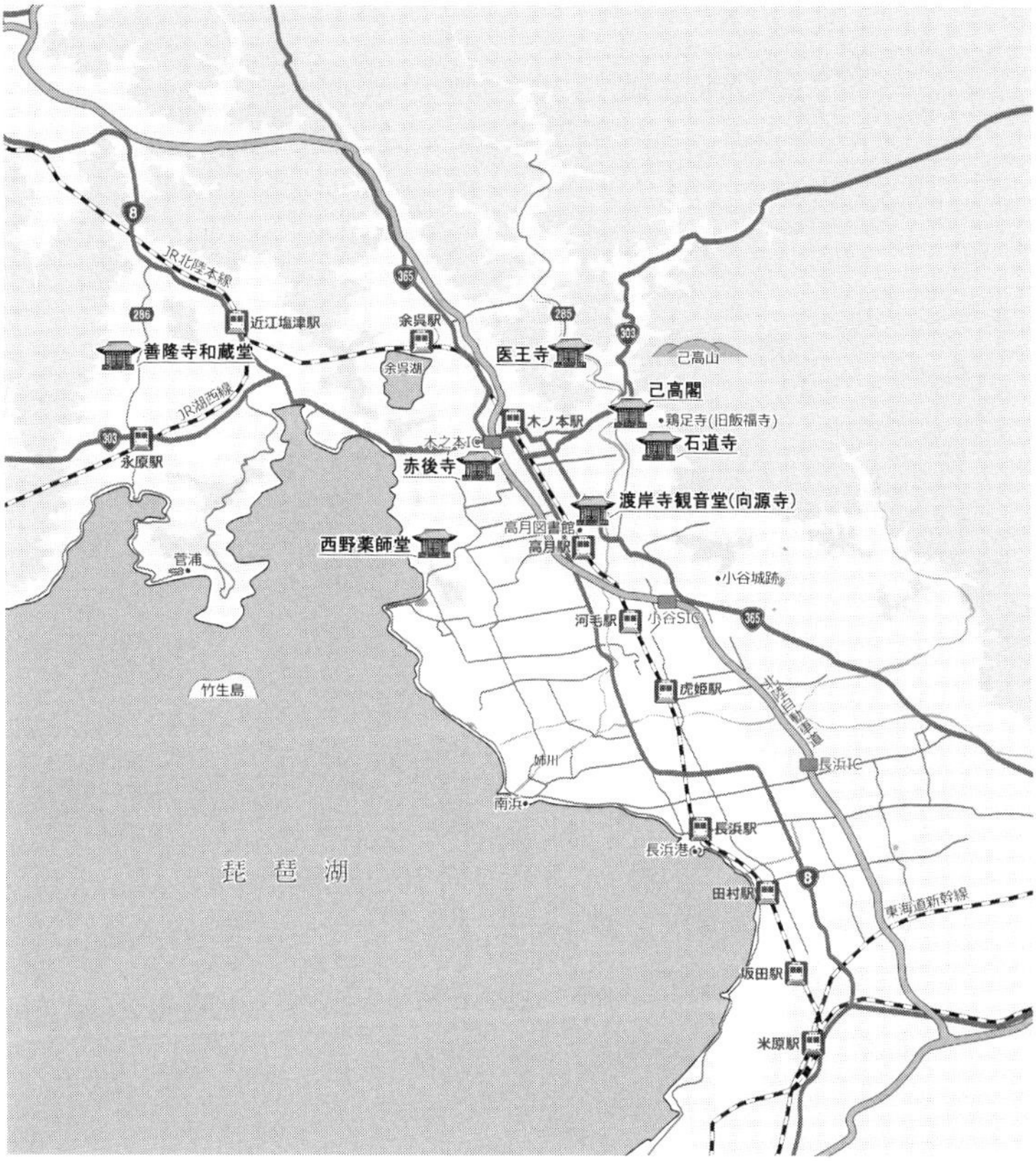
JR北陸本線
8
365
286
近江塩津駅
余呉駅
285
303
善隆寺和蔵堂
余呉湖
医王寺
己高山
己高閣
JR湖西線
木ノ本駅
鶏足寺(旧飯福寺)
303
永原駅
木之本IC
石道寺
赤後寺
渡岸寺観音堂(向源寺)
高月図書館
西野薬師堂
高月駅
菅浦
小谷城跡
河毛駅
小谷SIC
365
竹生島
虎姫駅
長浜IC
姉川
南浜
長浜駅
長浜港
琵琶湖
8
田村駅
東海道新幹線
坂田駅
米原駅

解説 ——「星と祭」の主題と読者サービス

別府大学教授
井上靖研究会会長　高木伸幸

井上靖の「星と祭」は、昭和四十六年五月十一日より翌四十七年四月十日まで三三三回に亘って『朝日新聞』に連載された。「子を喪った親の悲しみ」(注1)が主題として前面に押し出された長篇小説である。

主人公架山洪太郎は物語の冒頭より七年前、前妻との間に儲けた娘のみはるを喪った。当時十七歳だったみはるは、琵琶湖で男子大学生とボートに乗り、転覆事故の為に一緒に湖中へと沈んでしまったのであった。主要な脇役となる大三浦は、その青年の父親である。彼ら二人が死者を悼み、悲しみと向かい合い、それぞれのやり方で自分を納得させていく顛末を描いている。

「星と祭」は、いわゆる新聞小説である。井上靖がその生涯で二十七作執筆した新聞小説の中で二十三作目に位置している。

井上靖の新聞小説の中で、最も多くの読者から支持されたのは「氷壁」（昭和三十一年十一月二十四日〜三十二年八月二十二日『朝日新聞』）であり、次いで「あした来る人」（昭和二十九年三月二十七日〜同年十一月三日『朝日新聞』）であろう。どちらも男女の恋愛が物語の中心に据えられている。多くの幅広い読者を対象とする新聞小説として、甘口の恋愛ロマンによって読者サービスを重視した小説と言える。井上靖が流行作家として第一線に立っていた昭和二十年代、三十年代の新聞小説には、概してそのような傾向が認められる。

対して井上靖の新聞小説の中でも、最も遅い時期に書かれた「星と祭」は、主題の重さで読者に訴えている。井上靖は、昭和四十年前後から、大勢の読者を対象とする新聞小説においても、読者サービスに囚われず、自分の書きたいテーマを自由に書き始めていた。例えば「化石」（昭和四十年十一月十五日〜四十一年十二月三十一日『朝日新聞』）では、癌に冒された主人公一鬼太治平が一人で死と対決していく、その烈しい葛藤を描き、「夜の声」（昭和四十二年六月二日〜十一月二十七日『毎日新聞（夕刊）』）や「欅の木」（昭和四十五年一月一日〜八月十五日『日本経済新聞』）では、環境問題と絡めた社会諷刺を試みていた。昭和四十年代以降、既に流行作家を卒業していた井上靖によって書かれた、これら主題重視の新聞小説の一つに「星と祭」は数えることができる。

ちなみに井上靖は「星と祭」連載の話を持ちかけられた際、「子供を喪った親たちの悲しみを、身近なところで幾つか見ていた。文筆家仲間にも居れば、新聞社の友達にも、親戚の中にも居た」(注2)と語っている。「星と祭」の主題は、井上靖のこうした体験と上述の創作姿勢の変化が結びついたところに生み出されたと言えよう。

架山洪太郎は中級貿易会社の社長。健全な良識を備え、それ相応の地位を築き上げてきただけに、堂々たる風格の持主である。「化石」の一鬼太治平や「欅の木」の潮田旗一郎もやはり社長の立場にあって、同様の雰囲気を漂わせている。架山は井上靖が好んで描く主人公像の一典型であり、そこには井上靖自身の人柄が少なからず反映されていよう。

架山の娘みはるは、架山が最初の妻貞代と離婚した後、架山の母、つまりみはるの祖母に預けられ、二歳から十一歳までを架山の郷里である「伊豆の山村で過ごした」。「おばあちゃんの手で甘え放題に育てられ」たと記される、このみはるの生い立ちに、作者自身の幼少年期が投影されているのは、井上靖文学の愛読者であれば、誰もが気付くところであろう。井上靖は軍医である父の相継ぐ転勤もあって、戸籍上の祖母かの—曾祖父潔の妾—に預けられ、みはるとほぼ同じ期間を伊豆湯ヶ島で過ごしていた。その幼少年時代の自分を女子に置き替え、しかも両親については離婚という、子供にも大きな不幸を及ぼす形へ改めているのである。井上靖の自身の生い立ちへのこだわりと併せて、特殊な環境に自分を置いた両親に対する幾分か屈折した心情が窺われよう。

一方、大三浦は小さな工場の経営者。自分の息子と一緒にボートに乗ったばかりに、みはるを死なせてしまった引け目もあってか、架山に対してへりくだった態度を示す。馬鹿丁寧過ぎるくらいの口振りは、「けやき老人」と呼ばれる「欅の木」の主要脇役・安見を彷彿させ、これも井上靖好みの人物像と言える。ただし大三浦の場合、後述するごとく、別の場所では異なる態度を見せており、人間の多面性も表していよう。

大三浦の息子は、架山の視点から今時の大学生、それも不出来な大学生としてイメージされている。「大胆でもあり、臆病でもある。真面目でもあり、淋しがりやでもある。そのくらいだから友だちには好かれるが、貸した金も取り返せない性格の弱さがあり、当然のこととして、学業の成績は余りかんばしくない」。みはるを彼のいわば被害者と捉える架山を通して、あくまで一方的、批判的に表されており、大三浦の息子が本来どのような人物であったかは不明である。しかしこの架山が想起したイメージから、「星と祭」連載時の若い世代に対する井上靖の評価の一端、辛口の見解を垣間見ることができよう。

このような架山と大三浦であるが、最愛の娘、息子を喪った点では二人とも全く同じ立場にある。しかしその人物像が対照的であるように、愛するものを喪った悲しみへの向かい方も、やはり大きく異なっている。

架山は娘の死を「運命」と捉え、何とか悲しみを乗り越えようとしている。気持ちを和らげるために、地球を離れたどこか遠い星にもう一人の自分が存在し、その人物も同じように娘の死を悲しんでいると考えたりもする。一方、大三浦は何時までも悲しみを抱き続けている。

琵琶湖畔の十一面観音を巡って手を合わせ、死者の霊を祀って鎮魂を願い続けている。

井上靖は「自作解題」（『井上靖小説全集第三十二巻・星と祭』昭和五十年四月、新潮社）で、次のように書いている。

（前略）私は一番の問題は子供の死という事実をいかに納得するかということではないかと思います。運命だと観じることによって諦めへの道をとるか、諦めることはできないで、永遠に悲しみを懐いて、祀ることによって不幸な死者の鎮魂を願うか、この二つのうちのいずれかではないかという見方をしています。この小説には「星と祭」という題がつけられてありますが、星は運命を現わし、祭は鎮魂を意味しています。そしてそうしたそれぞれ違った子供の死への対かい方をしている二人の父親を、この小説は主人公にしています。

すなわち「星」は架山を、「祭（祀）」は大三浦をそれぞれ象徴しているのである。

この井上靖の説明の補いとして、物語の最終場面に目を向けたい。架山、大三浦と貸しボート屋の主人佐和山の三人が一つの船に乗って満月の夜の琵琶湖に繰り出し、二人の若者の死を弔っている。その際に大三浦は、琵琶湖に十一面観音が立ち並ぶ姿を思い浮かべる。そしてそれら十一面観音によって二人の若者の霊が祀られ、「天に上って、星になった」と語っている。「星と祭」というタイトルは、この結末部での幻想的なイメージも含んでいるのである。

なお右の井上靖の発言の中、「運命だと観じることによって諦めの道をとる」と述べたくだりは、架山の心境を必ずしも捉えていないように思える。架山はみはるの死について、「運命」と感じつつも、大三浦と同様、諦めの境地に至っていなかったのではあるまいか。架山が敢えてそのように考えるのは、自分を無理にでも「納得」させるための方途であったと言うべきだろう。愛するものの死を決して諦めきれない中で、どのように自分を「納得」させていくのか。井上靖はその架山の苦しい心の変遷を、自らの意図を超えて書き込んでいたと判断されるのである。

加えて「星と祭」は「子を喪った親の悲しみ」を描いていく中で、子供を喪った二人の父親の和解に至る道程についても表現した小説と言える。架山は、みはるが大三浦の息子と知り合ったばかりに死に至ったと考えている。大三浦は大三浦で、架山にあれだけへりくだった態度を取っておきながら、心の裡では自分の息子が架山の娘と出会わなかったら死ぬことはなかったと秘かに恨んでいた。しかも大三浦は貸しボート屋の主人佐和山に対して、ボート転覆事故の責任を追及するごとき乱暴な言葉をぶつけていた。そうした彼ら三人が琵琶湖上で一つの船に乗る最終場面は、みはると大三浦の息子の死を弔う湖上の葬儀であるとともに、佐和山を立会人とした、そして十一面観音にも立会って貰った、大三浦と架山の和解の儀式でもあったと言えよう。実際、佐和山はその場面に際して、「わしも入れて貰って、三人で船を出し、手打ちをするんだね」と語っている。この架山と大三浦の和解が、もう一つの物語として描かれているからこそ、二人の父親の「子を喪った親の悲しみ」がより重層的な表現として浮かび上がってくるのである。

さらに「星と祭」では「子を喪った親の悲しみ」、特に架山の内面を表すにあたって、井上靖の一つの創意が認められることに注目したい。「殯《もがり》」という発想が用いられているのである。架山はある国文学者の論文を通して、万葉集の挽歌は「単に死者を追悼した歌ではなく、それがいずれも〝もがり〟の期間に詠まれている」ことを学ぶ。日本の古代においては、「人間は死んでも、すぐ鬼籍にはいるのでなく、生でもない、死でもない、つまり生と死の間に魂が浮遊している期間」があると考えられていた。それ故、死者を本葬する前段階として、仮に葬る期間を設けていた。「殯」である。

架山は次のように語っている。

――人間が人間として、本当に相手に立ち向かえるのは、どちらか一方が死んだ時だと思うね。それも死んでからごく短い期間のことだ。（中略）その時だけ、本心で相手に立ち向かえる。相手は生と死の中間に居る。相手が生きている時は交せなかった対話が、そして相手が完全に死んでしまっては交せない対話が、二人の間に成立する。（中略）僕は古代に於て、人が死んでも、すぐ死者として取り扱わず、生と死の中間にあるものとして、〝もがり〟の期間を設定したということは、恐しいようなものだと思う。そしてこの期間に、挽歌が捧げられている。挽歌は、僕の場合の対話に相当すると思うね。生者でも、死者でもない故人に、自分の人間としての本当の気持をぶつけたものなんだ。古代人は、おそらくこういう期間でも設けない限り、人間というものは救われないと思ったのではないか。

みはるの遺体は琵琶湖に沈んだまま発見されていない。架山はみはるがまだ死者でも生者でもなく、「殯」の期間に置かれていると考える。そしてみはるとの対話を続けていく。心の中でみはるに語り掛け、みはるの返答を聞く。みはるの言葉は、実際は架山自身によるものであるが、架山は、みはるが本当に語っていると信じて疑わない。架山のいわば自問自答であるにもかかわらず、読者には本当に二人が対話しているかのような印象を与え、この小説の中でも真に迫った場面として繰り返されていく。

万葉集の挽歌が「殯」の期間に詠まれたというこの作中の解釈に対して、工藤茂は『挽歌の系譜―井上靖の世界―』(昭和五十八年四月、日験)の中で、架山が「ある国文学者の論文」によってその知識を得たという設定になっていること、そして「星と祭」連載開始の前年、昭和四十五年七月発行の月刊学術誌『国文学解釈と鑑賞』で「万葉の挽歌」特集が組まれていたことに目を留めている。井上靖は、その特集論文の一つ渡瀬昌忠「人麻呂殯宮挽歌の登場―その歌の場をめぐって―」などの影響を受け、そこから作者自身の挽歌観を形成したと推察している。的確な指摘と言えよう。

この『国文学 解釈と鑑賞』「万葉の挽歌」特集号を見ると、特集論文全十五本のうち、その三分の一にあたる五本において、「殯」が何らかの形で言及されている。もっとも、それらは、いずれも「挽歌」が「殯」の期間に詠まれたと正面切って論じているのでは決してなく、工藤が挙げている渡瀬昌忠の論文も同じである。しかし、例えば伊藤博の論文「挽歌の世界」には、「人麻呂の殯宮挽歌」が『殯宮の時』に誦詠の方法をもつて発表されたと思われる」と記されている。井上靖は同特集号を通して、これに類した文言を幾つか目にした上で、「挽歌」と「殯」に対する解釈を自らの中で膨らませ、「星と祭」で描いたそれへと発展させたのであろう。

井上靖が自身の父の死について取り上げた私小説風の短篇「風」（昭和四十五年一月『文芸春秋』）にも触れておきたい。「星と祭」より約三年前に発表されたこの小説では、井上靖とおぼしき語り手の「私」が、父の葬儀の夜、父と会話を交わしている。「父は居なかったので、私は父と自分の両方の言葉を受け持たなければならなかったが、不思議に滞りなくその会話は生まれて来た」。「父の生前、何の会話も取り交さなかったので、その分を取り返しでもするかのように、父との会話は殆ど自在と言っていいくらい私の心に生まれて来た」。この「私」と亡くなった父との対話―実際は「私」の自問自答―が、「星と祭」における架山とみはるの対話へ発展したのは明らかであろう。ただし「風」においては、「私」が父と対話するその夜について、「殯」の期間だと称してはいない。おそらくこの時点において、井上靖の中にそういった解釈はなかったのであろう。「風」における亡くなった父と子の対話という表現が、「万葉の挽歌」特集を切っ掛けに井上靖の中で膨らんだ「殯」観と結びつき、「星と祭」における、みはると架山の対話が確立されたのである。

なお井上靖は「風」よりさらに三年前、長篇小説「化石」においても、死者との対話ではないが、やはり主人公の自問自答による対話を描いている。主人公の一鬼太治平は、癌に侵されて以来、「死という同伴者」に付きまとわれる。一鬼はその「死という同伴者」を相手に、一人二役でありながら、本当に相手が存するかのような対話を続けていく。井上靖はこの「化石」において、死に直面した人間の心境を深く掘り下げることに成功し、主人公の「自問自答」による対話の方法に自信を持ったのであろう。「星と祭」へと繋がるいま一つの源流がここに認められる。

以上のように「星と祭」は、重い主題を井上靖独自の表現方法によって追求した小説であり、本来は娯楽性重視の新聞小説としては型破りと言っていいような作風を見せている。しかし「星と祭」は、それでも新聞小説であり、男女の恋愛こそ味わえないものの、多くの新聞小説を手掛けてきた井上靖らしい読者サービスも十分に盛り込まれている。

物語中盤に入って、架山は大三浦から十一面観音を紹介され、以来琵琶湖畔の数ある十一面観音に興味を持ち、結末近くに至るまで繰り返し訪ねている。物語後半では、架山が登山家の岩代らとヒマラヤ観月旅行に出掛けていく。

結論から言えば、これらの場面は紀行小説（あるいは観光小説）の趣があり、読者を空想旅行へと誘ってくれる。読者は観光ガイドを読むごとく、小説の舞台を楽しむことができる。そしてこれらの読者サービスが、「星と祭」においては、小説の主題を深める役割まで果たしている。

「星と祭」に描かれた十一面観音とヒマラヤ観月旅行の場面について、それらの背景にも目配りしながら少し詳しく説明したい。

まず井上靖は、渡岸寺の十一面観音像を架山の視点から次のごとく描いている。

架山は初め黒檀か何かで作られた観音さまではないかと思った。肌は黒々とした光沢を持っているように見えた。そしてまた、仏像というより古代エジプトの女帝でも取り扱った近代彫刻ででもあるように見えた。（中略）丈高い十一個の仏面を頭に戴いているところは、まさに宝冠でも戴いているように見える。（中略）ヨーロッパの各地の博物館で、金のすかし彫りの王冠や、あらゆる宝石で眩ゆく飾られた宝冠を見ているが、それらは到底いま眼の前に現われている十一面観音の冠りには及ばないと思う。衆生のあらゆる苦難を救う超自然の力を持つ十一の仏の面で飾られているのである。（中略）大きな王冠を支えるにはよほど顔も、首も、胴も、足も確りしていなければならぬが、胴のくびれなどひと握りしかないと思われる細身でありながら、ぴくりともしていないのはみごとである。しかも、腰をかすかに捻り、左足は軽く前に踏み出そうとでもしているかのようで、余裕綽々たるものがある。（中略）確かに秀麗であり、卓抜であり、森厳であった。

十一面観音像を近代彫刻のごとく見つめている。その美しさが読者に伝わるように細密に描いている。井上靖は架山に琵琶湖畔の十一面観音像を巡らせながら、読者にそれを一種の日本の伝統的な美術品として紹介し、賞味させているのである。読者はこれらの場面を通して、十一面観音の鑑賞旅行を楽しむことができる。

井上靖はその上で、架山の十一面観音に対する感慨を改めて次のように表す。

観音が人間の悩みや苦しみを救うことを己れに課している修行中の仏さまであると、大三浦に説明された時、初めて自分の心の中に、十一面観音の持つ姿態の美しさを、単に美しいというだけでなく、ほかのもので理解しようという気持が生れたように思う。そうでなかったら頭上の十一の仏面は、架山には異様なもの以外の何ものでもなかった筈である。それが異様なものとしてでなく、力強く、美しく見えたのは、自分がおそらく救われなければならぬ人間として、十一面観音の前に立っていたからであろうと思う。救われねばならぬ人間として、救うことを己れに課した十一面観音像の前に、架山は立っていたのである。（中略）東京へ帰ってから、架山は湖畔の十一面観音について人に語る時、いつも〝拝む〟という言葉を使った。

井上靖は十一面観音像を美術品として描きつつも、その美しさは救いを求める人間だからこそ感じ取れることを強調している。子供を喪った苦しみから抜け出せない親たち—架山と大三浦—が十一面観音を拝み続け、心の安らぎを得ていく過程を、様々な十一面観音像の紹介と併せて記していく。井上靖は特定の宗教を信じた作家ではなく、「星と祭」も観音信仰の真髄に正面から迫った小説では決してない。しかしこの小説の場合、十一面観音像の魅力を記していく中で、人々がなぜそれに惹かれ、救いを求めようとするのか、その心境にごく自然に踏み込んでいる。読者は十一面観音を巡る旅を楽しみながら、子供を喪った架山と大三浦の心境についても、知らず知らずのうちにより深い場所へと導かれていくのである。

井上靖は十一面観音について、自身がまだ新聞記者だった昭和十五年頃から興味を抱いていたとのことである。(注3)良く知られているように、井上靖は毎日新聞記者時代、学芸部に所属し、美術批評及び宗教欄を担当していた。その井上靖の美術と宗教に対する深い関心、豊富な知識が、「星と祭」においては、架山と大三浦の十一面観音巡りとして反映されているのである。井上靖は自らの深い造詣を活かし、十一面観音を美術品としても、信仰の対象としても、それらの両面から描いている。結果として、読者サービスと小説の主題の双方が互いに高め合って表現されていることに注意されたい。

次いでヒマラヤ観月旅行について。こちらは井上靖が生沢朗、石原国利らと実際に体験したそれを作中に取り入れたものである。

生沢朗は「星と祭」の『朝日新聞』連載の挿絵を担当した画家であり、作中のヒマラヤ観月旅行に架山と共に参加する画家・池野のモデルである。生沢朗はこのヒマラヤ観月旅行の後に、画集『ヒマラヤ&シルクロード』(昭和四十八年八月、講談社)を上梓している。二千部限定の同書には井上靖より序文が寄せられており、「井上靖『星と祭』挿画集」の項目もある。付録として生沢の肉筆墨彩画「十一面観音像」が添えられていた。

石原国利は「氷壁」の魚津恭太のモデルとして知られており、「ジュガール・ヒマールの中央峰に登った登山家（注4）」である。架山をヒマラヤ観月旅行に誘った登山家四人の中のリーダー格で、仲間から「邦ちゃん」と呼ばれている岩代は、この石原国利をモデルにしている。岩代らは作中で「ジュガール・ヒマールのマディア・ピーク（中央峰）というのに最初の足跡を印している」とも説明されている。

また「星と祭」では、架山のもう一人の娘光子がヒマラヤ観月旅行へ参加を希望するも、種々の事情で結局断念している。対して実際の井上靖のヒマラヤ観月旅行には、井上靖の次女佳子が加わっていた。光子に関わる記述は、佳子が同行した事実の、その一部分を変形させながら活かしたものと言える。

井上靖がこのヒマラヤ観月旅行に出掛けたのは、昭和四十六年九月下旬から十月中旬にかけて、「星と祭」連載が間もなく中盤に差し掛かろうとしている時期であった。「星と祭」で架山らがヒマラヤへ向けて羽田空港を出発する場面は連載第二〇一回（昭和四十六年十一月二十八日『朝日新聞』）に記され、架山らがヒマラヤから日本へ帰国するのは第二七四回（昭和四十七年二月十日『朝日新聞』）に掲載されていた。つまりヒマラヤ観月旅行の場面は、連載の途中に作者が体験した出来事をその直後に、それがまだ生々しい状態のまま活用したものだったのである。しかもさらに興味深いのは「星と祭」の連載第一回（昭和四十六年五月十一日『朝日新聞』）において、既に架山は岩代ら登山家四人からヒマラヤ観月旅行に誘われていることである。

おそらく井上靖は、「星と祭」の連載開始より先に、石原国利らからヒマラヤ行きを誘われ、承諾していたのであろう。小説の取材旅行として予定したわけでは決してなかった。だが「星と祭」連載を始めるにあたって、秋に予定されていたそのヒマラヤ行きを、小説の中で使えそうだと判断し、小説の冒頭部に暗示させた。そのように推察されるのである。

「星と祭」全三三二回の連載中、ヒマラヤ行きの道中を描いた場面は計七十四回に亘り、小説全体の二割以上が該当する。井上靖にとって、ヒマラヤ観月旅行はそれだけ忘れ難い体験であり、あるいは当初の見込み以上に筆を割く結果となったのかもしれない。「星と祭」が連載された当時、ヒマラヤは今日のように一般庶民がトレッキングに親しむような場所ではなく、あくまで登山家の世界と見做されていた。それだけに井上靖が自分の目で見て描いた架山らのヒマラヤ紀行は、多くの読者の想像を掻き立て、刺激的でさえあったと言えよう。こちらも琵琶湖畔の十一面観音巡りと同様に、読者を大いに楽しませること確実である。

井上靖はヒマラヤの雄大で荘厳な風景を描きつつ、架山に「永劫」と言った思いを抱かせている。架山はヒマラヤの自然に対して「人間という存在を小さく見せる神秘的なものを感じた」。また架山はヒマラヤで路傍の大きな石に経文の文字が刻まれているのを度々目にし、過酷なヒマラヤの山中で暮らす人々は、老人も子供も皆、毎日「祈って生きている」ことを思い知らされた。こうした架山の感慨は、井上靖が実際にヒマラヤ観月旅行で抱いたものであったろう。

と言うよりも、そのような感慨を抱いたからこそ、ヒマラヤ観月旅行を「星と祭」後半の主要な場面として、大きく取り上げたと見るべきである。作者が実際に抱き、架山のそれとして描かれたヒマラヤにおける感慨が、十一面観音へ救いを求める架山、大三浦の気持ちと相俟って、この小説の主題を深めているのは言うまでもあるまい。ヒマラヤ観月旅行の場面も、単純な読者サービスに留まっていないのである。

かくのごとく「星と祭」は重い主題を扱いながら、新聞小説として読者サービスも忘れてはいない。そしてその読者サービスが、実は主題をより深める役割も果たしている。作家として円熟期に入った井上靖の主題と表現力の深化を見せる貴重な一作と言い得るのである。

注

（1）「自作解題」（『井上靖小説全集第三十二巻・星と祭』昭和五十年四月、新潮社）

（2）『過ぎ去りし日日』（初出タイトル「私の履歴書」〈昭和五十二年一月一日、三日〜三十一日『日本経済新聞』〉、昭和五十二年六月、日本経済新聞社刊）

（3）『美しきものとの出会い』（初出昭和四十六年一月〜四十七年三月、七月『文芸春秋』、四十八年六月、講談社刊）

（4）対談「山と文学と人生」井上靖、植村直己（初出昭和五十六年一月『潮』、『植村直己、挑戦を語る』〈平成十六年七月、文春文庫〉収録）

＊本文中、敬称は略した。

本書は、著作権者である井上修一氏の許諾を得て、昭和四七年十月刊、朝日新聞社『星と祭』を底本とした。

作中には今日から見れば不適切と思われる表現もあるが、時代背景と作品価値を鑑み、著者が故人でもあることから、作品のオリジナリティを尊重した。

また、今回の復刊にあたり、物語の舞台である滋賀県の地名や寺名などに、多少ふりがなを加えた。

星と祭

井上靖

2019年10月20日 第1刷発行
2021年 6 月 1 日 第3刷発行

発行者——『星と祭』復刊プロジェクト　代表 明定義人
発行所——能美舎
〒529－0431
滋賀県長浜市木之本町大音1017『丘峰喫茶店』内
電話0749(82)5066
装丁版画——田主 誠
印　刷——株式会社 シナノ
定　価——2300円(税別)
ISBN 978-4-909623-02-7